# CUENTOS
# DE LA ERA DEL *JAZZ*

F. Scott Fitzgerald

Título: Cuentos de la Era del *Jazz*
Título original: *Tales of the Jazz Age*
Autor: F. Scott Fitzgerald

© Edimat Libros, SA
C/ Primavera, 10, nave 35
28500 Arganda del Rey
Madrid-España
www.edimat.es

Traducción: Cinta García de la Rosa
Diseño e ilustraciones de cubierta: Karakachoff Estudio
Ilustración de cubierta: Andrés Nancul para Karakachoff Estudio

ISBN: 978-84-9794-645-2
Depósito Legal: M-26308-2024

Impreso en España - *Printed in Spain*

# INTRODUCCIÓN

Francis Scott Key Fitzgerald, conocido como F. Scott Fitzgerald, o simplemente como Scott Fitzgerald, es uno de los escritores más sobresalientes de la novelística norteamericana del siglo XX, englobado en la denomidada *Generación Perdida* junto a William Faulkner y Ernest Hemingway.

Nació dentro de una familia católica de clase media en Saint Paul, Estado de Minnesota, en 1896, con antecedentes ingleses e irlandeses. Por razones de trabajo, su familia emigró a la ciudad de Buffalo, Estado de Nueva York, donde él se educó en escuelas católicas. Ya destacaba por su inteligencia y su interés por la literatura. La familia regresó a St. Paul en 1908 y él estudió en la St. Paul Academy y posteriormente en la escuela preparatoria Newman, en Nueva Jersey. Allí, el padre Sigourney Fay —a quien en 1920 dedicó su primera novela, *A este lado del paraíso*— lo animó a hacerse escritor.

Entró en la Universidad de Princeton en 1913. Allí escribió artículos y poemas para varias revistas literarias de índole universitaria. Y allí empezaron sus difíciles amores, en este caso con Ginevra King, cuyos rasgos modeló en varios personajes de su obra. La familia de ella lo menospreciaba como pretendiente de Ginevra al ser él de una clase social inferior; al parecer el padre de ella le dijo que «los jóvenes pobres no deberían ni pensar en casarse con muchachas ricas».

De resultas de esta decepción se alistó en el ejército, los Estados Unidos habían entrado ya en la Primera Guerra Mundial, pero esta terminó antes de que su regimiento fuese enviado al frente occidental. Como no esperaba sobrevivir a la lucha armada, escribió anteriormente un largo texto que tituló *El egotista romántico* de cara a su publicación, cosa que no consiguió en un primer momento. Ese texto figura hoy en su novela *A este lado del paraíso*.

En junio de 1918, en Montgomery, Estado de Alabama, donde estaba destinado su regimiento, conoció a Zelda Sayre, de diecisiete años por entonces, hija de una importante familia del Sur. El regimiento de Fitzgerald fue enviado a Long Island, Nueva York, y estando en ese destino se firmó el armisticio en 1918. Regresó entonces a Montgomery y prosiguió su relación con Zelda, no llegándose al matrimonio porque ella se negó hasta que él tuviese éxito económico.

Fue a Nueva York e intentó encontrar trabajo en varios periódicos sin conseguirlo y siguió trabajando en una agencia de publicidad. Desde allí formalizó su compromiso matrimonial con Zelda, aunque a varios amigos de él no les parecía adecuada y la episcopaliana familia de ella no veía bien el matrimonio con un católico, conocido por su precario nivel económico y su excesiva afición a la bebida. Siguió escribiendo relatos cortos, las editoriales lo rechazaron más de ciento veinte veces y sólo consiguió vender uno de los cuentos.

Como no conseguía despegar con la literatura y su economía no mejoraba, Zelda rompió su compromiso con él al no ser capaz de mantenerla. Abatido por este segundo rechazo y por la escasísima repercusión de su trabajo literario, volvió a St. Paul, donde vivió en casa de sus padres. Se concentró una vez más en escribir, acaso la última tentativa, revisó el texto de *El egotista romántico* y lo transformó en *A este lado del paraíso*. Mientras tanto, encontró trabajo como reparador de techos de automóviles. En esas circunstancias se enteró de que una editorial publicaría esa obra.

Esta novela se publicó a finales de marzo de 1920 y fue un éxito inmediato, reeditándose dos veces en abril, y luego en mayo, junio, julio, agosto y septiembre, convirtiéndose en un acontecimiento cultural en su país y recibiendo las mejores críticas. La obra lo lanzó al estrellato y ahora las revistas sí querían publicar sus relatos, con los que conseguía mejores beneficios económicos. Y Zelda reanudó su compromiso con él al ver que podía mantener su estilo de vida acostumbrado. A pesar de las reservas, se casaron en Nueva York el 3 de abril de 1920. La pareja se hizo famosa en todo el país por su alocado comportamiento y por el éxito fulminante de la novela.

Era la *Jazz Age,* la era del *jazz* que él popularizó en escritos, la época hedonista de grandes consumos de alcohol de la pareja, que «en público no eran nada, pero que en privado daban lugar a amargas discusiones». Las acusaciones mutuas de infidelidad y los celos profesionales fueron haciéndose más frecuentes. En 1921 la pareja fue a St. Paul, donde nació su hija, Frances Scott Fitzgerald. Él terminó su segunda novela, *Hermosos y malditos*, en la que la pareja principal es un trasunto de ellos mismos. Intentó empezar carrera como dramaturgo, pero su obra *La verdura* fue un rotundo fracaso. La pareja estaba en Long Island, y ambos rechazaban las fiestas extravagantes de los ricos y poderosos, que lo decepcionaron. Uno de sus vecinos fue la inspiración para Jay Gatsby.

En 1924 fueron a París, donde siguió escribiendo *El gran Gatsby*. Poco después estuvieron en la Riviera francesa, donde se originó una gran crisis marital: Zelda se enamoró de un aviador, y al pedirle ella el divorcio él la encerró en la casa; el aviador, que no tenía intención de casarse, se marchó y no volvieron a verlo. Unos meses después ella intentó suicidarse. Tras este incidente, se establecieron en Roma, donde él pulió y terminó *El gran Gatsby,* que se publicó en 1925. A pesar de que las críticas fueron buenas, no obtuvo el éxito comercial que logró con las dos novelas anteriores.

Volvieron a Francia y alternaron entre París y la Riviera. Entre sus amistades estaban Gertrude Stein, Sylvia Beach (la editora de *Ulises,* de James Joyce), el propio Joyce, Ezra Pound y algunos de los que conformaron la Generación Perdida, sobre todo Ernest Hemingway, relativamente desconocido en ese momento. Hemingway detestaba a Zelda, la acusaba de obligar a Fitzgerald a escribir relatos del tipo «comercial» para revistas porque eran más rentables y le permitían mantener su estilo de vida, apartándolo así de la novela y arruinando su trayectoria. Ella, a su vez, llegó a acusarle de tener una relación homosexual con Fitzgerald. La salud mental de Zelda se iba deteriorando cada vez más, hasta el punto de arrojarse rodando por unas grandes escaleras en una fiesta porque él aparentemente la ignoraba. Los Fitzgerald regresaron a Estados Unidos a finales de 1926 con su matrimonio prácticamente roto.

Poco después recibió una oferta para trabajar como guionista en Hollywood, donde se instaló a principios de 1927. Conocieron a estrellas del cine, pero sus excentricidades dieron al traste con su vida social. Él, por entonces contaba con treinta y un años, conoció a una actriz de diecisiete con quien tuvo relaciones. Ella se convirtió en su musa para un relato en que refleja la propia experiencia con ella, y adaptó un personaje principal de su novela *Suave es la noche* para reflejarla. Esto exacerbó aún más las tensiones en la pareja y después de que Zelda prendiera fuego a sus ropas en una bañera, dos meses después abandonaron Hollywood hacia Delaware en marzo de ese año.

Allí intentó seguir trabajando en su cuarta novela, *Suave es la noche,* pero no pudo avanzar debido a su ya crónico alcoholismo y a su desgana, y la pareja regresó a Europa en la primavera de 1929. La salud mental de Zelda empeoró hasta el punto de agarrar el volante del automóvil en que viajaban con su hija para intentar despeñarlo por un acantilado. Después de este intento homicida, los médicos le diagnosticaron esquizofrenia. Desde entonces pasaron por varios tratamientos y clínicas hasta que ella tuvo que ser hospitalizada en 1932. Después ya no recuperó completamente el equilibrio. Regresaron a Estados Unidos en 1932.

Mientras él trabajaba en su cuarta novela, sobre un joven prometedor que se casa con una joven enferma mental, Zelda escribió su propia versión de la historia, irónicamente titulada *Ahórrame el vals,* que él denunció como plagio de su idea. No obstante, llevó a cabo algunas revisiones de la obra y consiguió que la publicaran, aunque fue un fracaso de crítica y ventas.

*Suave es la noche,* la cuarta novela de Fitzgerald, se publicó en 1934, con división de opiniones en la crítica. No fue un éxito comercial, quizá porque el público, en plena Gran Depresión, asociaba a Fitzgerald con el desenfrenado y lujoso estilo de vida de la *Jazz Age.* Sus obras eran tildadas de elitistas y materialistas; los críticos le dieron la espalda. Su popularidad disminuía mientras aumentaban los gastos médicos de Zelda y su constante estilo opulento de vida, lo que le llevó a contraer deudas. Su alcoholismo aumentaba, lo que deterioró seriamente su salud, sobre todo la cardíaca con múltiples problemas, aunque también existía la sospecha de una tuberculosis latente. Tuvo que ser hospitalizado ocho veces.

Zelda era una maníaca suicida y hubo que recluirla permanentemente en un hospital en Asheville. Fitzgerald, prácticamente arruinado, vivía en hoteles de poca monta alrededor de la ciudad. Realizó varios intentos por escribir, pero fracasó. La muerte repentina de su madre y el deterioro mental de Zelda hicieron que su matrimonio se desintegrase, viendo a Zelda por última vez en 1939. Su salud empeoró por la bebida y tuvo que ser hospitalizado en Manhattan.

Sus dificultades económicas lo llevaron a aceptar un lucrativo contrato como guionista para la Metro Goldwin Mayer, que requería su presencia en Hollywood. A pesar de los altos ingresos, empleó la mayor parte en los gastos médicos de Zelda y los escolares de su hija. Hizo un intento de recuperar a su antiguo amor, Ginevra King, pero el reencuentro resultó un fracaso debido a su alcoholismo. Empezó una relación con la periodista Sheila Graham, que sería su compañera hasta el final. Al saber que Graham no había leído nada suyo intentó comprarle sus propias obras, pero vio para su desencanto que en muchas librerías ya no estaban. Padeció un ataque cardíaco, lo que motivó que él se mudase a la casa de ella para no tener que subir las escaleras de la suya. Él se acusaba constantemente de ser el culpable de la enfermedad mental de Zelda que había provocado su encierro (Zelda murió en 1948, en el incendio de la residencia psiquiátrica donde estaba internada), intentó varias veces dejar la bebida, tenía depresión e hizo intentos de suicidio.

Sus trabajos como guionista no eran muy apreciados, sólo apareció su nombre en los créditos de una película. Escribía también su quinta novela, *El último magnate*. El estudio decidió prescindir de él y empezó a trabajar como independiente. En 1939 recayó en la bebida y buscó tratamiento psiquiátrico en Nueva York. Consiguió estar permanentemente sobrio un año antes de su muerte, viviendo una relación feliz con Graham. Una tarde tuvo un mareo al salir de un cine, al día siguiente, 21 de diciembre de 1940, padeció un infarto masivo de miocardio que terminó con su vida a los cuarenta y cuatro años, dejando inacabada su quinta novela. Sólo treinta personas acudieron a su funeral. Las últimas palabras de su novela más famosa, *El gran Gatsby,* están inscritas en la lápida sobre su tumba en Maryland.

F. Scott Fitzgerald dejó escritas cinco novelas, tres novelas cortas y una gran cantidad de relatos, entre ellos el que inspiró la película *El extraño caso de Benjamin Button*.

## CUENTOS DE LA ERA DEL *JAZZ*

*Cuentos de la Era del Jazz* es una colección de relatos breves que escribió F. Scott Fitzgerald, y fueron publicados en 1922 bajo el título original en inglés de *Tales of the Jazz Age*. Estos relatos se refieren a un período en la historia de EE. UU. en la década de 1920 aproximadamente. Una época caracterizada por el auge del *jazz* como un estilo musical y por cambios significativos en la cultura, la sociedad y la literatura, el auge económico y la expansión del *jazz* como símbolo de modernidad y ruptura con las normas anteriores. Relatos de diversa temática, algunos de tono más ligero y humorístico, mientras que otros son más sombríos y reflexivos. Aunque varían en estilo y enfoque, la mayoría comparten elementos que exploran las tensiones sociales, la alienación de la juventud, el hedonismo y el impacto de los rápidos cambios culturales en los valores tradicionales. *El curioso caso de Benjamin Button (The Curious Case of Benjamin Button),* es quizás el relato más conocido. Benjamin Button nace con una extraña enfermedad, que hace que naciera con ochenta años y fuera haciéndose joven con el paso del tiempo. Esta enfermedad provoca en Benjamin una serie de conflictos y desafíos en su vida tanto personales como sociales.

Durante esta década (1920), algunos escritores reflejaron la esencia de esa época en su obras, como Ernest Hemingway con sus cuentos *Los asesinos;* Zelda Fitzgerald, la esposa de F. Scott Fitzgerald, también escribió relatos que cuentan la vida social; John Dos Passos con sus relatos abordando el espíritu de la época y el cambio social.

# CUENTOS
# DE LA ERA DEL JAZZ

# PREFACIO

## Mis últimas *flappers*

El dandi

Este es un cuento sureño, cuyo escenario es el pequeño pueblo de Tarleton, en Georgia. Siento un profundo afecto por Tarleton, pero, de algún modo, cada vez que escribo una historia sobre dicho lugar, recibo cartas de todo el sur en las que me denuncian de forma tajante. *El dandi,* publicado en *The Metropolitan,* provocó toda una avalancha de esas notas admonitorias.

Este cuento fue escrito bajo extrañas circunstancias poco después de la publicación de mi primera novela y, además, fue la primera historia en la que tuve un colaborador. Al descubrir que me veía incapaz de resolver el episodio del juego de dados, se lo entregué a mi esposa, quien, al ser una muchacha sureña, era supuestamente una experta en la técnica y la terminología de ese gran pasatiempo regional.

El lomo del camello

Supongo que, de todas las historias que he escrito, esta me costó menos trabajo y me proporcionó más diversión. En cuanto al trabajo que implicó, la escribí en el transcurso de un día en la ciudad de Nueva Orleans, con el propósito expreso de comprar un reloj de platino y diamantes que costaba seiscientos dólares. Empecé la historia a las siete de la mañana y la terminé a las dos en punto de esa misma noche. Fue publicada en el *Saturday Evening Post* en 1920, y fue más tarde incluida en la colección *O. Henry Memorial* de ese mismo año. Es la historia que menos me gusta de las incluidas en este volumen.

Mi diversión se derivó del hecho de que la parte del camello de la historia es literalmente cierta; de hecho, tengo un compromiso permanente con el caballero implicado para asistir a la próxima fiesta de disfraces a la que seamos mutuamente invitados, vestido como la

13

parte de atrás del camello. Y será una especie de expiación por ser su historiador.

*MAY DAY*

Este es un cuento algo desagradable publicado como novela corta en el *Smart Set* de julio de 1920, y relata una serie de sucesos que tuvo lugar en la primavera del año anterior. Cada uno de los tres sucesos me creó una gran impresión. No estaban relacionados entre sí en la vida, a excepción de la histeria general de esa primavera que inauguraba la era del *Jazz;* sin embargo, en mi relato he intentado —me temo que sin éxito— entrelazarlos para formar un patrón. Dicho patrón daría el efecto de aquellos meses en Nueva York tal y como le parecieron, al menos, a un miembro de la que entonces era la generación más joven.

PORCELANA Y ROSA

—¿Y usted escribe para otras revistas? —inquirió la joven dama.
—Oh, sí —le aseguré—. Me han publicado relatos y obras de teatro en el *Smart Set,* por ejemplo...
La joven dama se estremeció.
—¡El *Smart Set!* —exclamó—. ¿Cómo es posible? Sólo publican cosas sobre muchachas en bañeras azules y tonterías de esa índole.
Y tuve el magnífico placer de decirle que se estaba refiriendo a *Porcelana y rosa,* que había aparecido varios meses antes.

## Fantasías

EL DIAMANTE TAN GRANDE COMO EL RITZ

Estas siguientes historias están escritas en lo que debería llamar, si yo tuviera una imponente estatura, mi «segunda voz». *El diamante tan grande como el Ritz,* que apareció el pasado verano en el *Smart Set,* fue un cuento diseñado en exclusiva para mi propio divertimento. Me encontraba de ese humor familiar caracterizado por un perfecto deseo por el lujo, y el relato comenzó como un intento de alimentar ese antojo con comida imaginaria.

Un famoso crítico se ha complacido en decir que este gran espectáculo le ha gustado más que nada de lo que yo haya escrito. Personalmente, prefiero *El pirata de la costa*. Pero, corrompiendo ligeramente las palabras de Lincoln, si te gusta este tipo de cosas, es posible que este sea el tipo de cosas que te gustarán.

## EL CURIOSO CASO DE BENJAMIN BUTTON

Este cuento fue inspirado por un comentario de Mark Twain, en el que decía que era una lástima que la mejor parte de la vida llegaba al principio y la peor al final. Al intentar el experimento sobre sólo un hombre en un mundo perfectamente normal, apenas he sometido esta idea a un juicio justo. Varias semanas después de terminar este relato, descubrí un argumento casi idéntico en los *Cuadernos* de Samuel Butler.

La historia fue publicada en *Collier's* el verano pasado y provocó que un admirador anónimo de Cincinnati me enviara esta sorprendente carta:

*Señor,*
*He leído la historia de Benjamin Button en* Collier's *y deseo decirle que, como escritor de cuentos, usted sería un buen lunático. He visto muchos chalados en mi vida, pero de todos los chalados que he visto, usted es el más chalado de todos. Detesto desperdiciar una hoja de papel con usted, pero lo haré.*

## TARQUINO DE CHEAPSIDE

Escrito hace casi seis años, este relato es un producto de mis días como estudiante de grado en Princeton. Corregido en gran medida, fue publicado en el *Smart Set* en 1921. En el momento de su concepción sólo tenía una idea: ser poeta, y el hecho de que me sintiera interesado en el tono de cada frase, que temiera lo obvio en la prosa, pero no en el argumento, se ve reflejado en todo el texto. Es probable que el peculiar afecto que siento por él dependa más de su antigüedad que de cualquier mérito intrínseco.

## ¡OH, BRUJA PELIRROJA!

Cuando escribí este cuento, acababa de completar el primer borrador de mi segunda novela, y una reacción natural hizo que me deleitara con una historia en la que ninguno de los personajes necesitaba ser tomado seriamente. Y me temo que me vi algo entusiasmado por la sensación de que no existía un esquema ordenado al que debiera ajustarme. Tras considerarlo debidamente, sin embargo, he decidido dejar el cuento como estaba, aunque el lector pueda encontrarse algo asombrado por el elemento temporal. Lo mejor que puedo decir es que, con independencia de cómo hayan tratado los años a Merlin Grainger, yo siempre pensaba en el presente. Fue publicado en el *Metropolitan*.

## Obras maestras no clasificadas

### Los posos de la felicidad

De este relato puedo decir que me llegó de un modo irresistible, suplicando ser escrito. Quizás se le acuse de ser una simple pieza sentimental, pero, tal y como yo lo veo, es mucho más que eso. Por lo tanto, si carece de un tono de sinceridad, o incluso de tragedia, la culpa no recae en el tema sino en mi trato de dicho tema.

Apareció en el *Chicago Tribune* y más tarde obtuvo, creo, el cuádruple laurel dorado o un elogio parecido por parte de uno de los antologistas que en la actualidad abundan entre nosotros. El caballero al que me refiero se lanza por lo general hacia crudos melodramas con un volcán o el fantasma de John Paul Jones en el papel de Némesis, melodramas cuidadosamente disfrazados con unos primeros párrafos al estilo de James que indican que se sucederán complejidades oscuras y sutiles. Más o menos así:

*El caso de Shaw McPhee, por muy curioso que fuera, no tenía nada que envidiarle a la casi increíble actitud de Martin Sulo. Esto es parentético y, para un mínimo de tres observadores, cuyos nombres debo ocultar por el momento, parece improbable, etcétera.*

Y sigue así hasta que la pobre rata de ficción es finalmente obligada a revelarse y el melodrama comienza.

### El señor Icky

Este relato tiene la distinción de ser el único cuento de una revista jamás escrito en un hotel de Nueva York. El asunto fue realizado en una habitación en el Knickerbocker, y poco después esa memorable hospedería cerró sus puertas para siempre. Cuando un adecuado período de luto hubo pasado, se publicó en el *Smart Set*.

JEMIMA

Escrito como *Tarquino de Cheapside,* mientras estudiaba en Princeton, este cuento fue publicado años más tarde en *Vanity Fair.* Por su técnica, debo disculparme ante el señor Stephen Leacock.

Me he reído mucho con el relato, especialmente cuando lo escribí, pero ya no puedo reírme más. Aun así, como otras personas me dicen que es divertido, lo incluyo aquí. Me parece que merece la pena conservarlo unos años, al menos hasta que el hastío de las modas cambiantes nos suprima a mí, a mis libros, y a todo el conjunto.

Con mis mayores disculpas por esta imposible tabla de contenidos, ofrezco estos *Cuentos de la Era del Jazz* y los pongo en las manos de aquellos que leen mientras corren y corren mientras leen.

# MIS ÚLTIMAS *FLAPPERS*

## El dandi[1]

### 1

Jim Powell era un dandi. Por mucho que desee convertirlo en un personaje interesante, siento que sería inmoral engañarlos en ese aspecto. Era un dandi innato, acérrimo, noventa y nueve y tres cuartos por ciento petimetre, y creció perezosamente durante la estación de los dandis, que se da en todas las estaciones en la tierra de los dandis, muy por debajo de la línea Mason-Dixon.

Ahora bien, si llamas dandi a un hombre de Memphis, es posible que saque de su bolsillo una larga y fuerte cuerda y te cuelgue del poste de telégrafos más cercano. Si llamas dandi a un hombre de Nueva Orleans, es probable que sonría y te pregunte quién va a llevar a tu chica al baile de Mardi Gras[2]. La particular zona de dandis que produjo al protagonista de nuestra historia se encuentra en algún lugar entre ambas ciudades: una pequeña localidad de cuarenta mil habitantes que ha existido soñolienta durante cuarenta mil años en el sur de Georgia. En ocasiones salía de su estupor y murmuraba algo sobre una guerra que se había librado en algún momento, en algún lugar, y que todos los demás habían olvidado mucho tiempo atrás.

Jim era un dandi. Lo vuelvo a escribir porque tiene un sonido agradable, algo así como el comienzo de un cuento de hadas, como si Jim fuera agradable. De algún modo me proporciona una imagen de un hombre con rostro redondo y apetecible, con toda suerte de hojas y vegetación creciendo en su gorra. Pero Jim era alto y delgado y doblado por la cintura, efecto de inclinarse sobre las mesas de billar,

---

[1] La palabra *Jelly-bean* forma parte del *slang* o jerga usado en Estados Unidos en la década de 1920. Se usaba para describir a los hombres que vestían y se comportaban como dandis. *(N. de la T.)*

[2] Mardi Gras es una de las fiestas más populares de Nueva Orleans. Se celebra el martes de carnaval. *(N. de la T.)*

y era lo que podría haberse conocido en el indiscriminado norte como un holgazán. «Dandi» es el nombre que se da por toda la no disuelta Confederación a alguien que se pasa la vida conjugando el verbo holgazanear en la primera persona del singular: estoy holgazaneando, he holgazaneado, holgazanearé.

Jim nació en una casa blanca en un rincón verde. Tenía cuatro pilares muy crosionados por el tiempo delante y gran cantidad de celosías en la parte de atrás, lo cual formaba un alegre fondo entrecruzado para el florido césped bañado por el sol. Inicialmente, los habitantes de la casa blanca habían sido los dueños del terreno de al lado, y del que estaba al otro lado, y el del otro lado a ese, pero hacía tanto tiempo de aquello que el padre de Jim apenas lo recordaba. De hecho, le había parecido un asunto de tan poca importancia que, estando en su lecho de muerte por un disparo recibido en una pelea, descuidó contárselo incluso al pequeño Jim, que tenía cinco años y estaba terriblemente asustado. La casa blanca se convirtió en una casa de huéspedes regentada por una taciturna dama de Macon, a quien Jim llamaba Tía Mamie y detestaba con toda su alma.

Cumplió quince años, fue al instituto, su cabello era una negra maraña, y le daban miedo las chicas. Odiaba su hogar, donde cuatro mujeres y un anciano dilataban una interminable cháchara de verano en verano sobre qué solares había incluido originariamente la casa de los Powell y qué tipo de flores saldrían a continuación. A veces, los padres de las muchachitas del pueblo, acordándose de la madre de Jim y advirtiendo cierto parecido en sus ojos y cabello oscuro, le invitaban a fiestas, pero las fiestas lo intimidaban y prefería sentarse en un eje desconectado en el taller de Tilly, tirando los dados o explorando su boca sin parar con una larga paja. Para tener calderilla, realizaba trabajos ocasionales, y fue debido a eso por lo que dejó de ir a las fiestas. En su tercera fiesta, la pequeña Marjorie Haight había susurrado indiscretamente y dentro de su rango auditivo que él era el chico que les traía la compra a veces. De modo que, en vez de aprender la polca y el *two step*, Jim había aprendido a lanzar cualquier número que deseara con los dados y había escuchado las historias subidas de tono de todos los tiroteos que habían ocurrido en el circundante país durante los últimos cincuenta años.

Cumplió dieciocho años. Estalló la guerra y se alistó en la Marina y le sacó brillo al latón en el astillero naval de Charleston durante un año. Luego, para variar, se fue al norte y estuvo sacándole brillo al latón en el astillero naval de Brooklyn durante otro año.

Volvió a casa cuando terminó la guerra. Tenía veintiún años, y pantalones que le quedaban demasiado cortos y demasiado apretados. Sus zapatos con botones eran largos y estrechos. Su corbata era una alarmante conspiración de morados y rosas maravillosamente enrollada y, por encima de la corbata, había dos ojos azules descoloridos como un trozo de tela buena que hubiera sido expuesta al sol por largo tiempo.

En el ocaso de una tarde de abril, cuando un tenue gris se había desplazado por los campos de algodón y la sofocante ciudad, él no era más que una vaga figura apoyada contra una valla de madera, silbando y mirando el reborde de la luna sobre las luces de la calle Jackson. Su mente estaba considerando sin cesar un problema que había captado su atención durante una hora. El dandi había sido invitado a una fiesta.

En aquellos tiempos en los que todos los chicos habían detestado a todas las chicas, Clark Darrow y Jim habían sido compañeros de pupitre en el colegio. Pero mientras que las aspiraciones sociales de Jim habían muerto en el aceitoso ambiente del taller, Clark se había enamorado y desenamorado por turnos, había ido a la universidad, se había dado a la bebida, había dejado de beber, y, en resumen, se había convertido en uno de los mejores pretendientes de la ciudad. No obstante, Clark y Jim habían mantenido una amistad que, aunque casual, estaba perfectamente definida. Esa tarde, el antiguo Ford de Clark se había detenido junto a Jim, que se encontraba en la acera, y, de la nada, Clark lo invitó a una fiesta en el club de campo. El impulso que lo llevó a hacerlo no fue más extraño que el impulso que hizo que Jim aceptara. Lo último fue probablemente un hastío subconsciente, un tímido sentido de aventura. Y ahora Jim lo estaba meditando seriamente.

Comenzó a cantar, tamborileando con su largo y perezoso pie en un bloque de piedra de la acera hasta que se bamboleó al ritmo de la ronca melodía:

> *A una sonrisa de mi hogar*
> *en la ciudad de los dandis,*
> *vive Jeanne, la Reina de los Dandis.*
> *Le encantan sus dados y los trata bien;*
> *ningún dado la trataría mal.*

Se interrumpió y agitó la acera hasta lanzarla a un movido galope.

—¡Maldición! —exclamó a media voz. Todos estarían allí: la vieja pandilla, la pandilla a la que, por derecho de la casa blanca que vendieron hace mucho y del retrato del oficial de gris sobre la chimenea, Jim debería haber pertenecido. Pero esa pandilla había crecido junta hasta formar un apretado y reducido grupo, y lo había hecho tan gradualmente como los vestidos de las chicas se habían alargado centímetro a centímetro, tan decididamente como los pantalones de los chicos habían caído de repente hasta sus tobillos. Y para esa sociedad de nombres de pila y amores de juventud, Jim era un extraño, un compañero de los blancos pobres. La mayoría de los hombres le conocían con condescendencia; él se llevaba la mano al sombrero para saludar a tres o cuatro mujeres. Eso era todo.

Cuando el crepúsculo se hubo espesado para conformar un escenario azul para la luna, atravesó caminando la ardiente y placenteramente picante ciudad hasta llegar a la calle Jackson. Las tiendas estaban cerrando y los últimos compradores se dirigían a sus casas como subidos a la revolución de ensueño de un perezoso tiovivo. Una feria callejera en las profundidades de un brillante callejón de casetas multicolor contribuía a la noche con una mezcla de música: una danza oriental en un organillo a vapor, una melancólica corneta delante de un circo, una alegre interpretación de *Back Home in Tennessee* con un organillo.

El dandi se detuvo en una tienda y compró un cuello para la camisa. Luego se dio un paseo hacia la cafetería de Sam, donde se encontró con los tres o cuatro coches habituales de una noche de verano aparcados delante y los pequeños negritos que correteaban de aquí para allá con helados y limonadas.

—Hola, Jim.

Una voz a su costado: Joe Ewing, sentado en un automóvil con Marylyn Wade. Nancy Lamar y un extraño estaban en el asiento de atrás.

El dandi se tocó el sombrero rápidamente.

—Hola, Ben... —y tras una casi imperceptible pausa—: ¿Cómo va todo?

Al pasar, se dirigió sin prisas hacia el taller donde vivía en una habitación en el piso superior. Su «¿Cómo va todo?» había ido dirigido a Nancy Lamar, con quien no hablaba desde hacía quince años.

Nancy tenía una boca como un beso recordado, y ojos oscuros y cabello negro azulado que había heredado de su madre, que había nacido en Budapest. Jim se la cruzaba a menudo en la calle, caminando como un niño con las manos en los bolsillos, y él sabía que, en compañía de su inseparable Sally Carrol Hopper, había dejado un rastro de corazones rotos desde Atlanta hasta Nueva Orleans.

Durante unos efímeros instantes, Jim deseó saber bailar. Luego se echó a reír y, mientras llegaba a su puerta, comenzó a cantar para sí en voz baja:

> *Su amor puede retorcerte el alma,*
> *sus ojos son grandes y marrones,*
> *ella es la Reina de las Reinas de los Dandis...*
> *Mi Jeanne de la ciudad de los dandis.*

## 2

A las nueve y media, Jim y Clark se reunieron delante de la cafetería de Sam y emprendieron camino hacia el club de campo en el Ford de Clark.

—Jim —preguntó Clark de modo casual, mientras traqueteaban por la noche perfumada de jazmín—. ¿Cómo te mantienes vivo?

El dandi hizo una pausa para reflexionar.

—Bueno —dijo al fin—, tengo una habitación encima del taller de Tilly. Le ayudo con los coches por la tarde y no me cobra alquiler. A veces conduzco uno de sus taxis y así voy tirando. Pero me canso de hacerlo regularmente.

—¿Eso es todo?

—Bueno, cuando hay mucho trabajo le ayudo todo el día, normalmente los sábados, y luego hay otra fuente principal de ingresos que no menciono por lo general. Puede que no lo recuerdes, pero soy el campeón de la ciudad jugando a los dados. Me obligan a lanzarlos en un cubilete ahora porque, una vez que toco con los dedos un par de dados, estos hacen lo que yo quiero.

Clark sonrió con admiración.

—Nunca conseguí aprender a tirarlos de modo que hicieran lo que yo quería. Ojalá juegues a los dados con Nancy Lamar algún día y le arrebates todo su dinero. Ella los lanza con los muchachos y pierde más de lo que su padre puede permitirse darle. Resulta que sé que vendió un valioso anillo el mes pasado para pagar una deuda.

El dandi no se comprometió.

—¿Sigue perteneciéndote la casa blanca de la calle Elm?

Jim negó con la cabeza.

—Vendida. Me dieron un buen precio a pesar de que ya no estaba en un buen vecindario de la ciudad. El abogado me dijo que comprara bonos de libertad. Pero Tía Mamie enfermó y perdió el juicio, así que me gasto todos los intereses en pagarle el psiquiátrico en Great Farms.

—Vaya.

—Tengo un anciano tío en el norte del Estado y supongo que puedo irme allí si alguna vez me veo pobre de necesidad. Es una buena granja, pero no hay suficientes negros para trabajarla. Me ha pedido que vaya a ayudarle, pero no creo que sea algo que me entusiasme. Demasiado solitario... —se interrumpió de repente—. Clark, quiero decirte que te estoy muy agradecido por invitarme, pero me haría mucho más feliz que detuvieras el coche justo aquí y me dejaras volver caminando a la ciudad.

—¡Diablos! —gruñó Clark—. Te hará bien salir. No tienes que bailar... sólo sal a la pista de baile y muévete.

—Espera —exclamó Jim con inquietud—. No vayas a llevarme hasta las chicas y a dejarme allí para que baile con ellas.

Clark se rio.

—Porque —continuó Jim con desesperación—, si no me juras que no lo harás, voy a bajarme del coche y mis buenas piernas me llevarán de vuelta a la calle Jackson.

Tras discutir durante un rato, acordaron que Jim, sin ser hostigado por las féminas, vería el espectáculo desde un apartado sofá en la esquina, donde Clark se reuniría con él cuando no estuviera bailando.

Y así, las diez en punto encontraron al dandi con las piernas y los brazos cruzados formalmente, intentando parecer despreocupado y educadamente desinteresado por los bailarines. En el fondo se sentía dividido entre una abrumadora vergüenza y una intensa curiosidad por todo lo que sucedía a su alrededor. Veía a las chicas salir una a una del tocador, estirándose y emperifollándose como brillantes pájaros, sonriendo a sus carabinas por encima de sus empolvados hombros, echando un rápido vistazo a su alrededor para admirar el salón y, al mismo tiempo, ver la reacción de la sala ante su entrada... y entonces, de nuevo como los pájaros, emprendían el vuelo y se acomodaban en los sobrios brazos de sus acompañantes. Sally Carrol Hopper, rubia y bizca, apareció vestida de su favorito rosa, parpadeando como una rosa al despertarse. Marjorie Haight, Marylyn Wade, Harriet Cary y todas las chicas que había visto merodeando por la calle Jackson al mediodía, ahora, con sus rizos y su brillantina y su delicado maquillaje bajo las luces del salón, parecían unas milagrosamente extrañas figuritas de Dresden con sus tonos rosas y azules y rojos y dorados, recién salidas de la tienda y no secas del todo.

Llevaba allí media hora, totalmente indiferente a las joviales visitas de Clark, cada una de las cuales iba acompañada de un «Hola, viejo amigo, ¿cómo va la cosa?» y una palmada en su rodilla. Una docena de hombres había hablado con él o se habían detenido un rato junto a él, pero él sabía que todos estaban sorprendidos de encontrarle allí y se imaginaba que un par de ellos incluso se sintieron ligeramente resentidos. Pero a las diez y media su vergüenza desapareció de repente y un impulso de emocionante interés hizo que el corazón le diera un vuelco: Nancy Lamar había salido del tocador.

Iba vestida de organdí amarillo, un vestido con cientos de bellos detalles, con tres capas de volantes y un gran lazo en la espalda, de modo que el aire a su alrededor se veía negro y amarillo por una especie de brillo fosforescente. Los ojos del dandi se abrieron mucho y se le hizo un nudo en la garganta cuando ella se quedó junto a la puerta hasta que su acompañante se apresuró a acercarse. Jim lo reconoció como el extraño que había estado con ella esa tarde en el coche de Joe Ewing. La vio poner los brazos en jarras y decir algo entre risas en tono quedo. El hombre también se rio y Jim experimentó la rápida punzada de una clase nueva y extraña de dolor. Algún rayo había pasado entre la pareja, un rayo de belleza de ese sol que le había calentado un momento antes. El dandi se sintió de repente como maleza en la sombra.

Un minuto más tarde, Clark se acercó a él con entusiasmo y alegría.

—Hola, viejo amigo —exclamó con cierta falta de originalidad—. ¿Cómo va la cosa?

Jim respondió que la cosa iba tan bien como podía esperarse.

—Ven conmigo —le conminó Clark—. Tengo algo que le dará un punto a la noche.

Jim lo siguió torpemente mientras cruzaban la pista de baile y subían las escaleras hasta los vestuarios, donde Clark le enseñó una botella de un indescriptible líquido amarillo.

—Wiski de calidad.

Llegó una bandeja con *ginger ale*. Un néctar tan potente como el «wiski de calidad» necesitaba un disfraz más allá de la soda.

—Dime, amigo —exclamó Clark con entusiasmo—, ¿no estaba Nancy Lamar preciosa?

Jim asintió.

—Muy hermosa —coincidió.

—Se ha emperifollado para una despedida esta noche —continuó Clark—. ¿Ves al tipo con el que está?

—¿El tipo grande? ¿Con pantalones blancos?

—Sí. Bueno, pues se trata de Ogden Merritt, de Savannah. El viejo Merritt fabrica las cuchillas de afeitar de la marca Merritt. Este tipo está loco por ella. Lleva persiguiéndola todo el año.

»Ella es una mujer salvaje —continuó Clark—, pero me cae bien. A mí y a todo el mundo. Pero siempre está haciendo locuras. Normalmente sale ilesa, pero su reputación tiene muchas cicatrices por todas las cosas que ha hecho.

—¿En serio? —Jim le pasó el vaso—. Es un buen wiski.

—No está mal. Ah, ella es muy alocada. ¡Y cómo juega a los dados, chico! Y le gusta el wiski soda. Prometí que le llevaría uno más tarde.

—¿Está enamorada de ese... Merritt?

—Que me aspen si lo sé. Parece que todas las mejores muchachas de por aquí se casan y se largan a otra parte.

Se sirvió otra copa y volvió a ponerle el corcho a la botella con cuidado.

—Escucha, Jim, tengo que ir a bailar y te estaría muy agradecido si te guardaras este wiski en la cadera, siempre y cuando no bailes. Si algún hombre se da cuenta de que he bebido, subirá y me pedirá un trago, y antes de que nos demos cuenta se habrá acabado y otras personas estarán disfrutando en mi lugar.

Así que Nancy Lamar iba a casarse. Esta heroína del pueblo iba a convertirse en la propiedad privada de un individuo con pantalones blancos... y todo porque el padre del de los pantalones blancos había fabricado una cuchilla de afeitar mejor que la de su vecino. Mientras bajaban por las escaleras, Jim encontró la idea inexplicablemente deprimente. Por primera vez en su vida sintió un vago deseo romántico. Una imagen de ella comenzó a formarse en su imaginación: Nancy caminando como un gallardo muchacho por la calle, aceptando una naranja como diezmo de un respetuoso vendedor de fruta, cargando un refresco en una cuenta mítica en la cafetería de Sam, reuniendo un convoy de pretendientes, y luego marchándose en estado triunfal para pasar una tarde bebiendo y cantando.

El dandi salió a un desierto rincón del porche, entre la luna reflejada en el césped y la única iluminada puerta del salón de baile. Allí encontró una silla y, encendiendo un cigarrillo, se dejó llevar por la inconsciente ensoñación que era su estado de ánimo habitual. Pero ahora era una ensoñación convertida en sensual por la noche y el ardiente olor de las húmedas borlas para el maquillaje, encajadas en el bajo escote de los vestidos y que destilaban miles de ricos aromas para que salieran flotando por la puerta abierta. La música en sí, imprecisa por un ruidoso trombón, se volvió cálida y sombría, un lánguido tono de fondo al arrastre de muchos zapatos y bailarinas.

De súbito, el recuadro de luz amarilla que proyectaba la puerta se vio ensombrecido por una oscura figura. Una chica había salido del tocador y estaba en el porche a no más de tres metros de distancia. Jim oyó un «maldición» entre dientes, y entonces ella se giró y lo vio. Se trataba de Nancy Lamar.

Jim se puso de pie.

—¿Cómo estás?

—Hola... —ella hizo una pausa, vaciló y luego se acercó— . Oh, eres... Jim Powell.

Él le dedicó una leve inclinación de cabeza e intentó pensar en un comentario casual.

—¿Crees que...? —comenzó a decir ella rápidamente—. Quiero decir... ¿Sabes algo sobre chicle?

—¿Qué?

—Tengo chicle en el zapato. Algún completo imbécil ha tirado el chicle al suelo y, por supuesto, lo he pisado.

Jim se ruborizó sin venir a cuento.

—¿Sabes cómo despegarlo? —exigió ella de malas maneras—. He probado con un cuchillo. Lo he intentado con cada maldito objeto del tocador. He probado con agua y jabón... incluso con perfume, y he arruinado mi borla de maquillaje intentando que el chicle se pegara a ella.

Jim consideró la pregunta con cierta inquietud.

—Vaya... Creo que quizás con gasolina...

Las palabras apenas habían abandonado sus labios cuando ella lo cogió de la mano y tiró de él para salir corriendo del bajo porche, pasar por encima de un macizo de flores y correr al galope hacia un grupo de coches aparcados a la luz de la luna junto al primer hoyo del campo de golf.

—Saca la gasolina —le ordenó sin aliento.

—¿Qué?

—Para el chicle, claro. Tengo que quitármelo. No puedo bailar con chicle pegado al zapato.

Obediente, Jim se giró hacia los coches y empezó a inspeccionarlos con vistas a obtener el deseado disolvente. Si ella le hubiera pedido un cilindro, habría hecho todo lo posible por arrancarle uno.

—Aquí —dijo tras unos instantes de búsqueda—. Aquí hay uno que es fácil. ¿Tienes un pañuelo?

—Está arriba, mojado. Lo usé para el agua y el jabón.

Jim se afanó en rebuscar en sus bolsillos.

—Creo que yo tampoco tengo uno aquí.

—¡Maldita sea! Bueno, podemos sacarla y dejar que caiga al suelo.

Él giró el pitorro y el líquido comenzó a gotear.

—¡Más!

Él lo giró del todo. El goteo se convirtió en chorro y formó un charco aceitoso que brillaba con fuerza, reflejando una docena de trémulas lunas en su tembloroso seno.

—Ah —suspiró ella con satisfacción—, que salga todo. Lo único que queda por hacer es remojarlo en la gasolina.

Desesperado, él abrió el pitorro aún más y el charco se amplió de repente, enviando diminutos ríos y chorritos en todas direcciones.

—Ya está bien. Eso servirá.

Levantándose la falda, entró en el charco con elegancia.

—Sé que esto lo despegará —murmuró.

Jim sonrió.

—Hay muchos más coches.

Ella salió delicadamente de la gasolina y comenzó a rascar la suela y los laterales de su zapato contra el estribo del coche. El dandi no pudo contenerse más. Se dobló por la cintura con una explosiva carcajada y, al cabo de un segundo, ella se unió a sus risas.

—Has venido con Clark Darrow, ¿verdad? —le preguntó mientras caminaban de vuelta al porche.

—Sí.

—¿Sabes dónde está ahora?

—Supongo que bailando.

—Demonios. Me prometió un wiski soda.

—Bueno —dijo Jim—, supongo que no pasa nada. Tengo su botella en mi bolsillo.

Ella le sonrió radiante.

—Pero supongo que necesitarás un *ginger ale* —añadió.

—Yo no. Sólo la botella.

—¿Estás segura?

Ella soltó una risa desdeñosa.

—Ponme a prueba. Puedo beber lo mismo que cualquier hombre. Sentémonos.

Ella se encaramó en un lado de la mesa y él se dejó caer en una de las sillas de mimbre junto a ella. Sacando el corcho, ella se llevó la botella a los labios y le dio un largo trago. Él la miraba fascinado.

—¿Te gusta?

Ella sacudió la cabeza jadeante.

—No, pero me gusta cómo me hace sentir. Creo que es lo mismo para la mayoría de la gente.

Jim estuvo de acuerdo.

—A mi padre le gustaba demasiado. Fue su perdición.

—Los hombres americanos no saben beber —dijo Nancy con gravedad.

—¿Qué? —Jim estaba asombrado.

—De hecho —continuó despreocupada—, no saben hacer nada demasiado bien. Lo único de lo que me arrepiento es de no haber nacido en Inglaterra.

—¿En Inglaterra?

—Sí, es lo único de lo que me arrepiento.

—¿Te gusta ese país?

—Sí. Muchísimo. Nunca he estado allí en persona, pero he conocido a muchos ingleses que llegaron con el ejército, hombres de Oxford y Cambridge... ya sabes, eso es el equivalente a Sewanee y la Universidad de Georgia. Y, por supuesto, he leído muchas novelas inglesas.

Jim se sentía interesado, impresionado.

—¿Has oído hablar de *lady* Diana Manners? —le preguntó con tono serio.

No, Jim jamás había oído ese nombre.

—Bueno, pues ella es todo lo que me gustaría ser. Morena, ya sabes, como yo, y muy salvaje. Ella es la chica que subió a caballo la escalinata de una catedral o una iglesia o algo así, y todos los novelistas hicieron que todas sus heroínas también lo hicieran.

Jim asintió con educación. Estaba fuera de su elemento.

—Pasa la botella —sugirió Nancy—. Voy a darle otro sorbito. Una copita no le hace daño ni a un bebé. ¿Sabes qué? —continuó, de nuevo jadeante tras el trago—. La gente tiene estilo allí. Nadie tiene estilo aquí. Me refiero a que los hombres de aquí no se merecen que nos vistamos bien para ellos, ni que hagamos cosas sensacionales por ellos. ¿No crees?

—Supongo... Quiero decir, supongo que no —murmuró Jim.

—Y a mí me gustaría hacerlo todo. En realidad, soy la única chica con estilo del pueblo.

Ella se estiró y bostezó agradablemente.

—Bonita noche.

—Sí que lo es —coincidió Jim.

—Me gustaría tener un barco —sugirió con tono soñador—. Me gustaría navegar por un lago plateado, o por el Támesis, por ejemplo. Tomar champán y sándwiches de caviar. Invitar a unas ocho personas. Y que uno de los hombres saltara por la borda para divertir al grupo y que se ahogara, como hizo un hombre una vez con *lady* Diana Manners.

—¿Lo hizo para complacerla?

—No pretendía ahogarse para complacerla. Sólo quería saltar por la borda para que todos se rieran.

—Supongo que se murieron de risa cuando se ahogó.

—Oh, supongo que se rieron un poco —admitió ella—. Imagino que ella sí se rio, de todos modos. Ella es muy dura, creo... como yo.

—¿Eres dura?

—Como el acero. —Ella volvió a bostezar—. Dame un poco más de esa botella.

Jim vaciló, pero ella alargó la mano desafiante.

—No me trates como a una niña —le advirtió—. No soy como cualquier chica que hayas visto en tu vida. —Se quedó pensativa un instante—. Pero quizás tengas razón. Tienes... tienes una cabeza vieja sobre hombros jóvenes.

Ella se puso en pie de un salto y se dirigió hacia la puerta. El dandi también se levantó.

—Adiós —le dijo ella con educación—. Adiós. Gracias, dandi.

Luego entró y lo dejó boquiabierto en el porche.

### 3

A las doce en punto, una procesión de capas salió en fila india desde el tocador de las mujeres y, cada una, emparejada con un pretendiente enfundado en su abrigo, como bailarines que se encuentran en un baile de cotillón, salieron por la puerta con adormiladas risas felices. Salieron a la oscuridad, donde los automóviles retrocedían y resoplaban, y los grupos se llamaban y se reunían alrededor del depósito del agua.

Jim, sentado en su rincón, se levantó para buscar a Clark. Se habían reunido a las once, y entonces Clark había entrado para bailar. De modo que, mientras lo buscaba, Jim llegó hasta el puesto de refrescos que una vez había sido un bar. La sala estaba desierta a excepción de un soñoliento negro que dormitaba detrás del mostrador y dos muchachos que lanzaban perezosamente un par de dados sobre una de las

31

mesas. Jim estaba a punto de marcharse cuando vio entrar a Clark. Al mismo tiempo, Clark levantó la vista.

—Hola, Jim —le llamó—. Ven aquí y ayúdanos con esta botella. Supongo que no queda mucho, pero hay suficiente para una ronda.

Nancy, el hombre de Savannah, Marylyn Wade y Joe Ewing estaban riéndose junto a la puerta. Nancy llamó la atención de Jim y le guiñó un ojo con guasa.

Se acercaron a una mesa y se dispusieron a su alrededor mientras esperaban a que el camarero les trajera el *ginger ale*. Jim, ligeramente incómodo, posó sus ojos en Nancy, quien se había alejado para jugar a los dados con los dos chicos de la mesa contigua.

—Tráelos aquí —sugirió Clark.

Joe miró a su alrededor.

—No queremos atraer a mucha gente. Va contra las normas del club.

—No hay nadie por aquí —insistió Clark—, excepto el señor Taylor. Va de aquí para allá, como loco, intentando averiguar quién ha derramado toda la gasolina de su coche.

Se produjo una carcajada general.

—Apostaría un millón a que Nancy tenía otra vez algo pegado al zapato. No puedes aparcar cuando ella está cerca.

—¡Oh, Nancy, el señor Taylor te está buscando!

Las mejillas de Nancy brillaban de excitación por el juego.

—No he visto su tartana en dos semanas.

Jim sintió un repentino silencio. Se giró y vio a un individuo de edad incierta en la puerta.

La voz de Clark enfatizó el bochorno.

—¿Se une a nosotros, señor Taylor?

—Gracias.

El señor Taylor extendió su molesta presencia sobre una silla.

—Supongo que no me queda más remedio. Estoy esperando a que me traigan gasolina. Alguien la ha tomado con mi coche.

Sus ojos se entrecerraron y paseó su mirada por cada uno de ellos. Jim se preguntaba qué habría oído desde la puerta. Intentó recordar qué habían dicho.

—Esta noche estoy en racha —exclamó Nancy—, mis cincuenta centavos están sobre la mesa.

—¡Los veo! —gritó Taylor de repente.

—¡Vaya, señor Taylor, no sabía que jugara a los dados!

Nancy estaba encantada de descubrir que él se había sentado y al instante había cubierto su apuesta. Habían sentido una abierta aversión mutua desde la noche en la que ella puso fin a una serie de mordaces insinuaciones.

—Muy bien, nenes, hacedlo por mamá. Sólo un pequeño siete.

Nancy arrullaba a sus dados. Los sacudió con una valiente floritura por debajo del hombro y los hizo rodar por la mesa.

—¡Ah! Lo suponía. Y ahora de nuevo con el dólar.

Cinco pases a favor de Nancy demostraron que Taylor era un mal perdedor. Ella lo estaba convirtiendo en algo personal y, después de cada éxito, Jim veía cómo el triunfo revoloteaba por su rostro. Ella doblaba la apuesta con cada lanzamiento... tal suerte apenas podría durar.

—Más te vale no pasarte —le advirtió con timidez.

—Ah, pero mira esto —susurró ella. Había un ocho en los dados y Nancy hizo su apuesta—. Pequeña Ada, esta vez nos vamos al sur[3].

El número ocho rodó por la mesa. Nancy estaba ruborizada y casi histérica, pero su racha de buena suerte se mantenía.

Ella seguía subiendo las apuestas y se negaba a retirarse. Taylor estaba tamborileando sobre la mesa con sus dedos, pero estaba decidido a quedarse.

Entonces Nancy intentó sacar un diez y perdió su turno. Taylor los cogió con avidez. Lanzó en silencio y, en el silencio excitado, el repiqueteo de un lanzamiento tras otro sobre la mesa era el único sonido.

Ahora Nancy volvía a tener los dados, pero se le había acabado la suerte. Pasó una hora. Siguieron pasándose los dados. Taylor había ganado de nuevo... y de nuevo y de nuevo. Por fin estaban empatados. Nancy perdió sus últimos cinco dólares.

—¿Aceptaría un cheque por cincuenta dólares y nos lo jugamos todo? —dijo ella rápidamente. Su voz sonaba un poco vacilante y su mano tembló al ir a coger el dinero.

Clark intercambió una incierta pero alarmante mirada con Joe Ewing. Taylor lanzó los dados otra vez. Ganó el cheque de Nancy.

---

[3] En la terminología del juego de dados llamado Craps, el ocho se llamaba «Ada from Decatur», y de ahí viene la expresión de irse al sur, puesto que Decatur es el nombre de varias ciudades situadas en el sur de los Estados Unidos. *(N. de la T.)*

—¿Qué tal otro? —dijo ella a lo loco—. Cualquier banco servirá... de hecho, tengo dinero por todas partes.

Jim lo comprendió. Se trataba del wiski de calidad que él le había dado... el wiski de calidad que había estado bebiendo desde entonces. Deseó atreverse a interferir; era raro que una muchacha de su edad y de su posición tuviera dos cuentas bancarias. Cuando el reloj marcó las dos, ya no pudo contenerse más.

—¿Puedo...? ¿Por qué no me dejas que los lance por ti? —le sugirió. Su baja y perezosa voz sonó un poco forzada.

Sintiéndose de repente soñolienta y apática, Nancy lanzó los dedos frente a él.

—Muy bien... ¡Buen chico! Como diría *lady* Diana Manners, «¡Lánzalos, dandi!». Se me ha acabado la suerte.

—Señor Taylor —dijo Jim sin pensar—, nos jugaremos uno de esos cheques contra el dinero en efectivo.

Media hora más tarde, Nancy se tambaleó hacia delante y le dio una palmada en la espalda.

—Me robaste mi suerte. Eso hiciste.

Asentía sabiamente con la cabeza.

Jim recogió el último cheque y, poniéndolo con los demás, los rompió en pedacitos como confeti y los tiró al suelo. Alguien empezó a cantar y Nancy echó su silla hacia atrás para ponerse en pie.

—Damas y caballeros —anunció—. Damas... sí, tú, Marylyn. Quiero contarle al mundo que el señor Jim Powell, que es un famoso dandi de esta ciudad, es una excepción de esa gran regla que dice, «Afortunado en el juego, desafortunado en el amor». Él tiene suerte con los dados y, de hecho, yo... yo le quiero. Señoras y señores, Nancy Lamar, famosa belleza morena que a menudo aparece en el *Herald* como uno de los miembros más populares de la juventud, tal y como otras jóvenes aparecen allí en este caso en particular. Deseo anunciar... Deseo anunciar, de todas formas... Caballeros...

Ella se inclinó de pronto. Clark la cogió y la ayudó a recuperar el equilibrio.

—Fallo mío —rio—. Ella... se rebaja... se rebaja... de todos modos... Bebamos por el dandi... El señor Jim Powell, rey de los dandis.

Y unos minutos más tarde, mientras Jim esperaba a Clark, sombrero en mano, en la oscuridad de aquel mismo rincón del porche donde ella había salido en busca de gasolina, ella apareció súbitamente a su lado.

—Dandi —dijo ella—. ¿Estás aquí, dandi? Creo... —y su leve bamboleo parecía parte de un sueño encantado—, creo que te mereces uno de mis besos más dulces por eso, dandi.

Por un instante, sus brazos le rodearon el cuello y sus labios se presionaron contra los suyos.

—Soy una parte salvaje del mundo, dandi, pero hoy jugaste bien por mí.

Y entonces se marchó hacia el césped, donde los grillos cantaban con fuerza. Jim vio a Merritt salir por la puerta principal y decirle algo a Nancy en tono airado. Vio que ella se reía y se giraba para dirigirse sin mirarlo hacia su coche. Marylyn y Joe los siguieron, cantando una adormilada canción sobre un bebé del *jazz*.

Clark salió y se unió a Jim en los escalones.

—Todo ha salido a pedir de boca, supongo —bostezó—. Merritt está de mal humor. Ciertamente le está soltando un buen sermón a Nancy.

Hacia el este del campo de golf, una leve alfombra gris se extendía a los pies de la noche. El grupo del coche comenzó a entonar un estribillo mientras el motor se calentaba.

—Buenas noches a todos —gritó Clark.

—Buenas noches, Clark.

—Buenas noches.

Hubo una pausa y entonces una voz suave y feliz añadió:

—Buenas noches, dandi.

El coche se alejó con el grupo que cantaba. Un gallo en una granja cercana lanzó un solitario y triste cacareo y, tras ellos, un último camarero negro apagó la luz del porche. Jim y Clark se dirigieron hacia el Ford, triturando sus zapatos de manera estridente la gravilla del camino.

—¡Vaya, chico! —suspiró Clark—. ¡Sí que sabes lanzar esos dados!

Aún estaba demasiado oscuro como para que pudiera ver el rubor en las delgadas mejillas de Jim... o como para saber que se trataba de un rubor de desconocida vergüenza.

## 4

Encima del taller de Tilly, una lóbrega habitación retumbaba todo el día con los ruidos sordos y los rugidos de abajo, así como con las canciones de los limpiadores negros mientras enchufaban con la manguera a los coches del exterior. Era una deprimente habitación cuadrada con una cama y una maltrecha mesa sobre la que yacían media docena de libros: *Slow Train Thru Arkansas,* de Joe Miller, una vieja edición de *Lucille* con muchas anotaciones en una caligrafía anticuada, *The Eyes of the World,* de Harold Bell Wright, y un antiguo libro de oraciones de la Iglesia de Inglaterra con el nombre Alice Powell y la fecha 1831 escritos en la guarda.

El este, gris cuando el dandi entró en el taller, se volvió de un rico y vívido azul cuando encendió su solitaria bombilla. Volvió a apagarla y se dirigió a la ventana, donde apoyó los codos en el alfeizar y miró fijamente la cada vez más intensa mañana. Con el despertar de sus emociones, su primera percepción fue una sensación de futilidad, un sordo dolor ante la completa visión gris de su vida. Un muro se había erigido de repente a su alrededor para cercarlo, un muro tan definido y tangible como las paredes blancas de su desnudo cuarto. Y con su percepción de este muro, todo lo que había sido el romance de su existencia, la despreocupación, la alegre imprevisión, la milagrosa liberalidad de la vida... todo eso se desvaneció. El dandi que se paseaba por la calle Jackson tarareando una cancioncilla, conocido en todas las tiendas y puestos callejeros, que abundaba en saludos y humor local, triste a veces en aras de la tristeza y el paso del tiempo... ese dandi se desvaneció de repente. El nombre en sí era un reproche, una trivialidad. En un momento de inspiración supo que Merritt debía odiarlo, que incluso el beso de Nancy, al alba, habría despertado, no celos, sino sólo desprecio porque Nancy se hubiera rebajado así. Y por su parte, el dandi había usado para ayudarla un sucio subterfugio que había aprendido en el taller. Nancy lo había usado para lavar sus trapos sucios, pero las manchas eran del dandi.

Conforme el gris se tornaba en azul, iluminando el interior de la habitación, él se acercó a su cama y se tiró sobre ella, sujetándose con fuerza a los bordes.

—¡La amo! —gritó—. ¡Dios!

Al decirlo, algo cedió en su interior, como un nudo que se derrite en su garganta. El aire se despejó y se volvió radiante con el amanecer y, apoyando la cara contra la almohada, comenzó a sollozar débilmente.

Bajo los rayos del sol de las tres de la tarde, Clark Darrow conducía despacio por la calle Jackson cuando fue llamado por el dandi, que estaba en la acera con los pulgares metidos en los bolsillos de su chaleco.

—¡Hola! —exclamó Clark, quien detuvo su Ford a su lado de un modo asombroso—. ¿Acabas de levantarte?

El dandi negó con la cabeza.

—No me he acostado. Me sentía un poco inquieto, así que me di un largo paseo por el campo esta mañana. Justo acabo de llegar a la ciudad.

—No me extraña que te sintieras inquieto. Llevo sintiéndome así todo el día.

—Estoy pensando en marcharme de la ciudad —continuó el dandi, absorto en sus propios pensamientos—. He estado pensando en irme a la granja y aliviarle el trabajo a mi tío Dun. Supongo que llevo haraganeando demasiado tiempo.

Clark se quedó en silencio y el dandi prosiguió.

—Puede que, después de que Tía Mamie muera, invierta ese dinero en la granja y saque algo bueno de todo eso. Toda mi familia es originaria de ese lugar en el norte. Tenían una gran casa.

Clark lo miraba con curiosidad.

—Tiene gracia —dijo—. Esto... esto casi me ha afectado de la misma manera.

El dandi vaciló.

—No lo sé —comenzó a decir despacio—. Algo en... fue algo que esa chica dijo anoche sobre una dama de nombre Diana Manners... una dama inglesa... ¡Y eso me hizo pensar! —se incorporó en toda su altura y miró a Clark a un modo extraño—. Yo tuve una familia hace tiempo —dijo en tono desafiante.

Clark asintió.

—Lo sé.

—Y yo soy el último de todos ellos —continuó diciendo el dandi con voz que se alzaba ligeramente—, y no valgo nada. El nombre con el que me llaman significa que soy débil y vago. Personas que no eran nadie cuando mis padres eran importantes, ahora me miran con superioridad cuando me cruzo con ellos por la calle.

De nuevo, Clark guardó silencio.

—Así que estoy harto. Me voy hoy mismo. Y cuando vuelva a esta ciudad, lo haré como un caballero.

Clark sacó su pañuelo y secó su húmeda frente.

—Supongo que no eres el único a quien ha conmocionado el asunto —admitió con tristeza—. Todo este asunto de que las muchachas vivan la vida como lo hacen va a cambiar rápidamente. Claro que es una lástima, pero todo el mundo tiene que entender que es mejor así.

—¿Te refieres a que todo ha salido a la luz? —exigió un sorprendido Jim.

—¿Salir a la luz? ¿Cómo demonios iban a mantenerlo en secreto? Saldrá anunciado en los periódicos esta noche. El doctor Lamar tiene que salvar su buen nombre de algún modo.

Jim apoyó las manos en el lateral del coche y apretó sus largos dedos contra el metal.

—¿Te refieres a que Taylor investigó esos cheques?

Ahora le tocó a Clark el turno de mostrarse sorprendido.

—¿No has oído lo que ha pasado?

Los perplejos ojos de Jim fueron la mejor respuesta.

—Pues resulta —anunció Clark con tono dramático—, que aquellos cuatro consiguieron otra botella de wiski, se emborracharon y decidieron sorprender a la ciudad. De modo que Nancy y ese tal Merritt se casaron en Rockville a las siete de esta mañana.

Una diminuta muesca apareció en el metal bajo los dedos del dandi.

—¿Se han casado?

—En efecto. Nancy recobró la sobriedad y volvió corriendo a la ciudad, llorando y muerta de miedo, afirmando que todo había sido un error. Al principio, el doctor Lamar entró en cólera y quiso matar a Merritt, pero finalmente todo se arregló de algún modo y Nancy y Merritt partieron hacia Savannah en el tren de las dos y media.

Jim cerró los ojos e hizo un enorme esfuerzo por contener las náuseas que le sobrevinieron de súbito.

—Es una lástima —dijo Clark con filosofía—. No me refiero a la boda... Supongo que eso está bien, aunque no creo que Nancy esté enamorada de él. Pero es un delito que una buena chica le haga daño a su familia de ese modo.

El dandi soltó el coche y se dio la vuelta. De nuevo pasaba algo dentro de él, un cambio inexplicable, casi químico.

—¿Adónde vas? —preguntó Clark.

El dandi se giró y lo miró sombrío por encima del hombro.

—Tengo que irme —musitó—. Llevo despierto demasiado tiempo y me siento enfermo.

—Oh.

\* \* \*

En la calle hacía calor a las tres, y aún más calor a las cuatro. El polvo abrileño parecía enmarañar el sol para luego volver a lanzarlo como una antigua broma que se repite eternamente en una eternidad de tardes. Pero a las cuatro y media una primera capa de calma cayó y las sombras se alargaron bajo los toldos y los árboles de frondoso follaje. En este calor no importaba nada. Toda la vida era el clima, una espera en el calor donde los sucesos no tenían importancia para el frío que era suave y como una caricia, como la mano de una mujer sobre una frente cansada. En Georgia existe el sentimiento, puede que inarticulado, de que esta es la mayor sabiduría del sur, de modo que, al cabo de un tiempo, el dandi se dirigió a los billares de la calle Jackson, donde estaba seguro de encontrar un público agradable que le contaría los chistes de siempre, los que él conocía.

# El lomo del camello

## 1

El ojo vidrioso del cansado lector que se pose por un momento sobre el mencionado título supondrá que es un título meramente metafórico[4]. Las historias sobre proverbios y refranes que mencionan escobas y peniques rara vez tienen nada que ver con escobas y peniques. Esta historia es la excepción. Tiene que ver con el lomo de un camello, material, visible y físicamente presente.

Empecemos por el cuello y vayamos avanzando hacia la cola. Quiero que conozcan al señor Perry Parkhurst, veintiocho años de edad, abogado, nativo de Toledo. Perry tiene una dentadura perfecta, un diploma de Harvard, se peina con la raya en el centro. Ustedes le han conocido antes: en Cleveland, Portland, St. Paul, Indianápolis, Kansas City, y demás ciudades. Baker Brothers, de Nueva York, hacen una pausa en su viaje semianual para vestirle; Montgomery & Co. envían a un joven a toda prisa cada tres meses para asegurarse de que tenga el número correcto de perforaciones en sus zapatos. Ahora conduce un descapotable americano, poseerá un descapotable francés si vive lo suficiente, y no cabe duda de que poseería un tanque chino si se pusieran de moda. Parece el anuncio del joven que se frota su bronceado pecho con linimento y viaja al este cada dos años para la reunión con sus compañeros de universidad.

Quiero que conozcan a su amada. Su nombre es Betty Medill y le iría bien en el mundo del cine. Su padre le da trescientos dólares al mes para comprarse ropa, y ella tiene los ojos y el pelo leonados, y abanicos de plumas de cinco colores. También les presentaré a su padre, Cyrus Medill. Aunque tiene todo el aspecto de ser de carne y hueso, por extraño que parezca, en Toledo se le conoce comúnmente

---

[4]   Hace referencia al proverbio «The straw that broke the camel's back», que en español equivale a «La gota que colma el vaso». *(N. de la T.)*

como el Hombre de Aluminio. Cuando se sienta en su ventana del club con dos o tres Hombres de Hierro, y los Hombres de Pino Blanco, y los Hombres de Latón, se parecen muchísimo a ustedes o a mí, sólo que incluso más, si saben lo que quiero decir.

Ahora bien, durante las fiestas navideñas de 1919, en Toledo tuvieron lugar, si sólo contamos a las personas importantes, cuarenta y una cenas, dieciséis bailes, seis meriendas, tanto masculinas como femeninas, doce tés, cuatro despedidas de soltero, dos bodas, y trece reuniones para jugar al *bridge*. Fue el efecto acumulativo de todo esto lo que llevó a Perry Parkhurst a tomar una decisión el veintinueve de diciembre.

La chica de los Medill lo mismo quería casarse con él que decidía que no quería casarse con él. Se lo estaba pasando tan bien qué odiaba dar un paso tan definitivo. Mientras tanto, su compromiso secreto estaba durando tanto que parecía que algún día se rompería bajo su propio peso. Un hombrecillo llamado Warburton, que lo sabía todo, persuadió a Perry para que se impusiera a ella, consiguiera una licencia de matrimonio, y fuera a la casa de los Medill para decirle que tenía que casarse con él de inmediato o romperían para siempre. De modo que allí se presentó con su corazón, su licencia y su ultimátum, y al cabo de cinco minutos se encontraban en medio de una violenta discusión, un estallido de esporádica pelea abierta como las que ocurren cerca del final de las guerras o los compromisos largos. Provocó uno de esos horribles lapsos en los que dos personas que están enamoradas se frenan en seco, se miran con frialdad y piensan que todo ha sido un error. Después, normalmente se besan con cariño y le aseguran a la otra persona que todo fue culpa suya. ¡Di que fue culpa mía! ¡Di que lo fue! ¡Quiero oírtelo decir!

Pero, aunque la reconciliación estaba temblando en el aire, mientras cada uno de ellos estaba demorándolo hasta cierto punto, de modo que pudieran disfrutarlo de un modo más voluptuoso y sentimental cuando llegara, se vieron permanentemente interrumpidos por una llamada telefónica de una parlanchina tía de Betty que duró veinte minutos. Al cabo de dieciocho minutos, Perry Parkhurst, alentado por el orgullo y las sospechas y la dignidad herida, se puso su largo abrigo de piel, recogió su suave sombrero marrón claro, y salió ofendido por la puerta.

—Se ha terminado —murmuró con voz entrecortada mientras intentaba meter primera en su coche—. Todo se ha acabado... ¡Aunque tenga que ahogarte durante una hora, maldita sea! —Esto último se lo dijo al coche, que llevaba parado mucho tiempo y estaba bastante frío.

Condujo hacia el centro de la ciudad; es decir, se metió por un carril en la nieve que lo llevó hasta el centro. Iba sentado muy encorvado y desplomado en su asiento, demasiado desanimado como para que le importase hacia dónde se dirigía.

Delante del Hotel Clarendon, un mal hombre llamado Baily lo llamó desde la acera. Este hombre tenía grandes dientes, vivía en el hotel y nunca se había enamorado.

—Perry —dijo el mal hombre en voz baja cuando el descapotable se detuvo junto a él—, tengo seis litros del mejor champán sin gas que hayas probado. Te cedo un tercio, Perry, si subes y nos ayudas a Martin Macy y a mí a bebérnoslo.

—Baily —dijo Perry con tono tenso—, me beberé tu champán. Me beberé hasta la última gota sin importar si muero en el intento.

—¡Calla, loco! —dijo el mal hombre con dulzura—. No ponen metanol en el champán. Eso es lo que demuestra que el mundo tiene más de seis mil años de antigüedad. Es tan antiguo que el corcho está petrificado. Tienes que sacarlo con una broca para piedra.

—Llévame arriba —dijo Perry a regañadientes—. Si ese corcho ve mi corazón, se saldrá sólo de pura mortificación.

La habitación estaba llena de esos inocentes cuadros de hotel con niñas que comen manzanas y se sientan en columpios y hablan con perros. El resto de la decoración consistía en corbatas y un hombre rosado leyendo un periódico rosa dedicado a mujeres con medias de color rosa.

—Cuando tienes que ir por las carreteras y caminos... —dijo el hombre de piel rosada, mirando con reproche a Baily y a Perry.

—Hola, Martin Macy —dijo Perry de modo cortante—, ¿dónde está ese champán de la edad de piedra?

—¿Qué prisa hay? Entiendo que esto no es una operación. Es una fiesta.

Perry se sentó aburrido y miró con desaprobación todas esas corbatas.

Baily abrió sin prisas la puerta de un armario y sacó seis espléndidas botellas.

—¡Quítate ese maldito abrigo de pieles! —le dijo Martin Macy a Perry—. O tal vez prefieras que abramos todas las ventanas.

—Dame champán —dijo Perry.

—¿Vas a ir al baile de máscaras de los Townsend esta noche? El tema es el circo.

—¡No!

—¿Te han invitado?

—Sí.

—¿Y por qué no vas?

—Ah, estoy harto de fiestas —exclamó Perry—. Estoy harto de ellas. He ido a tantas que me ponen enfermo.

—¿Tal vez vayas a la fiesta de Howard Tate?

—No, te digo que estoy harto de fiestas.

—Bueno —dijo Macy en tono consolador—, la fiesta de Tate es sólo para universitarios, de todos modos.

—Te digo...

—Pensé que irías a alguna de todas formas. Veo en los periódicos que no te has perdido ni una fiesta estas navidades.

Perry soltó un taciturno gruñido.

Nunca volvería a asistir a más fiestas. Frases típicas se reproducían en su mente: esa parte de su vida estaba cerrada, cerrada. Ahora bien, cuando un hombre decía «cerrada, cerrada» de ese modo, pueden estar seguros de que alguna mujer lo había cerrado por partida doble, por así decirlo. Perry también estaba pensando en otro dicho típico, en lo cobarde que es suicidarse. Ese era un noble pensamiento, cálido e inspirador. ¡Piensen en todos los excelentes hombres que perderíamos si el suicidio no fuera algo tan cobarde!

Una hora más tarde dieron las seis en punto y Perry había perdido toda semejanza con el joven del anuncio de linimentos. Parecía un borrador de un desenfrenado dibujo animado. Estaban cantando una espontánea canción que Baily había improvisado:

*Un terrón para Perry, la serpiente de salón,*
*famoso en toda la ciudad por cómo bebe su té;*
*juega con él, se divierte con él,*
*no hace ruido con él,*
*En equilibrio sobre una servilleta en su rodilla bien entrenada...*

—El problema es —dijo Perry, que acababa de atusarse el pelo con el peine de Baily y se estaba probando una corbata naranja alrededor de su cabeza para obtener el efecto de Julio César—, que vosotros cantáis fatal. En cuanto me salgo de la melodía y canto como un tenor, vosotros también empezáis a hacer de tenor.

—Yo soy un tenor natural —dijo Macy con gravedad—. La voz carece de formación, eso es todo. Tengo voz natural, mi tía solía decir. Buen cantante por naturaleza.

—Cantantes, cantantes, todos buenos cantantes —comentó Baily, que estaba al teléfono—. No, el cabaret no; quiero huevos. Quiero que un maldito recepcionista me traiga comida... ¡Comida! Quiero...

—Julio César —anunció Perry, girándose desde el espejo—. Un hombre con voluntad de hierro y severa determinación.

—¡Cállate! —gritó Baily—. Oiga, soy el señor Baily. Suba una cena enorme. Use su buen juicio. De inmediato.

Colgó el teléfono con cierta dificultad y entonces, con los labios apretados y una expresión de solemne intensidad en los ojos, se dirigió hacia el cajón inferior de su cómoda y lo abrió.

—¡Mirad! —ordenó. En sus manos sostenía una prenda truncada a cuadros rosas—. Pantalones —exclamó con gravedad—. ¡Mirad! —Se trataba de una blusa rosa, una corbata roja y un cuello Buster Brown[5]—. ¡Mirad! —repitió—. Mi disfraz para el baile de máscaras de los Townsend. Soy el niño que les lleva el agua a los elefantes.

Perry, a su pesar, estaba impresionado.

—Yo voy a ser Julio César —anunció tras un momento de concentración.

—¡Creía que no ibas a ir! —dijo Macy.

—¿Yo? Claro que voy. Nunca me pierdo una fiesta. Es bueno para los nervios... como el apio.

—¡César! —se burló Baily—. ¡No puedes ser César! No tiene nada que ver con el circo. El César de Shakespeare. Ve de payaso.

Perry negó con la cabeza.

—No. César.

—¿César?

---

[5] Cuello ancho y redondo con un lazo flojo a modo de corbatín. Era muy popular en los Estados Unidos a principios del siglo XX. Recibía su nombre de un personaje de cómics, creado en 1902 por RICHARD FELTON OUTCAULT. (N. de la T.)

—Claro. Cuadriga.

Baily cayó en la cuenta.

—Es verdad. Buena idea.

Perry empezó a buscar con la mirada por toda la habitación.

—Préstame un albornoz y esta corbata —dijo al fin.

Baily lo pensó.

—No está bien.

—Claro que sí, es todo lo que necesito. César era un salvaje. No pueden protestar si voy como César porque era un salvaje.

—No —dijo Baily al tiempo que sacudía la cabeza despacio—. Compra un disfraz en la tienda. En Nolak's.

—Está cerrada.

—Averígualo.

Tras unos desconcertados cinco minutos al teléfono, una débil y cansada voz consiguió convencer a Perry de que estaba hablando con el mismísimo señor Nolak, y que permanecerían abiertos hasta las ocho por la fiesta de Townsend. Con esa seguridad, Perry comió gran cantidad de filete *mignon* y bebió su tercio correspondiente de la última botella de champán. A las ocho y cuarto, el hombre de la chistera que se encuentra delante del Clarendon se lo encontró intentando arrancar su descapotable.

—Congelado —dijo Perry sabiamente—. El frío lo congeló. El aire frío.

—Congelado, ¿eh?

—Sí. El aire frío lo congeló.

—¿No puede arrancarlo?

—No. Lo dejaré aquí hasta el verano. Uno de esos cálidos días de agosto lo descongelará del todo.

—¿Va a dejarlo ahí?

—Claro. Que se quede ahí. Que un ladrón caliente lo robe. Consígame un taxi.

El hombre de la chistera llamó a un taxi.

—¿Adónde, señor?

—A Nolak's... al tipo de los disfraces.

La señora Nolak era baja y de aspecto insípido, y con el cese de la guerra mundial había pertenecido durante un tiempo a una de las nuevas nacionalidades. Debido a las inestables condiciones en Europa, ella nunca se había sentido muy segura de qué era desde entonces. La tienda en la que ella y su marido realizaban su trabajo diario era oscura y fantasmagórica, y se encontraba poblada de armaduras y chinos mandarinos y enormes pájaros de papel maché suspendidos del techo. En un vago trasfondo, muchas hileras de máscaras miraban sin ojos al visitante, y había vitrinas llenas de coronas y cetros, de joyas y enormes pecheras, de pinturas, de pelo de crepé, de pelucas de todos los colores.

Cuando Perry entró sin prisas en la tienda, la señora Nolak estaba doblando los últimos restos de un día extenuante, o eso pensaba, dentro de un cajón lleno de medias de seda rosa.

—¿Algo para usted? —le preguntó con pesimismo—. ¿Quiere disfraz de Julio Hur, el auriga?

La señora Nolak lo sentía, pero toda prenda de auriga había sido alquilada hacía mucho tiempo. ¿Era para el baile de máscaras de Townsend?

—Sí.

—Lo siento —dijo ella—, pero no creo que quede nada que esté realmente relacionado con el circo.

Esto era un obstáculo.

—Vaya —dijo Perry. De repente se le ocurrió una idea—. Si tuviera un trozo de lona, podría ir de carpa de circo.

—Lo siento, pero no tenemos nada así. Tendría que ir a una ferretería para eso. Tenemos bonitos disfraces de soldados confederados.

—No, nada de soldados.

—Y tengo un espléndido rey.

Él negó con la cabeza.

—Varios de los caballeros —continuó ella con tono esperanzado—, van a llevar sombreros de copa alta y chaqués para ir de maestros de pista... pero ya no nos quedan chisteras. Puedo alquilarle pelo de crepé para que se haga un bigote.

—Quiero algo peculiar.

—Algo... Veamos. Bueno, tenemos una cabeza de león, un ganso, y un camello...

—¿Camello? —la idea se apoderó de la imaginación de Perry y se aferró con fuerza.

—Sí, pero se necesitan dos personas.

—Un camello. Esa es una buena idea. Veámoslo.

El camello apareció desde su lugar de descanso en una estantería alta. A primera vista parecía consistir en su totalidad de una cabeza muy demacrada y cadavérica y de una considerable joroba, pero al desplegarlo descubrió que poseía un cuerpo marrón oscuro de aspecto malsano hecho de gruesa tela algodonosa.

—Ya ve que hacen falta dos personas —explicó la señora Nolak, que sostenía el camello con franca admiración—. Si tiene algún amigo, podría formar parte de él. Ya ve que hay una especie de pantalones para dos personas. Un par es para la persona de delante y el otro para la persona de detrás. La persona de delante mira por estos ojos de aquí, y la que va detrás tiene que agacharse y seguir por todas partes a la de delante.

—Póngaselo —le ordenó Perry.

Obediente, la señora Nolak metió su rostro gatuno dentro de la cabeza del camello y la giró de lado a lado con ferocidad.

Perry estaba fascinado.

—¿Qué sonido hace un camello?

—¿Qué? —preguntó la señora Nolak, cuyo rostro emergió algo manchado—. Oh, ¿qué sonido? Pues algo así como un rebuzno.

—Déjeme verlo en el espejo.

Delante de un ancho espejo, Perry se probó la cabeza y se giró de un lado al otro para evaluarla. Bajo la tenue luz, el efecto era, sin lugar a dudas, agradable. El rostro del camello era un estudio sobre el pesimismo, decorado con numerosos arañazos, y había que admitir que su pelaje mostraba ese estado de negligencia general que era particular de los camellos —de hecho, necesitaba ser lavado y planchado— pero era ciertamente peculiar. Era majestuoso. Llamaría la atención en cualquier reunión, aunque sólo fuera por el melancólico aspecto de sus rasgos y la mirada de hambre que acechaba alrededor de sus sombríos ojos.

—Ya ve que se necesitan dos personas —volvió a decir la señora Nolak.

Perry probó vacilante a recoger el cuerpo y las patas y envolverse con todo eso, atando las patas traseras como una faja alrededor de su cintura. El efecto en conjunto era malo. Era incluso irreverente, como uno de esos cuadros medievales en los que un monje se transforma en bestia por obra de Satán. Como mucho, el conjunto parecía una vaca jorobada sentada sobre sus cuartos traseros y rodeada de mantas.

—Así no parece nada de nada —objetó Perry con tristeza.

—No —dijo la señora Nolak—, ya ve que necesita dos personas.

A Perry se le ocurrió una solución.

—¿Tiene alguna cita esta noche?

—Oh, yo no podría...

—Oh, vamos —dijo Perry de modo alentador—. ¡Claro que puede! ¡Venga! Sea buena y métase en esas patas traseras.

Las localizó con dificultad y extendió sus amplias profundidades con zalamería. Pero la señora Nolak parecía reacia. Retrocedió con determinación.

—Ah, no...

—¡Vamos! Usted puede ir delante si así quiere. O podemos lanzar una moneda al aire. Haré que le valga la pena.

La señora Nolak apretó los labios con firmeza.

—¡Basta ya! —dijo sin ningún tipo de falsa modestia—. Ninguno de los caballeros ha actuado de este modo jamás. Mi marido...

—¿Tiene marido? —exigió Perry—. ¿Dónde está?

—En casa.

—¿Cuál es su número de teléfono?

Tras una considerable discusión, Perry obtuvo el número de teléfono perteneciente a los penates Nolak y estableció comunicación con esa débil y cansada voz que ya había oído ese mismo día. Pero el señor Nolak, aunque lo pilló por sorpresa y lo dejó algo confundido con la brillante lógica de Perry, se mantuvo en sus trece. Se negó con firmeza, pero con dignidad, a ayudar al señor Parkhurst en su papel como la parte trasera de un camello.

Después de colgar, o más bien de que le colgaran, Perry se sentó en un taburete de tres patas para reflexionar. Enumeró para sí aquellos amigos a los que podría llamar, y entonces su mente hizo una pausa cuando el nombre de Betty Medill se le ocurrió vaga y tristemente. Tuvo un pensamiento sentimental. Se lo pediría a ella. Su historia de amor se había acabado, pero ella no podía negarle esta última petición. Seguro que no era mucho pedir que le ayudara a cumplir su parte en un compromiso social por una corta velada. Y si ella insistía, ella podía ser la parte delantera del camello y él iría detrás. Su magnanimidad le complació. Su mente incluso creó sueños optimistas de una tierna reconciliación dentro del camello... allí, a escondidas de todo el mundo...

—Más le vale decidirse ya.

La burguesa voz de la señora Nolak se coló en sus apacibles ensoñaciones y lo animó a entrar en acción. Se dirigió al teléfono y llamó al hogar de los Medill. La señorita Betty no estaba; había salido a cenar.

Entonces, cuando todo parecía perdido, el lomo del camello entró curiosamente en la tienda. Era un demacrado individuo con un catarro y una tendencia general a caer en picado. Llevaba la gorra bien calada en la cabeza y su barbilla iba pegada al pecho, el abrigo colgaba hasta sus zapatos, se le veía hecho polvo, andrajoso y —en sentido contrario al Ejército de Salvación— sin hogar. Dijo que era el taxista que el caballero había contratado en el Hotel Clarendon. Le había dado instrucciones para que esperara fuera, pero había esperado mucho rato y le había entrado la sospecha de que el caballero había salido por la puerta de atrás con el propósito de estafarle —a veces los caballeros lo hacían— de modo que había entrado. Se dejó caer sobre el taburete de tres patas.

—¿Quiere ir a una fiesta? —exigió Perry con dureza.

—Tengo que trabajar —dijo el taxista en tono lúgubre—. Debo mantener mi trabajo.

—Es una fiesta muy buena.

—Es un trabajo muy bueno.

—¡Vamos! —le animó Perry—. Sea buena persona. Mire. ¡Es bonito!

Levantó el camello en el aire y el taxista lo miró con cinismo.

—¡Ja!

Perry buscó febrilmente entre los pliegues de la tela.

—¡Mire! —exclamó con entusiasmo, levantando una serie de pliegues—. Esta es su parte. Ni siquiera tiene que hablar. Todo lo que tiene que hacer es caminar... y sentarse en ocasiones. Usted es el único que se sienta. Piénselo. Yo estoy de pie todo el rato y usted puede sentarse parte del tiempo. La única vez en la que yo puedo sentarme es cuando estemos tumbados, y usted puede sentarse cuando... oh, en cualquier momento. ¿Ve?

—¿Qué es esa cosa? —exigió el individuo con incredulidad—. ¿Una mortaja?

—Para nada —dijo un indignado Perry—. Es un camello.

—¿Cómo?

Entonces Perry mencionó una suma de dinero y la conversación abandonó la tierra de los gruñidos y adoptó un matiz práctico. Perry y el taxista se probaron el camello delante del espejo.

—Usted no puede verlo —explicó Perry, que miraba ansioso por los agujeros de los ojos—, pero, sinceramente, viejo amigo, ¡se le ve genial! ¡En serio!

Un gruñido desde la joroba reconoció el algo dudoso cumplido.

—¡En serio, se le ve genial! —repitió Perry con entusiasmo—. Muévase un poco.

Las patas traseras se movieron hacia delante, creando el efecto de un enorme gato camello que se agachara en preparación para un salto.

—No, muévase de lado.

Las caderas del camello casi se salieron de su sitio; una bailarina de hula se habría retorcido de envidia.

—Bien, ¿verdad? —preguntó Perry, girándose hacia la señora Nolak en busca de aprobación.

—Es encantador —accedió la señora Nolak.

—Nos lo llevamos —dijo Perry.

El bulto quedó guardado bajo el brazo de Perry y salieron de la tienda.

—¡Vamos a la fiesta! —le ordenó cuando se sentó en el asiento de atrás.

—¿A qué fiesta?

—A la fiesta de disfraces.

—¿Por dónde queda eso?

Eso presentaba un nuevo problema. Perry intentó acordarse, pero los nombres de todos aquellos que habían organizado fiestas durante las vacaciones bailaban confusamente ante sus ojos. Se lo podía preguntar a la señora Nolak, pero, al mirar hacia el escaparate, vio que la tienda estaba a oscuras. La señora Nolak ya se había desvanecido, era una manchita negra muy lejos en la nevada calle.

—Conduzca hacia la parte alta de la ciudad —ordenó Perry con elegante confianza—. Si ve una fiesta, deténgase. De otro modo, yo le diré cuando hayamos llegado.

Cayó en una borrosa ensoñación y sus pensamientos volvieron a dirigirse a Betty; se imaginó vagamente que habían tenido una riña porque ella se negaba a ir a la fiesta como la parte trasera de un camello. Acababa de deslizarse en una helada siesta cuando el taxista lo despertó al abrir la portezuela y sacudirle el brazo.

—Puede que ya estemos aquí.

Perry miró fuera adormilado. Un toldo a rayas llevaba desde el bordillo hasta una gran casa de piedra gris, desde la que surgía el bajo gemido de percusión del *jazz* caro. Reconoció la casa de Howard Tate.

—Claro —dijo con énfasis—, ¡eso es! La fiesta de Tate es esta noche. Claro. Todo el mundo asistirá.

—Dígame —dijo el individuo con ansiedad tras echarle otro vistazo al toldo—, ¿está seguro de que estas personas no van a burlarse de mí por venir aquí?

Perry se levantó con dignidad.

—Si alguien le dice algo, sólo dígales que usted forma parte de mi disfraz.

La visualización de sí mismo como una cosa en vez de como una persona pareció reafirmar al individuo.

—De acuerdo —dijo de mala gana.

Perry se situó bajo la protección del toldo y comenzó a desenrollar el camello.

—Vamos —le ordenó.

Varios minutos más tarde, un melancólico camello con aire hambriento, que emitía nubes de humo por la boca y por la cima de su noble joroba, pudo haberse visto cruzar el umbral de la residencia de Howard Tate, pasar por delante de un asombrado lacayo sin mucho más que un bufido, y dirigirse directamente hacia la escalera principal que llevaba al salón de baile. La bestia caminaba con unos peculiares andares que variaban entre una incierta fila india y una estampida; pero como mejor se podía describir era con la palabra «vacilante». El camello tenía unos andares vacilantes y, mientras caminaba, se estiraba y se contraía alternativamente como un gigantesco acordeón.

## 3

Los Howard Tate son, como sabe todo el mundo que vive en Toledo, las personas más importantes de la ciudad. La señora de Howard Tate había sido una Todd de Chicago antes de convertirse en una Tate de Toledo, y la familia generalmente finge esa consciente sencillez que ha empezado a ser el atributo de la aristocracia americana. Los Tate habían llegado a la etapa en la que hablaban de cerdos y granjas y te lanzaban una mirada glacial si no te hacía gracia. Han empezado a preferir a sus sirvientes en vez de a sus amigos como invitados a cenar, se gastan mucho dinero en secreto y, al haber perdido todo sentido de la competición, están en proceso de volverse bastante aburridos.

El baile de esa noche era en honor de la pequeña Millicent Tate y, aunque estaban representadas todas las edades, los bailarines eran principalmente alumnos del instituto y de la universidad. Las parejas casadas más jóvenes estaban en el baile de disfraces circenses en el Club Tallyho. La señora Tate se encontraba justo dentro del salón de baile, siguiendo a Millicent con la mirada y sonriendo cada vez que sus ojos se encontraban. Junto a ella estaban dos aduladoras de mediana edad, que le decían que Millicent era una muchacha perfecta y exquisita. Fue en ese momento cuando la señora Tate sintió un firme tirón de su falda y su hija menor, Emily, de once años, saltó con un «¡Uf!» a los brazos de su madre.

—Emily, ¿cuál es el problema?

—Mamá —dijo Emily con ojos desorbitados pero locuaz—, hay algo en las escaleras.

—¿Qué?

—Hay algo en las escaleras, mamá. Creo que es un perro grande, mamá, pero no se parece a un perro.

—¿Qué quieres decir, Emily?

Las aduladoras sacudieron las cabezas en solidaridad.

—Mamá, se parece... parece un camello.

La señora Tate se echó a reír.

—Has visto una sombra rara, cariño, eso es todo.

—No, mamá. No, era una especie de cosa... grande. Iba bajando para ver si había más gente y este perro o cosa iba subiendo. Era un poco extraño, mamá, como si estuviera cojo. Y entonces me vio y soltó una especie de gruñido, y luego se coló en el descansillo y yo eché a correr.

La risa de la señora Tate se desvaneció.

—La niña debe de haber visto algo —dijo.

Las aduladoras estuvieron de acuerdo con ella en que la niña debía de haber visto algo... y de repente las tres mujeres, como por instinto, se alejaron un paso de la puerta cuando les llegó desde fuera el sonido de pasos amortiguados.

Y entonces tres exclamaciones de susto resonaron cuando una forma de color marrón oscuro giró la esquina y vieron lo que parecía ser una enorme bestia que las miraba con avidez.

—¡Uf! —gritó la señora Tate.

—¡Ooh! —exclamaron las señoras a coro.

De repente, el camello encorvó la espalda y las exclamaciones se convirtieron en chillidos.

—Oh... ¡Mirad!

—¿Qué es eso?

El baile se detuvo, pero los bailarines que se acercaron corriendo se llevaron una impresión muy diferente del intruso; de hecho, los jóvenes sospecharon de inmediato que se trataba de una artimaña, de un artista contratado para animar la fiesta. Los muchachos con pantalones largos lo miraban de un modo bastante despectivo, y se acercaron con las manos hundidas en sus bolsillos, sintiendo que estaban insultando su inteligencia. Pero las muchachas lanzaban gritos de regocijo.

—¡Es un camello!

—¡Qué me aspen si no es lo más divertido que he visto nunca!

El camello se quedó allí, vacilante, balanceándose ligeramente de un lado al otro; parecía estar examinando el salón con mirada cuidadosa y evaluadora. Y entonces, como si hubiera tomado una brusca decisión, se giró y salió con rapidez por la puerta.

El señor Howard Tate acababa de salir de la biblioteca en el piso inferior y se encontraba charlando con un joven en el vestíbulo. De súbito oyeron el griterío procedente de arriba y, casi de inmediato, una sucesión de golpes sordos, seguidos por la precipitada aparición al pie de la escalera de una gran bestia marrón que parecía tener mucha prisa por llegar a algún sitio.

—¡Qué demonios...! —dijo el sobresaltado señor Tate.

La bestia se levantó con dignidad y, afectando un aire de extrema despreocupación, como si acabara de recordar un compromiso importante, se dirigió con andares extraños hacia la puerta principal. De hecho, sus patas delanteras comenzaron a correr de forma casual.

—Veamos —dijo el señor Tate con severidad—. ¡Venga! ¡Agárrelo, Butterfield! ¡Agárrelo!

El joven envolvió las patas traseras del camello con un par de convincentes brazos y, al darse cuenta de que seguir en movimiento era imposible, las patas delanteras se sometieron a la captura y permanecieron quietas, resignadas en un estado de cierta agitación. Para entonces, una riada de jóvenes se lanzaba escaleras abajo y el señor Tate, que sospechaba cualquier cosa, desde un ingenioso ladrón hasta un lunático escapado del manicomio, le dio claras órdenes al joven.

—¡Sujételo! Tráigalo aquí y pronto veremos de qué trata todo esto.

El camello consintió en ser llevado a la biblioteca y el señor Tate, tras cerrar la puerta con llave, sacó un revólver de un cajón de la mesa y dio instrucciones al joven para que le quitara la cabeza a aquella cosa. Entonces soltó un grito ahogado y devolvió el revólver a su escondite.

—¡Vaya! ¡Perry Parkhurst! —exclamó con asombro.

—Me he equivocado de fiesta, señor Tate —dijo el avergonzado Perry—. Espero no haberle asustado.

—Bueno... nos ha dado un susto, Perry. —Entonces cayó en la cuenta—. Usted iba al baile de disfraces de los Townsend.

—Esa es la idea general.

—Deje que le presente al señor Butterfield, señor Parkhurst. El señor Butterfield se está alojando unos días con nosotros —dijo dirigiéndose a Perry.

—Me confundí un poco —musitó Perry—. Lo siento mucho.

—No pasa nada. Es el error más natural del mundo. Tengo un disfraz de payaso e iré a esa fiesta al cabo de un rato. —Se giró hacia Butterfield—. Más le vale cambiar de opinión y venir con nosotros.

El joven puso reparos. Se iba a la cama.

—¿Le apetece un trago, Perry? —sugirió el señor Tate.

—Sí, gracias.

—Y, dígame —continuó Tate rápidamente—, se me había olvidado su... su amigo. —Señaló los cuartos traseros del camello—. No pretendía parecer descortés. ¿Es alguien a quien pueda conocer? Sáquelo de ahí.

—No es un amigo —explicó Perry apresurado—. Sólo lo he contratado.

—¿Bebe?

—¿Bebe usted? —preguntó Perry, girándose con esfuerzo.

Se produjo un leve sonido de asentimiento.

—¡Claro que sí! —dijo el señor Tate con entusiasmo—. Un camello realmente eficiente debe ser capaz de beber lo suficiente para que le dure tres días.

—Le digo que no está exactamente vestido como para salir —dijo Perry con ansiedad—. Si me da la botella, yo puedo dársela para que él pueda beber ahí dentro.

Desde debajo de la tela les llegó la audible y entusiasta palmada inspirada por tal sugerencia. Cuando un mayordomo apareció con botellas, vasos y sifón, una de las botellas fue entregada a la parte trasera; a partir de ahí, se pudo oír al silencioso compañero beber largos tragos a intervalos regulares.

Así pasó una benigna hora. A las diez en punto, el señor Tate decidió que más les valía ponerse en camino. Se puso su disfraz de payaso, Perry volvió a colocarse la cabeza del camello y, hombro con hombro, recorrieron a pie la única manzana que había entre la casa de Tate y el Club Tallyho.

La fiesta de disfraces estaba en su apogeo. Habían instalado una gran carpa dentro del salón de baile y, por todo el perímetro, se habían construido hileras de casetas que representaban las diversas atracciones secundarias de un circo, pero ahora estaban vacías y por toda la pista se movía en manada una mezcla gritona y risueña de juventud y colores: payasos, mujeres barbudas, acróbatas, jinetes a pelo, maestros de pista, hombres tatuados y aurigas. Los Townsend habían decidido asegurarse de que su fiesta fuera un éxito, de modo que, a escondidas, habían traído de su casa una gran cantidad de licor que ahora fluía libremente. Una cinta verde recorría todas las paredes del salón de baile, con flechas al lado y letreros que instruían a los novatos, «¡Sigan la línea verde!». La línea verde llevaba al bar, donde los esperaban ponche virgen y ponche travieso, y simples botellas de color verde oscuro.

En la pared sobre el bar había otra flecha, roja y muy ondulada, con el eslogan, «¡Ahora sigan esta flecha!».

Pero incluso en mitad del lujo de los disfraces y de los buenos ánimos representados, la entrada del camello provocó una especie de revuelo y Perry se vio rodeado de inmediato por una muchedumbre curiosa y risueña, que intentaba averiguar la identidad de esta bestia que permanecía junto a la amplia entrada mirando a los bailarines con su ávida mirada melancólica.

Y entonces Perry vio a Betty delante de una caseta, hablando con un policía payaso. Ella iba disfrazada de encantadora de serpientes egipcia: su cabello leonado iba trenzado con anillas de latón y el efecto la coronaba con una reluciente tiara oriental. Su pálida tez estaba teñida de un cálido brillo oliváceo y, sobre sus brazos y la media luna de su espalda, se retorcían pintadas serpientes con ojos de venenoso verde. Sus pies calzaban sandalias y su falda estaba rajada hasta la rodilla, de modo que, cuando caminaba, se podían vislumbrar las demás delgadas serpientes pintadas justo por encima de sus desnudos tobillos. Alrededor del cuello llevaba una brillante cobra. En conjunto era un disfraz encantador; un disfraz que provocaba que las más nerviosas de las mujeres de más edad se alejaran de ella cuando pasaba, y que las más fastidiosas comentaran con grandes aspavientos que «no debería estar permitido» y «es de lo más escandaloso».

Pero Perry, que miraba a través de los inseguros ojos del camello, sólo veía su rostro, radiante, animado y brillante de excitación, y sus brazos y hombros, cuyos móviles y expresivos gestos siempre hacían de ella la persona destacada en cualquier grupo. Estaba fascinado, y su fascinación tuvo el efecto de devolverle la sobriedad. Con creciente claridad, los sucesos del día volvieron a su memoria; la rabia surgió en su interior y, con la medio formada intención de alejarla de la multitud, se dirigió hacia ella... o más bien se alargó ligeramente porque se le había olvidado dar la orden preparatoria necesaria para la locomoción.

Pero en ese instante, el voluble Destino, que llevaba todo el día jugando con él de un modo amargado y sardónico, decidió recompensarle por completo por la diversión que él le había proporcionado a él. El Destino desvió la mirada leonada de la encantadora de serpientes hacia el camello. El Destino la llevó a inclinarse hacia el hombre junto a ella para que le dijera:

—¿Quién es ese? ¿Ese camello?

—Que me aspen si lo sé.

Pero un hombrecillo llamado Warburton, que lo sabía todo, encontró necesario aventurar una opinión.

—Ha llegado con el señor Tate. Creo que una de las partes debe de ser Warren Butterfield, el arquitecto de Nueva York que está visitando a los Tate.

Algo se removió en Betty Medill: ese milenario interés de la chica de provincias por el hombre visitante.

—Oh —dijo en tono casual tras una leve pausa.

Al final del siguiente baile, Betty y su acompañante terminaron a pocos metros del camello. Con la informal osadía que era el fundamento de la velada, ella alargó la mano y acarició suavemente el morro del camello.

—Hola, viejo camello.

El camello se removió nervioso.

—¿Me tienes miedo? —dijo Betty. Levantó las cejas a modo de regaño—. No te asustes. ¿Ves? Soy una encantadora de serpientes, pero también se me dan muy bien los camellos.

El camello hizo una profunda inclinación de cabeza y alguien soltó el obvio comentario sobre la bella y la bestia.

La señora Townsend se acercó al grupo.

—Bueno, señor Butterfield —dijo amablemente—, no lo habría reconocido.

Perry volvió a inclinarse y sonrió alegremente detrás de la máscara.

—¿Y quién está ahí con usted? —preguntó ella.

—Oh —dijo Perry, su voz amordazada por la gruesa tela, lo que la hacía irreconocible—, no es nadie, señora Townsend. Sólo es parte de mi disfraz.

La señora Townsend se rio y se alejó. Perry volvió a girarse hacia Betty.

«¡De modo que esto es lo mucho que le importa! —pensó Perry—. El mismo día de nuestra ruptura definitiva comienza a coquetear con otro hombre, con un completo extraño».

Sin pensarlo, le dio un suave empujón con su hombro y sacudió la cabeza de modo sugerente hacia el vestíbulo, dejando bien claro que deseaba que ella dejara a su acompañante y lo siguiera.

—Adiós, Rus —le dijo a su acompañante—. Este camello me ha atrapado. ¿Adónde vamos, Príncipe de las Bestias?

El noble animal no ofreció réplica, sino que se encaminó con gravedad en la dirección de un rincón apartado en las escaleras laterales.

Allí se sentó ella y el camello, tras unos segundos de confusión que incluyeron ásperas órdenes y sonidos de una acalorada discusión que tenía lugar en su interior, se situó junto a ella... con las patas traseras incómodamente estiradas sobre dos escalones.

—Bueno, viejo amigo —dijo Betty en tono alegre—, ¿está disfrutando de nuestra feliz fiesta?

El viejo amigo indicó que le gustaba haciendo rodar su cabeza con éxtasis y ejecutando una alegre patada con sus pezuñas.

—Esta es la primera vez que tengo una conversación íntima en presencia del ayuda de cámara del hombre —señaló sus patas traseras—, o lo que quiera que sea eso.

—Oh —musitó Perry—, él es sordo y ciego.

—Pensaría que usted debe sentirse bastante discapacitado... no puede pasearse ni aunque quisiera hacerlo.

El camello dejó caer la cabeza lúgubremente.

—Ojalá dijera usted algo —continuó Betty con dulzura—. Diga que le gusto, camello.

El camello lo haría.

—¿Quiere bailar conmigo, camello?

El camello lo intentaría.

Betty le dedicó media hora al camello. Ella dedicaba al menos media hora a todos los visitantes. Normalmente era suficiente. Cuando ella se acercaba a un nuevo hombre, las actuales debutantes estaban acostumbradas a desperdigarse a derecha e izquierda como una columna cerrada que se desplegara delante de una ametralladora. Y así, a Perry Parkhurst se le concedió el privilegio exclusivo de ver a su amada como otros la veían. ¡Había coqueteado con él intensamente!

## 4

Este paraíso de débiles cimientos fue asaltado por los sonidos de un acceso general al salón de baile; el cotillón estaba a punto de empezar. Betty y el camello se unieron a la multitud, su mano marrón apoyada apenas sobre su hombro, anunciando desafiante que lo había adoptado por completo.

Cuando entraron, las parejas ya estaban sentadas a las mesas que bordeaban las paredes, y la señora Townsend, resplandeciente como una estupenda amazona con pantorrillas demasiado rechonchas, se encontraba en el centro de la sala con el jefe de pista a cargo de las disposiciones. A una señal de la banda, todos se levantaron y comenzaron a bailar.

—¿No es maravilloso? —suspiró Betty—. ¿Cree que le será posible bailar?

Perry asintió con entusiasmo. De repente se sentía eufórico. Después de todo, estaba allí de incógnito, hablando con su amada; podía guiñarle el ojo al mundo con aire de superioridad.

De modo que Perry bailó el cotillón. Digo que bailó, pero eso es exagerar la palabra más allá de los sueños más locos del coreógrafo más entusiasta del *jazz*. Permitió que su compañera apoyara las manos sobre sus inútiles hombros y que lo llevara de aquí para allá por toda la pista, mientras él dejaba caer su enorme cabeza dócilmente sobre su hombro y realizaba inútiles y tontos movimientos con sus pies. Sus patas traseras bailaban a su manera, principalmente saltando sobre un pie y después sobre el otro. Nunca seguro de si el baile continuaba, las patas traseras fueron sobre seguro realizando una serie de pasos cada vez que la música empezaba a sonar. Así que el espectáculo que presentaban con frecuencia era el de la parte delantera del camello relajada mientras la trasera mantenía un constante movimiento energético, calculado para provocar una sudoración solidaria en cualquier observador de buen corazón.

Lo escogían con frecuencia. Primero bailó con una alta dama cubierta de paja que anunció con tono jovial que era una bala de heno y le suplicó con fingida modestia que no se la comiera.

—Me gustaría hacerlo. Usted es muy dulce —dijo el galante camello.

Cada vez que el maestro de pista gritaba «¡Cambio de pareja!», se movía atropelladamente en busca de Betty con la salchicha de cartón o la fotografía de la mujer barbuda o cualquier otra dama que le hubiera tocado en suerte a rastras. A veces llegaba a ella el primero, pero normalmente sus carreras eran infructuosas y resultaban en intensas discusiones dentro del disfraz.

—¡Por Dios! —gruñía Perry con fiereza y con los dientes apretados—. ¡Más energía! Podría haber llegado a ella esta vez si usted acelerase.

—¡Pues avíseme con tiempo!

—¡Lo hice, maldita sea!

—No veo nada de nada aquí dentro.

—Todo lo que tiene que hacer es seguirme. Caminar con usted es como si arrastrara un saco de arena.

—Tal vez quiera probar a ir aquí detrás.

—¡Cállese! Si estas personas le encuentran en este salón le darán la peor paliza de su vida. ¡Le quitarían la licencia de su taxi!

Perry se sorprendió de la facilidad con la que lanzó esa monstruosa amenaza, pero pareció ejercer una soporífera influencia en su compañero, ya que soltó un «vale» y se hundió en un avergonzado silencio.

El maestro de pista se subió encima del piano y sacudió la mano pidiendo silencio.

—¡Premios! —gritó—. ¡Acérquense!

—¡Bien! ¡Premios!

Tímidamente, el círculo se movió hacia delante. La bonita chica que había reunido el coraje de venir como la mujer barbuda temblaba de excitación al pensar en ser recompensada por una noche de fealdad. El hombre que se había pasado toda la tarde soportando que le pintaran los tatuajes merodeaba cerca de la muchedumbre, y se ruborizaba intensamente cuando alguien le decía que seguro que lo conseguiría.

—Damas y caballeros artistas de este circo —anunció el maestro de pista con jovialidad—, estoy seguro de que todos estaremos de acuerdo en que nos lo hemos pasado genial. Ahora rendiremos honores a quienes se lo merezcan otorgando los premios. La señora Townsend me ha pedido que conceda los premios. Ahora bien, compañeros artistas, el primer premio es para la dama que ha mostrado esta noche el disfraz más llamativo, favorecedor —en este punto la dama barbuda soltó un suspiro resignado—, y original. —Al oír eso la bala de heno prestó más atención—. Estoy seguro de que la decisión a la que se ha llegado será unánime entre todos los presentes. El primer premio va para la señorita Betty Medill, la cautivadora encantadora de serpientes egipcia.

Hubo un estallido de aplausos, en su mayoría masculinos, y la señorita Betty Medill, con un hermoso sonrojo por debajo de su pintura olivácea, pasó entre la multitud para recibir su galardón. Con una tierna mirada, el maestro de pista le entregó un enorme ramo de orquídeas.

—Y ahora —continuó con una mirada a su alrededor—, el otro premio es para el hombre con el disfraz más divertido y original. Este premio va, sin duda alguna, para un invitado entre nosotros, un caballero que está de visita, pero cuya estancia todos esperamos que sea larga y alegre... Sin más dilación, el premio es para el noble camello que nos ha entretenido con su ávida mirada y su brillante baile durante toda la velada.

Terminó de hablar y se produjo un violento aplauso, así como muchos vítores, ya que fue una elección popular. El premio, una caja grande de puros, fue apartada para el camello, ya que era anatómicamente incapaz de aceptarla en persona.

—Y ahora —continuó el maestro de ceremonias—, daremos por terminado el cotillón con el matrimonio de la Alegría y la Locura. Pónganse en formación para la gran marcha nupcial, con la hermosa encantadora de serpientes y el noble camello a la cabeza.

Betty avanzó alegremente a saltitos y rodeó con un brazo aceitunado el cuello del camello. Detrás de ellos se formó la procesión de muchachos, muchachas, palurdos, mujeres gordas, hombres delgados, tragasables, hombres salvajes de Borneo y fenómenos mancos, muchos de ellos bastante ebrios, todos ellos excitados y felices y deslumbrados por el flujo de luz y color que los rodeaba, y por los rostros familiares, extrañamente desconocidos bajo bizarras pelucas y pinturas bárbaras. Los voluptuosos acordes de la marcha nupcial fueron interpretados en blasfema síncopa por una mezcla delirante de saxofones y trombones... y la procesión dio comienzo.

—¿No estás contento, camello? —preguntó Betty con dulzura mientras avanzaban—. ¿No te alegras de que vayamos a casarnos y que vayas a pertenecerle a la encantadora de serpientes por siempre jamás?

Las patas delanteras del camello brincaban como expresión de excesiva alegría.

—¡Pastor! ¡Pastor! ¿Dónde está el pastor? —gritaban voces gozosas—. ¿Quién va a ser el clérigo?

La cabeza de Jumbo, un negro obeso, camarero en el Club Tallyho desde hacía muchos años, apareció apresuradamente por la puerta entreabierta de una despensa.

—¡Oh, Jumbo!

—Traed al viejo Jumbo. ¡Aquí está!

—Venga, Jumbo. ¿Qué tal si nos casas a una pareja?

—¡Sí!

Jumbo se vio agarrado por cuatro cómicos, que le quitaron el delantal y lo escoltaron hasta una tarima elevada al frente del salón. Allí le quitaron el cuello rígido de su camisa y se lo colocaron del revés para darle un efecto eclesiástico. La procesión se dividió en dos filas, dejando un pasillo para los novios.

—Dios bendito —rugió Jumbo—, si hasta tengo una biblia y todo. Eso servirá.

Sacó una maltrecha biblia de un bolsillo interior.

—¡Sí! ¡Jumbo tiene una biblia!

—¡Apuesto a que también tiene una navaja!

Juntos, la encantadora de serpientes y el camello recorrieron el pasillo que los vitoreaba y se detuvieron delante de Jumbo.

—¿Dónde está tu licencia, camello?

Un hombre cercano le dio un codazo a Perry.

—Dale un trozo de papel. Cualquier cosa servirá.

Perry rebuscó confuso en sus bolsillos, encontró un papel doblado y lo hizo pasar por la boca del camello. Sujetándolo boca abajo, Jumbo fingió examinarlo a conciencia.

—Esto es una licencia especial para camellos —dijo—. Prepara tu anillo, camello.

Dentro del camello, Perry se giró y se dirigió a su peor mitad.

—¡Deme un anillo, por amor de Dios!

—No tengo —protestó una cansada voz.

—Sí que tiene. Lo he visto.

—No me lo voy a quitar del dedo.

—Si no lo hace, le mataré.

Se oyó una exclamación y Perry sintió que le ponían en la mano un enorme anillo de bisutería.

De nuevo le dieron un codazo desde el exterior.

—¡Habla!

—¡Sí, quiero! —exclamó Perry con rapidez.

Oyó que Betty daba sus respuestas con tono gallardo, e incluso en medio de esa parodia, el sonido le emocionó.

Entonces él hizo pasar el anillo de bisutería por una rasgadura en el pelaje del camello y se lo deslizó a ella en el dedo mientras murmuraba palabras ancestrales e históricas frente a Jumbo. No quería que nadie se enterase de eso jamás. Su única idea era escabullirse sin tener que revelar su identidad, puesto que el señor Tate le había guardado el secreto hasta el momento. Un joven digno, Perry... y esto podría perjudicar su incipiente bufete legal.

—¡Abraza a la novia!

—¡Quítate la máscara, camello, y bésala!

Por instinto, su corazón empezó a latir como loco cuando Betty se giró riéndose y comenzó a darle golpecitos en el morro de cartón. Sintió que su autocontrol desfallecía; ansiaba rodearla con sus brazos y declarar su identidad y besar esos labios que le sonreían a menos de un metro de distancia... cuando de súbito las risas y los aplausos se extinguieron a su alrededor y un curioso silencio cayó sobre el salón. Perry y Betty levantaron la vista sorprendidos. Jumbo había dado rienda suelta a un sonoro «¡Vaya!» con voz tan asombrada que todos los ojos se posaron en él.

—¡Vaya! —volvió a decir. Le había dado la vuelta a la licencia de matrimonio del camello, que había estado sujetando al revés, se había puesto unas gafas y la estaba estudiando con gran angustia—. Resulta —exclamó, y en el presente silencio sus palabras se oyeron claramente por todo el salón—, que esta es una auténtica licencia de matrimonio.

—¿Qué?

—¿Uh?

—Dilo de nuevo, Jumbo.

—¿Seguro que sabes leer?

Jumbo los mandó a callar con una sacudida de su mano, y la sangre de Perry comenzó a hervir en sus venas cuando se dio cuenta del descubrimiento que había hecho.

—¡Sí, señor! —repitió Jumbo—. Esta es una licencia de verdad, y las personas mencionadas son esta joven dama, Betty Medill, y un tal señor Perry Parkhurst.

Hubo un grito ahogado general, y un ruido sordo se extendió por todo el salón mientras todos los ojos se posaban en el camello. Betty se alejó de él con rapidez; sus leonados ojos soltaban chispas de furia.

—Camello, ¿eres el señor Parkhurst?

Perry no contestó. La multitud se acercaba cada vez más y lo miraba fijamente. Se quedó paralizado por la vergüenza, su rostro de cartón aún ávido y sardónico mientras miraba al amenazante Jumbo.

—¡Más vale que hable! —dijo Jumbo despacio—, porque puede que esto sea un asunto grave. Aparte de mis obligaciones en el club, resulta que soy pastor de la Primera Iglesia Baptista de Color. Me parece que os habéis casado de verdad.


5


La escena que se sucedió estará para siempre en los anales del Club Tallyho. Rechonchas matronas se desmayaron, americanos de pura cepa maldijeron, debutantes con ojos desorbitados farfullaban en grupos que se formaban y disolvían en un instante, y un enorme zumbido de parloteo, virulento, pero extrañamente apagado, resonaba por el caótico salón de baile. Enfebrecidos jóvenes juraban que matarían a Perry o a Jumbo o a ellos mismos o a alguien, y el predicador baptista se vio asediado por un tempestuoso grupo de clamorosos abogados novatos que hacían preguntas, amenazaban, exigían precedentes, ordenaban que la boda fuera anulada y, en especial, intentaban averiguar si había habido alguna especie de pacto previamente acordado en lo que había acontecido.

En un rincón, la señora Townsend lloraba sobre el hombro del señor Howard Tate, que estaba intentando consolarla en vano; intercambiaban exclamaciones tales como «ha sido culpa mía» locuazmente y a viva voz. Fuera, en un camino cubierto de nieve, el señor Cyrus Medill, el Hombre de Aluminio, andaba despacio de un lado al otro entre dos fornidos aurigas, unas veces dando rienda suelta a una serie de palabras imposibles de repetir, y otras suplicando que le dejaran echarle la mano encima a Jumbo. Irónicamente, iba ataviado para la velada como un salvaje de Borneo, y el más exigente director de escena habría reconocido que sería del todo imposible darle el papel a alguien mejor.

Mientras tanto, los dos protagonistas ocupaban el centro del escenario. Betty Medill —¿o era Betty Parkhurst?— furiosa a más no poder, estaba rodeada de las muchachas más feúchas —las más bonitas estaban demasiado ocupadas hablando de ella como para prestarle atención— y al otro lado del salón se hallaba el camello, aún intacto excepto por su cabeza, que colgaba patéticamente sobre su pecho. Perry estaba completamente inmerso en proclamar su inocencia ante un círculo de enfadados y asombrados hombres. Cada pocos minutos, justo cuando parecía que acababa de demostrar su punto de vista, alguien mencionaba el certificado de matrimonio y la inquisición comenzaba de nuevo.

Una chica de nombre Marion Cloud, considerada la segunda belleza de Toledo, cambió la esencia de la situación con un comentario que le hizo a Betty.

—Bien —dijo con malicia—, todo quedará en el olvido, querida. Los tribunales lo anularán sin dudarlo.

Las furiosas lágrimas de Betty se secaron milagrosamente en sus ojos, sus labios formaron una fina línea, y miró a Marion con frialdad. Entonces se levantó y, dispersando a sus simpatizantes a izquierda y derecha, atravesó la sala para dirigirse directamente a Perry, quien la miraba horrorizado. De nuevo se hizo el silencio en la sala.

—¿Tendrías la decencia de concederme cinco minutos de conversación... o eso no entraba en tus planes?

Él asintió. Su boca era incapaz de formar palabras.

Indicando fríamente que la siguiera, ella salió del salón de baile con la barbilla levantada y se dirigió a la privacidad de una de las pequeñas salas para jugar a las cartas.

Perry comenzó a seguirla, pero se vio detenido con una sacudida cuando sus patas traseras se negaron a funcionar.

—¡Quédese aquí! —le ordenó brutalmente.

—No puedo —se quejó una voz desde la joroba—, a menos que usted salga primero y me deje salir.

Perry vaciló, pero, incapaz de seguir tolerando los ojos de la curiosa muchedumbre, musitó una orden y el camello salió con cuidado de la sala sobre sus cuatro patas.

Betty lo estaba esperando.

—Bueno, —comenzó con rabia—. ¡Mira lo que has hecho! ¡Tú y esa estúpida licencia! ¡Te dije que no deberías haberla solicitado!

—Cariño mío, yo...

—¡No me llames «cariño mío»! Guárdatelo para tu auténtica esposa, si alguna vez consigues casarte después de esta vergonzosa actuación. Y no intentes fingir que no estaba todo preparado. ¡Sabes que le diste dinero a ese camarero de color! ¡Sabes que lo hiciste! ¿Pretendes decir que no intentaste casarte conmigo?

—No... por supuesto...

—¡Sí, más vale que lo admitas! Lo intentaste y ¿qué vas a hacer ahora? ¿Sabes que mi padre se ha puesto medio loco? Lo tendrás bien merecido si intenta matarte. Sacará su pistola y te meterá un frío balazo. Aunque esta bo... esta *cosa* pueda ser anulada, ¡penderá sobre mi cabeza para el resto de mi vida!

Perry no pudo resistirse a citar sus palabras suavemente.

—Oh, camello, ¿no te gustaría pertenecerle a la bonita encantadora de serpientes para toda la...?

—¡Cállate! —gritó Betty.

Hubo una pausa.

—Betty —dijo Perry al fin—, sólo hay una cosa que podamos hacer para realmente aclarar el asunto. Y es que te cases conmigo.

—¡Casarme contigo!

—Sí. En realidad, es lo único...

—¡Cierra la boca! No me casaría contigo ni... ni...

—Lo sé. Ni aunque fuera el último hombre sobre la faz de la tierra. Pero si te importa tu reputación...

—¡Reputación! —exclamó—. ¿Cómo te atreves a pensar *ahora* en mi reputación? ¿Por qué no pensaste en mi reputación antes de contratar a ese horrible Jumbo para... para...?

Perry lanzó las manos al aire desesperadamente.

—Muy bien. Haré todo lo que quieras. ¡Dios sabe que renuncio a todos mis derechos!

—Pero yo no —dijo una nueva voz.

Perry y Betty se sobresaltaron, y ella se llevó una mano al corazón.

—Cielo santo, ¿qué ha sido eso?

—Soy yo —dijo el lomo del camello.

Al cabo de un minuto, Perry se había quitado el pelaje del camello y un objeto derrengado, cuya ropa colgaba húmeda sobre su cuerpo, con la mano apretada en el cuello de una botella medio vacía, se alzó desafiante frente a los dos.

—¡Oh! —exclamó Betty—. ¡Has traído este objeto aquí para asustarme! Me dijiste que era sordo... ¡Qué persona tan horrible!

El lomo del camello se sentó en una silla con un suspiro de satisfacción.

—No me hable así, señora. No soy una persona. Soy su marido.

—¡Marido!

El grito surgió a la vez de Betty y Perry.

—Pues claro. Yo soy tan marido suyo como ese tipo de ahí. El moreno no la casó con la parte delantera del camello. La casó con el camello entero. ¡Pero si es mi anillo el que lleva en el dedo!

Con un chillido, ella se arrancó el anillo y lo tiró al suelo con pasión.

—¿Qué es todo esto? —exigió Perry, aturdido.

—Pues que más le vale llegar a un acuerdo conmigo, y que sea un buen acuerdo. Si no lo hace, voy a tener los mismos derechos que usted a estar casado con ella.

—Eso es bigamia —dijo Perry al tiempo que se giraba con gravedad hacia Betty.

Entonces llegó el momento supremo de la noche de Perry, la definitiva oportunidad con la que arriesgaba su fortuna. Se levantó y miró primero a Betty, que estaba sentada con aspecto débil, horrorizada por esta nueva complicación, y luego al individuo que se tambaleaba de lado a lado sobre su silla, con incertidumbre, de manera amenazante.

—Muy bien —le dijo Perry, despacio, al individuo—, puede quedársela. Betty, voy a demostrarte que, por lo que a mí concierne, nuestro matrimonio fue completamente accidental. Voy a renunciar por completo a mis derechos a tenerte como mi esposa, y te entrego al... al hombre cuyo anillo llevas... tu legítimo esposo.

Hubo una pausa y dos pares de aterrorizados ojos se posaron en él.

—Adiós, Betty —dijo con voz entrecortada—. No te olvides de mí en tu recién descubierta felicidad. Partiré hacia el lejano oeste en el tren de la mañana. Piensa en mí con ternura, Betty.

Con una última mirada hacia los otros dos, se giró y dejó que su cabeza colgara sobre el pecho mientras tocaba el picaporte.

—Adiós —repitió. Giró el picaporte.

Pero ante ese sonido las serpientes y la seda y el leonado cabello se precipitaron violentamente hacia él.

—¡Oh, Perry, no me dejes! ¡Perry, Perry, llévame contigo!

Sus lágrimas caían y le mojaban el cuello. Con calma, él la rodeó con sus brazos.

—No me importa —dijo ella—. Te quiero, y si puedes despertar a un pastor a estas horas y que vuelva a hacerlo de nuevo, me iré contigo al oeste.

Sobre el hombro femenino, la parte delantera del camello miró al lomo del camello... e intercambiaron una suerte de guiño esotérico y particularmente sutil que sólo los verdaderos camellos pueden entender.

# May day

Se había librado una guerra y habían vencido, y la gran ciudad del pueblo conquistador estaba decorada con arcos triunfales y lucía alegre con flores de colores blanco, rosa y rojo. Durante todos los largos días primaverales, los soldados que volvían desfilaban por la calle principal detrás del estruendo de los tambores y el alegre y resonante aire de los instrumentos de viento metal, mientras los comerciantes y dependientes dejaban sus disputas y sus cifras y, pegados a los escaparates, giraban sus blancos rostros fruncidos con gravedad hacia los batallones que iban pasando.

Nunca se había visto tal esplendor en la gran ciudad, ya que la victoriosa guerra había traído gente a raudales en su tren, y los comerciantes habían acudido en manada desde allá, del sur y del oeste, con sus familias para saborear todos los deliciosos festines y para presenciar los fastuosos entretenimientos que habían preparado... y para comprarles a sus mujeres pieles para el próximo invierno y bolsos de redecilla dorada y multicolores zapatos de seda y plata y satén rosado y tela dorada.

Tan alegres y ruidosas eran la inminente paz y prosperidad alabada por los escribas y poetas del pueblo vencedor que cada vez más se reunían más personas derrochadoras que procedían de provincias para beber el vino de la excitación, y los comerciantes se deshacían de sus baratijas y zapatos cada vez con más celeridad hasta que lanzaron un poderoso grito pidiendo más baratijas y más zapatos para poder seguir negociando con lo que se les exigía. Algunos incluso llegaban a lanzar las manos al aire con gesto de impotencia.

—¡Ay! ¡Ya no me quedan zapatos! ¡Y qué lástima! ¡No tengo más baratijas! ¡Que el cielo me ayude porque no sé qué voy a hacer! —gritaban.

Pero nadie escuchaba sus grandes protestas, puesto que el gentío estaba demasiado ocupado. Día tras día, los soldados de infantería recorrían con alegría la calle y todos se regocijaban porque los jóvenes que regresaban eran puros y valientes, con dientes sanos y mejillas sonrosadas, y las jóvenes de la tierra eran vírgenes y atractivas tanto de rostro como de figura.

De modo que durante todo este tiempo hubo muchas aventuras que sucedieron en la gran ciudad, y varias de esas aventuras —o quizás una— están anotadas aquí.

## 1

A las nueve en punto de la mañana del primero de mayo de 1919, un joven hablaba con el recepcionista del Hotel Biltmore para preguntarle si el señor Philip Dean se alojaba allí y, de ser así, si podían comunicarle con los aposentos del señor Dean. Quien preguntaba iba vestido con un traje desgastado y de buen corte. Era menudo, esbelto, moreno y guapo; sus ojos estaban enmarcados, por arriba, con pestañas inusualmente largas y, por abajo, con el azulado semicírculo de la mala salud, este último efecto aumentado por un brillo nada natural que coloreaba su rostro como una débil e incesante fiebre.

El señor Dean se alojaba allí. El joven fue dirigido hacia un teléfono en un lateral.

Tras un segundo se produjo la conexión; una voz soñolienta saludó desde algún lugar sobre su cabeza.

—¿El señor Dean? —esto lo dijo con muchas ansias—. Soy Gordon, Phil. Soy Gordon Sterrett. Estoy abajo. He oído que estabas en Nueva York y tuve el presentimiento de que te alojarías aquí.

La soñolienta voz se iba volviendo cada vez más entusiasta. ¡Vaya! Y qué tal le iba a Gordy, el viejo amigo. ¡Vaya, pues claro que estaba sorprendido y contento! ¡Que Gordy suba de inmediato, por los clavos de Cristo!

Unos minutos más tarde, Philip Dean, vestido con un pijama de seda azul, abrió la puerta y los dos jóvenes se saludaron con una exuberancia que los dejó medio avergonzados. Ambos tenían unos veinticuatro años y se habían graduado en Yale el año anterior a la guerra; pero las similitudes acababan bruscamente ahí. Dean era rubio, rubicundo y robusto bajo su elegante pijama. Todo en él irradiaba aptitud física y salud. Sonreía con frecuencia, mostrando dientes grandes y prominentes.

—Iba a ponerme en contacto contigo —exclamó con entusiasmo—. Voy a cogerme un par de semanas de vacaciones. Si te sientas un momento, ahora mismo estoy contigo. Voy a ducharme.

Cuando desapareció dentro del cuarto de baño, los oscuros ojos de su visitante vagaron nerviosos por toda la habitación, deteniéndose por un momento en una gran maleta inglesa en el rincón y en una serie de gruesas camisas de seda desperdigadas sobre las sillas entre impresionantes corbatas y suaves calcetines de lana.

Gordon se levantó y, cogiendo una de las camisas, realizó un examen minucioso. Estaba confeccionada con una seda muy pesada, amarilla con una pálida franja azul... y había casi una docena de camisas. Se quedó mirando sin pretenderlo los puños de su propia camisa: estaban harapientos, cubiertos de pelusa en los bordes y manchados de un débil gris. Dejando caer la camisa de seda, tiró hacia abajo de las mangas de su abrigo y se subió los raídos puños hasta ocultarlos a la vista. Luego se dirigió al espejo y se miró con apático e infeliz interés. Su corbata, que había visto días mejores, estaba descolorida y manoseada; ya no conseguía ocultar los deshilachados ojales de su cuello. Pensó, con bastante pesimismo, que sólo tres años antes había recibido gran cantidad de votos en las elecciones del último curso en la universidad por ser el hombre mejor vestido de su promoción.

Dean salió del cuarto de baño secándose el cuerpo.

—Vi a una vieja amiga tuya anoche —comentó—. Me la crucé en el vestíbulo y no conseguí acordarme de su nombre ni aunque me fuera la vida en ello. Esa chica que llevaste a New Haven el último curso.

Gordon dio un respingo.

—¿Edith Bradin? ¿Te refieres a ella?

—Esa es. Guapísima. Sigue siendo una muñequita... ya sabes lo que quiero decir: de las que se manchan si las tocas.

Examinó su reluciente persona en el espejo con complacencia y sonrió levemente, exponiendo una sección de sus dientes.

—Ya debe de tener veintitrés años —continuó.

—Cumplió veintidós el mes pasado —dijo Gordon con aire ausente.

—¿Qué? Oh, el mes pasado. Bueno, imagino que está aquí por el baile de Gamma Psi. ¿Sabías que van a dar un baile en honor de la fraternidad Gamma Psi de Yale esta noche en Delmonico? Más te vale asistir, Gordy. Medio New Haven estará allí con toda probabilidad. Puedo conseguirte una invitación.

Colocándose con desidia la ropa interior limpia, Dean encendió un cigarrillo y se sentó junto a la ventana abierta, inspeccionando sus pantorrillas y rodillas bajo el sol matutino que se derramaba dentro de la habitación.

—Siéntate, Gordy —sugirió—, y cuéntame todo lo que has estado haciendo y lo que haces ahora y todo lo demás.

Gordon se derrumbó inesperadamente sobre la cama. Se quedó tumbado inerte y desanimado. Su boca, que normalmente se abría un poco cuando su rostro estaba en reposo, de pronto se volvió inútil y patética.

—¿Qué pasa? —preguntó Dean con rapidez.

—¡Oh, cielos!

—¿Qué te pasa?

—Me pasa de todo en este maldito mundo —dijo con tristeza—. Estoy absolutamente hecho pedazos, Phil. Estoy roto.

—¿Cómo?

—Estoy roto.

Le temblaba la voz. Dean lo escudriñó más de cerca con ojos evaluadores.

—Ciertamente se te ve hecho polvo.

—Lo estoy. Lo he arruinado todo —hizo una pausa—. Más me vale comenzar por el principio... ¿o te aburriré?

—Para nada. Continúa.

Sin embargo, había un tono vacilante en la voz de Dean. Este viaje al este había sido planeado como unas vacaciones; encontrar a Gordon Sterrett metido en problemas le exasperaba un poco.

—Continúa —repitió, y luego añadió en voz baja—: Acaba de una vez.

—Pues bien —comenzó Gordon de manera vacilante—, volví de Francia en febrero, me fui a mi casa en Harrisburg durante un mes y luego vine a Nueva York en busca de trabajo. Y lo encontré... con una compañía de exportación. Me despidieron ayer.

—¿Te despidieron?

—Estoy llegando a eso, Phil. Quiero contártelo con franqueza. Tú eres el único hombre al que puedo acudir en un asunto como este. No te importa que te lo cuente todo con franqueza, ¿verdad, Phil?

Dean se puso aún más rígido. Las palmaditas que le estaba dando a sus rodillas se tornaron superficiales. Tenía la vaga sensación de que lo estaban cargando injustamente de responsabilidades; ni siquiera estaba seguro de querer que se lo contara. Aunque nunca le sorprendía encontrar a Gordon Sterrett en alguna dificultad, había algo en esta desgracia actual que le repelía y le endurecía, aun cuando acicateaba su curiosidad.

—Sigue.

—Se trata de una muchacha.

—Ah.

Dean decidió que nada iba a estropearle su viaje. Si Gordon iba a estar depresivo, entonces pasaría menos tiempo en compañía de Gordon.

—Su nombre es Jewel Hudson —continuó la angustiada voz desde la cama—. Ella solía ser «pura», supongo, hasta hace un año o así. Vivía aquí en Nueva York y procedía de una familia pobre. Sus padres han muerto ya y vive con una vieja tía. Resulta que fue en las mismas fechas en las que la conocí cuando todo el mundo comenzó a volver de Francia en tropel... y todo lo que hice fue recibir a los recién llegados y asistir a fiestas con ellos. Así es como empezó, Phil, sólo alegrándome de ver a todo el mundo y ellos alegrándose de verme a mí.

—Tendrías que haber tenido más sentido común.

—Lo sé —Gordon hizo una pausa antes de continuar sin fuerzas—. Ahora estoy solo, ¿sabes, Phil? Y no soporto ser pobre. Entonces llega esta maldita chica. Ella se enamoró de mí durante un tiempo y, aunque nunca tuve la intención de implicarme tanto, siempre parecía toparme con ella por todas partes. Te puedes imaginar el tipo de trabajo que yo estaba haciendo para la gente de la empresa de exportaciones; por supuesto, yo siempre tuve la intención de dibujar, hacer ilustraciones para revistas... Hay mucho dinero en esa industria.

—¿Por qué no lo hiciste? Tienes que aplicarte si quieres que te vaya bien —sugirió Dean con fría formalidad.

—Lo intenté, un poco, pero mis dibujos están sin pulir. Tengo talento, Phil, sé dibujar... pero simplemente no sé cómo hacerlo. Debo ir a la facultad de Bellas Artes y no puedo permitírmelo. Bueno, todo desembocó en una crisis hace una semana. Justo cuando sólo me quedaban unos cuantos dólares, esta chica empezó a molestarme. Quiere dinero, y asegura que me causará problemas si no lo consigue.

—¿Puede hacer eso?

—Me temo que sí. Esa es una de las razones por las que perdí mi trabajo; ella no hacía más que llamar a la oficina y eso fue algo así como la gota que colmó el vaso. Tiene una carta lista para enviársela a mi familia. Oh, me tiene bien pillado. Tengo que conseguir dinero para dárselo a ella.

Se produjo una pausa incómoda. Gordon yacía muy quieto, con las manos apretadas a los costados.

—Estoy roto —continuó con voz temblorosa—. Estoy medio loco, Phil. Si no hubiera sabido que venías al este, creo que me habría suicidado. Quiero que me prestes trescientos dólares.

Las manos de Dean, que habían estado dando palmadas a sus desnudos tobillos, se quedaron quietas de repente... y la curiosa incertidumbre que planeaba entre los dos se volvió tensa y forzada.

Tras unos segundos, Gordon siguió hablando.

—He sangrado a mi familia hasta el punto de que me da vergüenza pedirles ni un centavo más.

Dean siguió sin ofrecer respuesta.

—Jewel dice que tengo que darle doscientos dólares.

—Dile a dónde puede irse.

—Sí, eso suena fácil, pero ella tiene en su poder dos cartas que le escribí en estado de embriaguez. Por desgracia, no es la clase de mujer debilucha que uno esperaría.

Dean puso mueca de disgusto.

—No soporto a ese tipo de mujeres. Tienes que mantenerte alejado.

—Lo sé —admitió Gordon con cansancio.

—Tienes que aceptar las cosas como son. Si no tienes dinero, pues tienes que trabajar y mantenerte alejado de las mujeres.

—Para ti es fácil decirlo —protestó Gordon con ojos entrecerrados—. Tienes todo el dinero del mundo.

—Te aseguro que no. Mi familia controla con firmeza mis gastos. Sólo porque tengo un poco de margen tengo que poner especial cuidado en no abusar del privilegio.

Levantó la persiana y dejó que el sol inundara más la habitación.

—Dios sabe que no soy un mojigato —continuó con deliberación—. Me gusta el placer... y me gusta mucho cuando estoy de vacaciones como ahora, pero tú... tú estás en malas condiciones. Nunca te he oído hablar así. Pareces estar pasando por una suerte de bancarrota... tanto moral como económica.

—¿No suelen ir de la mano?

Dean sacudió la cabeza con impaciencia.

—Hay un aura habitual en ti que no comprendo. Es una especie de maldad.

—Es un aire de preocupación y pobreza y noches sin dormir —dijo Gordon con tono desafiante.

—No lo sé.

—Ah, admito que soy deprimente. Me deprimo a mí mismo. Pero por Dios, Phil, una semana de reposo y un traje nuevo y dinero en efectivo y seré... el que era. Phil, puedo dibujar como un rayo y lo sabes. Pero la mitad del tiempo no he tenido el dinero necesario para comprar material de dibujo decente... y no puedo dibujar cuando estoy cansado y desanimado. Con un poco de dinero contante y sonante puedo tomarme unas semanas de asueto y empezar.

—¿Cómo sé que no usarás ese dinero con otra mujer?

—¿Por qué me lo reprochas? —dijo Gordon en tono quedo.

—No te lo reprocho. Detesto verte así.

—¿Me prestarás el dinero, Phil?

—No puedo decidirlo ahora mismo. Es mucho dinero y sería absolutamente inconveniente para mí.

—Será el infierno para mí si no puedes... Sé que estoy lloriqueando y que todo es culpa mía, pero... eso no lo cambia.

—¿Cuándo podrás devolvérmelo?

Gordon consideró que eso era prometedor. Puede que lo más inteligente fuera ser sincero.

—Por supuesto, podría prometer devolvértelo el mes que viene, pero... es mejor si te digo tres meses. Tan pronto como empiece a vender ilustraciones.

—¿Cómo sé que venderás ilustraciones?

Una nueva dureza en la voz de Dean envió un leve escalofrío de duda por la espalda de Gordon. ¿Era posible que no consiguiera el dinero?

—Supuse que confiarías en mí.

—Y confiaba... pero cuando te veo así me entran las dudas.

—¿Crees que vendría a verte así si no estuviera desesperado? ¿Piensas que lo estoy disfrutando?

Se interrumpió y se mordió el labio al sentir que más le valía controlar la creciente rabia en su voz. Después de todo, él era el suplicante.

—Parece que lo tienes bien controlado —dijo Dean enfadado—. Me pones en una posición en la que, si no te presto el dinero, soy un desgraciado... oh sí, eso haces. Y déjame decirte que no me resulta fácil hacer acopio de trescientos dólares. Mis ingresos no son tan generosos como para que semejante cantidad no me deje en apuros.

Abandonó su silla y comenzó a vestirse, eligiendo las prendas con cuidado. Gordon estiró los brazos y se aferró a los bordes de la cama, luchando contra el deseo de gritar. Su cabeza daba vueltas y se le partía en dos, tenía la boca seca y amarga, y podía sentir cómo la fiebre en sus venas se convertía en incontables pulsos regulares como el lento goteo de un tejado.

Dean se hizo el nudo de la corbata con precisión, se cepilló las cejas, y retiró unas hebras de tabaco de entre sus dientes con solemnidad. A continuación rellenó su pitillera, lanzó consideradamente la caja vacía a la papelera, y guardó la pitillera en el bolsillo de su chaleco.

—¿Has desayunado? —preguntó.

—No, ya no desayuno.

—Bueno, saldremos y desayunaremos. Decidiremos lo del dinero más tarde. Estoy harto del tema. Vine al este a pasármelo bien. Vayamos al Club Yale —continuó de mal humor, y luego añadió con un reproche implícito—: Has renunciado a tu trabajo. No tienes nada mejor que hacer.

—Tendría muchas cosas que hacer si tuviera dinero —dijo Gordon con intención.

—¡Ah, por todos los santos, deja el tema aunque sea por un momento! No tiene sentido que pongas un nubarrón negro sobre todo mi viaje. Mira, aquí tienes algo de dinero.

Sacó un billete de cinco dólares de su cartera y se lo tiró a Gordon, quien lo dobló con cuidado y se lo metió en el bolsillo. Había un añadido toque de color en sus mejillas, un brillo añadido que no era fiebre. Por un instante, antes de volverse para salir, sus ojos se encontraron y, en ese instante, ambos descubrieron algo que los hizo bajar la mirada con rapidez. Ya que en ese instante, de repente y sin lugar a dudas, se odiaban.

## 2

La Quinta Avenida y la Calle 44 estaban abarrotadas con la muchedumbre del mediodía. El abundante y alegre sol relucía como oro efímero a través de los gruesos escaparates de las elegantes tiendas, iluminando bolsas de red y bolsos y collares de perlas en estuches de terciopelo gris; cayendo sobre los encajes y las sedas de los caros vestidos; destacando los malos cuadros y los muebles de época en las elaboradas salas de exposición de los decoradores de interiores.

Las muchachas trabajadoras, en parejas, en grupos, en enjambres, merodeaban junto a estos escaparates para elegir sus futuras alcobas de entre alguna resplandeciente exposición que incluso incluía un pijama de seda para hombre, dispuesto sobre la cama de un modo hogareño. Se paraban delante de las joyerías y escogían sus anillos de compromiso y sus alianzas para la boda, sus relojes de platino, y luego se marchaban para inspeccionar los abanicos de plumas y las capas para la ópera. Mientras tanto, digerían los bocadillos y helados que habían tomado para almorzar.

Entremezclados con la multitud había hombres de uniforme, marineros de las grandes flotas ancladas en el Hudson, soldados con insignias divisionales desde Massachusetts hasta California, deseosos en extremo de que se los viera, sólo para descubrir que la gran ciudad estaba plenamente harta de soldados a menos que estuvieran bien agrupados en bonitas formaciones bajo el incómodo peso de una mochila y un rifle. Dean y Gordon caminaban entre esa mescolanza; el primero iba interesado, alerta ante el despliegue de humanidad en su estado más frívolo y chabacano; el último con el recuerdo de lo a menudo que había formado parte de esa multitud, cansado, esporádicamente alimentado, estresado y disoluto. Para Dean, la lucha era significativa, joven, alegre; para Gordon era deprimente, carente de significado, interminable.

En el Club Yale se encontraron con un grupo de sus excompañeros de clase, quienes saludaron al visitante Dean a gritos. Sentados en un semicírculo de sofás y sillones, todos pidieron una ronda de wiski con soda.

Gordon encontraba la conversación tediosa e interminable. Almorzaron *en masse,* todos juntos, calentados por el licor cuando la tarde comenzó. Todos irían al baile de Gamma Psi esa noche; prometía ser la mejor fiesta desde la guerra.

—Edith Bradin irá —le dijo alguien a Gordon—. ¿No solía ser uno de tus antiguos amores? ¿No sois los dos de Harrisburg?

—Sí. —Intentó cambiar de tema—. Veo a su hermano de vez en cuando. Es como una especie de socialista loco. Dirige un periódico o algo así aquí en Nueva York.

—No es como su alegre hermana, ¿eh? —continuó su ansioso informante—. Bueno, pues ella irá esta noche... con un alumno de tercero llamado Peter Himmel.

Gordon iba a reunirse con Jewel Hudson a las ocho en punto; le había prometido que tendría su dinero. Varias veces lanzó una mirada nerviosa a su reloj de pulsera. A las cuatro, para su alivio, Dean se levantó y anunció que se iba a *Rivers Brothers* a comprar cuellos y corbatas. Pero cuando salieron del Club, para mayor consternación de Gordon, uno del grupo se les unió. Dean se encontraba ahora de un humor alegre, feliz, expectante ante la fiesta de esa noche, levemente delirante.

En la tienda Rivers, eligió una docena de corbatas, seleccionando cada una de ellas tras larga deliberación con el otro hombre. ¿Pensaba que las corbatas estrechas volverían a estar de moda? ¿No era una lástima que Rivers no pudiera conseguir más cuellos de la marca Welsh Margetson? Nunca hubo un cuello mejor que el modelo «Covington».

Gordon estaba empezando a sentir algo parecido al pánico. Quería el dinero de inmediato. Y ahora también se sentía inspirado por la vaga idea de asistir al baile de Gamma Psi. Quería ver a Edith... Edith, a quien no había visto desde una romántica noche en el club de campo de Harrisburg, justo antes de que él partiera hacia Francia. El amorío había muerto, ahogado en la agitación de la guerra y olvidado en el arabesco de los últimos tres meses, pero una imagen de la muchacha, emotiva, amable, inmersa en su propia charla intranscendente, se le apareció inesperadamente y le trajo ciertos recuerdos. Era el rostro de Edith el que había amado durante los años de universidad con una especie de admiración distante pero afectuosa. Le había encantado dibujarla jugando al golf, nadando... y en su habitación había guardado docenas de bocetos de ella. Podía dibujar su firme y llamativo perfil con los ojos cerrados.

Salieron de Rivers a las cinco y media y se detuvieron un momento en la acera.

—Bien —dijo Dean cordialmente—, ahora ya lo tengo todo. Creo que me iré al hotel a que me afeiten, me corten el pelo, y me den un masaje.

—Me parece bien —dijo el otro hombre—. Creo que iré contigo.

Gordon se preguntaba si acabaría derrotado después de todo. Con dificultad, se contuvo para no girarse hacia el hombre y espetarle, «¡Vete, maldito seas!». Sospechaba, con desesperación, que quizás Dean hubiera hablado con él y se mantuvieran juntos para evitar una disputa sobre el dinero.

Entraron en el Biltmore, un Biltmore que era un hervidero de chicas, principalmente del oeste y del sur, las excelentes debutantes de muchas ciudades reunidas para el baile de una famosa fraternidad de una famosa universidad. Pero para Gordon eran rostros en un sueño. Había reunido todas sus fuerzas para una última petición, estaba a punto de decir no sabía qué, cuando Dean se excusó de repente con el otro hombre y, cogiendo a Gordon del brazo, lo llevó aparte.

—Gordy —dijo rápidamente—, he pensado en el asunto con cuidado y he decidido que no puedo prestarte ese dinero. Me gustaría ayudarte, pero no creo que deba... me complicaría las cosas durante un mes.

Gordon, que lo miraba con gesto sombrío, se preguntaba por qué nunca había notado cómo le sobresalían los dientes superiores.

—Yo... yo lo siento mucho, Gordon —continuó Dean—, pero así son las cosas.

Sacó su cartera y contó pausadamente setenta y cinco dólares.

—Toma —dijo al tiempo que se los tendía—, aquí tienes setenta y cinco. Ese es todo el dinero en efectivo que llevo encima, además de lo que me gastaré en este viaje.

Gordon levantó automáticamente su puño cerrado, lo abrió como si estuviera sujetando unas pinzas, y volvió a cerrarlo sobre el dinero.

—Te veré en el baile —continuó Dean—. Ahora me voy a la barbería.

—Hasta pronto —dijo Gordon con voz contenida y ronca.

—Hasta pronto.

Dean comenzó a sonreír, pero pareció cambiar de idea. Hizo un brusco saludo con la cabeza y desapareció.

Pero Gordon se quedó allí, con su hermoso rostro retorcido de angustia, el fajo de billetes apretado en su mano. Entonces, cegado por repentinas lágrimas, bajó trastabillando con torpeza los escalones del Biltmore.


# 3


Sobre las nueve en punto de esa misma noche, dos seres humanos salieron de un barato restaurante de la Sexta Avenida. Eran feos, estaban desnutridos, desprovistos de todo menos de la forma más baja de inteligencia, e incluso carecían de esa exuberancia animal que en sí misma proporciona color a la vida; en tiempos recientes estaban infestados de piojos, tenían frío y hambre en una ciudad sucia en una tierra extraña; eran pobres y no tenían amigos; desechados como madera a la deriva desde su nacimiento, serían desechados como basura hasta su muerte. Iban vestidos con el uniforme del ejército de los Estados Unidos, y cada uno llevaba en el hombro la insignia de una división reclutada de Nueva Jersey que había desembarcado tres días antes.

El más alto de los dos se llamaba Carrol Key, un nombre que insinuaba que por sus venas, sin importar lo muy diluida que estuviera por generaciones de degeneración, corría sangre de cierta potencialidad. Pero uno podía quedarse mirando constantemente su larga cara de débil barbilla, los apagados y acuosos ojos, y sus altas mejillas sin encontrar indicio alguno de valor ancestral o ingenio inherente.

Su compañero era de tez morena y tenía las piernas arqueadas, ojos de rata y una nariz aguileña que se había roto en múltiples ocasiones. Su aire desafiante era obviamente una pretensión, un arma de protección que había tomado prestada de ese mundo de gruñidos y chillidos, de faroles físicos y amenaza física, en el que siempre había vivido. Se llamaba Gus Rose.

Al salir de la cafetería se encaminaron por la Sexta Avenida, manejando sus mondadientes con gran deleite y completa indiferencia.

—¿Adónde vamos? —preguntó Rose con tono que implicaba que no le sorprendería que Key sugiriera las islas de los mares del sur.

—¿Qué te parece ver si podemos agenciarnos algo de licor?

Todavía no se había impuesto la Ley Seca. Lo peliagudo de la sugerencia era la ley que prohibía la venta de alcohol a los soldados.

Rose aceptó con entusiasmo.

—Tengo una idea —continuó Key tras pensar por un momento—. Tengo un hermano en alguna parte.

—¿En Nueva York?

—Sí. Es un viejo —quería decir que era un hermano mayor—. Es camarero en un cuchitril.

—Tal vez pueda conseguirnos alcohol.

—¡Digo que claro que puede!

—Créeme, voy a quitarme este maldito uniforme mañana mismo. Y no me lo volveré a poner nunca más. Voy a conseguirme ropa normal.

—Pues digamos que puede que yo no lo haga.

Como sus finanzas combinadas no sumaban más de cinco dólares, dicha intención podía considerarse en gran medida como un agradable juego de palabras, inofensivo y reconfortante. Parecía complacerlos a los dos, sin embargo, ya que lo reforzaron con risitas y menciones de personajes de alta categoría en los círculos bíblicos, añadiendo mucho más énfasis al repetir una y otra vez expresiones como «¡Vaya!», «¡Ya ves!» y «¡Claro que sí!».

Todo el pábulo mental de estos dos hombres consistía en un ofendido comentario nasal que se extendía a lo largo de los años sobre la institución que los mantenía vivos, ya fuera el ejército, un negocio o el hospicio, y sobre su superior inmediato en dicha institución. Hasta esa misma mañana, la institución había sido el «gobierno» y el superior inmediato había sido «el Capi»; se habían escabullido de ambos y ahora se encontraban en el impreciso e incómodo estado que precedía la adopción de su siguiente servidumbre. Se sentían inseguros, resentidos y, de algún modo, a disgusto. Esto lo ocultaban al fingir un elaborado alivio por estar fuera del ejército y al asegurarse el uno al otro que la disciplina militar nunca volvería a gobernar sus tercos deseos de libertad. Aun así, en realidad, se habrían sentido más en casa en una prisión que en esta recién hallada e indudable libertad.

De súbito, Key aligeró el paso. Rose, al levantar la vista y seguir su mirada, descubrió una multitud que se estaba reuniendo a unos cuarenta y cinco metros calle abajo. Key soltó una risita y comenzó a correr hacia el gentío; Rose, enseguida, rio también y sus cortas piernas combadas centelleaban junto a las largas y torpes zancadas de su compañero.

Al llegar al contorno de la multitud, de inmediato se convirtieron en parte indistinguible de la misma. El grupo estaba compuesto por civiles harapientos algo perjudicados por el alcohol y por soldados que representaban muchas divisiones y una variedad de estados de sobriedad, todos arremolinados alrededor de un judío de largas patillas negras, que gesticulaba sacudiendo los brazos y soltaba una arenga apasionada pero sucinta. Key y Rose, que se habían infiltrado en las primeras filas, lo examinaban con agudas sospechas mientras sus palabras penetraban en su conciencia común.

—¿Qué habéis sacado de la guerra? —gritaba con fervor—. ¡Mirad a vuestro alrededor, mirad alrededor! ¿Sois ricos? ¿Os han ofrecido mucho dinero? No. Tenéis suerte de estar vivos y conservar ambas piernas. Tenéis suerte de haber vuelto y descubrir que vuestras esposas no se han ido con algún otro tipo que tenía dinero para librarse de ir a la guerra. ¡Ahí es donde sois afortunados! ¿Quién ha ganado algo en la guerra a excepción de J.P. Morgan y John D. Rockefeller?

Llegados a ese punto, el discurso del judío se vio interrumpido por el hostil impacto de un puño en su barbuda mandíbula, que hizo que cayera hacia atrás hasta quedar despatarrado sobre la acera.

—¡Maldito bolchevique! —gritó el robusto soldado-herrero que le había dado el puñetazo. Se produjo un rugido de aprobación y la muchedumbre se apiñó más.

El judío se levantó tambaleante y de inmediato volvió a caer bajo media docena de puños estirados. Esta vez se quedó en el suelo, respirando con dificultad, con sangre que brotaba del labio que había recibido cortes por dentro y por fuera.

Hubo un tumulto de voces y, al cabo de un minuto, Rose y Key se encontraron fluyendo con la revuelta multitud por la Sexta Avenida, bajo el liderazgo de un delgado soldado con un sombrero de fieltro y el fornido soldado que había puesto un brusco punto y final al discurso. La multitud había crecido prodigiosamente hasta alcanzar unas formidables proporciones, y una corriente de ciudadanos menos comprometidos los seguía por la acera y les proporcionaban apoyo moral con intermitentes vítores.

—¿Adónde vamos? —le gritó Key al hombre que tenía más cerca.

Su vecino señaló hacia el líder del sombrero de fieltro.

—¡Ese tipo sabe dónde hay muchos más! ¡Vamos a darles su merecido!

—¡Vamos a darles su merecido! —le susurró Key a Rose con deleite, y Rose repitió la frase extáticamente al hombre que tenía al otro lado.

La procesión seguía bajando por la Sexta Avenida; soldados y marines se les unían aquí y allá, al igual que algún ocasional civil que se acercaba con el inevitable grito de que ellos acababan de licenciarse del ejército, como si lo presentaran como tarjeta de admisión a algún recién formado club deportivo y de recreo.

Entonces la comitiva giró bruscamente en una intersección y enfiló hacia la Quinta Avenida. Y ahí fue cuando se extendió el rumor de que iban en dirección a una reunión de rojos en Tolliver Hall.

—¿Dónde queda eso?

La pregunta avanzó por la fila y, un momento después, la respuesta les llegó allí atrás. Tolliver Hall estaba en la Calle 10. Había un puñado de otros soldados que iban a interrumpir la reunión y que ya estaban allí.

Pero la Calle 10 sonaba a algo lejano y, al oírlo, surgió un gruñido general y un montón de miembros de la procesión abandonaron. Entre ellos se encontraban Key y Rose, que ralentizaron el paso hasta un ritmo tranquilo y dejaron que los más entusiastas los adelantaran

—Prefiero conseguir algo de alcohol —dijo Key cuando se detuvieron y se abrieron camino hasta la acera entre gritos de «¡Esquiroles!» y «¡Rajados!».

—¿Trabaja tu hermano por aquí cerca? —preguntó Rose, adoptando el aire de alguien que pasa de lo superficial a lo eterno.

—Eso creo —contestó Key—. No le veo desde hace un par de años. He estado fuera de Pensilvania desde entonces. Pero puede que no trabaje de noche. Está justo por ahí. Él puede conseguirnos algo de alcohol si no se ha ido.

Encontraron el lugar tras unos minutos de patrullar la calle: un restaurante de mala calidad entre la Quinta Avenida y Broadway. Key entró para preguntar por su hermano George mientras Rose esperaba en la acera.

—Ya no trabaja aquí —dijo Key al salir—. Trabaja como camarero en Delmonico.

Rose asintió sabiamente, como si se lo hubiera esperado. Nadie debería sorprenderse de que un hombre capaz cambiara de trabajo ocasionalmente. Una vez conoció a un camarero y, mientras esperaban, mantuvieron una larga conversación sobre si los camareros ganaban más con su salario que con las propinas. Se decidió que dependía del tono social del local en el que trabajase el camarero. Tras compartir vívidas imágenes de millonarios cenando en Delmonico y regalando billetes de cincuenta dólares después de beberse la primera botella de champán, ambos hombres albergaron la secreta idea de convertirse en camareros. De hecho, la estrecha frente de Key estaba secretando la resolución de pedirle a su hermano que le consiguiera trabajo.

—Un camarero puede beberse todo el champán que esos tipos dejen en las botellas —sugirió Rose con entusiasmo, y luego añadió como aditamento—: ¡Vaya!

Para cuando llegaron a Delmonico ya eran las diez y media, y se sorprendieron de ver una riada de taxis desfilando hacia la puerta uno tras otro, descargando maravillosas jóvenes sin sombrero, cada una de ellas asistida por un estirado caballero con traje de gala.

—Es una fiesta —dijo Rose con admiración—. Tal vez sea mejor que no entremos. Estará ocupado.

—No, no lo estará. Estará bien.

Tras cierta vacilación, entraron por la que les pareció que era la puerta menos elaborada y, como de inmediato se vieron abrumados por la indecisión, se colocaron en un discreto rincón del pequeño comedor en el que se encontraban. Se quitaron las gorras y las sujetaron en la mano. Una nube de tristeza cayó sobre ambos y se sobresaltaron cuando una puerta se abrió de golpe al otro extremo de la sala, de donde salió un camarero como un cohete, atravesó la sala y se desvaneció por otra puerta al otro lado.

Habían presenciado tres de estos raudos viajes antes de que los buscadores se armaran de valor para llamar a un camarero. Se giró, los miró con suspicacia, y luego se acercó con pasos suaves y gatunos, como si se preparara para darse la vuelta y huir de inmediato.

—Oiga —comenzó Key—, oiga, ¿conoce a mi hermano? Es camarero aquí.

—Se llama Key —apuntó Rose.

Sí, el camarero conocía a Key. Creía que estaba en el piso de arriba. Había un gran baile en el salón principal. Él se lo diría.

Diez minutos más tarde, George Key hizo acto de presencia y saludó a su hermano con la mayor de las sospechas, ya que su primer pensamiento fue que le iba a pedir dinero.

George era alto y tenía la barbilla hundida, pero ahí acababa su parecido con su hermano. Los ojos del camarero no estaban apagados, sino alerta y brillantes, y sus modales eran afables, de salón y levemente superiores. Intercambiaron formalismos. George estaba casado y tenía tres hijos. Pareció bastante interesado, pero no impresionado, ante la noticia de que Carrol había estado en el extranjero con el ejército. Eso decepcionó a Carrol.

—George —dijo el hermano menor cuando hubieron acabado con los formalismos—, vamos en busca de alcohol pero no nos lo venden. ¿Puedes conseguírnoslo?

George lo pensó.

—Claro. Tal vez pueda. Pero puede que tarde media hora.

—Vale —accedió Carrol—, esperaremos.

Al oír eso, Rose comenzó a sentarse en una conveniente silla, pero un indignado George hizo que volviera a ponerse de pie.

—¡Oye, tú! ¡Ten cuidado! ¡No puedes sentarte ahí! Esta sala está preparada para el banquete de las doce en punto.

—No voy a romperla —dijo Rose con tono resentido—. Me han despiojado.

—No me importa —dijo George con severidad—. Si el jefe de camareros me ve aquí charlando, me echará una buena bronca.

—Oh.

La mención del jefe de camareros fue suficiente explicación para los otros dos; nerviosos, daban vueltas a sus gorras entre sus manos y aguardaban una sugerencia.

—A ver —dijo George tras una pausa—, tengo un sitio donde podéis esperar. Venid conmigo.

Le siguieron por la puerta más alejada, a través de una desierta despensa y por una oscura escalera de caracol para salir finalmente a una pequeña habitación principalmente pertrechada con montones de cubos y pilas de cepillos de fregar, e iluminada por una única y tenue bombilla. Ahí los dejó tras pedirles dos dólares y acceder a regresar en media hora con una botella de wiski.

—Apuesto a que George está ganando dinero —dijo Key con tristeza mientras se sentaba sobre un cubo al que le había dado la vuelta—. Apuesto a que gana cincuenta dólares a la semana.

Rose asintió con la cabeza y escupió.

—Apuesto a que sí.

—¿Qué baile dijo que era?

—Un puñado de universitarios. De Yale.

Ambos asintieron con solemnidad.

—Me pregunto dónde estará ahora ese grupo de soldados.

—No lo sé. Lo que sé es que es una caminata demasiado larga para mí.

—Para mí también. No me pillarás caminando tan lejos.

Diez minutos más tarde, la inquietud se apoderó de ellos.

—Voy a ver qué hay ahí afuera —dijo Rose, pasando con cautela hacia la otra puerta. Era una puerta batiente de paño verde, y él la empujó hasta abrir una cautelosa rendija.

—¿Ves algo?

Como respuesta, Rose contuvo el aliento y soltó un jadeo.

—¡Maldición! ¡Aquí sí que hay bebida!

—¿Licor?

Key se unió a Rose en la puerta y miró ansioso.

—Yo diría que eso son licores —dijo tras un momento de concentrada observación.

Era una habitación el doble de grande que en la que se encontraban... y en ella habían dispuesto un radiante festín de bebidas alcohólicas. Había largos muros de botellas alternas dispuestas sobre dos mesas con manteles blancos: wiski, ginebra, brandi, vermuts franceses e italianos, y zumo de naranja, por no mencionar una selección de sifones y dos grandes poncheras vacías. La sala aún estaba desierta.

—Es para este baile que va a comenzar —susurró Key—. ¿Oyes los violines? Chico, no me importaría bailar.

Cerraron la puerta con cuidado e intercambiaron una mirada de comprensión mutua. No había necesidad de tantear al otro.

—Me gustaría echarle mano a un par de esas botellas —dijo Rose con énfasis.

—A mí también.

—¿Crees que se darán cuenta?

Key lo consideró.

—Puede que sea mejor esperar hasta que empiecen a beber. Ahora las tienen todas ordenaditas y saben cuántas botellas hay.

Debatieron ese punto durante varios minutos. Rose abogaba que podían apoderarse de una botella ahora y esconderla bajo su abrigo antes de que entrara alguien en la sala. Key, sin embargo, recomendaba cautela. Le daba miedo la posibilidad de meter a su hermano en problemas. Si esperaban hasta que algunas de las botellas estuvieran abiertas, estaría bien que cogieran una y todos pensarían que se las habían llevado los universitarios.

Mientras seguían sumidos en su discusión, George Key entró a toda prisa en la habitación y, sin apenas dedicarles un gruñido, desapareció por la puerta de paño verde. Un minuto más tarde oyeron el descorche de varias botellas, y luego el sonido del hielo y el líquido que salpicaba. George estaba mezclando el ponche.

Los soldados intercambiaron sonrisas de placer.

—¡Caramba! —susurró Rose.

George reapareció.

—Sed discretos, chicos —dijo rápidamente—. Os daré lo vuestro en cinco minutos.

Desapareció por la puerta por la que había entrado.

Tan pronto como sus pasos se perdieron escaleras abajo, Rose, tras una mirada cautelosa, entró en la sala de los placeres y reapareció con una botella en la mano.

—Esto es lo que digo —dijo al sentarse alegremente para digerir su primer trago—. Esperaremos a que suba y le preguntaremos si no podemos quedarnos aquí y beber lo que nos traiga, ¿sabes? Le diremos que no tenemos ningún sitio donde ir a beber, ¿ves? Entonces podemos colarnos ahí cada vez que no haya nadie en la sala y esconder una botella en nuestros abrigos. Tendremos suficiente para que nos dure un par de días, ¿no?

—Claro —accedió el otro con entusiasmo—. ¡Vaya! Y si nos apetece, podemos venderles a los soldados cada vez que queramos.

Se quedaron en silencio por un momento, pensando en esa idea con optimismo. Entonces Key se llevó la mano al cuello de su guerrera y lo desabrochó.

—Hace calor aquí, ¿verdad?

Rose asintió con ganas.

—Más que en el infierno.

## 4

Ella seguía estando muy enfadada cuando salió del tocador y cruzó el saloncito de cortesía que daba al vestíbulo; enfadada, no tanto por el hecho en sí, que al fin y al cabo era el pan de cada día de su existencia social, sino porque había ocurrido esa noche en particular. No tenía nada que reprocharse. Ella había actuado con esa mezcla correcta de dignidad y reservada compasión que siempre empleaba. Ella lo había desdeñado con brevedad y destreza.

Había sucedido cuando su taxi partió hacia el Biltmore; ni siquiera habían recorrido media manzana. Él había levantado su brazo derecho torpemente —ella estaba a su derecha— e intentó colocarlo con firmeza alrededor de la capa de ópera ribeteada de piel que vestía ella. Eso ya había sido un error. Era, sin duda, más elegante que un joven intentara abrazar a una joven de cuyo consentimiento no estuviera seguro con el brazo más alejado. Así se evitaba ese torpe movimiento de levantar el brazo más cercano.

Cometió su segunda metedura de pata sin darse cuenta. Ella se había pasado la tarde en la peluquería; la idea de que su cabello sufriera alguna calamidad le resultaba desagradable en extremo. Y así, cuando Peter realizó su desafortunado intento, la punta de su codo rozó levemente su pelo. Esa fue su segunda falta. Dos ya eran más que suficientes.

Él había empezado a susurrar. En el primer susurro ella había decidido que él no era más que un simple universitario; Edith tenía veintidós años y, en cualquier caso, este baile, el primero de ese tipo desde la guerra, le recordaba, con el acelerado ritmo de sus asociaciones, otra cosa... otro baile y otro hombre, un hombre por quien sus sentimientos habían sido poco más que un capricho adolescente de ojos tristes. Edith Bradin se estaba enamorando de su recuerdo de Gordon Sterrett.

De modo que salió del tocador en Delmonico y se quedó por un segundo en la puerta, mirando por encima de los hombros de un vestido negro que se encontraba delante de ella a los grupos de hombres de Yale que revoloteaban como dignas polillas negras al principio de las escaleras. De la habitación que había abandonado surgía la pesada fragancia dejada por el constante paso de muchas jóvenes bellezas perfumadas: ricos perfumes y el frágil polvo cargado de recuerdos de los fragantes polvos para el maquillaje. Al alejarse, ese aroma adquiría el fuerte olor del humo de los cigarrillos en el vestíbulo, y entonces descendía con sensualidad por las escaleras y permeaba el salón de baile donde tendría lugar el baile de Gamma Psi. Era un aroma que ella conocía bien: excitante, estimulante, incansablemente dulce... el olor de un baile moderno.

Ella pensaba en su propia apariencia. Sus brazos y hombros desnudos estaban empolvados hasta ser de un blanco cremoso. Sabía que se veían muy suaves y brillarían como la leche contra las negras espaldas que dibujarían su silueta esa noche. La peluquería había sido un éxito, y su cabello rojizo estaba recogido y aplastado y rizado hasta formar una arrogante maravilla de curvas móviles. Sus labios estaban elegantemente maquillados de carmín oscuro. Los iris de sus ojos eran delicados, de un azul frágil, como ojos de porcelana. Era una belleza completa, infinitamente delicada y bastante perfecta, que fluía en una línea uniforme desde un complejo peinado hasta sus dos pequeños pies.

Pensó en lo que diría esa noche en esa fiesta, levemente prestigiosa ya por el sonido de las carcajadas y las risas bajas y los pasos de las bailarinas y el movimiento de las parejas que subían y bajaban las escaleras. Ella hablaría con el lenguaje que había usado durante muchos años —su sello personal— y que consistía en expresiones actuales, pizcas de jerga periodística y de la universidad hilvanadas hasta formar un todo intrínseco, descuidado, vagamente provocativo, delicadamente sentimental. Se detuvo por un momento cuando oyó decir a una chica que estaba sentada en las escaleras, «¡No sabes de la misa la media, cariño!».

Y cuando sonrió su enfado remitió por un momento. Cerró los ojos y aspiró profundamente de placer. Dejó caer los brazos a los lados hasta que apenas tocaron el elegante vestido que abrazaba y sugería su figura. Nunca había sentido tanto su propia suavidad ni había disfrutado de la blancura de sus propios brazos.

—Huelo dulce —se dijo con sencillez, y luego le sobrevino otro pensamiento—. Estoy hecha para el amor.

Le gustó como sonaba y volvió a pensarlo; luego llegó la inevitable sucesión de sus renacidos y alborotados sueños sobre Gordon. El giro de su imaginación que, dos meses antes, le había revelado su desconocido deseo de volver a verlo parecía que ahora la había estado guiando hasta este baile, hasta este momento.

A pesar de su elegante belleza, Edith era una muchacha seria que lo meditaba todo a conciencia. Había en ella una veta de ese mismo deseo de reflexionar, de ese idealismo adolescente que había convertido a su hermano en socialista y pacifista. Henry Bradin había dejado Cornell, donde había sido profesor de economía, y había venido a Nueva York para verter las más recientes curas para males incurables en las columnas de un periódico radical de tirada semanal.

Edith, menos fatua, se habría contentado con curar a Gordon Sterrett. Había cierta debilidad en Gordon de la que ella quería ocuparse; había una indefensión en él que ella quería proteger. Y ella quería a alguien a quien hubiera conocido desde hacía mucho tiempo atrás. Estaba un poco cansada; quería casarse. De un montón de cartas, media docena de fotografías y el mismo número de recuerdos, más este cansancio, ella había decidido que, la próxima vez que viera a Gordon, sus relaciones iban a cambiar. Ella diría algo que las cambiaría. Sería esta noche. Esta era su noche. Todas las noches eran su noche.

Entonces sus pensamientos se vieron interrumpidos por un solemne estudiante universitario de mirada herida y aire de forzada formalidad que se presentó ante ella y realizó una inusualmente profunda inclinación de cabeza. Era el hombre con quien había venido, Peter Himmel. Era alto y gracioso, con gafas de carey y un aire de atractiva extravagancia. De repente le disgustó su persona... puede que porque él no había tenido éxito en su intento de besarla.

—Bueno —comenzó a decir ella—, ¿sigues furioso conmigo?

—En absoluto.

Ella dio un paso al frente y le cogió del brazo.

—Lo siento —dijo ella suavemente—. No sé por qué te hablé de aquel modo. Estoy de mal humor esta noche por alguna extraña razón. Lo siento.

—No pasa nada —musitó él—. Olvidémoslo.

Él se sintió desagradablemente avergonzado. ¿Le estaba restregando su reciente fracaso?

—Fue un error —continuó ella en el mismo tono conscientemente gentil—. Ambos lo olvidaremos.

Él la odió por decir aquello.

Unos minutos más tarde se deslizaban por la pista de baile mientras la docena de miembros, que se mecían y suspiraban, de la banda de *jazz* especialmente contratada informaban a la abarrotada sala de que «si me dejan solo con un saxofón, ¡esa es la mejor com-pa-ñía-aaaa».

Un hombre con bigote los interrumpió.

—Hola —comenzó con tono reprobatorio—. No te acuerdas de mí.

—No me acuerdo de tu nombre —dijo ella con ligereza—. Pero te conozco bien. Nos conocimos en... —su voz se perdió desconsolada cuando un hombre de pelo muy rubio se entrometió. Edith murmuró un convencional—: Muchas gracias... bailaremos más tarde —al desconocido.

El hombre muy rubio insistió en estrecharle la mano con entusiasmo. Ella lo clasificó como uno de los numerosos Jims a los que conocía; su apellido era un misterio. Ella recordaba incluso que él tenía un ritmo peculiar al bailar y descubrió que tenía razón en cuanto comenzaron.

—¿Vas a quedarte mucho tiempo? —susurró él en tono confidencial.

Ella se echó hacia atrás y lo miró.

—Un par de semanas.

—¿Dónde te alojas?

—En el Biltmore. Visítame algún día.

—Lo digo en serio —le aseguró él—. Lo haré. Iremos a tomar el té.

—Yo... Hazlo.

Un hombre moreno le pidió bailar con intensa formalidad.

—No te acuerdas de mí, ¿verdad? —le dijo con gravedad.

—Diría que sí. Te llamas Harlan.

—No. Barlow.

—Bueno, pero sabía que eran dos sílabas. Eres el chico que tocó el ukelele tan bien en la fiesta en casa de Howard Marshall.

—Toqué... pero no...

Un hombre de prominente dentadura solicitó el cambio de pareja. Edith inhaló una leve nube de wiski. A ella le gustaban los hombres que bebían; eran mucho más alegres, más elogiosos y más halagadores. Era mucho más fácil conversar con ellos.

—Mi nombre es Dean, Philip Dean —dijo alegremente—. Sé que no te acuerdas de mí, pero solías venir a New Haven con un tipo que era mi compañero de dormitorio en el último curso, Gordon Sterrett.

Edith levantó rápidamente la mirada.

—Sí, fui con él dos veces... al Cotillón y al baile de los novatos.

—Le habrás visto, por supuesto —dijo Dean sin pensar—. Está aquí esta noche. Le he visto hace un minuto.

Edith se estremeció, aun cuando había estado completamente segura de que él estaría allí.

—Pues no, no lo...

Un pelirrojo gordo le pidió bailar.

—Hola, Edith —dijo.

—Vaya... hola...

Ella resbaló y se tambaleó ligeramente.

—Lo siento, cielo —murmuró mecánicamente.

Había visto a Gordon... a un Gordon muy pálido y lánguido, apoyado en el marco de una puerta, fumando y mirando el salón de baile. Edith pudo ver que su rostro aparecía delgado y demacrado... que la mano que llevaba el cigarrillo hasta sus labios estaba temblando. Ahora bailaban muy cerca de él.

—... invitan a tantos tipos de más que... —iba diciendo el hombre bajito.

—Hola, Gordon —llamó Edith por encima del hombro de su acompañante. Su corazón latía como loco.

Sus grandes ojos oscuros estaban clavados en ella. Él dio un paso en su dirección. Su acompañante la hizo girar... ella oía su voz como un balido...

—... pero la mitad de los solteros se emborracha y se va al poco, de modo que...

Entonces oyó un tono bajo a su lado.

—¿Me permites, por favor?

De repente estaba bailando con Gordon, quien la rodeaba con uno de sus brazos; ella sintió que la sujetaba espasmódicamente con más fuerza, sintió su mano abierta sobre la espalda. Su mano, la que sujetaba el pequeño pañuelo de encaje, estaba aplastada dentro de la mano masculina.

—Vaya, Gordon —comenzó a decir sin aliento.

—Hola, Edith.

Ella volvió a resbalar y, al recuperarse, se vio lanzada hacia delante hasta que su rostro tocó la negra tela de su chaqueta de gala. Ella lo amaba, sabía que lo amaba, y entonces, por un instante, se hizo el silencio mientras una extraña sensación de desasosiego se apoderaba de ella. Algo iba mal.

De súbito, se le encogió el corazón al tiempo que le daba un vuelco al darse cuenta de lo que iba mal. Él era patético y desdichado, un borracho, y estaba absolutamente agotado.

—Oh —exclamó involuntariamente.

Sus ojos bajaron hasta el rostro de la muchacha. Ella vio de pronto que estaban inyectados en sangre y se movían sin control.

—Gordon —murmuró—, sentémonos. Quiero sentarme.

Estaban casi en el centro de la pista de baile, pero ella había visto a dos hombres que se aproximaban hacia ella desde lados opuestos del salón, de modo que se detuvo, agarró la flácida mano de Gordon y lo guio chocando con la multitud, con la boca apretada, su rostro un poco pálido bajo el colorete, sus ojos temblando por las lágrimas.

Ella encontró un hueco bien arriba en las mullidas escaleras y él se dejó caer con pesadez junto a ella.

—Bien —dijo él, mirándola vacilante—, lo cierto es que me alegro de verte, Edith.

Ella lo miró sin contestar. El efecto que ejercía sobre ella era incalculable. Durante años, ella había visto a hombres en diversos estados de embriaguez, desde sus tíos hasta los chóferes, y sus sentimientos habían variado desde la diversión al asco, pero aquí, por primera vez, ella se vio dominada por una nueva sensación: una aversión indescriptible.

—Gordon —le dijo con tono acusatorio y casi llorando—, tienes un aspecto horrible.

Él asintió.

—He tenido problemas, Edith.

—¿Problemas?

—Todo tipo de problemas. No le cuentes nada a la familia, pero estoy hecho polvo. Soy un desastre, Edith.

Su labio inferior colgaba. Apenas parecía verla.

—¿No puedes... no puedes...? —vaciló—. ¿No puedes contármelo, Gordon? Sabes que siempre estuve interesada en ti.

Ella se mordió el labio; había tenido la intención de decir algo más fuerte, pero al final descubrió que no podía pronunciarlo.

Gordon sacudió la cabeza lentamente.

—No puedo contártelo. Eres una buena mujer. No puedo contarle la historia a una buena mujer.

—Tonterías —dijo ella desafiante—. Creo que es todo un insulto llamar a cualquiera buena mujer de ese modo. Es una ofensa. Has estado bebiendo, Gordon.

—Gracias —inclinó la cabeza con gravedad—. Gracias por la información.

—¿Por qué bebes?

—Porque soy un maldito desgraciado.

—¿Crees que bebiendo vas a solucionar algo?

—¿Qué estás haciendo? ¿Intentas reformarme?

—No. Estoy intentando ayudarte, Gordon. ¿No me puedes contar nada del asunto?

—Estoy metido en un lío espantoso. Lo mejor que puedes hacer es fingir que no me conoces.

—¿Por qué, Gordon?

—Siento haber bailado contigo... es injusto para ti. Eres una mujer pura y... todo eso. Espera, te conseguiré a alguien para que baile contigo.

Se puso torpemente en pie, pero ella alargó el brazo y volvió a hacer que se sentara junto a ella en las escaleras.

—Oye, Gordon, estás siendo ridículo. Me estás lastimando. Actúas como... como un loco...

—Lo admito. Estoy un poco loco. Me pasa algo malo, Edith. Hay algo que me ha abandonado. No importa.

—Sí que importa. Dímelo.

—Es sólo eso. Siempre fui raro... un poco diferente a los demás chicos. Todo iba bien en la universidad, pero ahora todo va mal. Hay cosas que se han ido rompiendo dentro de mí durante cuatro meses, como pequeños ganchos de un vestido, y está a punto de romperse del todo cuando otros ganchitos se suelten. Me estoy volviendo un chiflado poco a poco.

Él posó sus ojos de lleno en ella y empezó a reír. Ella se achicó ante él.

—¿Qué es lo que te pasa?

—Soy yo —repitió—, que me estoy convirtiendo en un chiflado. Este lugar es como un sueño para mí... este Delmonico...

Mientras él hablaba, ella vio que había cambiado por completo. Ya no era ligero, alegre y despreocupado; estaba dominado por un gran letargo y desaliento. El asco se apoderó de ella, seguido de un débil y sorprendente aburrimiento. Su voz parecía surgir de un gran vacío.

—Edith —dijo él—, yo solía pensar que era inteligente, talentoso, un artista. Ahora sé que no soy nada. No puedo dibujar, Edith. No sé por qué te estoy contando todo esto.

Ella asintió con aire ausente.

—No sé dibujar. No sé hacer nada. Soy pobre como las ratas —rio con amargura y en tono demasiado estridente—. Me he convertido en un maldito mendigo, en un parásito para mis amigos. Soy un fracaso. Soy pobre de necesidad.

Su disgusto iba en aumento. Ella apenas asintió esta vez mientras esperaba una posible oportunidad para levantarse.

De repente, los ojos de Gordon se llenaron de lágrimas.

—Edith —dijo girándose hacia ella con lo que evidentemente era un gran esfuerzo por controlarse—, no hay palabras que expresen lo que significa para mí saber que aún queda una persona que se interesa por mí.

Alargó la mano y le dio una palmadita en la suya, y ella la retiró de forma involuntaria.

—Es maravilloso por tu parte —insistió él.

—Bien —dijo ella despacio y mirándolo a los ojos—, cualquiera se alegra siempre de ver a un viejo amigo... pero me da lástima verte así, Gordon.

Se hizo una pausa mientras se miraban, y el fugaz entusiasmo de sus ojos vaciló. Ella se levantó y se lo quedó mirando; su rostro seguía bastante impasible.

—¿Bailamos? —sugirió ella con frialdad.

«El amor es frágil —pensaba ella—, pero quizás se guarden las piezas, las cosas que se quedaron en los labios, lo que podría haberse dicho. Las nuevas palabras de amor, la ternura aprendida, son atesoradas para el siguiente amor».

## 5

Peter Himmel, el acompañante de la encantadora Edith, no estaba acostumbrado a los desaires; habiendo sido desairado, se sentía dolido, abochornado, y avergonzado de sí mismo. Durante el transcurso de dos meses había mantenido correspondencia especial con Edith Bradin, y sabiendo que la única excusa y explicación para el correo certificado reside en su valor como correspondencia sentimental, él se había sentido muy seguro en ese terreno. Buscó en vano cualquier razón por la que ella hubiera reaccionado de aquella manera por un simple beso.

Por lo tanto, cuando el hombre del bigote solicitó el cambio de pareja, él salió al vestíbulo y se repitió varias veces una frase que se había inventado. Considerablemente resumida, decía así: «Pues si hay alguna chica que haya dado esperanzas a un hombre para luego hacerle un desplante, esa es ella; de modo que no puede quejarse si salgo a pillarme una cogorza monumental».

Así que atravesó el comedor y entró en la pequeña habitación adyacente que había localizado al principio de la velada. Era una habitación en la que había varias grandes poncheras flanqueadas por muchas botellas. Tomó asiento junto a la mesa que albergaba las botellas.

Tras su segundo wiski con soda, el aburrimiento, el asco, la monotonía del tiempo, la turbiedad de los acontecimientos... todo eso se hundió en un vago trasfondo ante el cual se formaban brillantes telarañas. Las cosas se reconciliaron con ellas mismas, las cosas reposaban tranquilas en las alacenas; los problemas del día se dispusieron en formación ordenada y, ante su brusco permiso para retirarse, marcharon y desaparecieron. Y con la partida de la preocupación llegó el brillante simbolismo impregnado. Edith se convirtió en una muchacha caprichosa y nimia de la que no había que preocuparse, sino más bien de la que había que burlarse. Ella encajaba como una figura de sus propios sueños en la superficie del mundo que se formaba a su alrededor. Él mismo se convirtió en una medida simbólica, un tipo de la bacanal continental, el brillante soñador en juego.

Entonces el humor simbólico se desvaneció y, mientras paladeaba su tercer wiski soda, su imaginación dio paso al cálido fulgor y él cayó en un estado similar al de estar flotando de espaldas en aguas agradables. Fue en ese momento cuando se percató de que una puerta de paño verde cerca de él estaba entreabierta, y que por la rendija lo miraban atentamente un par de ojos.

—Ah —murmuró Peter con calma.

La puerta verde se cerró y entonces volvió a abrirse, esta vez apenas un milímetro.

—Cucú tras tras —murmuró Peter.

La puerta permaneció inmóvil y luego fue consciente de una serie de tensos susurros intermitentes.

—Un tipo.

—¿Qué está haciendo?

—Está sentado mirando.

—Más vale que se largue. Tenemos que coger otra botellita.

Peter escuchaba mientras las palabras se colaban en su conciencia. «Vaya —pensó—, esto es de lo más extraordinario».

Estaba excitado. Estaba exultante. Sentía que se había topado con un misterio. Fingiendo una elaborada despreocupación, se levantó y esperó junto a la mesa... y entonces, girándose como un rayo, abrió la puerta, lo que provocó que el soldado raso Rose se precipitara dentro de la habitación.

Peter le dedicó una inclinación de cabeza.

—¿Cómo está usted? —dijo.

El soldado raso Rose colocó un pie ligeramente más adelantado que el otro, preparado para luchar, huir, o llegar a un acuerdo.

—¿Cómo está usted? —repitió Peter educadamente.

—Estoy bien.

—¿Puedo ofrecerle algo de beber?

El soldado raso Rose lo miró inquisitivamente, sospechando un posible sarcasmo.

—Vale —dijo al fin.

Peter señaló una silla.

—Siéntese.

—Tengo un amigo —dijo Rose—. Tengo un amigo ahí dentro —señaló la puerta verde.

—Por supuesto, que entre aquí.

Peter se acercó, abrió la puerta y le dio la bienvenida al soldado raso Key, que se veía muy suspicaz e inseguro y culpable. Encontraron sillas y los tres tomaron asiento alrededor de la ponchera. Peter sirvió a cada uno un wiski soda y les ofreció un cigarrillo de su pitillera. Ambos aceptaron con cierta timidez.

—Y ahora —continuó Peter con soltura—, ¿puedo preguntarles, caballeros, por qué prefieren pasar su rato de ocio en una habitación que está principalmente pertrechada, por lo que puedo ver, con cepillos de fregar? Y cuando la raza humana ha progresado hasta el punto en el que diecisiete mil sillas son fabricadas cada día, menos los domingos... —Hizo una pausa. Rose y Key lo miraban con la mirada perdida—. ¿Pueden decirme —continuó Peter—, por qué eligen descansar sobre artilugios usados para el transporte de agua de un lugar a otro?

Llegados a ese punto, Rose contribuyó a la conversación con un gruñido.

—Y finalmente —terminó Peter—, díganme, ¿por qué prefieren pasar las horas de esta velada bajo una anémica bombilla cuando se encuentran en un edificio hermosamente decorado con enormes candelabros?

Rose miró a Key; Key miró a Rose. Se rieron; rieron a carcajadas. Les resultaba imposible mirarse sin echarse a reír. Pero no se estaban riendo con ese hombre; se estaban riendo de él. A su entender, un hombre que hablaba de ese modo estaba borracho perdido o loco de atar.

—Supongo que ustedes son hombres de Yale —dijo Peter mientras se acababa su copa y se preparaba otra.

Ellos volvieron a reírse.

—No.

—¿Entonces? Yo pensaba que quizás fueran miembros de esa humilde sección de la universidad conocida como la Escuela Científica Sheffield.

—Ni por asomo.

—Ah. Bueno, es una pena. No hay duda de que son hombres de Yale, ansiosos por conservar su anonimato en este... este paraíso de azul violeta, como dicen los periódicos.

—Para nada —dijo Key con desdén—, sólo estábamos esperando a alguien.

—Ah —exclamó Peter, levantándose para rellenar sus copas—, muy interesante. Tienen una cita con una mujer de la limpieza, ¿eh?

Ambos lo negaron con indignación.

—No pasa nada —les aseguró Peter—. No se disculpen. Una señora de la limpieza es tan buena como cualquier otra dama del mundo. Como dice Kipling, «Cualquier dama es una Judy O'Grady bajo la piel[6]».

—Claro —dijo Key, y le guiñó el ojo a Rose.

—Veamos mi caso, por ejemplo —continuó Peter al terminarse la copa—. He venido con una chica que está mimada. Es la maldita chica más mimada que he visto jamás. Se negó a besarme sin darme ninguna razón. Me llevó deliberadamente a pensar que seguro que quería besarme y entonces... ¡Toma! ¡Me dejó plantado! ¿A qué están llegando estas generaciones más jóvenes?

—Digamos que es mala suerte —dijo Key—, una horrible mala suerte.

—¡Caramba! —dijo Rose.

---

[6]  Hace referencia al poema *The Ladies* de RUDYARD KIPLING. *(N. de la T.)*

—¿Otra copa? —dijo Peter.

—Estuvimos metidos en una especie de pelea durante un tiempo —dijo Key tras una pausa—, pero estaba demasiado lejos.

—¿Una pelea? ¡Eso es bárbaro! —dijo Peter, que se sentó de manera vacilante—. ¡Luchemos contra todos! Yo estuve en el ejército.

—Esto fue con un bolchevique.

—¡Eso es bárbaro! —exclamó Peter con entusiasmo—. ¡Es lo que yo digo! ¡Matad a los bolcheviques! ¡Exterminadlos!

—Somos americanos —dijo Rose, insinuando un robusto patriotismo desafiante.

—Claro que sí —dijo Peter—. ¡La mejor raza del mundo! ¡Todos somos americanos! Tomemos otro trago.

Se tomaron otro trago.

## 6

A la una en punto, una orquesta especial, especial incluso para un día de orquestas especiales, llegó a Delmonico, y sus miembros, sentados con arrogancia alrededor del piano, aceptaron la responsabilidad de proporcionar música para la Fraternidad Gamma Psi. Los dirigía un famoso flautista, distinguido por toda Nueva York por la hazaña de ponerse cabeza abajo y bailar sacudiendo los hombros mientras tocaba las más recientes melodías de *jazz* con su flauta. Durante su actuación, las luces se apagaron a excepción del foco enfocado en el flautista y de otra luz errante que arrojaba sombras parpadeantes y cambiantes colores caleidoscópicos sobre la multitud de bailarines.

Edith había bailado hasta entrar en ese cansado estado de ensueño que era habitual sólo en las debutantes, un estado equivalente al fulgor de un alma noble tras varios vasos de wiski con soda bien cargados. Su mente flotaba vagamente sobre el alma de su música; sus compañeros cambiaban con la irrealidad de fantasmas bajo el colorido crepúsculo cambiante y, en su actual coma, parecía que hubiesen pasado días desde que comenzara el baile. Ella había hablado de muchos temas fragmentados con muchos hombres. Le habían besado una vez y le habían hecho el amor seis veces. Al principio de la velada, diferentes universitarios habían bailado con ella, pero ahora, como el resto de las chicas populares que allí se encontraban, tenía su propio séquito;

es decir, media docena de galanes la habían elegido o alternaban sus encantos con los de alguna otra belleza elegida. Bailaban con ella en regular e inevitable sucesión.

Había visto a Gordon varias veces; se había quedado sentado en las escaleras durante mucho tiempo, con la cabeza apoyada en su palma, sus apagados ojos fijos en una chispa infinita en el suelo delante de él. Se le veía muy deprimido y bastante borracho. Pero Edith desviaba la mirada cada vez, con precipitación. Todo eso parecía haber pasado hacía mucho; su mente había entrado en modo pasivo, sus sentidos arrullados hasta llegar a un sueño como un trance. Sólo sus pies bailaban y su voz hablaba con un difuso parloteo sentimental.

Pero Edith no estaba tan cansada como para no ser capaz de sentir indignación moral cuando Peter Himmel le pidió bailar, borracho de un modo sublime y feliz. Ella soltó un gritito al levantar la vista para mirarlo.

—¡Pero, Peter!

—Estoy un poco piripi, Edith.

—¡Vaya, Peter, eres una *joyita,* eso eres! ¿No crees que es una pésima forma de comportarte... cuando has venido conmigo?

Entonces ella sonrió muy a su pesar, ya que él la estaba mirando con solemne sensiblería que mutaba hasta convertirse en una tonta sonrisa espasmódica.

—Querida Edith —dijo él seriamente—, sabes que te quiero, ¿verdad?

—Lo dices por decir.

—Te quiero... y sólo quería que me besaras —añadió con tristeza.

Su vergüenza había desaparecido. Ella era la muchacha más bella del mundo entero. Los ojos más hermosos, como las estrellas del firmamento. Él quería disculparse: primero por suponer que podía intentar besarla; y segundo, por beber... pero es que se había sentido tan desanimado porque pensaba que ella estaba enfadada con él...

El pelirrojo gordo los interrumpió y sonrió radiante al mirar a Edith.

—¿Has venido con alguien? —le preguntó ella.

No. El gordo pelirrojo era soltero.

—Bueno... ¿Te importaría... sería una terrible molestia para ti si... que me llevaras a casa esta noche?

Esta extrema timidez era un encantador artificio por parte de Edith; ella sabía que el pelirrojo gordo se derretiría de inmediato entre paroxismos de placer.

—¿Molestia? ¡Oh, cielo santo, será todo un placer! Sabes que lo haré con mucho gusto.

—¡*Muchísimas* gracias! Eres tremendamente dulce.

Ella echó un vistazo a su reloj de pulsera. Era la una y media. Y mientras decía «la una y media» para sí, se coló vagamente en su mente que su hermano le había dicho durante el almuerzo que él trabajaba en las oficinas de su periódico hasta pasada la una y media todas las noches.

Edith se giró de repente hacia su actual pareja de baile.

—¿Y en qué calle está Delmonico?

—¿En qué calle? Oh, pues en la Quinta Avenida, por supuesto.

—Me refiero a qué calle cruza.

—Pues... veamos... está en la Calle 44.

Eso verificaba lo que había supuesto. El despacho de Henry debía de estar al cruzar la calle y justo al volver la esquina, y se le ocurrió de inmediato que podría colarse allí por un momento y darle una sorpresa, deslizarse hacia él, una brillante maravilla con su nueva capa escarlata para la ópera, y «levantarle el ánimo». Era exactamente el tipo de cosas que Edith disfrutaba haciendo: algo desenfadado e inusual. La idea tomó forma y se aferró a su imaginación; tras un instante de vacilación, se había decidido.

—Mi pelo está a punto de venirse abajo por completo —le dijo en tono agradable a su acompañante—. ¿Te importa si voy a arreglarlo?

—En absoluto.

—Eres un encanto.

Unos minutos más tarde, envuelta en su capa escarlata para la ópera, bajó rápidamente unas escaleras laterales con las mejillas arreboladas de excitación por su pequeña aventura. Pasó corriendo junto a una pareja que estaba en la puerta —un camarero de barbilla hundida y una joven con demasiado colorete, enfrascados en una acalorada discusión— y, abriendo la puerta exterior, salió a la cálida noche de mayo.

## 7

La joven con demasiado colorete la siguió con una breve y amarga mirada... luego se giró de nuevo hacia el camarero de la barbilla hundida y retomó su discusión.

—Más le vale subir y decirle que estoy aquí —dijo ella con tono desafiante—, o subiré yo misma.

—¡De eso nada! —dijo George con severidad.

La chica le dedicó una mueca sardónica.

—Oh, ¿cree que no lo haré? Bien, deje que le diga que conozco a más universitarios y muchos de ellos me conocen, y se alegran de llevarme de fiesta. Conozco a más universitarios de los que usted haya visto en su vida.

—Puede que sea así...

—Es así —le interrumpió—. Oh, está bien que cualquiera, como esa que acaba de salir corriendo Dios sabe adónde, que cualquiera que esté invitado aquí entre y salga como le plazca... Pero cuando yo quiero ver a un amigo hacen que un camarero vulgar y corriente, de los que sólo sirven para obedecer todos los deseos de los señores, me impida la entrada.

—Mire —dijo el mayor de los Key, indignado—, no puedo perder mi trabajo. Tal vez ese tipo del que habla no quiera verla.

—Oh, claro que quiere verme.

—De todos modos, ¿cómo voy a poder encontrarlo entre tanta gente?

—Ah, él estará ahí —le confirmó ella con seguridad—. Sólo pregúntele a alguien por Gordon Sterrett y se lo señalarán. Todos esos tipos se conocen entre sí.

Ella sacó un bolso de malla y, sacando un billete de un dólar, se lo tendió a George.

—Tome —dijo ella—, aquí tiene un soborno. Encuéntrelo y dele mi mensaje. Dígale que, si no baja dentro de cinco minutos, yo subiré a por él.

George sacudió la cabeza con pesimismo, consideró el tema por un momento, vaciló violentamente, y entonces se retiró.

En menos tiempo del asignado, Gordon bajó las escaleras. Estaba más borracho de lo que lo había estado al comienzo de la velada, y de un modo diferente. El licor parecía haberse endurecido en él hasta formar una corteza. Se movía pesado y tambaleante; cuando habló, no decía más que incoherencias.

—Hola, Jewel —dijo con voz pastosa—. Vine de inmediato, Jewel, no pude conseguir el dinero. Hice lo que pude.

—¡Al cuerno con el dinero! —saltó Jewel—. No te has acercado a mí en diez días. ¿Qué pasa?

Él sacudió la cabeza despacio.

—He estado de bajón, Jewel. Enfermo.

—¿Por qué no me dijiste que estabas enfermo? No me importa tanto el dinero. No empecé a incordiarte con ese tema hasta que empezaste a descuidarme.

Él volvió a sacudir la cabeza.

—No te he descuidado. Para nada.

—¡Qué no, dice! No te has acercado a mí desde hace tres semanas, a menos que estuvieras tan borracho que no supieras lo que estabas haciendo.

—He estado enfermo, Jewel —repitió, mirándola con poca energía.

—Estás en condiciones de venir a jugar con tus amigos de la alta sociedad. Para eso estás bien. Me dijiste que te reunirías conmigo para cenar y dijiste que tendrías algo de dinero para mí. Ni siquiera te molestaste en llamarme.

—No pude conseguir dinero.

—¿No te acabo de decir que no importa? Quería verte, Gordon, pero tú pareces preferir a otra persona.

Él lo negó con amargura.

—Entonces coge tu sombrero y ven conmigo —le sugirió. Gordon vaciló... y ella se acercó a él de repente y le rodeó el cuello con sus brazos—. Ven conmigo, Gordon —le dijo con medio susurro—. Iremos a Devineries a tomar una copa y luego podemos subir a mi apartamento.

—No puedo, Jewel...

—Sí que puedes —dijo ella intensamente.

—¡Estoy muy enfermo!

—Bueno, pues entonces no deberías quedarte aquí bailando.

Con una mirada a su alrededor, en la que se mezclaban el alivio y la desesperación, Gordon dudó; entonces, de improviso, ella tiró de él y lo besó con sus suaves y carnosos labios.

—Vale —dijo con voz ronca—, iré a por mi sombrero.

## 8

Cuando Edith salió al claro azul nocturno de mayo, descubrió que la avenida estaba desierta. Los escaparates de las grandes tiendas estaban oscuros; sobre sus puertas habían corrido grandes máscaras de hierro hasta que se vieron reducidas a sombrías tumbas del esplendor del difunto día. Echando un vistazo hacia la Calle 42, vio el combinado borrón de las luces de los restaurantes que abrían toda la noche. En la Sexta Avenida, el tren elevado, una ráfaga de fuego, cruzó la calle entre los destellos luminosos de la estación y se adentró en la fría oscuridad. Pero en la Calle 44 todo estaba muy tranquilo.

Arrebujándose más en su capa, Edith cruzó la avenida como un rayo. Se sobresaltó cuando un hombre solitario pasó por su lado y le dijo con un susurro ronco, «¿Adónde vas, niña?». Le recordó una noche de su infancia en la que se había dado una vuelta en pijama por su vecindario y un perro le había aullado desde un misterioso patio trasero.

Al cabo de un minuto había llegado a su destino, un edificio de dos plantas, viejo en comparación con los demás de la Calle 44; por suerte, detectó en la ventana superior un leve indicio de luz. Había suficiente claridad allí afuera para que distinguiera el letrero junto a la ventana: el *New York Trumpet*. Entró en el oscuro vestíbulo y, tras un segundo, vio las escaleras en un rincón.

De ahí pasó a una larga sala de techo bajo amueblada con muchos escritorios y decorada con páginas de periódicos en todas las paredes. Sólo había dos ocupantes. Estaban sentados en extremos opuestos de la sala, cada uno con una visera de crupier y escribiendo junto a una solitaria lámpara de escritorio.

Por un momento se quedó en la puerta, insegura, y entonces ambos hombres se dieron la vuelta a la vez y reconoció a su hermano.

—¡Vaya, Edith!

Se levantó de un salto y se acercó a ella sorprendido mientras se quitaba la visera verde. Era alto, esbelto y moreno, con penetrantes ojos negros bajo gafas muy gruesas. Eran ojos ausentes que siempre parecían estar clavados en algún punto justo por encima de la cabeza de la persona con la que estuviera hablando.

Posó sus manos sobre los brazos de su hermana y le dio un beso en la mejilla.

—¿Qué pasa? —repitió con cierta alarma.

—Estaba en un baile en Delmonico, Henry —dijo con excitación—, y no pude resistirme a venir a verte.

—Me alegro de que lo hicieras. —Su estado de alerta dio paso rápidamente a una habitual vaguedad—. Sin embargo, no deberías salir sola de noche.

El hombre en el otro extremo de la sala los había estado mirando con curiosidad, pero se acercó cuando Henry le hizo un gesto. Era gordo en líneas generales, con ojillos chispeantes y, al haberse quitado el cuello duro y la corbata, daba la impresión de ser un granjero del medio oeste un domingo por la tarde.

—Esta es mi hermana —dijo Henry—. Ha venido a verme.

—¿Cómo está? —dijo el hombre gordo con una sonrisa—. Me llamo Bartholomew, señorita Bradin. Sé que a su hermano se le olvidó hace mucho.

Edith rio con educación.

—Bien —continuó el hombre—, no es exactamente un lugar precioso lo que tenemos aquí, ¿eh?

Edith miró a su alrededor.

—A mí me parece bien —respondió—. ¿Dónde guardan las bombas?

—¿Las bombas? —repitió Bartholomew echándose a reír—. Esa sí que es buena... Las bombas. ¿La has oído, Henry? Quiere saber dónde guardamos las bombas. Esa sí que es buena.

Edith se encaramó a un escritorio vacío y se sentó con los pies colgando por el borde. Su hermano tomó asiento junto a ella.

—Bueno —le preguntó con aire ausente—, ¿qué te está pareciendo este viaje a Nueva York?

—No está mal. Me alojaré en el Biltmore con los Hoyt hasta el domingo. ¿Puedes venir a almorzar mañana?

106

Él caviló por un momento.

—Estoy especialmente ocupado —constató—, y odio los grupos de mujeres.

—De acuerdo —accedió ella con calma—. Almorcemos tú y yo solos.

—Muy bien.

—Te recogeré a las doce.

Era obvio que Bartholomew estaba ansioso por volver a su escritorio, pero, al parecer, consideraba que sería de mala educación marcharse sin dedicarle algún cumplido de despedida.

—Bueno... —comenzó con torpeza.

Ambos se giraron hacia él.

—Bueno, nosotros... nosotros tuvimos un momento de excitación al comienzo de la noche.

Los dos hombres intercambiaron una mirada.

—Debería haber venido más temprano —continuó Bartholomew, algo motivado—. Tuvimos todo un vodevil.

—¿En serio?

—Una serenata —dijo Henry—. Un montón de soldados se congregaron ahí en la calle y comenzaron a gritarle al letrero.

—¿Por qué? —quiso saber ella.

—Sólo era una manifestación —dijo Henry de modo abstracto—. Todas las manifestaciones tienen que aullar. No tenían un líder con mucha iniciativa; de lo contrario, habrían entrado a la fuerza para destrozarlo todo.

—Sí —dijo Bartholomew, girándose hacia Edith—, usted debería haber estado aquí.

Pareció considerar que esa era señal suficiente para su retirada, ya que se giró bruscamente y regresó a su escritorio.

—¿Todos los soldados están en contra de los socialistas? —le preguntó Edith a su hermano—. Me refiero a si te atacan con violencia y todo eso.

Henry volvió a colocarse la visera y bostezó.

—La raza humana ha progresado mucho —dijo con indiferencia—, pero la mayoría somos retrógrados; los soldados no saben lo que quieren o lo que odian o lo que les gusta. Están acostumbrados a actuar en grandes grupos, y parecen tener que hacer manifestaciones.

De modo que se manifiestan en nuestra contra. Ha habido revueltas por toda la ciudad esta noche. Es el uno de mayo, ¿sabes?

—¿Fueron los disturbios muy graves aquí?

—Ni por asomo —dijo con desdén—. Unos veinticinco de ellos se pararon en la calle a eso de las nueve en punto y comenzaron a aullarle a la luna.

—Oh... —ella cambió de tema—. ¿Te alegras de verme, Henry?

—Pues claro.

—No lo parece.

—Me alegro de verte.

—Supongo que piensas que soy una... una vaga. Algo así como la Peor Frívola del Mundo.

Henry rio.

—En absoluto. Pásalo bien mientras eres joven. ¿Por qué lo dices? ¿Te parezco un joven serio y mojigato?

—No... —hizo una pausa—. Pero, de algún modo, empecé a pensar en lo radicalmente diferente que es la fiesta en la que estoy participando de... de todos tus propósitos. Parece algo así como... como incongruente, ¿no? El hecho de que yo esté en una fiesta así y que tú estés aquí trabajando para conseguir algo que hará que sea imposible seguir celebrando ese tipo de fiestas... si tus ideas funcionan.

—Yo no lo pienso así. Eres joven y te comportas del modo en el que tu crianza dice que debes actuar. Adelante... ¿Te estás divirtiendo?

Sus pies, que se habían estado balanceando ociosamente, se pararon y su voz bajó un tono.

—Ojalá tú... ojalá volvieras a Harrisburg y te lo pasaras bien. ¿Estás seguro de que vas por el buen camino...?

—Llevas unas medias preciosas —le interrumpió—. ¿Qué demonios son?

—Están bordadas —contestó ella bajando la mirada—. ¿Verdad que son divinas? —se levantó la falda y descubrió sus delgadas pantorrillas envueltas en seda—. ¿O acaso desapruebas las medias de seda?

Él parecía ligeramente exasperado y la perforó con su oscura mirada.

—¿Estás intentando que parezca que te estoy criticando de algún modo, Edith?

—Desde luego que no...

Ella hizo una pausa. Bartholomew había soltado un gruñido. Ella se giró y vio que había abandonado su escritorio y estaba mirando por la ventana.

—¿De qué se trata? —exigió Henry.

—Gente —dijo Bartholomew—. A montones —añadió tras un segundo—. Vienen desde la Sexta Avenida.

—¿Gente?

El gordo presionó la nariz contra el cristal.

—¡Por Dios, son soldados! —dijo con énfasis—. Tenía el presentimiento de que volverían.

Edith se levantó de un brinco y corrió para reunirse con Bartholomew ante la ventana.

—¡Hay muchísimos! —gritó con agitación—. ¡Ven aquí, Henry!

Henry reajustó su visera, pero se quedó sentado.

—¿No sería mejor que apagásemos las luces? —sugirió Bartholomew.

—No. Se irán en un minuto.

—No lo harán —dijo Edith, que miraba por la ventana—. Ni siquiera se plantean marcharse. Y vienen más. Mirad... Toda una multitud está girando la esquina de la Sexta Avenida.

Por el brillo amarillo y las sombras azules de las farolas pudo ver que la acera estaba abarrotada de hombres. La mayoría iba de uniforme, algunos sobrios, otros tremendamente borrachos, y sobre todos se extendía un incoherente clamor y griterío.

Henry se levantó y, yendo hacia la ventana, se expuso como una larga silueta contra las luces de la oficina. De inmediato, los gritos se convirtieron en un firme bramido y un tamborileante tiroteo de pequeños misiles, colillas de puros, cajetillas de tabaco, e incluso peniques golpeó contra la ventana. Los sonidos del barullo les llegaban ahora flotando por las escaleras cuando las puertas giraron.

—¡Están subiendo! —gritó Bartholomew.

Edith se giró ansiosa hacia Henry.

—Están subiendo, Henry.

Sus gritos desde el vestíbulo de abajo eran ahora bastante audibles.

—¡... malditos socialistas!

—¡Defensores de los alemanes! ¡Amantes de los boches!

—¡Al segundo piso! ¡Vamos!

—Les daremos su merecido a esos hijos...

Los siguientes cinco minutos pasaron como en un sueño. Edith era consciente de que el clamor explotó de repente sobre ellos tres como una nube de tormenta, que hubo un tronar de muchos pies en la escalera, que Henry la había cogido del brazo y se la había llevado hacia la parte de atrás de la oficina. Entonces la puerta se abrió y un exceso de hombres entró por la fuerza en la sala... no eran los líderes, sino tan sólo los que resultó que iban en cabeza.

—¡Hola, guapo!

—Es tarde para estar despiertos, ¿no?

—Tú y tu chica. ¡Malditos seáis!

Ella se dio cuenta de que dos soldados muy borrachos habían sido obligados a ponerse delante, donde se tambaleaban como idiotas; uno de ellos era bajito y moreno, el otro era alto y de barbilla hundida.

Henry dio un paso adelante y levantó la mano.

—¡Amigos! —dijo.

El clamor se desvaneció en una calma temporal, puntuada de murmullos.

—¡Amigos! —repitió, sus distantes ojos fijos sobre las cabezas de la muchedumbre—. Al forzar vuestra entrada aquí sólo os estáis haciendo daño a vosotros mismos. ¿Tenemos pinta de ser ricos? ¿Acaso parecemos alemanes? Os pido sinceramente...

—¡Cállate!

—¡Eso, que se calle!

—Dinos, ¿quién es tu amiguita, chaval?

Un hombre vestido de paisano, que había estado toqueteando las cosas de una mesa, de repente levantó un periódico.

—¡Aquí está! —gritó—. ¡Querían que los alemanes ganaran la guerra!

Una nueva marea se abrió paso desde las escaleras y, de súbito, la sala se vio llena de hombres que acechaban al pálido grupito de la parte de atrás. Edith vio que el soldado alto de barbilla hundida seguía al frente. El bajito moreno había desaparecido.

Ella se deslizó ligeramente hacia atrás para situarse más cerca de la ventana abierta, por la cual le llegó una brisa fresca del aire nocturno.

Entonces la sala se amotinó. Se percató de que los soldados se lanzaron hacia delante, vio al gordo blandir una silla sobre su cabeza... Al instante las luces se apagaron y sintió el empujón de cálidos cuerpos bajo tela basta; sus oídos se llenaron de gritos y pisoteos y respiraciones pesadas.

De la nada, una figura pasó a toda prisa junto a ella, se tambaleó, se desplazó de lado, y de repente desapareció sin poder hacer nada por la ventana abierta con un grito aterrorizado y fragmentado que murió de golpe en mitad de aquel tumulto. Por la débil luz que entraba desde el edificio de al lado, Edith tuvo la rápida impresión de que había sido el soldado alto de la barbilla hundida.

Asombrosamente, la rabia creció en ella. Moviendo los brazos como un molinillo, se dirigió a ciegas hacia el meollo de la refriega. Oyó gruñidos, maldiciones, el amortiguado impacto de los puños.

—¡Henry! —llamaba frenética—. ¡Henry!

Entonces, al cabo de unos minutos, de pronto sintió que había otras personas en la sala. Oyó una voz, profunda, bravucona, autoritaria; vio amarillos haces de luz que se movían de aquí para allá entre el tumulto. Los gritos se volvieron más dispersos. La refriega aumentó y luego cesó.

De repente, las luces se encendieron y la sala apareció llena de policías que daban palos a diestro y siniestro. La voz profunda retumbó en la sala:

—¡Basta ya! ¡Basta ya! ¡Basta ya!

Y luego:

—¡Calmaos y salid! ¡Venga!

La sala pareció vaciarse como un fregadero. Un policía que forcejeaba en el rincón liberó su presa del soldado antagonista y le dio un empujón en dirección a la puerta. La voz profunda continuó. Edith percibió ahora que procedía de un capitán de la policía con cuello de toro que estaba junto a la puerta.

—¡Venga! ¡Esta no es la manera! ¡Uno de vuestros propios soldados cayó por la ventana de atrás gracias a algún empujón y se ha matado!

—¡Henry! —llamaba Edith—. ¡Henry!

Golpeó violentamente con sus puños la espalda del hombre delante de ella; pasó entre otros dos; peleó, chilló y golpeó hasta abrirse camino hacia una figura muy pálida sentada en el suelo cerca de un escritorio.

—¡Henry! —gritó con pasión—. ¿Qué te pasa? ¿Qué te pasa? ¿Te han herido?

Tenía los ojos cerrados. Gruñó y luego levantó la mirada.

—Me han roto la pierna. ¡Cielos, qué panda de idiotas! —dijo con indignación.

—¡Basta ya! —decía el capitán de la policía—. ¡Basta ya! ¡Basta ya!

## 9

El Childs de la Calle 59, a las ocho de la mañana de cualquier día, se diferencia muy poco del resto de locales de la franquicia, ni por el ancho de sus mesas de mármol ni por el brillo de sus sartenes. Allí verán una multitud de personas pobres con legañas en los ojos, intentando mirar al frente, a su comida, para no tener que ver a los demás pobres a su alrededor. Pero Childs, en la Calle 59, cuatro horas antes, no se parece a cualquier restaurante Childs desde Portland, Oregón, hasta Portland, Maine. Dentro de sus pálidas pero higiénicas paredes nos encontramos una ruidosa mezcolanza de coristas, universitarios, debutantes, libertinos, prostitutas... Una mezcla representativa de lo más alegre de Broadway, e incluso de la Quinta Avenida.

Se encontraba inusualmente lleno en la madrugada del dos de mayo. Sobre las mesas de mármol se inclinaban los excitados rostros de las *flappers* cuyos padres poseían aldeas individuales. Comían tortitas de alforfón y huevos revueltos con gusto y entusiasmo, un logro que les habría resultado completamente imposible de repetir en el mismo lugar cuatro horas más tarde.

Casi toda la clientela procedía del baile de Gamma Psi en Delmonico, a excepción de varias coristas de una revista de medianoche que ocupaban una mesa lateral y deseaban haberse desmaquillado un poco más después del espectáculo. A veces, una figura apagada y apocada, desesperadamente fuera de lugar, observaba a las frívolas muchachas con curiosidad cansada y perpleja. Pero la apagada figura era la excepción. Esta era la mañana siguiente al uno de mayo y la celebración seguía en el aire.

Gus Rose, sobrio pero un poco aturdido, debe ser clasificado como una de las figuras apagadas. Cómo había llegado a la Calle 59 desde la Calle 44 después de la revuelta era sólo un recuerdo borroso. Había visto cómo metían el cuerpo de Carrol Key en una ambulancia para llevárselo, y luego había empezado a caminar con dos o tres soldados más. En algún lugar entre la Calle 44 y la Calle 59, los otros soldados se encontraron con unas mujeres y desaparecieron. Rose había vagabundeado hasta Columbus Circle y había elegido las brillantes luces de Childs para atender su deseo de café y donuts. Entró y se sentó.

A su alrededor flotaban etéreos parloteos sin importancia y risas agudas. Al principio no lo pudo entender, pero tras unos perplejos cinco minutos se dio cuenta de que se trataba de las secuelas de una alegre fiesta. Un inquieto y gracioso joven se movía de aquí para allá entre las mesas con actitud fraternal y familiar, estrechando manos sin discriminación alguna y deteniéndose en ocasiones para soltar un chascarrillo, mientras los excitados camareros, que portaban en alto tortitas y huevos, lo maldecían en silencio y se lo quitaban de encima a empellones. Para Rose, sentado a la mesa más discreta y menos abarrotada, toda la escena era un colorido circo de belleza y desenfrenado placer.

Poco a poco, tras unos instantes, fue consciente de que la pareja sentada en diagonal a su mesa, que le daba la espalda a la multitud, no era la pareja menos interesante de la sala. El hombre estaba borracho. Llevaba esmoquin con la corbata desecha y la camisa cubierta de manchas de agua y vino. Sus ojos, apagados e inyectados en sangre, vagaban de un lado al otro de forma poco natural. Jadeaba entre dientes.

«¡Se ha corrido una buena juerga! —pensó Rose».

La mujer casi estaba sobria, pero no del todo. Era guapa, con ojos oscuros y un rubor enfebrecido, y mantenía sus activos ojos clavados en su acompañante con la alerta de un halcón. De vez en cuando se inclinaba para susurrarle algo al oído atentamente, y él respondía inclinando la cabeza con pesadez o con un repelente guiño particularmente macabro.

Rose los escudriñó en silencio durante algunos minutos hasta que la mujer le lanzó una rápida mirada resentida; entonces él centró su atención en dos de los paseantes más visiblemente graciosos, que seguían con su largo recorrido entre las mesas. Para su sorpresa, reconoció en uno de ellos al joven que lo había entretenido de un modo tan ridículo en Delmonico. Eso hizo que empezara a pensar en Key con un vago sentimentalismo, a la vez que con asombro. Key estaba muerto. Había sufrido una caída desde diez metros de altura y se había abierto la cabeza como un melón.

«Era un jodido buen tipo —pensó Rose con tristeza—. Claro que era un jodido buen tipo. Ha tenido muy mala suerte».

Los dos paseantes se acercaron y pasaron entre la mesa de Rose y la siguiente, dirigiéndose a amigos y extraños por igual con jovial familiaridad. De repente, Rose vio que el rubio de los dientes prominentes se detuvo, miró de forma vacilante al hombre y la chica que tenía delante, y entonces comenzó a mover la cabeza de lado a lado con desaprobación.

El hombre de los ojos inyectados en sangre levantó la cabeza.

—Gordy —dijo el paseante de los dientes prominentes—, Gordy.

—Hola —chapurreó el hombre de la camisa manchada.

Dientes prominentes sacudió su dedo ante la pareja con pesimismo, dedicándole a la mujer una mirada de fría repulsa.

—¿Qué te dije, Gordy?

Gordon se removió en su asiento.

—¡Vete al cuerno!

Dean continuó sacudiendo su dedo allí de pie. La mujer empezó a enfadarse.

—¡Vete! —gritó con ferocidad—. ¡Estás borracho!

—Y él también —indicó Dean, que detuvo el movimiento de su dedo para señalar a Gordon.

Peter Himmel se acercó sin prisas, con aspecto solemne e inclinado a la oratoria.

—Vamos —comenzó como si lo hubieran llamado para dirimir una insignificante disputa entre niños—. ¿Cuál es el problema?

—Llévate a tu amigo —dijo Jewel con aspereza—. Nos está molestando.

—¿Qué es eso?

—¡Ya me has oído! —dijo chillando—. Digo que te lleves al borracho de tu amigo.

Su aguda voz resonó por encima del estrépito del restaurante y un camarero se acercó corriendo.

—¡Tienen que bajar la voz!

—Ese tipo está borracho —gritó ella—. Nos está insultando.

—Ajá, Gordy —insistía el acusado—. ¿Qué te dije? —se giró hacia el camarero—. Gordy y yo somos amigos. He estado intentando ayudarle. ¿Verdad, Gordy?

Gordy levantó la vista.

—¿Ayudarme? ¡Claro que no!

Jewel se levantó de repente y, cogiendo a Gordon del brazo, lo ayudó a ponerse de pie.

—¡Vamos, Gordy! —dijo ella, inclinándose hacia él y medio susurrando—. Salgamos de aquí. Este tipo es un borracho desagradable.

Gordon permitió que lo levantara y lo llevara hacia la salida. Jewel se giró un segundo y se dirigió a quien había provocado su huida.

—¡Lo sé todo sobre *ti!* —dijo con ferocidad—. Vaya amigo que eres. Él me ha hablado de ti.

Luego se aferró al brazo de Gordon y juntos se abrieron paso entre la curiosa multitud, pagaron su cuenta, y salieron.

—Tendrán que sentarse —le dijo el camarero a Peter después de que se hubieran ido.

—¿Qué es eso? ¿Sentarnos?

—Sí... o largarse.

Peter se giró hacia Dean.

—Venga —sugirió—, démosle una paliza a este camarero.

—De acuerdo.

Avanzaron hacia él con rostros que se volvieron serios. El camarero se retiró.

De repente, Peter metió la mano en un plato de la mesa junto a él y, cogiendo un puñado de patatas, lo lanzó al aire. Descendieron como una lánguida parábola para caer con efecto nieve sobre las cabezas de los comensales más cercanos.

—¡Oye! ¡Cuidado!

—¡Qué los echen!

—¡Siéntate, Peter!

—¡Basta ya!

Peter se echó a reír e hizo una reverencia.

—Gracias por su amable aplauso, damas y caballeros. Si alguien me presta más patatas y una chistera, continuaremos con la actuación.

El encargado se acercó a ellos con afán.

—¡Tienen que irse! —le dijo a Peter.

—¡Cielos, no!

—¡Es mi amigo! —dijo Dean con indignación.

Se estaba congregando un grupo de camareros.

—¡Echadlo!

—Es mejor que nos vayamos, Peter.

Hubo un breve forcejeo y los dos fueron llevados a empellones hacia la puerta.

—¡Mi sombrero y mi abrigo están ahí! —gritó Peter.

—¡Bueno, vaya a buscarlos y dese brío!

El encargado soltó a Peter, quien, adoptando un ridículo aire de extrema astucia, corrió de inmediato hasta la otra mesa, donde soltó una carcajada burlona y se llevó el pulgar a la nariz ante los exasperados camareros.

—Creo que es mejor que espere un poco más —anunció.

La persecución comenzó. Cuatro camareros fueron por un lado y cuatro camareros por el otro. Dean cogió a dos de ellos por la chaqueta y otro forcejeo tuvo lugar antes de que pudieran retomar la persecución de Peter; lo inmovilizaron al fin, después de que volcara un azucarero y varias tazas de café. Una nueva discusión surgió al pasar por caja, donde Peter intentó comprar otro plato de patatas para llevárselo con él y lanzárselo a la policía.

Pero la conmoción ante su salida se vio empequeñecida por otro fenómeno que atrajo miradas de admiración y un prolongado e involuntario «¡Ooh!» por parte de cada persona en el restaurante.

La gran fachada de cristal se había vuelto de un profundo azul, el color de la luz de la luna en un cuadro del pintor Maxfield Parrish... un azul que parecía presionar contra el panel de vidrio para intentar colarse en el restaurante. El amanecer había llegado a Columbus Circle, el mágico amanecer que deja sin aliento, silueteando la gran estatua del inmortal Cristóbal, y se fundía de un modo curioso y extraño con la debilitada luz amarilla del interior.

# 10

El señor Entrada y el señor Salida no están registrados en el censo. Los buscarán en vano en el registro social de nacimientos, matrimonios y fallecimientos, o en la lista de cuentas del colmado. El olvido se los ha tragado y el testimonio de que alguna vez existieron es vago e impreciso, así como inadmisible ante un tribunal de justicia. No obstante, sé de muy buena tinta que, por un breve espacio de tiempo, el señor Entrada y el señor Salida vivieron, respiraron, respondían al oír sus nombres e irradiaban vívidas personalidades propias.

Durante el breve período de sus vidas, caminaron con sus prendas nativas por la gran calle de una gran nación; se rieron de ellos, los maldijeron, los persiguieron, y huyeron de ellos. Luego desaparecieron y no se volvió a saber de ellos.

Ya estaban tomando forma débilmente cuando un taxi con la capota bajada pasó por Broadway bajo el tenue brillo del amanecer de mayo. En ese coche iban sentadas las almas del señor Salida y del señor Entrada, discutiendo con asombro la luz azul que había coloreado con tanta precipitación el cielo por detrás de la estatua de Cristóbal Colón, discutiendo con desconcierto las viejas caras grises de los madrugadores que caminaban pálidos por la calle como trozos de papel movidos por el viento sobrevolando un lago gris. Estaban de acuerdo en todos los temas, desde la absurdidad del encargado en Childs hasta la ridiculez del negocio de la vida. Se sentían mareados por la felicidad en extremo sensiblera que la mañana había despertado en sus radiantes almas. De hecho, tan fresco y vigoroso era su placer de vivir que sintieron que debían expresarlo con fuertes gritos.

—¡Auuuuu! —aullaba Peter, haciendo bocina con sus manos... y Dean se unió con un grito que, aunque igualmente significativo y simbólico, derivaba su resonancia de su misma poca elocuencia.

—¡Yuju! ¡Sí! ¡Yuju! ¡Yubaba!

La Calle 53 era un autobús con una belleza morena de pelo corto encima; la Calle 52 era un barrendero que esquivó, escapó y soltó un grito de «¡Mira por dónde vas!» con voz dolorida y apenada. En la Calle 50, un grupo de hombres en una acera muy blanca delante de un edificio muy blanco se giró para mirarlos fijamente y gritar:

—¡Vaya fiesta, chicos!

En la Calle 49, Peter se giró hacia Dean.

—Bonita mañana —dijo con gravedad, entrecerrando sus grandes ojos.

—Es probable que lo sea.

—¿Vamos en busca del desayuno?

Dean accedió... con extras.

—Desayuno con alcohol.

—Desayuno con alcohol —repitió Peter, y se miraron asintiendo—. Es lo lógico.

Luego ambos estallaron en fuertes carcajadas.

—¡Desayuno con alcohol! ¡Oh, cielos!

—No existe tal cosa —anunció Peter.

—¿No lo sirven? No importa. Les obligaremos a servirlo. Aunque sea por la fuerza.

—Mejor si usamos la lógica.

El taxi salió de repente de Broadway, atravesó una calle transversal, y se detuvo delante de un pesado edificio como un mausoleo en la Quinta Avenida.

—¿Qué es esto?

El taxista les informó de que eso era Delmonico.

Eso era algo desconcertante. Se vieron obligados a dedicar varios minutos de intensa reflexión, ya que, si le habían dado tal orden, debía de haber una razón para ello.

—Algo sobre un abrigo —sugirió el taxista.

Eso era. El abrigo y el sombrero de Peter. Se los había dejado en Delmonico. Habiéndolo decidido, salieron del taxi y pasearon hacia la entrada cogidos del brazo.

—¡Oigan! —dijo el taxista.

—¿Eh?

—Más les vale pagarme.

Ellos sacudieron la cabeza en asombrada negativa.

—Más tarde, ahora no... Nosotros damos órdenes, tú esperas.

El taxista puso objeciones; quería su dinero ahora. Con la desdeñosa condescendencia de los hombres que ejercían un tremendo autocontrol, le pagaron.

Dentro, Peter tanteó en vano en el oscurecido y desierto guardarropa en busca de su abrigo y su bombín.

—Supongo que han desaparecido. Alguien los robó.

—Algún alumno de Sheffield.

—Con toda probabilidad.

—No importa —dijo Dean con nobleza—. Dejaré los míos aquí también... y entonces los dos iremos vestidos igual.

Se quitó el abrigo y el sombrero, y los estaba colgando cuando su errática mirada recayó y se quedó pegada magnéticamente en dos grandes recuadros de cartón adheridos a las dos puertas del guardarropa. El de la puerta de la izquierda tenía la palabra «Entrada» en grandes letras negras, y la puerta de la derecha lucía la igualmente enfática palabra «Salida».

—¡Mira! —exclamó alegremente.

Los ojos de Peter siguieron su dedo.

—¿Qué?

—Mira los letreros. Vamos a cogerlos.

—Buena idea.

—Es probable que ese par de letreros sean raros y valiosos. Nos pueden venir bien.

Peter retiró el letrero de la puerta de la izquierda y se esforzó por ocultarlo en su persona. Al ser un letrero de considerables proporciones, eso supuso cierta dificultad. Se le ocurrió una idea y, con aire de digno misterio, se dio media vuelta. Tras unas instantes, se giró dramáticamente y, abriendo los brazos, se mostró ante el admirativo Dean. Había insertado el letrero en su chaleco, cubriendo por completo la pechera de su camisa. En efecto, la palabra «Entrada» había sido pintada sobre su camisa con grandes letras negras.

—¡Yuju! —vitoreó Dean—. Señor Entrada.

Él insertó su letrero de igual modo.

—¡Señor Salida! —anunció triunfante—. Señor Entrada, le presento al señor Salida.

Avanzaron y se estrecharon la mano. De nuevo se vieron dominados por la risa y se mecían con temblorosos espasmos de alegría.

—¡Yuju!

—Es probable que necesitemos un buen desayuno.

—Iremos... iremos al Commodore.

Cogidos del brazo, salieron del edificio y giraron hacia el este por la Calle 44 con la intención de ir al Commodore. Al salir, un soldado bajo y moreno, muy pálido y cansado, que había estado vagando sin fuerzas por la acera, se giró para mirarlos.

Hizo ademán de dirigirse a ellos, pero, como de inmediato le dedicaron miradas de devastadora falta de reconocimiento, esperó hasta que hubieron avanzado con paso vacilante por la calle, y entonces los siguió a unos cuarenta pasos de distancia, riendo por lo bajo y diciendo, «¡Vaya!» una y otra vez en tono quedo y con tono de placer y anticipación.

El señor Entrada y el señor Salida, mientras tanto, intercambiaban comentarios amables sobre sus planes futuros.

—Queremos alcohol. Queremos desayunar. Ninguna de esas cosas sin la otra. Son un todo indivisible.

—¡Queremos las dos cosas!

—¡Las dos!

Para entonces había clareado bastante el día, y los transeúntes comenzaron a lanzar miradas de curiosidad a la pareja. Era obvio que estaban enfrascados en una discusión que les proporcionaba una intensa diversión a ambos, ya que de vez en cuando se apoderaba de ellos un ataque de risa tan violento que, aún con los brazos entrelazados, los dejaba doblados por la cintura.

Al llegar al Commodore intercambiaron algunos epigramas picantes con el adormilado portero, pasaron por la puerta giratoria con cierta dificultad, y entonces se abrieron paso por el apenas poblado, pero sorprendido, vestíbulo hasta el comedor, donde un perplejo camarero los guio hasta una escondida mesa en un rincón. Estudiaron la carta en vano, recitándose el menú el uno al otro con confundidos murmullos.

—No veo alcohol aquí —dijo Peter con tono de reproche.

El camarero se volvió audible pero ininteligible.

—Repito —continuó Peter con paciente tolerancia—, que parece haber una inexplicable y bastante desagradable falta de licores en la carta.

—¡Deja que yo me encargue de él! —dijo Dean con confianza. Se giró hacia el camarero—. Tráenos... tráenos... —examinó la carta ansioso—. Tráenos una botella de champán y un... un... puede que un bocadillo de jamón.

El camarero se veía dubitativo.

—¡Tráelo! —rugieron a coro el señor Entrada y el señor Salida.

El camarero tosió y desapareció. Se produjo una corta espera durante la cual fueron sometidos sin su conocimiento a un cuidadoso escrutinio por parte del jefe de camareros. Entonces llegó el champán y, al verlo, el señor Entrada y el señor Salida se mostraron jubilosos.

—Imagínate que se opusieran a que tomásemos champán para desayunar... sólo imagínatelo.

Ambos se concentraron en la visión de tal increíble posibilidad, pero el esfuerzo era demasiado para ellos. Era imposible que sus imaginaciones combinadas conjuraran un mundo en el que alguien pudiera oponerse a que otra persona bebiera champán para desayunar. El camarero descorchó la botella con un sonoro *pop* y sus copas se llenaron de inmediato con la pálida espuma amarilla.

—A su salud, señor Entrada.

—A la suya, señor Salida.

El camarero se retiró. Los minutos pasaron. El champán fue desapareciendo de la botella.

—Es... es mortificante.

—¿Qué es mortificante?

—La idea de que se opongan a que tomemos champán con el desayuno.

—¿Mortificante? —reflexionó Peter—. Sí, esa es la palabra... mortificante.

De nuevo se deshicieron en risas, aullaron, se balancearon, se mecieron adelante y atrás en sus sillas, repitiendo la palabra «mortificante» una y otra vez. Cada repetición parecía convertirla en algo más intensamente absurdo.

Tras otros preciosos minutos, decidieron pedir otra botella. Su ansioso camarero consultó a su superior inmediato y esta discreta persona dio claras instrucciones de que no debería servirse más champán. Les llevaron la cuenta.

Cinco minutos más tarde, cogidos del brazo, salieron del Commodore y se abrieron camino por la Calle 42, entre una multitud que los miraba fijamente, y subieron por la Avenida Vanderbilt hacia el Biltmore. Allí, con repentina astucia, saltaron a la palestra y atravesaron el vestíbulo caminando deprisa y erguidos de forma poco natural.

Una vez llegaron al comedor, repitieron su actuación. Se vieron divididos entre intermitentes carcajadas convulsas y repentinas discusiones espasmódicas sobre política, la universidad, y el radiante estado de su humor. Sus relojes les dijeron que ya eran las nueve en punto, y nació en ellos la borrosa idea de que estaban en una fiesta memorable, algo que recordarían siempre. Se entretuvieron con la segunda botella. Uno de los dos sólo tenía que mencionar la palabra «mortificante» para que ambos perdieran el aliento a carcajadas. El comedor zumbaba y se movía ahora; una curiosa claridad permeaba y enrarecía el pesado aire.

Pagaron la cuenta y salieron al vestíbulo.

Fue en ese momento cuando las puertas giratorias giraron por enésima vez esa mañana para dar paso en el vestíbulo a una joven belleza muy pálida y con oscuras ojeras, con un vestido de noche muy arrugado. Iba acompañada por un hombre rechoncho no muy agraciado que, obviamente, no era un acompañante adecuado.

Arriba de las escaleras, esta pareja se encontró con el señor Entrada y el señor Salida.

—Edith —dijo el señor Entrada, dando un gracioso paso hacia ella y haciendo una profunda reverencia—, querida, buenos días.

El hombre rechoncho miró inquisitivamente a Edith, como si le estuviera pidiendo permiso para lanzar a este hombre fuera de su camino.

—Disculpa la familiaridad —añadió Peter como coletilla—. Edith, buenos días.

Cogió a Dean por el codo y lo impulsó al frente.

—Te presento al señor Salida, Edith, mi mejor amigo. Inseparables. Los señores Entrada y Salida.

El señor Salida avanzó y le dedicó una inclinación de cabeza; de hecho, avanzó tanto y se inclinó tan profundamente que se tambaleó un poco hacia delante y sólo mantuvo el equilibrio gracias a que posó una mano con suavidad en el hombro de Edith.

—Soy el señor Salida, Edith —musitó con tono agradable—. Señorentrada señorsalida.

—Señoresentradaysalida —dijo Peter con orgullo.

Pero Edith no los miraba; tenía la vista clavada en un punto infinito en la galería sobre ellos. Asintió ligeramente hacia el hombre rechoncho, quien avanzó cual toro y, con un brusco y fuerte movimiento, apartó a los señores Entrada y Salida hacia los lados. Y por ese pasillo pasaron Edith y el hombre.

Pero, diez pasos más adelante, Edith se detuvo de nuevo... se detuvo y señaló a un soldado bajito y moreno que estaba observando el gentío en general, y el retablo de los señores Entrada y Salida en particular, con una especie de asombro perplejo y fascinado.

—Ahí —exclamó Edith—. ¡Mire ahí!

Su voz se alzó hasta ser un poco estridente. Su dedo acusador temblaba un poco.

—Ahí está el soldado que le rompió la pierna a mi hermano.

Se produjeron docenas de exclamaciones. Un hombre con chaqué abandonó su lugar cerca del mostrador de recepción y avanzó alerta. El hombre rechoncho dio un salto rápido como un rayo hacia el soldado bajito y moreno, y entonces el vestíbulo se cerró alrededor del grupito y el señor Salida y el señor Entrada ya no pudieron ver nada.

Pero, para el señor Entrada y el señor Salida, este evento no era más que un segmento iridiscente y multicolor de un mundo que giraba y zumbaba.

Oyeron fuertes voces; vieron al hombre rechoncho saltar; de pronto la imagen se distorsionó.

Entonces estaban en un ascensor que subía.

—¿A qué piso, por favor? —dijo el ascensorista.

—A cualquiera —dijo el señor Entrada.

—Al último —dijo el señor Salida.

—Este es el último piso —dijo el ascensorista.

—Que pongan otro piso —dijo el señor Salida.

—Más alto —dijo el señor Entrada.

—Hasta el cielo —dijo el señor Salida.

## 11

En una habitación de un hotelito cercano a la Sexta Avenida, Gordon Sterrett despertó con un terrible dolor de cabeza y un enfermizo palpitar en todas sus venas. Miró las oscuras sombras grises de los rincones de la habitación y una zona desgastada en un gran sillón de cuero en el rincón donde llevaba muchos años de uso. Vio ropa desarreglada, ropa arrugada por el suelo, y olió el aroma a humo de tabaco y alcohol rancio. Las ventanas estaban cerradas a cal y canto. Fuera, la brillante luz del sol había lanzado un rayo lleno de polvo sobre el alfeizar... un rayo interrumpido por el cabecero de la ancha cama de madera en la que había dormido. Se quedó tumbado muy quieto: comatoso, drogado, con los ojos bien abiertos, su mente traqueteando como una máquina sin engrasar.

Debió de ser treinta segundos después de que percibiera el polvoriento rayo de sol y el desgarro en el gran sillón de cuero cuando presintió que había vida a su lado, y pasaron otros treinta segundos antes de darse cuenta de que estaba irrevocablemente casado con Jewel Hudson.

Salió media hora más tarde y compró un revólver en una tienda de artículos deportivos. Luego tomó un taxi hacia la habitación en la que había estado viviendo al este de la Calle 27 y, reclinándose sobre la mesa que albergaba sus materiales para dibujar, se pegó un tiro en la cabeza, justo detrás de la sien.

# Porcelana y rosa

Una habitación en la planta baja de una casita de verano. En la parte alta de las paredes encontramos un friso artístico de un pescador con un montón de redes a sus pies y un barco sobre un océano carmesí, un pescador con un montón de redes a sus pies y así sucesivamente. En un punto del friso hay una superposición: ahí tenemos a medio pescador con medio montón de redes a sus pies, abarrotadas y húmedas contra medio barco sobre medio océano carmesí. El friso no aparece en el argumento pero, francamente, me fascina. Podría continuar de forma indefinida, pero me distrae uno de los dos objetos en la habitación: una bañera de porcelana azul. Tiene carácter esta bañera. No es de esas nuevas bañeras modernas, sino que es pequeña, de tina alta, y parece preparada para dar un salto; desanimada, sin embargo, por la cortedad de sus patas, se ha sometido a su entorno y a su capa de pintura azul cielo. Pero se niega gruñona a permitir que cualquier parroquiano estire las piernas por completo... lo que nos lleva hábilmente hasta el segundo objeto en la habitación.

Se trata de una muchacha; claramente un apéndice de la bañera, sólo se ve su cabeza y su garganta —las chicas hermosas tienen gargantas en vez de cuello— y un sugerente hombro aparece por el lateral. Durante los primeros diez minutos de la obra, el público está absorto en preguntarse si de verdad está siguiendo las reglas de un modo justo y no lleva ropa puesta o si los están engañando y está vestida.

El nombre de la muchacha es Julie Marvis. Por el modo orgulloso en el que se sienta en la bañera deducimos que no es muy alta y que tiene buena figura. Cuando sonríe, su labio superior se alza un poco y te recuerda a un conejo de Pascua. Le falta muy poco para cumplir veinte años.

Una cosa más: hay una ventana encima y a la derecha de la bañera. Es estrecha y tiene un ancho alfeizar; deja pasar mucha luz natural,

125

pero previene con eficacia que nadie que mire por ella pueda ver la bañera. ¿Empiezan a sospechar cuál es el argumento?

Abrimos, de un modo bastante convencional, con una canción, pero, como el asombrado grito de sorpresa del público ahoga la primera mitad, sólo pondremos aquí la última estrofa.

JULIE. *(Con ligera voz de soprano, entusiasta).*
*Cuando César bailaba el Chicago*
*era un niño agraciado,*
*esos pollos sagrados*
*crearon un gran revuelo*
*y las vírgenes Vestales se volvieron locas.*
*Los Nervios se pusieron nerviosos.*
*cuando él tocaba la trompetilla*
*ellos sacudían sus zapatos*
*con el blues consular*
*del Jazz del Imperio Romano.*

*(Durante el atronador aplauso que recibe, Julie mueve los brazos con modestia y crea olas en la superficie del agua —al menos suponemos que lo hace. Entonces se abre la puerta a mano izquierda y entra Lois Marvis, vestida, pero portando prendas y toallas. Lois es un año mayor que Julie y casi su doble en voz y rostro, pero su ropa y su expresión llevan la marca de lo tradicional. Sí, lo han adivinado. Identidades equivocadas es el rancio eje sobre el que gira el argumento).*

LOIS. *(Sobresaltada).* Oh, perdona. No sabía que estabas aquí.

JULIE. Oh, hola. Estoy dando un pequeño recital...

LOIS. *(Interrumpiendo).* ¿Por qué no echaste el pestillo?

JULIE. ¿No lo hice?

LOIS. Por supuesto que no. ¿Piensas que he atravesado la puerta?

JULIE. Pensé que habías forzado la cerradura, querida.

LOIS. Eres tan descuidada.

JULIE. No, soy más feliz que una perdiz y estoy dando un pequeño concierto.

LOIS. *(Con severidad).* ¡Madura!

JULIE. *(Sacudiendo un brazo rosado que abarca la habitación).* Las paredes proyectan el sonido, ¿sabes? Y por eso hay algo hermoso en cantar en una bañera. Produce un efecto de excesivo encanto. ¿Puedo cantarte una selección?

LOIS.    Desearía que te apresuraras a salir de la bañera.

JULIE.    *(Sacudiendo la cabeza pensativa)*. No puedo darme prisa. Este es mi reino en estos momentos, Santidad.

LOIS.    ¿A qué viene llamarme así?

JULIE.    Porque estás junto a la limpieza[7]. ¡No tires nada, por favor!

LOIS.    ¿Cuánto vas a tardar?

JULIE.    *(Tras reflexionar un poco)*. No menos de quince ni más de veinticinco minutos.

LOIS.    ¿Puedes hacerme el favor de que sólo sean diez?

JULIE.    *(Rememorando)*. Oh, Santidad, ¿recuerdas un frío día del pasado enero cuando una tal Julie, famosa por su sonrisa como la del conejo de Pascua, iba a salir y apenas quedaba agua caliente, y la joven Julie acababa de llenar la bañera para su cuerpecito, y entonces la hermana malvada entró y se bañó, obligando así a la joven Julie a realizar sus abluciones con crema facial... lo cual es caro y bastante problemático?

LOIS.    *(Con impaciencia)*. Entonces, ¿no vas a darte prisa?

JULIE.    ¿Por qué iba a hacerlo?

LOIS.    Tengo una cita.

JULIE.    ¿Aquí en la casa?

LOIS.    No es de tu incumbencia.

*(Julie encoge las puntas visibles de sus hombros y remueve el agua formando ondas)*.

JULIE.    Allá tú.

LOIS.    ¡Oh, por amor de Dios, sí! Tengo una cita aquí, en la casa... en cierto modo.

JULIE.    ¿En cierto modo?

LOIS.    No va a entrar. Me llamará y saldremos a pasear.

---

[7]   Hace referencia al refrán «Cleanliness is next to Godliness», que significa que la limpieza es una virtud que lleva a la santidad. Este dicho es a menudo atribuido a John Wesley, líder del movimiento metodista. *(N. de la T.)*

JULIE. *(Levantando las cejas)*. Oh, todo queda claro. Es ese culto señor Calkins. Pensé que le habías prometido a madre que no le invitarías a entrar.

LOIS. *(Desesperada)*. Ella es tan idiota. Lo detesta porque se acaba de divorciar. Por supuesto que ella tiene más experiencia que yo, pero...

JULIE. *(Sabiamente)*. ¡No dejes que te engañe! La experiencia es el mayor lingote de oro del mundo. Todas las personas mayores la tienen a la venta.

LOIS. Él me gusta. Hablamos de literatura.

JULIE. Oh, por eso es por lo que he visto esos pesados libros por la casa últimamente.

LOIS. Él me los presta.

JULIE. Bueno, tienes que jugar a su juego. Donde fueres, haz lo que vieres. Pero yo ya he terminado con los libros. Ya estoy educada.

LOIS. Eres muy inconsistente... El verano pasado leías todos los días.

JULIE. Si fuera consistente, aún seguiría alimentándome de leche caliente con un biberón.

LOIS. Sí, y probablemente lo harías usando mi biberón. Pero me gusta el señor Calkins.

JULIE. No lo conozco.

LOIS. Y bien, ¿te darás prisa?

JULIE. Sí. *(Tras una pausa)*. Espero hasta que el agua se quede templada y entonces añado más agua caliente.

LOIS. *(Sarcásticamente)*. ¡Qué interesante!

JULIE. ¿Te acuerdas de cuando solíamos jugar al «jabogán»?

LOIS. Sí... y que tenías diez años. En realidad, me sorprende que no lo sigas haciendo.

JULIE. Sí que lo hago. Voy a hacerlo en un momento.

LOIS. Es un juego tonto.

JULIE. *(Con calidez)*. No lo es. Es bueno para los nervios. Apuesto a que se te ha olvidado cómo se juega.

LOIS. *(Desafiante)*. Claro que no. Hay que... hay que llenar la bañera de espuma y entonces te sientas en el borde y te deslizas hacia abajo.

JULIE. *(Sacudiendo la cabeza con desdén)*. ¡Ja! Eso es sólo una parte del juego. Tienes que deslizarte sin tocar con las manos o los pies...

LOIS. *(Impaciente)*. ¡Cielo santo! ¡No me importa! Ojalá dejáramos de venir aquí cada verano, o que fuéramos a una casa con dos bañeras.

JULIE. Puedes comprarte una tina pequeña, o usar la manguera...

LOIS. ¡Oh, cállate!

JULIE. *(Sin venir a cuento)*. Deja la toalla.

LOIS. ¿Qué?

JULIE. Deja la toalla cuando salgas.

LOIS. ¿Esta toalla?

JULIE. *(Con dulzura)*. Sí, se me ha olvidado la toalla.

LOIS. *(Mirando alrededor por primera vez)*. ¡Vaya idiota! Ni siquiera tienes un batín.

JULIE. *(También mirando alrededor)*. Pues no.

LOIS. *(Volviéndose suspicaz)*. ¿Cómo has venido aquí?

JULIE. *(Riendo)*. Supongo que... yo... supongo que escabulléndome hasta aquí. Ya sabes... una figura blanca escabulléndose escaleras abajo y...

LOIS. *(Escandalizada)*. ¡Desdichada! ¿No tienes orgullo ni sientes respeto por ti misma?

JULIE. Tengo mucho de ambas cosas. Creo que eso lo demuestra. Me veía muy bien. Realmente soy bastante bonita en mi estado natural.

LOIS. Es que... tú...

JULIE. *(Pensando en voz alta)*. Ojalá la gente no usara ropa. Supongo que debo de ser una pagana o una nativa o algo así.

LOIS. Eres una...

JULIE. Anoche soñé que un domingo, en la iglesia, un niño pequeño trajo un imán que atraía los tejidos. Le arrancaba la ropa a todo el mundo; los dejaba con un terrible ataque de nervios; la gente lloraba y chillaba y se comportaba como si acabaran de descubrir su piel por primera vez. Yo sólo me reía. Tuve que pasar el cepillo porque nadie más quería hacerlo.

Lois.   *(Que hizo oídos sordos a tal discurso)*. ¿Pretendes decirme que, si yo no hubiera venido, habrías corrido hasta tu habitación... des... desnuda?

Julie.   Al natural suena mejor.

Lois.   Supón que hubiera alguien en la salita.

Julie.   Todavía no me he encontrado a nadie.

Lois.   ¡Todavía! ¡Increíble! ¿Desde cuándo...?

Julie.   Además, normalmente tengo una toalla.

Lois.   *(Completamente superada)*. ¡Caramba! Deberían darte de azotes. Espero que te pillen. Espero que haya una docena de párrocos en la salita cuando salgas... y sus esposas y sus hijas.

Julie.   No habría espacio para todos ellos en la salita, contestó la Limpia Kate del Distrito Lavandero.

Lois.   Muy bien. Ya tienes la bañera, pues quédatela.

*(Lois se dirige con decisión hacia la puerta)*.

Julie.   *(Alarmada)*. ¡Oye! ¡Oye! No me importa lo del batín, pero quiero la toalla. No puedo secarme con una pastilla de jabón y una manopla mojada.

Lois.   *(Terca)*. No te seguiré el juego. Tendrás que secarte como puedas. Puedes rodar por el suelo, como hacen los animales que no llevan ropa.

Julie.   *(Contenta de nuevo)*. Muy bien. ¡Sal!

Lois.   *(Con arrogancia)*. ¡Ja!

*(Julie abre el grifo de agua fría y dirige con el dedo un chorro parabólico de agua hacia Lois. Lois se retira rápidamente, dando un portazo tras ella. Julie se ríe y cierra el grifo)*.

Julie.   *(Cantando)*.
*Cuando el hombre del cuello Arrow*[8]
*se encuentra con la chica Djer Kiss*[9]
*en un Santa Fe sin humo,*
*su sonrisa Pebeco*[10],

---

[8]   La imagen de la marca de cuello duro Arrow, creado por Cluett, Peabody & Co. se convirtió en imagen icónica de la moda masculina de principios del siglo xx. *(N. de la T.)*

[9]   Djer Kiss fue un perfume creado por Kerkoff París en exclusiva para Estados Unidos y Canadá. Aparecía una muchacha en la etiqueta del producto. *(N. de la T.)*

[10]   Marca de pasta de dientes. *(N. de la T.)*

130

*su estilo Lucile*[11],
*¡la, la, la! Un día...*

*(Se pone a silbar y se inclina hacia delante para abrir los grifos,*
*pero se sobresalta al oír tres fuertes golpes en las tuberías.*
*Silencio por un momento... luego acerca su boca al grifo como*
*si fuera un teléfono).*

JULIE.    ¡Hola! *(No hay respuesta).* ¿Es el fontanero? *(Sin respuesta).* ¿Es la empresa del agua? *(Un golpe fuerte y hueco).* ¿Qué quieren? *(Sin respuesta).* Creo que es un fantasma. ¿Lo es? *(Sin respuesta).* Bien, entonces deje de hacer ruido. *(Alarga la mano y abre el grifo del agua caliente. No sale agua. De nuevo acerca la boca al grifo).* Si es el fontanero, eso es jugar sucio. Abra el agua para mí. *(Dos fuertes golpes huecos).* ¡No discuta! Quiero agua... ¡Agua! ¡Agua!

*(La cabeza de un joven aparece en la ventana... una cabeza adornada con un delgado bigote y ojos compasivos. Estos últimos se quedan mirando, y aunque no pueden ver nada más que muchos pescadores con redes y muchos océanos carmesíes, deciden que el joven hable).*

JOVEN.    ¿Se ha desmayado alguien?
JULIE.    *(Sobresaltada, de inmediato es toda oídos).* ¡Qué susto!
JOVEN.    *(Amablemente).* El agua es buena para los sustos.
JULIE.    ¡Sustos! ¡Quién ha dicho nada de sustos!
JOVEN.    Tú has dicho algo de un susto.
JULIE.    *(Con decisión).* ¡Claro que no!
JOVEN.    Bueno, podemos discutirlo más tarde. ¿Estás preparada para salir? ¿O sigues pensando que si sales conmigo ahora todo el mundo cotilleará?
JULIE.    *(Sonriendo).* ¡Cotillear! ¿Lo harían? Sería mucho más que un cotilleo... sería todo un escándalo.
JOVEN.    Vaya, te lo estás tomando muy a pecho. Puede que tu familia esté algo disgustada... pero es que a los puritanos todo les parece sugerente. Nadie más pensaría dos veces en el asunto, a excepción de unas cuantas viejas. Vamos.
JULIE.    No sabes lo que estás pidiendo.

---

[11]    Puede referirse a Maison Lucile, la primera firma de moda internacional. Sus vestidos eran modelos de elegancia a principios del siglo xx. *(N. de la T.)*

JOVEN.    ¿Piensas que una muchedumbre nos seguirá?

JULIE.    ¿Una muchedumbre? Habrá un tren especial, todo de acero, con bufet incluido, que saldrá cada hora desde Nueva York.

JOVEN.    ¿Estás limpiando la casa?

JULIE.    ¿Por qué lo preguntas?

JOVEN.    Veo que han quitado todos los cuadros de las paredes.

JULIE.    Nunca hemos tenido cuadros en esta habitación.

JOVEN.    Qué raro. Nunca he visto una habitación sin cuadros o tapices o paneles o algo.

JULIE.    Ni siquiera hay muebles aquí.

JOVEN.    ¡Qué casa tan extraña!

JULIE.    Depende del ángulo desde el que se mire.

JOVEN.    *(Con tono sentimental).* Es tan agradable hablar contigo así... cuando sólo eres una voz. Me alegro mucho de no poder verte.

JULIE.    *(Agradecida).* Yo también.

JOVEN.    ¿De qué color vas vestida?

JULIE.    *(Tras un examen crítico de sus hombros).* Pues supongo que es una especie de blanco rosado.

JOVEN.    ¿Te favorece?

JULIE.    Mucho. Es... es antiguo. Lo he tenido desde hace mucho tiempo.

JOVEN.    Creía que odiabas la ropa antigua.

JULIE.    Sí, pero este fue un regalo de cumpleaños y tengo que llevarlo casi por obligación.

JOVEN.    Blanco rosado. Bueno, apuesto a que es divino. ¿Vas a la moda?

JULIE.    Bastante. Es un modelo muy sencillo y muy básico.

JOVEN.    ¡Qué voz tienes! ¡Cómo reverbera! A veces cierro los ojos y me parece verte en una lejana isla desierta, llamándome. Y me lanzo hacia ti atravesando las olas, oyendo tu llamada mientras estás allí, con el agua extendiéndose a tu alrededor...

*(El jabón se desliza desde el borde de la bañera y salpica.*
*El joven parpadea).*

JOVEN.    ¿Qué ha sido eso? ¿Lo he soñado?

JULIE.    Sí. Eres... eres muy poético, ¿verdad?

JOVEN.    *(Con tono soñador).* No. Escribo prosa. Sólo escribo poemas cuando me siento agitado.

JULIE. *(Murmurando)*. Agitado con una cuchara...

JOVEN. Siempre me ha encantado la poesía. Aún puedo recordar el primer poema que aprendí de memoria. «Evangeline».

JULIE. Eso es mentira.

JOVEN. ¿He dicho «Evangeline»? Quise decir «El esqueleto en la armadura».

JULIE. Yo soy inculta. Pero puedo recordar mi primer poema. Tenía una estrofa:

> *Parker y Davis*
> *sentados en una valla*
> *intentan tener un dólar*
> *con quince centavos.*

JOVEN. *(Ansioso)*. ¿Le estás tomando apego a la literatura?

JULIE. Si no es demasiado antigua o complicada o deprimente. Lo mismo que con las personas. Normalmente no me gustan ni muy ancianas ni complicadas ni deprimentes.

JOVEN. Por supuesto que he leído en exceso. Me dijiste anoche que te gustaba mucho Walter Scott.

JULIE. *(Pensando)*. ¿Scott? Veamos. Sí, he leído «Ivanhoe» y «El último mohicano».

JOVEN. Ese es de Cooper.

JULIE. *(Enfadada)*. ¿«Ivanhoe»? ¡Estás loco! Supongo que lo sé porque lo he leído.

JOVEN. «El último mohicano» es de Cooper.

JULIE. ¡Cómo si me importara! Me gusta O. Henry. No sé cómo consiguió escribir esas historias. La mayoría las escribió en prisión. Se inventó «La balada de la cárcel de Reading» en prisión.

JOVEN. *(Mordiéndose el labio)*. Literatura... ¡Literatura! ¡Cuánto ha significado para mí!

JULIE. Bueno, como Gaby Deslys le dijo al señor Bergson, con mi belleza y tu cerebro, no hay nada que no podamos conseguir.

JOVEN. *(Riendo)*. Ciertamente es difícil seguirte el ritmo. Un día eres increíblemente agradable, y al siguiente estás de un humor de perros. Si no entendiera tan bien tu temperamento...

JULIE. *(Impaciente)*. Oh, eres uno de esos aficionados a leer el carácter de una persona, ¿verdad? Mides a la persona en cinco minutos y entonces te haces el experto cada vez que la mencionan. Odio ese tipo de cosas.

JOVEN.   No alardeo de conocer tu carácter. Pero admitiré que eres muy misteriosa.

JULIE.   Sólo hay dos personas misteriosas en la historia.

JOVEN.   ¿Quiénes son?

JULIE.   El hombre de la máscara de hierro y el tipo que balbucea cuando la línea está ocupada.

JOVEN.   *Eres* misteriosa. Te quiero. Eres hermosa, inteligente y virtuosa, y esa es la más rara de las combinaciones conocidas.

JULIE.   Tú eres historiador. Dime si hay bañeras en la historia. Creo que han sido terriblemente descuidadas.

JOVEN.   ¡Bañeras! Veamos. Bueno, Agamenón fue apuñalado en su bañera. Y Charlotte Corday apuñaló a Marat en su bañera.

JULIE.   *(Suspirando).* ¡Hace mucho de eso! ¿No hay nada más novedoso? Ayer mismo escogí la partitura de una comedia musical que debe de tener al menos veinte años; y en la cubierta ponía *The Shimmies of Normandy,* pero *shimmie* estaba escrito con una «c», al estilo antiguo.

JOVEN.   Detesto esos bailes modernos. Oh, Lois, ojalá pudiera verte. Ven a la ventana.

*(Se produce un fuerte golpe en las tuberías y, de repente, el agua brota del grifo abierto. Julie lo cierra rápidamente).*

JOVEN.   *(Perplejo).* ¿Qué demonios ha sido eso?

JULIE.   *(Ingeniosamente).* Yo también he oído algo.

JOVEN.   Sonaba como un grifo abierto.

JULIE.   ¿En serio? Qué extraño. De hecho, estoy llenando la pecera.

JOVEN.   *(Asombrado aún).* ¿Qué fueron esos golpes?

JULIE.   Uno de los peces dando bocados con su mandíbula dorada.

JOVEN.   *(Con repentina resolución).* Lois, te quiero. No soy un hombre mundano, pero voy a olvi...

JULIE.   *(Interesada de inmediato).* Oh, qué fascinante.

JOVEN.   ... a olvidar mi timidez. Lois, te deseo.

JULIE. *(Escéptica)*. ¡Ja! Lo que realmente quieres es que el mundo se ponga firmes y se quede ahí hasta que le des la orden para descansar.

JOVEN. Lois, yo... Lois...

*(Él deja de hablar cuando Lois abre la puerta, entra y la cierra de un portazo. Ella mira de malos modos a Julie y entonces, de repente, se fija en el joven de la ventana).*

LOIS. *(Horrorizada)*. ¡Señor Calkins!

JOVEN. *(Sorprendido)*. ¡Pero si yo pensaba que habías dicho que ibas vestida de blanco rosado!

*(Tras una mirada desesperada, Lois chilla, lanza las manos al aire a modo de rendición, y se deja caer al suelo).*

JOVEN. *(Con gran alarma)*. ¡Cielo santo! ¡Se ha desmayado! Ahora mismo entro.

*(Los ojos de Julie se posan en la toalla que se ha deslizado de la inerte mano de Lois).*

JULIE. En ese caso, ahora mismo salgo.

*(Apoya ambas manos en los laterales de la bañera para impulsarse hacia arriba y un murmullo, medio grito, medio suspiro, recorre al público. Una medianoche como las del dramaturgo Belasco cae rápidamente y bloquea la escena).*

TELÓN

# FANTASÍAS

## El diamante tan grande como el Ritz

### 1

John T. Unger procedía de una familia que había sido muy conocida en Hades —un pequeño pueblo a orillas del río Misisipi— durante varias generaciones. El padre de John había ganado el campeonato de golf amateur durante muchos reñidos partidos; la señora Unger era conocida «desde los salones hasta los hervideros», como dice el dicho local, por sus discursos políticos; y el joven John T. Unger, que acababa de cumplir dieciséis años, había bailado en todos los más recientes bailes de Nueva York antes de vestir pantalones largos. Y ahora, durante cierto tiempo, iba a estar lejos de casa. Ese respeto por una educación en Nueva Inglaterra que es la pesadilla de todo lugar de provincias, que les arrebata anualmente sus jóvenes más prometedores, se había apoderado de sus padres. Nada les convenía más que el hecho de que él acudiera al colegio San Midas, cerca de Boston; Hades era demasiado pequeño para contener a su querido y dotado hijo.

Ahora bien, en Hades —como sabrán si alguna vez han estado allí— los nombres de las escuelas preparatorias más elegantes significaban bien poco. Los habitantes llevan tanto tiempo desconectados del mundo que, aunque hacen gala de mantenerse al día con la moda, los modales y la literatura, dependen en gran medida de los rumores, y una ceremonia que en Hades se consideraría elaborada sería, sin duda, considerada por una princesa de la ternera de Chicago como algo «quizás un poco hortera».

John T. Unger estaba en vísperas de su partida. La señora Unger, con maternal necedad, llenó sus baúles con trajes de lino y ventiladores eléctricos, y el señor Unger le entregó a su hijo una billetera de asbesto llena de dinero.

—Recuerda que siempre serás bienvenido aquí —dijo—. Puedes estar seguro, chico, de que mantendremos encendido el fuego del hogar.

—Lo sé —respondió John con voz ronca.

—No olvides quién eres y de dónde vienes —continuó su padre con orgullo—, y que no puedes hacer nada para lastimarte. Eres un Unger... de Hades.

De modo que el viejo y el joven se estrecharon la mano y John se alejó con lágrimas que rodaban por sus mejillas. Diez minutos más tarde había salido de los límites del pueblo y se detuvo para mirar atrás por última vez. Sobre las puertas, el anticuado lema victoriano le resultaba extrañamente atractivo. Su padre había intentado una y otra vez que lo cambiaran por algo con más garra y brío, algo como «Hades... Tu Oportunidad», o algo tan simple como un «Bienvenidos» sobre un cordial apretón de manos recubierto con luces eléctricas. El antiguo lema era un poco deprimente, pensaba el señor Unger... pero ahora...

Así que John le echó un vistazo y luego enfiló con gesto de resolución el camino hacia su destino. Y, al girarse, las luces de Hades contra el cielo parecían llenas de una belleza cálida y apasionada.

* * *

El colegio San Midas estaba a media hora de Boston si se viaja en un Rolls-Pierce. Nunca se sabrá la distancia real, ya que nadie, a excepción de John T. Unger, había llegado allí en algo diferente a un Rolls-Pierce, y probablemente nadie lo haría jamás. San Midas es la escuela preparatoria para chicos más cara y exclusiva del mundo.

Los primeros dos años de John allí pasaron de un modo agradable. Los padres de todos los muchachos eran ricachones y John se pasó el verano yendo de visita a lugares turísticos de moda. Aunque sentía mucho aprecio por los chicos a los que visitaba, sus padres le parecían todos iguales, y a su modo juvenil se maravillaba a menudo por su extrema semejanza. Cuando les contaba dónde estaba su hogar, ellos le preguntaban con jovialidad, «¿Hace mucho calor allí abajo?» y John producía una leve sonrisa y respondía, «La verdad es que sí». Su respuesta habría sido más afable si no hubieran hecho todos el mismo chiste, que como mucho variaba con «¿Hace suficiente calor para ti allí abajo?», y que odiaba tanto como el otro.

En mitad de su segundo año en la escuela, un chico guapo y callado llamado Percy Washington entró en el curso de John. El recién llegado tenía modales agradables e iba extremadamente bien vestido incluso para San Midas, pero, por alguna razón, se mantenía apartado de los demás muchachos. La única persona con la que intimó fue John T. Unger, pero ni siquiera le contaba a John por completo todo lo concerniente a su hogar o a su familia. No hacía falta decir que era rico, pero, más allá de tales deducciones, John sabía poco de su amigo, de modo que fue como un dulce para su golosa curiosidad cuando Percy lo invitó a pasar el verano en su casa «en el oeste». Él aceptó sin vacilar.

Fue sólo cuando estaban en el tren que Percy se volvió, por primera vez, bastante comunicativo. Un día, mientras almorzaban en el vagón restaurante y discutían el carácter imperfecto de algunos de los muchachos del colegio, Percy cambió repentinamente el tono y soltó un brusco comentario.

—Mi padre —dijo—, es con diferencia el hombre más rico del mundo.

—Oh —dijo John con educación. No se le ocurría ninguna respuesta a tal confidencia—. Eso está muy bien. —Pero sonaba hueco y estuvo a punto de decir, «¿En serio?» pero se contuvo porque parecería que cuestionaba la afirmación de Percy. Y tal asombrosa afirmación apenas podía cuestionarse.

—Con creces, el más rico —repitió Percy.

—Leí en el *World Almanac* —comenzó a decir John—, que había un hombre en los Estados Unidos con unos ingresos de más de cinco millones al año, y cuatro hombres con ingresos por encima de los tres millones al año, y...

—Oh, eso no es nada —la boca de Percy era una medialuna de desdén—. Capitalistas de baratijas, pelagatos de las finanzas, mercaderes insignificantes y usureros. Mi padre podría comprarlos a todos sin que supieran que lo ha hecho.

—Pero ¿cómo es que...?

—¿Por qué no aparecen anotados sus impuestos? Porque no los paga. Al menos paga un impuesto pequeño... pero no paga impuestos por sus ingresos *reales*.

—Debe de ser muy rico —dijo John simplemente—. Me alegro. Me gusta la gente que es muy rica. Cuanto más rico es un tipo, mejor me cae. —Había una expresión de apasionada franqueza en su oscuro rostro—. Visité a los Schnlitzer-Murphy por Pascua. Vivian Schnlitzer-Murphy tenía rubíes tan grandes como huevos de gallina, y zafiros que eran como esferas con luces en el interior...

—Me encantan las joyas —dijo Percy con entusiasmo—. Por supuesto que no querría que nadie en el colegio lo supiera, pero tengo una buena colección. Solía coleccionar joyas en vez de sellos.

—Y diamantes —continuó el ansioso John—. Los Schnlitzer-Murphy tenían diamantes tan grandes como nueces...

—Eso no es nada —Percy se había inclinado hacia delante y bajó su voz hasta un murmullo—. Mi padre tiene un diamante más grande que el hotel Ritz-Carlton.

## 2

La puesta de sol en Montana yacía entre dos montañas como un gigantesco moretón desde el cual oscuras arterias se extendían sobre un cielo envenenado. A una inmensa distancia bajo el cielo se agazapaba la aldea de Fish, insignificante, deprimente y olvidada. Había doce hombres, o eso decían, en la aldea de Fish, doce almas sombrías e inexplicables que mamaban leche aguada de la casi literalmente desnuda roca sobre la cual una misteriosa fuerza creadora los había engendrado. Se habían convertido en una raza aparte, estos doce hombres de Fish, como alguna especie desarrollada por un precoz capricho de la naturaleza que, pensándolo mejor, los había abandonado a la lucha y al exterminio.

Del moretón negro-azulado que se veía en la distancia surgió una larga fila de luces en movimiento hacia la desolación de la tierra, y los doce hombres de Fish se reunieron como fantasmas en la chabola que servía de estación para ver pasar el tren de las siete en punto, el Expreso Transcontinental de Chicago. Seis veces al año o así, el Expreso Transcontinental, por alguna inconcebible jurisdicción, se detenía en la aldea de Fish, y cuando eso ocurría bajaba de él una figura o así, se montaba en una calesa que siempre aparecía de entre las sombras, y se alejaba hacia el amoratado atardecer. La observación de este inútil y absurdo fenómeno se había convertido en una suerte de culto entre los hombres de Fish. Observar, eso era todo; no quedaba en ellos nada de la vital cualidad de ilusión que pudiera hacerles maravillarse o especular, si no podría haber surgido una religión alrededor de esas misteriosas visitas. Pero los hombres de Fish estaban por encima de toda religión —los dogmas más básicos y salvajes incluso de la cristiandad no conseguían afianzarse en aquella estéril roca— de modo que no había altares, ni sacerdotes, ni sacrificios; sólo cada noche a las siete el silencioso encuentro junto a la chabola, una congregación que alzaba una plegaria de tenue y anémico asombro.

En esta noche de junio, el Gran Guardafrenos, a quien, si hubieran tenido que deificar a alguien, bien podrían haber elegido como su protagonista celestial, había ordenado que el tren de las siete en punto dejara su depósito humano (o inhumano) en Fish. A las siete y dos minutos, Percy Washington y John T. Unger bajaron del tren, pasaron deprisa por delante de los fascinados, pasmados, aterradores ojos de los doce hombres de Fish, subieron a una calesa que obviamente había salido de la nada, y se marcharon.

Al cabo de media hora, cuando el crepúsculo se había coagulado hasta oscurecerse, el negro silencioso que conducía la calesa gritó en dirección a un cuerpo opaco que se encontraba en algún lugar de la oscuridad frente a ellos. En respuesta a su grito, se giró hacia ellos un disco luminoso que los contemplaba como un ojo maligno salido de la insondable noche. Conforme se acercaban, John vio que se trataba de las luces traseras de un inmenso automóvil, grande y más magnífico que cualquier otro vehículo que hubiera visto jamás. Su carrocería era de un brillante metal más rico que el níquel y más ligero que la plata, y los bujes de las ruedas estaban tachonados con tornasoladas figuras geométricas verdes y amarillas. John no se atrevió a adivinar si eran cristales o piedras preciosas.

Dos negros, vestidos con relucientes libreas como las que uno ve en los cuadros de las procesiones reales en Londres, estaban en posición de firmes junto al coche y, cuando los dos jóvenes desmontaron de la calesa, fueron saludados en algún idioma que el invitado no pudo entender, pero que parecía ser una forma extrema del dialecto de los negros sureños.

—Sube —le dijo Percy a su amigo mientras sus baúles eran lanzados al techo de ébano de la limusina—. Lamento que tuviéramos que traerte hasta tan lejos en esa calesa, pero por supuesto que no podíamos permitir que la gente del tren o esos tipos dejados de la mano de Dios de Fish vieran este automóvil.

—¡Hala! ¡Vaya coche!

Dicha exclamación fue provocada por su interior. John vio que la tapicería consistía de un millar de diminutos y exquisitos tapices de seda, entretejidos con joyas y bordados, y dispuestos sobre un fondo de paño de oro. Los dos sillones en los que ambos muchachos se regocijaban estaban cubiertos con algo que parecía ser sarga aterciopelada, pero que estaba entretejida con los incontables colores de las puntas de las plumas de avestruz.

—¡Vaya coche! —volvió a exclamar John con asombro.

—¿Esta cosa? —rio Percy—. Si no es más que una vieja chatarra que usamos como ranchera.

Para entonces ya se estaban deslizando por la oscuridad hacia la fractura entre las dos montañas.

—Llegaremos en una hora y media —dijo Percy, mirando el reloj—. Puede que sea mejor que te diga que no será como nada que hayas visto antes.

Si el coche era un indicio de lo que John iba a ver, ya estaba preparado para quedarse atónito. La sencilla religiosidad que prevalecía en Hades tiene como primer artículo de su credo la sincera adoración y respeto por las riquezas; si John hubiera sentido otra cosa que no fuera una radiante humildad ante ellas, sus padres se habrían apartado horrorizados ante tal blasfemia.

Habían llegado y estaban entrando ahora en la grieta entre las dos montañas y casi de inmediato el camino se volvió mucho más abrupto.

—Si la luna brillara aquí abajo, verías que nos encontramos en un gran barranco —dijo Percy mientras intentaba mirar por la ventana. Dijo unas palabras por el micrófono y el lacayo encendió de inmediato un reflector que barrió la ladera de las montañas con un potente haz de luz.

—¿Ves que todo es rocoso? Un coche ordinario se vería destrozado en media hora. De hecho, haría falta un tanque para cruzar por aquí a menos que se conozca el camino. Notarás que ahora vamos cuesta arriba.

Era obvio que estaban ascendiendo y, en cuestión de minutos, el coche cruzó una meseta elevada, desde donde vislumbraron una pálida luna que acababa de surgir en la distancia. El coche se detuvo de repente y varias figuras tomaron forma en la oscuridad junto a él; estos también eran negros. De nuevo, los dos jóvenes fueron saludados en el mismo dialecto apenas reconocible. Y entonces los negros se pusieron a trabajar y cuatro enormes cables que colgaban sobre ellos fueron sujetos con ganchos a los bujes de las grandes ruedas enjoyadas. Tras un sonoro «¡Ahora!» John sintió que el coche se elevaba del suelo despacio —arriba y arriba, cada vez más alto— lejos de las altas rocas a ambos lados, y luego más alto, hasta que pudo ver un ondulado valle iluminado por la luna que se extendía ante él en agudo contraste con el atolladero de rocas del que acababan de salir. Sólo quedaban rocas a un lado... y entonces, de súbito, no había rocas ni junto a ellos ni por ninguna parte a su alrededor.

Era evidente que habían coronado alguna inmensa piedra con forma de cuchillo, proyectada en perpendicular en el aire. En un momento iban bajando de nuevo y al fin, con un suave golpe, aterrizaron sobre tierra lisa.

—Lo peor ha pasado —dijo Percy, mirando por la ventanilla con ojos entrecerrados—. Sólo quedan ocho kilómetros desde aquí, y es nuestra propia carretera adoquinada. Esto nos pertenece. Mi padre dice que aquí es donde acaban los Estados Unidos.

—¿Estamos en Canadá?

—No. Estamos en medio de las Rocosas de Montana. Pero ahora te encuentras en los únicos ocho kilómetros cuadrados del país que nunca han sido cartografiados.

—¿Por qué? ¿Se olvidaron?

—No —dijo Percy con una sonrisa—. Intentaron hacerlo tres veces. La primera vez, mi abuelo sobornó a todo el departamento de topografía del Estado; la segunda vez hizo que modificaran los mapas oficiales de los Estados Unidos. Eso los mantuvo lejos durante quince años. La última vez fue más difícil. Mi padre lo dispuso todo de tal modo que sus brújulas se encontraran en el campo magnético artificial más poderoso jamás creado por el hombre. Tenía todo un conjunto de instrumentos de topografía modificados con un leve defecto que permitiría que este territorio no apareciera, y los sustituyó por los que iban a usar. Entonces hizo que desviaran un río y que apareciera lo que parecía ser una aldea en su orilla... para que lo vieran y pensaran que era un pueblo a veinte kilómetros valle adentro. Sólo hay una cosa que le da miedo a mi padre —concluyó—, la única cosa en el mundo que podría usarse para encontrarnos.

—¿De qué se trata?

Percy convirtió su voz en un susurro.

—Los aviones —murmuró—. Tenemos media docena de cañones antiaéreos y hasta ahora nos las hemos arreglado... pero ha habido varias muertes y gran cantidad de prisioneros. No es que eso nos importe, ya sabes, a mi padre y a mí, pero disgusta a mi madre y a las niñas, y siempre está la posibilidad de que algún día no podamos arreglarlo.

Jirones de chinchilla, nubes de cortesía en el paraíso de la luna verde, pasaban por delante de la luna verde como preciosos retales orientales que desfilaran para que los inspeccionase algún tártaro. A John le parecía que era de día, y que estaba viendo a unos muchachos navegar por el aire sobre su cabeza, rociándole con panfletos y boletines de patentes de medicina, con sus mensajes de esperanza para los caseríos desalentados y rocosos. Le parecía que podía verlos mirando fijamente desde las nubes... mirando fijamente lo que fuera que hubiera que mirar en este lugar al que se dirigían... Y entonces, ¿qué? ¿Se veían inducidos a aterrizar por alguna pérfida estrategia para ser encerrados lejos de las patentes de medicina y de los panfletos hasta el día del juicio? O, en caso de que no cayeran en la trampa, ¿una rápida nube de humo y el agudo sonido de una rapidísima bala los hace caer a la tierra... y «disgustan» a la madre y a las hermanas de Percy? John sacudió la cabeza y el espectro de una risa hueca surgió silencioso de entre sus labios entreabiertos. ¿Qué desesperada transacción yacía oculta aquí? ¿Qué expediente moral de un estrafalario Creso? ¿Qué terrible y dorado misterio?

Las nubes de chinchilla ya habían pasado y, allí afuera, la noche de Montana era tan brillante como el día y los adoquines de la carretera eran lisos al paso de los grandes neumáticos mientras rodeaban un tranquilo lago iluminado por la luna. Entraron en la oscuridad por un momento, en una pineda, acre y fresca, para luego salir a una larga avenida de césped, y la exclamación de sorpresa de John fue simultánea con el taciturno «Ya estamos en casa» de Percy.

Bajo la luz de las estrellas, un exquisito palacete surgía desde la frontera del lago, trepaba con un resplandor marmóreo hasta media altura de una montaña adyacente, para luego confundirse, en perfecta simetría, con translúcida languidez femenina, entre la gran oscuridad de un bosque de pinos. Las muchas torres, la fina tracería de los inclinados parapetos, la cincelada maravilla de un millar de ventanas amarillas con sus rectángulos y hexágonos y triángulos de luz dorada, la astillada suavidad de los planos cruzados de brillo de estrellas y tonos azules... todo resonaba en el espíritu de John como un acorde musical. Sobre una de las torres, la más alta, la más negra en su base, un arreglo de luces de exterior en la cima creaba una suerte de país de las hadas flotante... y mientras John miraba hacia arriba con cálido embeleso, el leve sonido disonante de los violines les llegaba con una armonía rococó que no se parecía a nada que hubiera oído antes. Entonces, en un instante, el coche se detuvo delante de unos amplios escalones de mármol, alrededor de los cuales el aire nocturno era fragante por una multitud de flores. Arriba de la escalinata, dos grandes puertas se abrieron en silencio y una luz ámbar se derramó sobre la oscuridad, perfilando la figura de una exquisita dama con el pelo negro recogido en un moño alto y que abría sus brazos hacia ellos.

—Madre —estaba diciendo Percy—, este es mi amigo John Unger, de Hades.

Más tarde, John recordaría esa primera noche como una confusión de muchos colores, de rápidas impresiones sensoriales, de música suave como una voz enamorada, y de la belleza de las cosas, luces y sombras, movimientos y rostros. Había un hombre de pelo blanco que bebía un licor multicolor en un dedal de plata con un tallo dorado. Había una chica con un rostro florido, vestida como Titania con zafiros trenzados en su cabello. Había una sala en la que el sólido y suave oro de las paredes se rendía a la presión de su mano, y una sala que era como una concepción platónica de la prisión definitiva: el techo, el suelo, y todo estaba forrado con una masa intacta de diamantes, diamantes de todos los tamaños y formas, hasta que, iluminados con focos violeta en los rincones, encandilaba los ojos con una blancura que sólo podía compararse con ella misma, más allá de los deseos o sueños humanos.

Los dos muchachos se adentraron en el laberinto de estas salas. A veces, el suelo bajo sus pies brillaba con refulgentes estampados iluminados desde abajo, patrones de bárbaros colores incompatibles, de delicados pasteles, de pura blancura, o de sutil e intricado mosaico, seguramente procedente de alguna mezquita en el mar Adriático. A veces, bajo capas de grueso cristal, veía remolinos de agua azul o verde, habitados por vivaces peces y matas de follaje arcoíris. Y entonces se encontraban pisando pieles de todas las texturas y colores, o caminando por largos pasillos del marfil más pálido, intacto como si hubiera sido tallado al completo a partir de los gigantescos colmillos de dinosaurios extinguidos antes de la era del hombre...

Entonces una transición vagamente recordada y estaban cenando, donde cada plato constaba de dos capas casi imperceptibles de sólido diamante entre las cuales habían insertado de un modo curioso una filigrana de esmeraldas, unas virutas de aire verde. Música, lastimera y discreta, recorría hasta los pasillos más lejanos; su silla, de plumas y curvada insidiosamente en su espalda, parecía envolverlo y dominarlo mientras bebía su primera copa de oporto. Con sueño, intentó responder a una pregunta que le habían hecho, pero el suave lujo que abrazaba su cuerpo sumaba a la ilusión de sueño: joyas, telas, vinos y metales se difuminaban ante sus ojos en una dulce niebla...

—Sí —contestó con un educado esfuerzo—, ciertamente hace suficiente calor para mí allí abajo.

Consiguió añadir una risa espectral; entonces, sin movimiento, sin resistencia, pareció alejarse flotando, abandonando un helado postre que era rosa como un sueño... Se quedó dormido.

Cuando despertó, supo que habían pasado varias horas. Estaba en una habitación grande y silenciosa con paredes de ébano y una tenue iluminación que era demasiado débil, demasiado sutil, como para llamarla luz. Su joven anfitrión se cernía sobre él.

—Te quedaste dormido durante la cena —le estaba diciendo Percy—. Yo casi me quedé dormido también... Fue toda una sorpresa sentirme cómodo otra vez después de este año en el colegio. Los criados te desnudaron y bañaron mientras dormías.

—¿Esto es una cama o una nube? —suspiró John—. Percy, Percy...
Antes de que te vayas, me gustaría disculparme.

—¿Por qué?

—Por dudar de ti cuando dijiste que tenías un diamante tan grande
como el hotel Ritz-Carlton.

Percy sonrió.

—Pensé que no me creías. Es la montaña, ¿sabes?

—¿Qué montaña?

—La montaña sobre la que se sitúa el palacete. No es muy grande,
para ser una montaña, pero, a excepción de unos quince metros de tierra y gravilla, es un diamante macizo. Un diamante, una milla cúbica
sin defectos. ¿Me escuchas? Digo que...

Pero John T. Unger había vuelto a quedarse dormido.

### 3

Por la mañana. Cuando despertó, percibió soñoliento que la habitación se había vuelto al mismo tiempo densa y luminosa con la luz
del sol. Los paneles de ébano de una pared se habían deslizado hacia
un lado por una especie de raíl, dejando el aposento medio abierto al
día. Un negro grande con un uniforme blanco estaba junto a su cama.

—Buenas noches —musitó John, llamando a su cerebro para que
volviera de salvajes lugares.

—Buenos días, señor. ¿Está preparado para su baño, señor? Oh,
no se levante... yo le meteré en la bañera si hace el favor de desabro-
charse el pijama... Así. Gracias, señor.

John se quedó tumbado en silencio mientras le quitaba el pijama; se sentía divertido y encantado. Esperaba ser levantado como un
bebé por este gigantesco negro que le estaba cuidando, pero nada de
eso sucedió; en su lugar sintió que la cama se ladeaba despacio hacia
un lado. Comenzó a rodar, sorprendido al principio, en dirección a la
pared, pero, cuando llegó a la pared, la tapicería cedió y, deslizándose
dos metros más abajo por una pendiente acolchada, cayó suavemente
en agua que se encontraba a la misma temperatura que su cuerpo.

Miró a su alrededor. El tobogán por el que había llegado se había plegado hasta recuperar su posición. Le habían lanzado hacia otra
habitación y estaba sentado en una bañera empotrada, con la cabeza

justo por encima del nivel del suelo. A su alrededor, revistiendo las paredes de la habitación, así como los laterales y el fondo de la bañera, había un acuario azul, y mirando por la superficie de cristal sobre la que estaba sentado, pudo ver peces nadando entre ambarinas luces e incluso deslizándose sin curiosidad más allá de sus estirados dedos de los pies, que estaban separados de ellos sólo por el grosor del cristal. Desde arriba, la luz del sol entraba a través de un cristal verdemar.

—Supongo, señor, que le gustaría agua de rosas caliente y espuma esta mañana, señor... y tal vez fría agua salada para terminar.

El negro estaba de pie junto a él.

—Sí —accedió John, que sonreía como un tonto—, como desee.

Cualquier noción de pedir este baño según su propio y escaso nivel de vida habría sido mojigato y nada avieso.

El negro pulsó un botón y una cálida lluvia comenzó a caer, al parecer desde lo alto, pero en realidad, como John descubrió tras unos segundos, procedía de una especie de fuente cercana. El agua se tornó de un color rosa pálido y chorros de jabón líquido brotaron de cuatro cabezas de morsa en miniatura, situadas en las esquinas de la bañera. Al cabo de un rato, una docena de pequeñas palas, fijadas en los laterales, habían removido la mezcla hasta formar un radiante arcoíris de espuma rosa que lo envolvió suavemente con su deliciosa ligereza, creando brillantes y rosadas burbujas por doquier.

—¿Desea que encienda la máquina de películas, señor? —sugirió el negro con deferencia—. Hoy tenemos una buena comedia de un solo rollo, o puedo instalar una pieza seria en un momento si lo prefiere.

—No, gracias —respondió John, educado pero firme. Estaba disfrutando demasiado del baño como para desear distracciones. Pero las distracciones llegaron. Al instante estaba escuchando atentamente el sonido de flautas que le llegaba desde el exterior, flautas destilando una melodía que era como una cascada, fría y verde como la habitación misma, acompañando a un frívolo flautín, más frágil que el encaje de espuma que lo cubría y cautivaba.

Tras un frío tónico de agua salada y un frío y fresco final, salió para entrar en un esponjoso albornoz. Sobre un sofá cubierto con el mismo material, recibió un masaje con aceite, alcohol y especias. Más tarde se instaló en un voluptuoso sillón mientras lo afeitaban y le cortaban el pelo.

—El señor Percy le está esperando en su salita —dijo el negro cuando terminó con esas operaciones—. Mi nombre es Gygsum, señor Unger, señor, y atenderé al señor Unger cada mañana.

John salió al brusco resplandor del sol de su salita, donde encontró el desayuno que lo esperaba y a Percy, muy guapo con bombachos blancos de piel de cabritilla, fumando en un sillón.


# 4

Esta es la historia de la familia Washington tal y como Percy se la bosquejó durante el desayuno.

El padre del actual señor Washington había sido un virginiano, un descendiente directo de George Washington y de lord Baltimore. Al final de la Guerra Civil, era un coronel de veinticinco años de edad con una agotada plantación y unos mil dólares en oro.

Fitz-Norman Culpepper Washington, pues ese era el nombre del joven coronel, decidió entregarle la hacienda de Virginia a su hermano menor y viajar al oeste. Eligió a dos docenas de sus negros más fieles, quienes, por supuesto, lo adoraban y compró veinticinco billetes hacia el oeste, donde pretendía reclamar tierras en nombre de sus negros y crear un rancho de ganado ovino y bovino.

Cuando llevaba en Montana menos de un mes y la situación era más bien pésima, tropezó con su gran descubrimiento. Se había perdido mientras cabalgaba por las colinas y, tras pasar un día sin comida, comenzó a sentirse hambriento. Como no tenía su rifle, se vio obligado a perseguir a una ardilla y, en el transcurso de la persecución, se dio cuenta de que esta llevaba algo brillante en la boca. Justo antes de que desapareciera dentro de su madriguera —ya que la Providencia no tenía intención de que esa ardilla aliviara su hambre— dejó caer su carga. Sentándose para evaluar la situación, un brillo en la hierba cerca de él llamó la atención de Fitz-Norman. Al cabo de diez segundos había perdido el apetito por completo y había ganado cien mil dólares. La ardilla, que había rechazado con fastidiosa persistencia convertirse en comida, le había regalado un diamante grande y perfecto.

Más tarde esa noche encontró el camino de vuelta al campamento y, doce horas después, todos los machos de entre sus negros habían vuelto a la madriguera de la ardilla y se habían puesto a excavar frenéticamente en la ladera de la montaña. Les dijo que había encontrado una mina de diamantes falsos y, como sólo un par de ellos había visto alguna vez un diamante pequeño, se lo creyeron a pies juntillas. Cuando la magnitud de su descubrimiento se hizo evidente para él, se vio en un dilema. La montaña era *un* diamante; literalmente, no era más que un diamante macizo. Llenó cuatro alforjas con brillantes muestras y se dirigió a caballo a St. Paul. Allí consiguió deshacerse de media docena de piedras pequeñas; cuando intentó vender una más grande, un comerciante se desmayó y Fitz-Norman fue arrestado por perturbar el orden público. Escapó de la cárcel y subió a un tren con destino a Nueva York, donde vendió varios diamantes de tamaño mediano y recibió a cambio unos doscientos mil dólares en oro. Pero no se atrevía a mostrar gemas excepcionales; de hecho, abandonó Nueva York justo a tiempo. Se había creado una tremenda excitación en los círculos joyeros, no tanto por el tamaño de los diamantes como por su aparición en la ciudad con procedencia misteriosa. Se extendió el rumor infundado de que habían descubierto una mina de diamantes en los Castkills, en la costa de Jersey, en Long Island, debajo de Washington Square. Trenes expedicionarios, abarrotados con hombres cargados con picos y palas, comenzaron a salir cada hora de Nueva York en dirección a los diversos El Dorado circundantes. Pero para entonces el joven Fitz-Norman ya estaba de camino a Montana.

Al cabo de dos semanas, había estimado que el diamante de la montaña era aproximadamente igual en cantidad al resto de todos los diamantes que se sabía que existían en el mundo. No se lo podía valorar según ningún cómputo habitual, sin embargo, porque era *un diamante macizo*... y si lo ofreciera en venta, no sólo se vendería abajo el mercado, sino que también, como el valor varía con su tamaño en progresión aritmética, no habría suficiente oro en el mundo para comprar una décima parte del diamante. ¿Y qué podría hacer nadie con un diamante de ese tamaño?

Era un increíble dilema. Él era, en cierto modo, el hombre más rico que jamás hubiera existido... y, aun así, ¿tenía algún valor? Si su secreto saliera a la luz, no había forma de saber a qué medidas podría recurrir el Gobierno para evitar el pánico en el mundo del oro, así como en el de las joyas. Podrían apoderarse de todo de inmediato y establecer un monopolio.

No había alternativa: debía vender su montaña en secreto. Mandó llamar a su hermano menor, que estaba en el sur, y lo puso al mando de su séquito de negros, los cuales nunca se habían percatado de que la esclavitud había quedado abolida. Para asegurarse de ello, les leyó una proclama que había compuesto él mismo, en la que anunciaba que el general Forrest había reorganizado los destruidos ejércitos del sur y había derrotado al norte en una cruenta batalla. Los negros le creyeron sin reservas. Los negros votaron y declararon que eso era algo bueno y de inmediato celebraron servicios de renacimiento.

El mismo Fitz-Norman partió hacia el extranjero con cien mil dólares y dos baúles llenos de diamantes en bruto de todos los tamaños. Navegó hacia Rusia en un barco de juncos chino y, seis meses después de salir de Montana, llegó a San Petersburgo. Se instaló en un alojamiento discreto y acudió de inmediato al joyero de la corte, anunciando que tenía un diamante para el zar. Permaneció en San Petersburgo dos semanas, en constante peligro de ser asesinado, yendo de un alojamiento a otro y temeroso de visitar sus baúles más de tres o cuatro veces durante toda la quincena.

Con la promesa de regresar al cabo de un año con piedras más grandes y refinadas, se le permitió partir hacia la India. Antes de marcharse, empero, los tesoreros de la corte habían depositado a su crédito, en bancos americanos, la suma de quince millones de dólares... bajo cuatro seudónimos diferentes.

Regresó a América en 1868, habiendo estado fuera un poco más de dos años. Había visitado las capitales de veintidós países y había hablado con cinco emperadores, once reyes, tres príncipes, un sha, un khan, y un sultán. En esa época, Fitz-Norman estimaba su propia riqueza en unos mil millones de dólares. Un factor ayudaba consistentemente a que no se revelara su secreto. Ninguno de sus diamantes más grandes permaneció visible al público durante una semana antes de que fuera investido con un historial de suficientes fatalidades, amoríos, revoluciones y guerras como para tenerlo ocupado desde los días del primer imperio babilónico.

Desde 1870 hasta su muerte en 1900, la historia de Fitz-Norman Washington fue una larga epopeya de riquezas. Había temas secundarios, por supuesto: la evasión de la cartografía; su boda con una dama de Virginia, con la cual tuvo un único hijo; y el sentirse impelido, debido a una serie de desafortunadas complicaciones, a asesinar a su hermano, cuyo desdichado hábito de emborracharse hasta caer en un indiscreto estupor había puesto en peligro varias veces su seguridad. Pero muy pocos otros asesinatos empañaron esos felices años de progreso y expansión.

Justo antes de morir cambió su política y, usando todos menos unos millones de su riqueza externa, compró minerales raros a granel, los cuales depositó en las cámaras acorazadas de bancos por todo el mundo y declaró como baratijas. Su hijo, Braddock Tarleton Washington, siguió esta política a una escala aún más extensa. Los minerales fueron convertidos en el más raro de todos los elementos —el radio— de modo que el equivalente de mil millones de dólares en oro pudiera guardarse en un recipiente no más grande que una caja de puros.

Cuando Fitz-Norman llevaba muerto tres años, su hijo Braddock decidió que el negocio había llegado ya demasiado lejos. La cantidad de riqueza que él y su padre habían extraído de la montaña iba más allá de todo cálculo exacto. Mantenía un cuaderno cifrado en el que anotaba la cantidad aproximada de radio en cada uno de los mil bancos que patrocinaba, y registraba el seudónimo bajo el cual estaba depositado. Luego hizo algo muy sencillo: selló la mina.

Selló la mina. Lo que habían sacado de ella mantendría a todos los Washington aún por nacer en un mundo de lujos sin parangón durante generaciones. Su única preocupación debía ser la protección de su secreto, por temor de que el posible pánico ante su descubrimiento lo redujera, junto con los demás propietarios del mundo, a la más completa pobreza.

Esta era la familia con la que se alojaba John T. Unger. Esta fue la historia que oyó en su saloncito de paredes plateadas la mañana después de su llegada.

Después de desayunar, John encontró su camino hacia la gran entrada de mármol y miró con curiosidad la escena frente a sus ojos. Todo el valle, desde la montaña diamante hasta el empinado acantilado de granito a diez kilómetros de distancia, seguía emitiendo un hálito de bruma dorada que sobrevolaba perezosa por encima de la fina extensión de césped y lagos y jardines. Por todas partes, grupos de olmos formaban delicadas arboledas de sombra, contrastando de una forma extraña con las duras masas de pinares que sujetaban las colinas con su verdor negro azulado. Incluso mientras John miraba, vio a tres cervatillos en fila india corretear desde unas matas a un kilómetro de distancia y desaparecer con torpe regocijo en la semipenumbra ribeteada de negro de otros matorrales. A John no le habría sorprendido ver a un fauno tocando su flauta entre los árboles o vislumbrar a una ninfa de piel rosada y flotante cabello rubio entre las más verdes de las verdes hojas.

Con esa fresca esperanza descendió los peldaños de mármol, perturbando levemente el sueño de dos sedosos perros lobos rusos que estaban al pie de la escalinata, y emprendió camino por un sendero de baldosas blancas y azules que no parecía llevar a ninguna dirección en particular.

Se estaba divirtiendo tanto como podía. Es la felicidad juvenil, así como su insuficiencia, lo que nunca puede vivir en el presente, sino que siempre debe estar midiendo el día en comparación con su propio e imaginado radiante futuro: flores y oro, chicas y estrellas, son sólo prefiguraciones y profecías de ese incomparable e inalcanzable sueño juvenil.

John giró una suave esquina donde los muchos rosales llenaban el aire con su pesado aroma y atravesó un parque en dirección a un área de musgo bajo unos árboles. Nunca se había tumbado sobre el musgo, y quería ver si era de verdad tan suave como para justificar el uso de su nombre como un adjetivo. Entonces vio que una muchacha se acercaba a él por el césped. Era la persona más hermosa que había visto nunca.

Iba vestida con un vestido blanco que apenas le cubría las rodillas, y una corona de resedas sujeta con azules lascas de zafiro adornaba su cabello. Sus rosados pies descalzos salpicaban el rocío que se encontraban en su camino. Era más joven que John; no podía tener más de dieciséis años.

—Hola —llamó suavemente—, soy Kismine.

Ella ya era mucho más que eso para John. Avanzó hacia ella, apenas moviéndose mientras se aproximaba por temor a pisar sus desnudos pies.

—No me has conocido —dijo ella con su suave voz. Sus ojos azules añadieron, «¡Oh, pero has perdido una gran oportunidad!»—. Anoche conociste a mi hermana Jasmine. Estaba enferma porque me sentó mal la lechuga —seguía diciendo su voz, pero sus ojos continuaron, «y cuando estoy enferma soy dulce... igual que cuando estoy bien».

«Me has causado una enorme impresión —decían los ojos de John—, y no soy tan lento».

—¿Qué tal estás? —dijo su voz—. Espero que te encuentres mejor esta mañana.

«Querida...», añadieron sus ojos temblorosos.

John observó que habían estado caminando por el sendero. A sugerencia de ella, se sentaron sobre el musgo, cuya suavidad él no consiguió determinar.

Él era crítico con las mujeres. Un sólo defecto —tobillos gruesos, una voz ronca, un ojo de cristal— era suficiente para que él se sintiera completamente indiferente. Y allí, por primera vez en su vida, estaba junto a una chica que se le antojaba la encarnación de la perfección física.

—¿Eres del este? —preguntó Kismine con encantador interés.

—No —respondió John llanamente—. Soy de Hades.

O bien no había oído hablar nunca de Hades o no consiguió pensar en ningún comentario que hacer al respecto, porque no siguió con ese tema.

—Yo iré al este para estudiar este otoño —dijo ella—. ¿Piensas que me gustará? Voy a Nueva York a la escuela de la señorita Bulge. Es muy estricta, pero ¿sabes qué? Los fines de semana voy a vivir con mi familia en nuestra casa de Nueva York, porque padre escuchó que las muchachas tenían que pasear en parejas.

—Tu padre quiere que seas orgullosa —observó John.

—Lo somos —respondió. Sus ojos brillaban con dignidad—. Ninguno de nosotros ha sido castigado jamás. Padre dijo que nunca recibiríamos castigos. Una vez, cuando mi hermana Jasmine era pequeña, lo empujó escaleras abajo y él solo se levantó y se alejó cojeando. Madre se quedó... bueno, un poco sorprendida —continuó Kismine—, cuando supo que tú eras de... de donde tú *eres,* ya sabes. Dijo que cuando era joven... pero claro, es que ella es española y anticuada.

—¿Pasas mucho tiempo aquí? —preguntó John para ocultar el hecho de que se sentía algo dolido por ese comentario. Le parecía una hiriente alusión a su provincianismo.

—Percy y Jasmine y yo venimos aquí todos los veranos, pero el verano que viene Jasmine irá a Newport. Será presentada en sociedad en Londres dentro de un año a partir del otoño. Será presentada en la corte.

—¿Sabes que eres mucho más sofisticada de lo que me imaginé que serías cuando te vi por primera vez? —dijo John con vacilación.

—Oh no, no lo soy —exclamó ella apresurada—. Oh, no se me ocurriría serlo. Pienso que los jóvenes sofisticados son *terriblemente* ordinarios, ¿no lo crees? No lo soy, de verdad. Si dices que lo soy, me pondré a llorar.

Estaba tan disgustada que le temblaba el labio. John se vio impelido a manifestar que no lo había dicho en serio, que sólo lo había dicho para burlarse.

—Porque no me importaría serlo —insistió ella—, pero no lo soy. Soy muy inocente y femenina. Nunca fumo, ni bebo, ni leo nada a excepción de poesía. Apenas sé nada de matemáticas o química. Me visto de un modo muy sencillo; de hecho, apenas me visto en absoluto. Creo que sofisticada es lo último que se podría decir de mí. Creo que las muchachas deben disfrutar de su juventud de un modo pleno.

—Yo también lo creo —dijo John de todo corazón.

Kismine volvía a estar alegre. Le sonrió y una lágrima contenida cayó desde el rabillo de un ojo azul.

—Me gustas —susurró en tono íntimo—. ¿Vas a pasar todo tu tiempo con Percy mientras estás aquí o serás amable conmigo? Sólo piénsalo... soy terreno completamente virgen. Ningún chico se ha enamorado de mí en toda mi vida. Ni siquiera se me ha permitido *ver* a chicos sola... a excepción de Percy. Recorrí todo el camino hasta este bosquecillo con la esperanza de encontrarme contigo donde la familia no estaría a nuestro alrededor.

Profundamente halagado, John se inclinó doblándose por las caderas, como le habían enseñado en la escuela de baile de Hades.

—Más vale que nos vayamos ahora —dijo Kismine con dulzura—. Tengo que estar con mi madre a las once. No me has pedido que te bese ni una sola vez. Yo creía que los chicos siempre hacían eso hoy en día.

John se incorporó con orgullo.

—Algunos lo hacen —contestó—, pero yo no. Las chicas no hacen ese tipo de cosas... en Hades.

Caminaron juntos de regreso a la casa.

## 6

John estaba frente a frente con el señor Braddock Washington a plena luz del sol. El hombre tenía unos cuarenta años, un rostro orgulloso y vacuo, ojos inteligentes, y una robusta figura. Por las mañanas olía a caballos... a los mejores caballos. Llevaba un sencillo bastón de abedul con un único y gran ópalo en la empuñadura. Él y Percy le estaban mostrando los terrenos a John.

—Las viviendas de los esclavos están allí —su bastón señaló un claustro de mármol a su izquierda, que recorría en elegante estilo gótico la ladera de la montaña—. En mi juventud me distraje durante un tiempo del negocio de la vida por un período de absurdo idealismo. Durante ese tiempo, ellos vivían en el lujo. Por ejemplo, equipé cada una de sus habitaciones con una bañera de azulejos.

—Supongo —aventuró John con una risa obsequiosa—, que usaban las bañeras para guardar el carbón. El señor Schnlitzer-Murphy me contó que una vez él...

—Las opiniones del señor Schnlitzer-Murphy son de poca importancia, imagino —interrumpió Braddock Washington con frialdad—. Mis esclavos no guardaban carbón en sus bañeras. Tenían órdenes de bañarse cada día, y así lo hacían. Si no lo hubieran hecho, podría haberles ordenado un champú de ácido sulfúrico. Interrumpí lo de las bañeras por otra razón. Varios de ellos pillaron resfriados y murieron. El agua no es buena para ciertas razas... excepto como bebida.

John rio y entonces decidió asentir con la cabeza en sobrio acuerdo. Braddock Washington hacía que se sintiera incómodo.

—Todos esos negros son descendientes de los que mi padre trajo al norte con él. Ahora son unos doscientos cincuenta. Notarás que han vivido durante tanto tiempo alejados del mundo que su dialecto original se ha convertido en un *patois* casi incomprensible. Criamos a unos cuantos para que hablaran inglés: mi secretario y dos o tres de los sirvientes de la casa.

«Este es el campo de golf —continuó mientras paseaban a lo largo de la aterciopelada hierba de invierno—. Es todo un *green,* como ves: ni calles, ni búnkeres, ni obstáculos.

Le dedicó una sonrisa agradable a John.

—¿Hay muchos hombres en la jaula, padre? —preguntó Percy de repente.

Braddock Washington tropezó y soltó un involuntario exabrupto.

—Uno menos de los que debería haber —exclamó con pesimismo... y luego añadió tras un instante—: Hemos tenido dificultades.

—Madre me estaba diciendo —exclamó Percy—, que el maestro italiano...

—Un terrible error —dijo Braddock Washington con rabia—. Pero, por supuesto, hay muchas posibilidades de que nos hayamos librado de él. Puede que se cayera en algún lugar del bosque o que se despeñara por un acantilado. Y luego siempre está la posibilidad de que, si consiguió escapar, nunca creerían su historia. De todos modos, tengo a dos docenas de hombres buscándolo en diferentes ciudades de los alrededores.

—¿Y no ha habido suerte?

—Algo ha habido. Catorce de ellos informaron a mi agente de que habían matado a un hombre que respondía a la descripción, pero, por supuesto, es probable que sólo fueran tras la recompensa...

Se interrumpió. Habían llegado a una gran cavidad en la tierra del diámetro aproximado de un tiovivo, cubierta por una fuerte reja de hierro. Braddock Washington llamó a John y señaló con su bastón a través de la reja. John se acercó al borde y miró. De inmediato, sus oídos se vieron asaltados por un salvaje clamor que llegaba desde abajo.

—¡Baja al infierno!

—Hola, niño, ¿qué tal es el aire ahí arriba?

—¡Eh! ¡Tíranos una cuerda!

—¿Tienes un donut rancio, amigo, o un par de bocadillos desechados?

—Oye, colega, si tiras aquí abajo al tipo con el que estás, te enseñaremos un espectáculo de desaparición rápida.

—Dale un puñetazo de mi parte, ¿vale?

Estaba demasiado oscuro como para ver claramente dentro del agujero, pero John podía ver, por el grosero optimismo y la robusta vitalidad de los comentarios y voces, que procedían de americanos de clase media del tipo más animoso. Entonces el señor Washington bajó su bastón y pulsó un botón en la hierba, y la escena de allí abajo se iluminó.

—Ahí están algunos intrépidos marineros que tuvieron la desgracia de descubrir El Dorado —comentó.

Debajo de ellos había aparecido un gran pozo en la tierra, cuya forma era como el interior de un bol. Los laterales eran empinados y, al parecer, de cristal pulido, y sobre su ligeramente cóncava superficie se erguían dos docenas de hombres vestidos con trajes, medio disfraz, medio uniforme, de aviadores. Sus rostros girados hacia arriba, iluminados con rabia, con malicia, con desesperación, con humor cínico, estaban cubiertos por largas barbas; sin embargo, con la excepción de unos cuantos que habían languidecido perceptiblemente, parecían estar bien alimentados y sanos.

Braddock Washington acercó una silla de jardín hasta el borde del pozo y se sentó.

—Bueno, ¿cómo estáis, muchachos? —preguntó cordialmente.

Un coro de maldiciones, al cual todos se unieron excepto varios demasiado desconsolados como para gritar, se elevó en el soleado aire, pero Braddock Washington lo escuchó con serena compostura. Cuando su último eco se extinguió, habló de nuevo.

—¿Habéis pensado en una forma de salir de vuestro problema? De entre ellos surgieron varios comentarios.

—¡Hemos decidido quedarnos por amor!

—¡Súbenos y encontraremos la forma!

Braddock Washington esperó hasta que volvieron a quedarse en silencio. Entonces habló.

—Os he contado la situación. No os quiero aquí y ojalá no os hubiera visto nunca. Vuestra propia curiosidad os trajo aquí, y cada vez que penséis en un modo de salir de aquí que nos proteja a mí y a mis intereses, estaré encantado de considerarlo. Pero mientras empleéis vuestros esfuerzos en cavar túneles —sí, sé que habéis empezado uno nuevo— no llegaréis muy lejos. Esto no es tan difícil como decís, con todos vuestros aullidos por vuestros seres queridos en vuestros hogares. Si fuerais de los que se preocupan por vuestros seres queridos en casa, nunca os habríais dedicado a la aviación.

Un hombre alto se apartó de los demás y levantó la mano para llamar la atención de su captor ante lo que estaba a punto de decir.

—¡Deje que le haga unas preguntas! —gritó—. Usted pretende ser un hombre justo.

—Qué absurdo. ¿Cómo puede un hombre de *mi* posición ser justo con vosotros? Sería como decir que un español puede ser justo con un trozo de filete.

Ante esta dura observación, los rostros de las dos docenas se ensombrecieron, pero el hombre alto continuó hablando.

—¡De acuerdo! —gritó—. Hemos discutido esto antes. Usted no es humanitario y no es justo, pero es humano... o al menos usted dice que lo es. Y usted debería ser capaz de ponerse en nuestro lugar el tiempo suficiente para pensar lo... lo... lo...

—¿Lo qué? —exigió Washington con frialdad.

—... lo innecesario...

—Para mí no.

—Bueno... lo cruel...

—Ya lo hemos discutido. La crueldad no existe si implica la supervivencia. Habéis sido soldados; eso lo sabéis. Prueba con otro argumento.

—Bueno, pues lo estúpido.

—Eso —admitió Washington—, eso os lo admito. Pero intentad pensar en una alternativa. Os he ofrecido a todos o a algunos una ejecución indolora si así lo deseáis. Os he ofrecido la posibilidad de que secuestren a vuestras esposas, novias, hijos y madres y los traigan aquí. Agrandaré vuestro lugar ahí abajo y os alimentaré y os vestiré por el resto de vuestras vidas. Si hubiera algún modo de producir amnesia permanente, haría que os operasen a todos y os soltaría de inmediato en algún lugar fuera de mis dominios. Pero hasta ahí llegan mis ideas.

—¿Qué tal si confía en que no lo delataremos? —gritó alguien.

—No hacéis esa sugerencia en serio —dijo Washington con expresión de desdén—. Saqué a un hombre para que enseñara italiano a mi hija. Se escapó la semana pasada.

Un salvaje grito de júbilo brotó de repente de dos docenas de gargantas y se produjo un caos de alegría. Los prisioneros zapateaban y vitoreaban y cantaban a la tirolesa y peleaban entre ellos con un repentino ataque de vitalidad animal. Incluso subieron corriendo por los lados de cristal del bol hasta donde pudieron, y volvieron a bajar hasta el fondo deslizándose con el cojín natural de sus cuerpos. El hombre alto comenzó una canción a la cual todos se unieron...

> Oh, colgaremos al káiser
> de un manzano agrio...

Braddock Washington se quedó sentado en inescrutable silencio hasta que terminaron la canción.

—Escuchad —comentó cuando puedo recibir un mínimo de atención—. No siento resentimiento por vosotros. Me gusta ver que os divertís. Por eso no os conté toda la historia de una vez. El hombre... ¿Cómo se llamaba? ¿Critchtichiello? Bien, pues algunos de mis agentes le dispararon en catorce lugares diferentes.

Sin adivinar que los lugares referidos eran ciudades, el tumulto de regocijo se apagó de inmediato.

—No obstante —exclamó Washington con cierto enfado—, intentó escapar. ¿Esperáis que me arriesgue con alguno de vosotros después de una experiencia como esa?

De nuevo se alzaron una serie de exclamaciones.

—¡Claro!

—¿A su hija le gustaría aprender chino?

—¡Oye, yo sé hablar italiano! Mi madre era una espagueti.

—¡Tal vez le gustaría aprender a hablar neoyorquino!

—Si es la pequeña de los grandes ojos azules, yo puedo enseñarle muchas cosas mejores que el idioma italiano.

—Yo sé algunas canciones irlandesas... y sabía tocar algún instrumento.

El señor Washington adelantó de repente su bastón y pulsó el botón en la hierba para que la imagen de allí abajo se apagara al instante, y sólo quedó esa gran boca oscura cubierta brutalmente con los negros dientes de la reja.

—¡Eh! —gritó una sola voz desde abajo—. ¿Va a irse sin darnos su bendición?

Pero el señor Washington, seguido por los dos muchachos, ya estaba caminando a zancadas hacia el noveno hoyo del campo de golf, como si el pozo y su contenido no fueran más que un obstáculo sobre el cual su simple hierro había triunfado con facilidad.

## 7

Julio, bajo la sombra de la montaña diamante, era un mes de noches frescas y de brillantes días cálidos. John y Kismine estaban enamorados. Él no sabía que el pequeño balón de oro (con la inscripción *Pro deo et patria et St. Mida)* que le había dado descansaba sobre su pecho con una cadena de platino. Pero así era. Y ella, por su parte, ignoraba que un gran zafiro que había caído un día de su sencillo peinado estaba guardado con ternura en el joyero de John.

Un día, bien avanzada la tarde, cuando la sala de música de rubí y armiño estaba en silencio, pasaron una hora juntos allí. Él la cogía de la mano y ella le lanzaba tal mirada que él susurró su nombre en alto. Ella se inclinó hacia él... entonces vaciló.

—¿Has dicho «Kismine[12]» —preguntó suavemente—, o...?

Ella había querido asegurarse. Pensó que podría haberlo malinterpretado.

Ninguno de los dos había besado antes, pero al cabo de una hora no pareció que hubiera ninguna diferencia.

La tarde languideció. Esa noche, cuando un último suspiro de música surgía de la torre más alta, se quedaron tumbados despiertos, soñando felizmente con los minutos individuales del día. Habían decidido casarse tan pronto como fuera posible.

---

[12]   Juego de palabras por el parecido de su nombre, Kismine, y la frase «Kiss me», que significa «Bésame». *(N. de la T.)*

**8**

Todos los días, el señor Washington y los dos jóvenes iban a cazar o a pescar a las profundidades del bosque, o jugaban al golf por el soñoliento recorrido —partidas que John, con diplomacia, permitía que su anfitrión ganase— o nadaban en la frialdad del lago de la montaña. John descubrió que el señor Washington tenía una personalidad algo exigente, y se mostraba completamente desinteresado por cualquier idea u opinión que no fuera la suya propia. La señora Washington era distante y reservada en todo momento. Al parecer, ella sentía indiferencia hacia sus dos hijas y estaba totalmente absorta en su hijo Percy, con quien mantenía interminables conversaciones en rápido español durante la cena.

Jasmine, la hija mayor, se parecía a Kismine en aspecto, con la excepción de que tenía las piernas algo arqueadas, y poseía manos y pies grandes, pero era completamente opuesta en temperamento. Sus libros favoritos trataban de muchachas pobres que se encargaban de las casas de sus padres viudos. John supo por Kismine que Jasmine nunca se había recuperado de la conmoción y la decepción que le provocó el fin de la guerra mundial, justo cuando estaba a punto de partir hacia Europa como experta en avituallamiento. Incluso había languidecido durante un tiempo, y Braddock Washington había emprendido medidas para promover una nueva guerra en los Balcanes... pero ella había visto la fotografía de unos soldados serbios heridos y perdió el interés por todo el proceso. Pero Percy y Kismine parecían haber heredado la actitud arrogante de su padre en toda su dura magnificencia. Un casto y consistente egoísmo recorría como un patrón todas sus ideas.

John estaba encantado con las maravillas del palacete y el valle. Braddock Washington, o eso le dijo Percy, había provocado el secuestro de un paisajista, un arquitecto, un diseñador de escenarios, y un decadente poeta francés que había sobrevivido al siglo anterior. Había puesto a todos sus negros a su disposición, con la garantía de que les proporcionarían todos los materiales que el mundo pudiera ofrecerles, y los dejó que trabajaran en sus propias ideas. Pero, uno a uno, habían demostrado su incompetencia. El poeta decadente había comenzado de inmediato a lamentar su separación de los bulevares en primavera; hizo algunos vagos comentarios sobre especias, simios y marfiles, pero no dijo nada que tuviera un valor práctico. El diseñador de escenarios, por su parte, quería convertir el valle en una serie de trucos y efectos sensacionalistas: una situación de la que los Washington pronto se aburrirían. Y en cuanto al arquitecto y el paisajista, sólo pensaban desde el punto de vista de las convenciones. Debían hacer esto así y aquello de esa otra manera.

Pero, al menos, habían solucionado el problema de qué debían hacer con ellos: todos se volvieron locos una mañana temprano tras pasar la noche en una habitación intentando llegar a un acuerdo sobre la localización de una fuente, y ahora estaban cómodamente confinados en un manicomio de Westport, Connecticut.

—Pero —preguntó John con curiosidad—, ¿quién planeó todas sus maravillosas salas de recepción y sus vestíbulos, y los accesos y los cuartos de baño...?

—Bueno —contestó Percy—, me ruborizo al contártelo, pero fue un tipo de las películas. Él fue el único hombre que encontramos que estaba acostumbrado a trabajar con una cantidad ilimitada de dinero, aunque usaba la servilleta como un babero sujeta al cuello y no sabía leer ni escribir.

Cuando agosto llegaba a su fin, John comenzó a lamentar que pronto tendría que volver a la escuela. Él y Kismine habían decidido fugarse para casarse en junio del siguiente año.

—Sería más bonito casarnos aquí —confesó Kismine—, pero, por supuesto, nunca conseguiría el permiso de mi padre para casarme contigo. Antes que pasar por eso, prefiero fugarme. Es terrible que la gente pudiente se case ahora en América; siempre tienen que enviar boletines a la prensa diciendo que se van a casar vestidos con retales, cuando lo que quieren decir es que usarán unas perlas de segunda mano y encajes que la emperatriz Eugenia usó una vez.

—Lo sé —concordó John con fervor—. Cuando estuve de visita con los Schnlitzer-Murphy, la hija mayor, Gwendolyn, se casó con un hombre cuyo padre es el dueño de la mitad de Virginia Occidental. Ella escribió a casa diciendo que lo estaba pasando mal para vivir con su salario como empleado de un banco... y entonces ella terminó diciendo que «Gracias a Dios, tengo cuatro buenas doncellas y eso ayuda un poco».

—Es absurdo —comentó Kismine—. Piensa en los millones y millones de personas del mundo, trabajadores y todo eso, que sobreviven con sólo dos doncellas.

Una tarde de finales de agosto, un comentario fortuito de Kismine cambió el carácter de toda la situación e hizo que John cayera en un estado de pánico.

Estaban en su arboleda favorita y, entre besos, John se deleitaba con ciertas premoniciones románticas que pensaba que añadían intensidad a sus relaciones.

—A veces pienso que nunca nos casaremos —dijo tristemente—. Tú eres demasiado rica, demasiado magnífica. Nadie tan rica como tú puede ser como las otras chicas. Debería casarme con la hija de un acaudalado ferretero al por mayor de Omaha o Sioux City, y contentarme con su medio millón.

—Yo conocí una vez a la hija de un ferretero al por mayor —comentó Kismine—. No creo que te hubieras contentado con ella. Era amiga de mi hermana. Nos visitó aquí.

—Oh, entonces ¿habéis tenido otros invitados? —exclamó John con sorpresa.

Kismine pareció lamentar sus palabras.

—Oh, sí —dijo rápidamente—, hemos tenido a unos cuantos.

—Pero... ¿no le daba miedo a tu padre de que hablaran de esto en el exterior?

—Oh, hasta cierto punto, hasta cierto punto —respondió ella—. Hablemos de algo más agradable.

Pero a John se le había despertado la curiosidad.

—¡Algo más agradable! —exigió—. ¿Qué tiene ese tema de desagradable? ¿No eran chicas agradables?

Para gran sorpresa suya, Kismine comenzó a sollozar.

—Sí... ese... ese es... ese es el problema. Les tomé mucho afecto a varias de ellas. Y Jasmine también, pero ella seguía invitándolas de todos modos. Yo no podía entenderlo.

Una oscura sospecha nació en el corazón de John.

—¿Quieres decir que *hablaron* y tu padre hizo que las... eliminaran?

—Peor que eso —musitó con voz entrecortada—. Padre no se arriesgó... y Jasmine seguía escribiéndoles para que vinieran, ¡y se lo pasaban tan bien!

Ella estaba dominada por un paroxismo de pena.

Atónito ante el horror de esta revelación, John se quedó allí sentado, boquiabierto, sintiendo cómo los nervios de su cuerpo aleteaban como si muchos gorriones estuvieran posados en su columna vertebral.

—Ahora te lo he contado y no debería haberlo hecho —dijo ella, calmándose de repente y secándose los oscuros ojos azules.

—¿Quieres decir que tu padre hizo que las *asesinaran* antes de que se marcharan?

Ella asintió.

—Normalmente en agosto... o a principios de septiembre. Es natural que nosotros obtengamos todo el placer que podamos de ellos primero.

—¡Es abominable! ¿Cómo...? ¿Por qué...? ¡Debo de estar volviéndome loco! ¿En serio has admitido que...?

—Sí —interrumpió Kismine, encogiéndose de hombros—. No podemos aprisionarlas como a esos aviadores, donde nos estarían haciendo un continuo reproche todos los días. Y siempre nos lo han hecho fácil para Jasmine y para mí, porque padre lo hacía antes de lo que esperábamos. De ese modo evitábamos escenas de despedida...

—¡Entonces las asesinabais! ¡Oh! —exclamó John.

—Se hacía de forma muy agradable. Las drogaban mientras dormían... y a sus familias siempre les decíamos que habían muerto de la fiebre escarlata en Butte.

—Pero... ¡no consigo entender por qué seguíais invitándolas!

—Yo no —estalló Kismine—. Nunca invité a nadie. Jasmine lo hacía. Y ellas siempre se lo pasaban bien. Ella siempre les hacía bonitos regalos cuando se acercaba el final. Es probable que yo también tenga visitantes; me hará más fuerte. No podemos permitir que una cosa tan inevitable como la muerte se interponga en el camino del disfrute de la vida mientras la tenemos. Piensa en lo solitario que sería el mundo si nunca tuviéramos a *nadie*. Y padre y madre han sacrificado a algunos de sus mejores amigos, igual que hemos hecho nosotras.

—Y así —exclamó John en tono acusador—, y así me estabas permitiendo que me enamorara de ti y fingías que me amabas, y hablabas de matrimonio, al tiempo que sabías perfectamente bien que yo nunca saldría de aquí vivo...

—No —protestó ella con pasión—. Ya no. Lo hice al principio. Estabas aquí. No pude evitarlo y pensé que tus últimos días bien podrían ser agradables para ambos. Pero entonces me enamoré de ti y... y lamento sinceramente que... que vayan a... que vayas a morir, aunque prefiero que te maten a que alguna vez beses a otra chica.

—Oh, lo preferirías, ¿verdad? —gritó John ferozmente.

—Pues sí. Además, siempre he oído que una chica puede divertirse más con un hombre con el que sabe que nunca podrá casarse. Oh, ¿por qué te lo he contado? Es posible que haya estropeado la diversión que has tenido, y estábamos disfrutando de verdad cuando no lo sabías. Sabía que eso haría que todo te resultara deprimente.

—Oh, lo sabías, ¿verdad? —la voz de John temblaba de rabia—. Ya he oído bastante de todo esto. Si no tienes el orgullo y la decencia como para tener un amorío con un tipo que sabes que no es mucho más que un cadáver, ¡entonces no quiero saber nada más de ti!

—¡No eres un cadáver! —protestó horrorizada—. ¡No eres un cadáver! ¡No permitiré que digas que he besado a un cadáver!

—¡No he dicho nada de eso!

—¡Sí! ¡Has dicho que he besado a un cadáver!

—¡No!

Sus voces habían subido de tono, pero ante una repentina interrupción ambos cayeron en un silencio inmediato. Se acercaban pasos por el sendero en su dirección, y un momento más tarde los rosales se apartaron para mostrar a Braddock Washington, cuyos inteligentes ojos en su vacuo rostro los estaban mirando.

—¿Quién ha besado a un cadáver? —preguntó con obvia desaprobación.

—Nadie —respondió Kismine rápidamente—. Sólo estábamos de broma.

—Y, de todos modos, ¿qué estáis haciendo aquí? —exigió bruscamente—. Kismine, deberías estar... leyendo o jugando al golf con tu hermana. ¡Ve a leer! ¡Ve a jugar al golf! ¡Qué yo no te encuentre aquí cuando vuelva!

Luego saludó a John con una inclinación de cabeza y continuó su camino por el sendero.

—¿Ves? —dijo Kismine enfadada, cuando ya no podía oírlos—. Lo has estropeado todo. Ya no podemos volver a encontrarnos. No me permitirá reunirme contigo. Hará que te envenenen si piensa que estamos enamorados.

—No lo estamos. ¡Ya no! —gritó John con fiereza—. De modo que puede estar tranquilo al respecto. Además, no te engañes pensando que voy a quedarme aquí. Dentro de seis horas estaré más allá de esas montañas, aunque tenga que abrir un camino a través de ellas a bocados, y estaré de camino al este.

Ambos se habían puesto de pie y, ante esa declaración, Kismine se acercó y lo cogió del brazo.

—Yo también me voy.

—Debes estar loca...

—Por supuesto que voy —le interrumpió con impaciencia.

—Por supuesto que no. Tú...

—Muy bien —dijo ella en voz baja—, alcanzaremos a mi padre y lo discutiremos con él.

Derrotado, John consiguió dedicarle una débil sonrisa.

—Muy bien, querida —accedió con pálido y poco convincente afecto—, nos iremos juntos.

Su amor por ella regresó y se instaló plácidamente sobre su corazón. Ella era suya; se iría con él para compartir sus peligros. Él la rodeó con sus brazos y la besó con fervor. Después de todo, ella lo amaba; de hecho, ella lo había salvado.

Discutiendo el tema, caminaron despacio de vuelta al palacete. Decidieron que, como Braddock Washington los había visto juntos, más les valía partir la noche siguiente. No obstante, los labios de John estuvieron inusualmente secos durante la cena, y vació nervioso una gran cucharada de sopa de pavo real en su pulmón izquierdo. Tuvo que ser llevado a la sala de juegos turquesa y sable, donde uno de los ayudantes del mayordomo le dio golpes en la espalda, lo cual Percy consideró un gran chiste.

## 9

Mucho después de la medianoche, el cuerpo de John dio una nerviosa sacudida, se sentó de repente en la cama, y se quedó mirando fijamente los velos de somnolencia que envolvían la habitación. A través de los recuadros de azul oscuridad que eran sus ventanas abiertas, había oído un débil y lejano sonido que murió sobre un lecho de viento antes de identificarse en su memoria, nublado con inquietos sueños. Pero el agudo ruido que lo había sucedido estaba más cerca, estaba justo fuera de su habitación: el chasquido de un picaporte al girar, una pisada, un susurro... no sabía decir qué. Se le hizo un nudo en la boca del estómago y todo su cuerpo se quejó de dolor en el momento en el que se esforzó angustiosamente por oír. Entonces uno de los velos pareció disolverse y vio una vaga figura de pie junto a la puerta, una figura solo débilmente visible y bloqueada por la oscuridad, entremezclada con los pliegues de las cortinas como para parecer distorsionada, como un reflejo visto en un espejo sucio.

Con un repentino movimiento de miedo o resolución, John pulsó el botón junto a su cama y a continuación estaba sentado en la verde bañera empotrada de la habitación adyacente, despierto y alerta por la impresión del agua fría que la llenaba por la mitad.

Se levantó de un salto y, con su mojado pijama dejando un pesado rastro de agua tras él, corrió hacia la puerta aguamarina que sabía llevaba hacia el descansillo de marfil del segundo piso. La puerta se abrió sin hacer ruido. Una única lámpara carmesí que ardía en una gran bóveda iluminaba la magnífica extensión de la esculpida escalera con una belleza conmovedora. Por un momento, John vaciló, sobrecogido por el silencioso esplendor expuesto ante él, que parecía envolver en sus gigantescos pliegues y contornos la solitaria figura empapada que temblaba en el descansillo de marfil. Entonces, dos cosas pasaron al mismo tiempo. La puerta de su propia salita se abrió, desde donde se precipitaron tres negros desnudos... y, mientras John se tambaleaba con salvaje terror hacia las escaleras, otra puerta se deslizó en el otro lado del pasillo y John vio a Braddock Washington de pie en el iluminado ascensor, vistiendo un abrigo de pieles y un par de botas de montar que llegaban hasta sus rodillas y mostraban, por encima, el fulgor de su pijama de color rosa.

Al instante los tres negros —John nunca los había visto antes, y se le pasó por la mente que debían de ser los verdugos profesionales— se detuvieron en su movimiento hacia John y se giraron expectantes hacia el hombre en el ascensor, quien les gritó con una orden imperiosa.

—¡Venid aquí! ¡Los tres! ¡Rápido!

Entonces, en un segundo, los tres negros corrieron hacia el ascensor, el rectángulo de luz se apagó cuando la puerta del ascensor se cerró, y John se quedó solo de nuevo en el descansillo. Se dejó caer débilmente contra la escalera de marfil.

Era evidente que algo portentoso había sucedido, algo que, por el momento al menos, había pospuesto su propio desastre insignificante. ¿De qué se trataba? ¿Se habían rebelado los negros? ¿Los aviadores habían forzado las barras de hierro de la reja? ¿O es que los hombres de Fish habían pasado a ciegas por las colinas y habían visto con sus ojos lúgubres y tristes el chabacano valle? John no lo sabía. Oyó un débil zumbido de aire cuando el ascensor volvió a subir y entonces, un momento después, cuando descendió. Era probable que Percy se estuviera apresurando a acudir en auxilio de su padre, y se le ocurrió a John que esta era su oportunidad de encontrarse con Kismine y planear una huida inmediata. Esperó hasta que el ascensor estuvo en silencio durante varios minutos; temblando un poco con el frío de la noche que le azotaba a través de su húmedo pijama, regresó a su habitación y se vistió deprisa. Luego subió un largo tramo de escaleras y recorrió el pasillo con moqueta de marta cibelina rusa que llevaba a la *suite* de Kismine.

La puerta de su salita estaba abierta y las lámparas estaban encendidas. Kismine, con un quimono de angora, estaba junto a la ventana de la habitación en actitud de escucha, y cuando John entró sin hacer ruido se giró hacia él.

—¡Oh, eres tú! —susurró, atravesando la habitación hacia él—. ¿Los has oído?

—Oí a los esclavos de tu padre en mi...

—No —interrumpió excitada—. ¡Aviones!

—¿Aviones? Quizás fue ese sonido el que me despertó.

—Hay al menos una docena. Vi uno hace unos minutos recortado contra la luna. El guarda de los acantilados disparó su rifle y eso es lo que despertó a padre. Vamos a abrir fuego contra ellos de inmediato.

—¿Están aquí a propósito?

—Sí... es ese italiano que se escapó...

Al mismo tiempo que pronunciaba esa última palabra, una sucesión de rápidos estallidos entraron por la ventana abierta. Kismine soltó un pequeño grito, sacó un penique con dedos temblorosos de una caja sobre su cómoda y corrió hacia una de las luces eléctricas. En un segundo todo el palacete estaba sumido en la oscuridad; había hecho saltar los fusibles.

—¡Vamos! —le gritó a John—. ¡Subamos a la azotea y veámoslo desde allí!

Envolviéndose en una capa, ella lo tomó de la mano y consiguieron salir por la puerta. Estaban a sólo un paso del ascensor de la torre y, cuando ella pulsó el botón que los lanzó hacia arriba, él la rodeó con sus brazos en la oscuridad y la besó en la boca. El romance había llegado a John Unger por fin. Un minuto más tarde salieron a la blanca plataforma. Sobre ellos, bajo la borrosa luna, entrando y saliendo de los parches de nubes que se arremolinaban bajo ella, flotaban una docena de cuerpos con alas oscuras en un constante trayecto circular. Por todas partes en el valle, destellos de fuego saltaban hacia ellos, seguidos de fuertes detonaciones. Kismine aplaudía con placer que, un segundo más tarde, se convirtió en angustia cuando los aviones, ante una señal que habían acordado previamente, comenzaron a soltar sus bombas y todo el valle se convirtió en un panorama de profundos sonidos resonantes y chillonas luces.

Pronto, la puntería de los atacantes se concentró en los puntos donde se situaban los cañones antiaéreos, y uno de ellos fue reducido casi de inmediato a un gigante trozo de carbonilla que ardía en un parque de rosales.

—Kismine —suplicó John—, te alegrarás cuando te diga que este ataque llegó la víspera de mi asesinato. Si yo no hubiera oído al guardia disparar su arma en el acantilado, ahora estaría bien muerto...

—¡No te oigo! —gritó Kismine, concentrada en la escena frente a ella—. ¡Tienes que hablar más alto!

—¡Sólo digo —gritó John—, que es mejor que salgamos antes de que empiecen a bombardear el palacete!

De repente, todo el pórtico de las viviendas de los negros se rompió por la mitad, un géiser de llamas surgió desde su columnata, y grandes fragmentos de mármol roto fueron lanzados tan lejos como la orilla del lago.

—Ahí van cincuenta mil dólares en esclavos —exclamó Kismine—, al precio de antes de la guerra. Muy pocos americanos sienten respeto por la propiedad.

John redobló sus esfuerzos por obligarla a salir. La puntería de los aviones se volvía más precisa a cada minuto, y sólo dos de los cañones antiaéreos seguían contraatacando. Era obvio que la guarnición, rodeada por el fuego, no podía aguantar mucho más.

—¡Vamos! —gritó John al tiempo que tiraba del brazo de Kismine—. Tenemos que irnos. ¿Te das cuenta de que esos aviadores te matarán sin vacilar si te encuentran?

Ella consintió a regañadientes.

—¡Tendremos que despertar a Jasmine! —dijo ella mientras corrían hacia el ascensor. Entonces añadió con una suerte de placer infantil—: Seremos pobres, ¿verdad? Como la gente de los libros. Y yo seré huérfana y completamente libre. ¡Libre y pobre! ¡Qué divertido!

Se detuvo y le dio a John un encantado beso.

—Es imposible ser las dos cosas a la vez —dijo John tristemente—. La gente lo ha averiguado. Y yo elijo ser libre como lo más preferible de los dos. Como precaución extra, deberías vaciar el contenido de tu joyero en tus bolsillos.

Diez minutos más tarde, las dos chicas se reunieron con John en el oscuro pasillo y descendieron hasta la planta principal del palacete. Pasando por última vez a través de la magnificencia de las espléndidas salas, se quedaron un momento en la terraza, viendo arder las viviendas de los negros y los ardientes restos de dos aviones que habían caído al otro lado del lago.

Un solitario cañón seguía soltando fuertes ráfagas y los atacantes parecían timoratos ante la idea de descender más, pero enviaban sus atronadores fuegos artificiales en círculo alrededor del cañón hasta que un disparo fortuito aniquilara su tripulación etíope.

John y las dos hermanas bajaron los escalones de mármol, giraron bruscamente a la izquierda, y comenzaron a subir por un estrecho sendero que rodeaba como una liga la montaña diamante.

Kismine conocía un lugar con bosque espeso a medio camino hacia la cima, donde podrían ocultarse y, aun así, observar la salvaje noche en el valle, antes de finalmente escapar, cuando fuera necesario, por un camino secreto excavado en un barranco rocoso.

## 10

Eran las tres en punto cuando llegaron a su destino. La servicial y flemática Jasmine se quedó dormida de inmediato, apoyada contra el tronco de un gran árbol, mientras que John y Kismine se sentaron, él con el brazo alrededor de la muchacha, a observar las desesperadas fluctuaciones de la agonizante batalla entre las ruinas de unas vistas que habían sido un jardín por la mañana. Poco después de las cuatro en punto, el último cañón que quedaba produjo un sonido metálico y quedó inactivo entre rápidas lenguas de humo rojo. Aunque la luna estaba baja, vio que los cuerpos voladores hacían círculos más cerca de la tierra. Cuando los aviones se hubieron asegurado de que los acosados no poseían más recursos, aterrizarían y el oscuro y brillante reinado de los Washington se habría acabado.

Con el cese de los disparos, el valle se quedó en silencio. Las cenizas de los dos aviones brillaban como los ojos de un monstruo acuclillado en la hierba. El palacete se alzaba oscuro y silencioso, hermoso sin luz como había sido hermoso bajo el sol, mientras los traqueteos leñosos de Némesis llenaban el aire con una creciente queja que se alejaba. Entonces John percibió que Kismine, como su hermana, se había quedado profundamente dormida.

Eran más de las cuatro cuando fue consciente de que se oían pasos a lo largo del camino que recientemente habían seguido, y esperó conteniendo el aliento en silencio hasta que las personas a las que pertenecían dichos pasos hubieran dejado atrás el lugar ventajoso que él ocupaba. Hubo un leve movimiento en el aire que no era de origen humano y el rocío era frío; sabía que pronto llegaría el alba. John esperó hasta que los pasos estuvieran a una distancia segura montaña arriba y fueran inaudibles. Entonces los siguió. A medio camino hacia la empinada cima, los árboles disminuían y una dura meseta de rocas se extendía sobre el diamante de debajo. Justo antes de llegar a ese punto, ralentizó su paso, advertido por un instinto animal de que había vida justo delante de él. Al llegar a un alto peñasco, levantó la cabeza gradualmente sobre su borde. Su curiosidad fue recompensada; esto es lo que vio: Braddock Washington estaba allí de pie, inmóvil, su silueta recortada contra el cielo gris sin sonidos ni señales de vida. Cuando el amanecer comenzó a salir por el este, confiriéndole un color verde y dorado a la tierra, mostró la solitaria figura en insignificante contraste con el nuevo día.

Mientras John miraba, su anfitrión permaneció absorto por unos instantes en una inescrutable contemplación; entonces hizo señas a los dos negros que estaban acuclillados a sus pies de que levantaran el bulto que yacía entre ellos. Mientras se esforzaban por levantarse, el primer rayo amarillo del sol se reflejó a través de los innumerables prismas de un inmenso diamante con una exquisita talla... y un blanco fulgor brilló en el aire como un fragmento del lucero del alba. Los portadores se tambalearon bajo su peso por un momento, luego sus abultados músculos se endurecieron bajo el húmedo brillo de su piel y las tres figuras volvieron a quedarse inmóviles en su desafiante impotencia ante los cielos.

Al cabo de un rato, el hombre blanco levantó la cabeza y, despacio, levantó los brazos en un gesto de atención, como el de alguien que quiere hacer que una gran multitud le escuche... pero no había gente, sólo el vasto silencio de la montaña y el cielo, roto por leves trinos de pájaros entre los árboles. La figura sobre la meseta de roca comenzó a hablar lentamente y con un orgullo inextinguible.

—¡Tú... allí...! —gritó con voz temblorosa— . ¡Tú... allí...! —hizo una pausa con los brazos aún levantados, la cabeza erguida atentamente como si estuviera esperando una respuesta. John forzó la vista para ver si había hombres bajando por la montaña, pero la montaña estaba desprovista de vida humana. Sólo había cielo y un burlón silbido de viento entre las copas de los árboles. ¿Podía ser que Washington estuviera rezando? John se lo preguntó por un momento. Entonces la ilusión se desvaneció; había algo en la actitud del hombre que era lo contrario a la oración—. ¡Oh, tú allí arriba!

La voz se estaba volviendo fuerte y segura. Esa no era una súplica desolada. En cualquier caso, había en ella una cualidad de monstruosa condescendencia.

—Tú, ahí...

Palabras, pronunciadas demasiado rápido como para ser entendidas, mezclándose entre sí... John escuchó conteniendo la respiración, pillando una frase aquí y otra allá, mientras la voz se interrumpía, continuaba, volvía a callarse... ahora fuerte y contenciosa, de repente teñida de una lenta y perpleja impaciencia. Entonces una convicción comenzó a abrirse paso en la mente del único oyente, y cuando el entendimiento cayó sobre él, una explosión de sangre corrió rauda por sus arterias. ¡Braddock Washington le estaba ofreciendo un soborno a Dios!

Eso era, no cabía duda. El diamante en brazos de sus esclavos era un adelanto, una promesa de lo que vendría después.

Eso, John percibió al cabo de un rato, era el hilo que conectaba sus frases. Prometeo Enriquecido llamaba a presenciar sacrificios olvidados, rituales olvidados, oraciones obsoletas antes del nacimiento de Cristo. Durante un rato, su discurso adoptó la forma de recordarle a Dios este regalo o aquel que la divinidad se había dignado aceptar de los hombres: grandes iglesias si él salvaba a las ciudades de la peste, regalos de mirra y oro, de vidas humanas y hermosas mujeres y ejércitos cautivos, de niños y reinas, de bestias del bosque y de los campos, ovejas y cabras, cosechas y ciudades, completas tierras conquistadas que habían sido ofrecidas por lujuria o sangre para aplacarlo a Él, comprando el apaciguamiento de su furia divina. Y ahora él, Braddock Washington, emperador de los diamantes, rey y sacerdote de la edad del oro, árbitro del esplendor y el lujo, le ofrecía un tesoro con el que príncipes antes que él no se habían atrevido a soñar, y se lo ofrecía con orgullo, no como súplica.

Le entregaría a Dios, continuó al llegar a las especificaciones, el mayor diamante del mundo. Este diamante sería tallado con muchas miles de caras, más que hojas en un árbol, y aun así el diamante sería tallado con la perfección de una piedra no más grande que una mosca. Muchos hombres trabajarían en él durante muchos años. Sería instalado en una gran cúpula de oro batido, maravillosamente tallada y equipada con puertas de ópalo y zafiros endurecidos. En el centro excavarían una capilla presidida por un altar de iridiscente y variable radio en descomposición que quemaría los ojos de cualquier devoto que levantara la cabeza durante la oración... y sobre ese altar sacrificarían para divertimento del Divino Benefactor a cualquier víctima que Él eligiera, aun cuando se tratara del hombre más poderoso del mundo.

A cambio, él sólo pedía una cosa, algo que para Dios sería absurdamente fácil: tan sólo que las cosas fueran como lo habían sido el día anterior a esa misma hora y que permanecieran así. ¡Tan sencillo! Que los cielos se abran para tragarse a esos hombres y sus aviones, y que vuelvan a cerrarse. Que él vuelva a tener a sus esclavos una vez más, sanos y con vida.

No había nadie más con quien él hubiera necesitado jamás hacer un trato o negociar.

Sólo dudaba de si su soborno era lo suficientemente grande. Dios tenía su precio, por supuesto. Dios estaba hecho a imagen del hombre, o eso le habían dicho. Él debía tener un precio. Y el precio sería único: ninguna catedral cuya construcción consumiera muchos años, ni pirámides construidas por diez mil trabajadores, sería como esta catedral, como esta pirámide.

Hizo una pausa ahí. Esa era su propuesta. Todo dependería de las especificaciones, y no había nada vulgar en su afirmación de que el precio sería barato. Implicaba que la Providencia podía tomarlo o dejarlo.

Mientras se acercaba al final, sus frases se volvieron fragmentadas, se tornaron cortas e inciertas, y su cuerpo parecía tenso, parecía esforzarse por atrapar la más mínima presión o susurro de vida en los espacios a su alrededor. Su pelo se había vuelto gradualmente blanco mientras hablaba, y ahora levantaba su cabeza bien alta hacia los cielos como un profeta de los de antaño... magníficamente loco.

Entonces, mientras John miraba con atolondrada fascinación, le pareció que un curioso fenómeno tenía lugar a su alrededor. Era como si el cielo se hubiera oscurecido por un instante, como si se hubiera producido un repentino murmullo en una ráfaga de viento, un sonido de trompetas lejanas, un suspiro como el roce de una gran bata de seda... Durante un tiempo, toda la naturaleza a su alrededor participó en esta oscuridad: los cantos de los pájaros cesaron, los árboles estaban quietos, y lejos sobre la montaña se oía el rumor de un tenue y amenazante trueno.

Eso fue todo. El viento murió entre la alta hierba del valle. El amanecer y el día retomaron su lugar en el tiempo, y el sol envió cálidas oleadas de niebla amarilla que hacía su camino brillante. Las hojas se reían bajo el sol, y su risa se sacudió hasta que cada rama era como un colegio de niñas en el país de las hadas. Dios se había negado a aceptar el soborno.

Durante otro rato, John observó el triunfo del día. Entonces, girándose, vio un aleteo marrón allí abajo, junto al lago, luego otro aleteo, luego otro, como la danza de los ángeles dorados despegando desde las nubes. Los aviones habían aterrizado.

John se bajó del peñasco y corrió montaña abajo hasta el grupo de árboles, donde las dos muchachas estaban despiertas y lo esperaban. Kismine se levantó de un salto, las joyas en sus bolsillos tintinearon; tenía una pregunta en sus labios abiertos, pero el instinto le dijo a John que no había tiempo para palabras. Debían salir de la montaña sin perder un instante. Cogió una mano de cada una y, en silencio, pasaron entre los troncos de los árboles, lavados por la luz y la niebla que se alzaba. Tras ellos, desde el valle, no les llegaba ningún sonido a excepción del quejido de los pavos reales a lo lejos y la placentera mañana.

Cuando hubieron recorrido casi un kilómetro, evitaron el parque y entraron en un estrecho sendero que pasaba por la siguiente elevación del terreno. En el punto más alto se tomaron un descanso y miraron a su alrededor. Sus ojos se clavaron en la ladera de la montaña que acababan de abandonar, y que se veía oprimida por algún oscuro presentimiento de tragedia inminente.

Claro contra el cielo, un frágil hombre de pelo blanco descendía despacio por la empinada pendiente, seguido por dos gigantescos e insensibles negros, que llevaban una carga entre los dos que seguía parpadeando y refulgiendo bajo el sol. A medio camino, otras dos figuras se unieron a ellos; John pudo ver que se trataba de la señora Washington y su hijo, en cuyo brazo se apoyaba. Los aviadores habían bajado de sus máquinas al ondulante césped frente al palacete y, con rifles en ristre, comenzaron a subir la montaña diamante en formación de combate.

Pero el pequeño grupo de cinco que se había formado más arriba y que absorbía toda la atención de los que los miraban se había detenido en un saliente de roca.

Los negros se agacharon y levantaron lo que parecía ser una trampilla en la ladera de la montaña. Todos desaparecieron por ella, el hombre de pelo blanco primero, luego su esposa y su hijo, y finalmente los dos negros. Las brillantes puntas de los tocados enjoyados de estos últimos atraparon el sol por un momento antes de que la trampilla descendiera y se los tragara a todos.

Kismine se aferró al brazo de John.

—Oh —exclamó con vehemencia—. ¿Adónde van? ¿Qué van a hacer?

—Debe de ser alguna vía de escape subterránea...

Un pequeño grito de las dos muchachas interrumpió su frase.

—¿No lo ves? —sollozó Kismine histéricamente—. ¡La montaña está electrificada!

Mientras ella seguía hablando, John se puso la mano a modo de visera para mirar. Ante sus ojos, toda la superficie de la montaña había cambiado de repente a un cegador y brillante amarillo, que se filtraba por la capa de hierba como la luz atraviesa una mano humana.

El intolerable fulgor continuó por un momento y entonces, como un filamento extinguido, desapareció para revelar una negra devastación de la cual se elevaba despacio un humo azul, llevándose con él lo que quedaba de vegetación y carne humana.

De los aviadores no quedaba ni sangre ni hueso; quedaron tan completamente consumidos como las cinco almas que habían entrado en la montaña.

Al mismo tiempo, y con una inmensa sacudida, el palacete se alzó literalmente por los aires, explotando en fragmentos ardientes mientras ascendía, para entonces volver a caer en una pila humeante que yació proyectada sobre medio lago.

No había fuego. El humo que había se desvaneció mezclado con los rayos del sol, y durante unos minutos más un polvo de mármol se alejó flotando de la gran masa informe que había sido la casa de las joyas.

No hubo más sonidos y las tres personas se quedaron solas en el valle.

A la caída del sol, John y sus dos acompañantes llegaron al enorme acantilado que había delimitado los límites de los dominios de los Washington, y al mirar atrás encontraron el valle tranquilo y encantador bajo el ocaso. Se sentaron para dar cuenta de la comida que Jasmine había traído en una cesta.

—¡Mirad! —dijo mientras extendía el mantel y colocaba los bocadillos en un ordenado montón sobre él—. ¿No se ven apetitosos? Siempre he pensado que la comida sabe mejor cuando se come al aire libre.

—Con ese comentario —dijo Kismine—, Jasmine entra en la clase media.

—Ahora —dijo John ansioso—, vacía tus bolsillos y veamos qué joyas has traído. Si hiciste una buena elección, los tres podríamos vivir cómodamente el resto de nuestras vidas.

Obediente, Kismine se metió la mano en el bolsillo y lanzó dos puñados de brillantes piedras preciosas delante de él.

—No está mal —exclamó John con entusiasmo—. No son muy grandes, pero... ¡eh! —su expresión cambió cuando sostuvo una de las piedras ante el sol en descenso—. Pero esto no son diamantes. ¡Aquí pasa algo!

—¡Cielo santo! —exclamó Kismine con expresión asombrada—. ¡Soy una idiota!

—¡Pero esto es cristal de roca! —gritó John.

—Lo sé —ella rompió a reír—. Abrí el cajón equivocado. Pertenecían al vestido de una chica que visitó a Jasmine. Conseguía que me los diera a cambio de diamantes. Yo nunca había visto nada más que joyas preciosas antes.

—¿Y esto es lo que has traído?

—Me temo que sí. —Ella toqueteaba los brillantes con tristeza—. Creo que estos me gustan más. Estoy un poco cansada de los diamantes.

—Muy bien —dijo John en tono sombrío—. Tendremos que vivir en Hades. Y tú envejecerás contándole a mujeres incrédulas que te equivocaste de cajón. Por desgracia, las chequeras de tu padre se consumieron con él.

—Bueno, ¿qué pasa con Hades?

—Si vuelvo a casa con una esposa a mi edad, mi padre se vería inclinado a dejarme como herencia un carbón encendido, como dicen por allí abajo.

Jasmine intervino.

—Me encanta lavar —dijo en tono quedo—. Siempre he lavado mis propios pañuelos. Me haré lavandera y os ayudaré a los dos.

—¿Tienen lavanderas en Hades? —preguntó Kismine con inocencia.

—Por supuesto —contestó John—. Es como cualquier otro sitio.

—Yo pensaba... que quizás hacía demasiado calor para llevar ropa.

John se rio.

—¡Inténtalo! —sugirió—. Te echarían del pueblo antes de que estuvieras medio desnuda.

—¿Estará padre allí? —preguntó.

John se giró hacia ella con asombro.

—Tu padre está muerto —respondió sombrío—. ¿Por qué iba a ir a Hades? Lo estás confundiendo con otro lugar que fue abolido hace mucho tiempo.

Después de cenar doblaron el mantel y extendieron sus mantas para pasar la noche.

—Vaya sueño ha sido —suspiró Kismine mientras miraba las estrellas—. ¡Qué extraño me parece estar aquí con un vestido y un prometido que no tiene ni un penique! Bajo las estrellas —repitió—. Nunca he visto las estrellas antes. Siempre pensaba en ellas como grandes diamantes que pertenecían a alguien. Ahora me dan miedo. Me hacen sentir que todo fue un sueño, que toda mi juventud fue un sueño.

—*Fue* un sueño —dijo John en voz baja —. La juventud de todo el mundo es un sueño, una forma de locura química.

—¡Qué agradable entonces estar loco!

—Eso me han dicho —dijo John con tristeza—. Ya no lo sé. En cualquier caso, amémonos por un tiempo, durante un año o así, tú y yo. Esa es una forma de borrachera divina que todos podemos probar. Sólo hay diamantes en todo el mundo, diamantes y quizás el raído regalo de la desilusión. Bueno, yo ya tengo eso y no haré nada con ello, como es habitual —se estremeció—. Sube el cuello de tu abrigo, pequeña, la noche es fría y pillarás una neumonía. El que primero inventó la conciencia cometió un gran pecado. Perdámosla durante unas horas.

Y envolviéndose en su manta, se quedó dormido.

# El curioso caso de Benjamin Button

## 1

Hace mucho tiempo, como en 1860, lo adecuado era nacer en casa. En la actualidad, o eso me han dicho, los grandes dioses de la medicina han decretado que los primeros llantos de los niños deben ser proferidos en el anestésico ambiente de un hospital, preferiblemente de uno que esté de moda. De modo que los jóvenes señor y señora Roger Button iban cincuenta años por delante de lo estiloso cuando decidieron, un día del verano de 1860, que su primer bebé debería nacer en un hospital. Nunca sabremos si este anacronismo tuvo algo que ver con la sorprendente historia que estoy a punto de contarles.

Les contaré lo que ocurrió y dejaré que ustedes juzguen por sí mismos.

Los Roger Button disfrutaban de una posición envidiable, tanto social como económica, en el Baltimore de antes de la guerra. Estaban emparentados con Esta Familia y Aquella Familia que, como todo sureño sabía, les daba derecho a ser miembros de esa enorme nobleza que poblaba en gran medida la Confederación. Esta era su primera experiencia con la encantadora y antigua costumbre de tener bebés; el señor Button era de natural nervioso. Esperaba que fuera un niño para poder enviarlo a la Universidad de Yale en Connecticut, en cuya institución el mismo señor Button había sido conocido durante cuatro años por el algo obvio apodo de «Puño».

La mañana de septiembre consagrada al enorme evento, él se despertó nervioso a las seis en punto, se vistió, se ajustó el pañuelo al cuello de un modo impecable, y recorrió deprisa las calles de Baltimore hasta el hospital para determinar si la oscuridad de la noche había traído una nueva vida a su seno.

Cuando estaba aproximadamente a unos cien metros del Hospital Privado de Maryland para Damas y Caballeros vio al doctor Keene, el médico de la familia, bajar por la escalera de entrada, frotándose las manos con un movimiento de lavado... como se requiere que todos los médicos hagan según la ética no escrita de su profesión.

El señor Roger Button, el presidente de Roger Button y Compañía, Mayoristas de Ferretería, comenzó a correr hacia el doctor Keene con mucha menos dignidad de la que se esperaría en un caballero sureño de ese pintoresco período.

—¡Doctor Keene! —llamó—. ¡Oh, doctor Keene!

El médico le oyó, se dio la vuelta, y se quedó esperando con una curiosa expresión en su duro y medicinal rostro mientras el señor Button se acercaba.

—¿Qué ha pasado? —exigió saber el señor Button al acercarse con jadeante prisa—. ¿Qué ha sido? ¿Cómo está ella? ¿Es un niño? ¿Quién es? ¿Qué...?

—¡Hable con sentido! —dijo el doctor Keene con severidad. Parecía algo irritado.

—¿Ha nacido el niño? —suplicó el señor Button.

El doctor Keene frunció el ceño.

—Pues sí, supongo que sí... por así decirlo.

De nuevo le lanzó una curiosa mirada al señor Button.

—¿Mi esposa se encuentra bien?

—Sí.

—¿Es un niño o una niña?

—¡Vamos! —exclamó el doctor Keene con perfecta irritación apasionada—. Le pido que vaya a verlo por usted mismo. ¡Indignante! —pronunció la última palabra casi en una sílaba, luego se giró musitando—: ¿Se imagina que un caso como este me ayudará con mi reputación profesional? Uno más me arruinaría... arruinaría a cualquiera.

—¿Qué pasa? —exigió un consternado señor Button—. ¿Son trillizos?

—¡No, no son trillizos! —respondió el médico en tono cortante—. Lo que es más, puede ir a verlo usted mismo. Y búsquese otro médico. Yo le traje al mundo, joven, y he sido el médico de su familia durante cuarenta años, pero ¡ya he acabado con ustedes! ¡No quiero volver a verle, ni a ninguno de sus parientes! ¡Adiós!

Entonces se giró bruscamente y, sin decir ni una palabra más, subió a su faetón, que lo esperaba en el bordillo, y se marchó con severidad.

El señor Button se quedó allí en la acera, estupefacto y temblando de pies a cabeza. ¿Qué horrible percance había ocurrido? De repente perdió todo interés por entrar en el Hospital Privado de Maryland para Damas y Caballeros; fue con la mayor de las dificultades que, un momento después, se obligó a subir los escalones y a entrar por la puerta principal.

Una enfermera estaba sentada tras un mostrador en la opaca penumbra del vestíbulo. Tragándose su vergüenza, el señor Button se acercó a ella.

—Buenos días —comentó ella, mirándolo con amabilidad.

—Buenos días. Yo... soy el señor Button.

Al oír esto, una expresión de auténtico terror se extendió por el rostro de la muchacha. Se puso de pie y pareció estar a punto de huir del vestíbulo, conteniéndose sólo con la más aparente dificultad.

—Quiero ver a mi bebé —dijo el señor Button.

La enfermera soltó un pequeño grito.

—¡Oh... por supuesto! —gritó histérica—. Arriba. Justo arriba de las escaleras. Vaya... ¡arriba!

Ella señaló en la dirección y el señor Button, bañado en un sudor frío, se giró de forma vacilante y comenzó a subir hacia el segundo piso. En el vestíbulo de arriba se dirigió a otra enfermera que se acercó a él con una palangana en la mano.

—Soy el señor Button —consiguió articular—. Quiero ver a mi...

¡Clonc! La palangana cayó al suelo y rodó en dirección a las escaleras. ¡Clonc! ¡Clonc! Comenzó un metódico descenso como si compartiera el terror general que este caballero provocaba.

—¡Quiero ver a mi hijo! —casi chilló el señor Button. Estaba al borde del colapso.

¡Clonc! La palangana llegó al primer piso. La enfermera recuperó el control de sus emociones y le lanzó al señor Button una mirada de completo desdén.

—Muy *bien*, señor Button —accedió en voz baja—. ¡Muy *bien*! Pero si supiera en qué estado nos ha puesto a todos esta mañana... ¡Es completamente indignante! El hospital no tendrá ni la más mínima reputación después...

—¡Dese prisa! —gritó con voz ronca—. ¡No puedo soportarlo!

—Venga por aquí entonces, señor Button.

Él se arrastró tras ella. Al final de un largo pasillo llegaron a una habitación desde la cual procedían una variedad de aullidos; de hecho, era una habitación que, en la jerga posterior, se conocería como «la sala de los llantos». Entraron.

—Bueno —jadeó el señor Button—. ¿Cuál es el mío?

—¡Ese! —dijo la enfermera.

Los ojos del señor Button siguieron el dedo que apuntaba y esto es lo que vio. Envuelto en una voluminosa manta blanca, y parcialmente embutido dentro de una de las cunas, estaba sentado un anciano de, al parecer, unos setenta años. Su escaso pelo era casi blanco y de su barbilla colgaba una larga barba del mismo color que el humo, que se sacudía absurdamente adelante y atrás, movida por la brisa que entraba por la ventana. Levantó la mirada hacia el señor Button con tenues y descoloridos ojos en los que acechaba una perpleja pregunta.

—¿Estoy loco? —tronó el señor Button, cuyo terror había mutado en rabia—. ¿Es esto alguna especie de abominable chiste de hospital?

—A nosotros no nos parece ningún chiste —respondió la enfermera con severidad—. Y no sé si usted está loco o no... pero eso es ciertamente su hijo.

El sudor frío se intensificó en la frente del señor Button. Cerró los ojos y luego, al abrirlos, volvió a mirar. No había error posible, estaba mirando a un hombre de setenta... a un bebé de setenta años cuyos pies colgaban por los lados de la cuna en la que reposaba.

El anciano pasó la vista plácidamente del uno a la otra por un momento, y entonces, de repente, habló con voz frágil y anciana.

—¿Eres mi padre? —preguntó.

El señor Button y la enfermera se sobresaltaron violentamente.

—Porque si lo eres —continuó el hombre en tono quejumbroso—, desearía que me sacaras de este lugar... o al menos que me pusieras en una cómoda mecedora.

—Por todos los santos, ¿de dónde has salido? ¿Quién eres? —exclamó el señor Button frenéticamente.

—No puedo decirte *exactamente* quién soy —respondió el quejumbroso gemido—, porque nací hace sólo unas horas... pero mi apellido es ciertamente Button.

—¡Mientes! ¡Eres un impostor!

El anciano se giró cansado hacia la enfermera.

—Bonita manera de recibir a un hijo recién nacido —se quejó con voz débil—. Dígale que se equivoca, ¿vale?

—Se equivoca, señor Button —dijo la enfermera con tono severo—. Ese es su hijo, y usted tendrá que apañárselas como mejor pueda. Vamos a pedirle que se lo lleve a casa tan pronto como sea posible, hoy mismo.

—¿A casa? —repitió el señor Button con incredulidad.

—Sí, no podemos dejarlo aquí. De verdad que no podemos, ¿sabe?

—Estoy muy contento por ello —se quejó el anciano—. Este no es lugar para tener a un joven de gustos tranquilos. Con todos estos gritos y aullidos, no he podido pegar ojo. Pedí algo de comer —ahí su voz se alzó con una chillona nota de protesta—, ¡y me trajeron un biberón de leche!

El señor Button se dejó caer sobre una silla cerca de su hijo y ocultó el rostro entre sus manos.

—¡Cielo santo! —murmuró en un éxtasis horrorizado—. ¿Qué dirá la gente? ¿Qué debo hacer?

—Tendrá que llevárselo a casa —insistió la enfermera—, ¡de inmediato!

Una grotesca imagen se formó con horrible claridad ante los ojos del torturado hombre, una imagen de él mismo atravesando las abarrotadas calles de la ciudad con esta espantosa aparición caminando a su lado.

—No puedo, no puedo —gimió.

La gente se pararía a hablar con él y ¿qué iba a decirles? Tendría que presentarles a este... a este septuagenario.

—Este es mi hijo, que nació temprano esta mañana.

Y entonces el anciano se rebulliría en su manta y continuarían caminando, pasando las bulliciosas tiendas, el mercado de esclavos —durante un oscuro instante el señor Button deseó apasionadamente que su hijo fuera negro— por delante de las lujosas casas del distrito residencial, por delante de la residencia de ancianos...

—¡Vamos! ¡Recompóngase! —le ordenó la enfermera.

—Mira —anunció el anciano de súbito—, si te crees que voy a irme a casa con esta manta, estás totalmente equivocado.

—Los bebés siempre tienen mantas.

Con una risa maliciosa, el anciano levantó en el aire una pequeña prenda para fajar a los bebés.

—¡Mira! —balbuceó—. *Esto* es lo que tenían preparado para mí.

—Los bebés siempre llevan eso —dijo la enfermera con delicadeza.

—Bien —dijo el anciano—, este bebé no va a llevar nada puesto en unos dos minutos. Esta manta pica. Al menos podrían haberme dado una sábana.

—¡Déjatela puesta! ¡Déjatela puesta! —dijo el señor Button deprisa. Se giró hacia la enfermera—. ¿Qué voy a hacer?

—Vaya a la ciudad y cómprele ropa a su hijo.

La voz del hijo del señor Button lo persiguió pasillo abajo.

—Y un bastón, padre. Quiero tener un bastón.

El señor Button salió dando un salvaje portazo...

## 2

—Buenos días —dijo el señor Button, nervioso, al dependiente de la Compañía Textil Chesapeake—. Quiero comprar ropa para mi hijo.

—¿Qué edad tiene su hijo, señor?

—Unas seis horas —contestó el señor Button sin mayor consideración.

—El departamento para bebés está al fondo.

—Vaya, no creo... No estoy seguro de que eso sea lo que quiero. Es que... es un niño de un tamaño inusualmente grande. Excepcionalmente... ah... grande.

—Tienen las tallas más grandes para niños.

—¿Dónde está el departamento para niños? —preguntó el señor Button, cambiando de postura desesperadamente. Sentía que el dependiente debía oler con seguridad su vergonzoso secreto.

—Justo aquí.

—Bueno... —Vaciló. La noción de vestir a su hijo con ropa de hombre le resultaba repugnante. Si pudiera, digamos, encontrar un traje de niño bastante grande, podría cortarle esa larga y horrible barba, teñirle el pelo blanco de marrón, y así conseguir ocultar lo peor y retener algo de su propio respeto por sí mismo... por no mencionar su posición en la sociedad de Baltimore.

Pero una frenética inspección al departamento para niños reveló que no había trajes que pudieran sentarle bien al recién nacido Button. Culpó a la tienda, por supuesto; en tales casos lo mejor es culpar a la tienda.

—¿Qué edad dijo que tenía su hijo? —preguntó el dependiente con curiosidad.

—Tiene... dieciséis años.

—Oh, discúlpeme. Pensé que había dicho seis *horas*. Encontrará el departamento para adolescentes en el siguiente pasillo.

El señor Button se alejó tristemente. Luego se detuvo, se animó, y señaló con el dedo a un maniquí vestido del escaparate.

—¡Ese! —exclamó—. Me llevaré ese traje, el del maniquí.

El dependiente lo miró fijamente.

—Pero —protestó—, no es un traje para niños. A ver, lo es, pero es un disfraz. ¡Usted podría usarlo!

—Envuélvalo —insistió su cliente con nerviosismo—. Eso es lo que quiero.

El atónito dependiente obedeció.

De vuelta en el hospital, el señor Button entró en el nido y casi le lanzó el paquete a su hijo.

—Ahí tienes tu ropa —le dijo con malos modos.

El anciano abrió el paquete y miró el contenido con ojo incrédulo.

—Me parece un poco rara —se quejó—. No quiero que se burlen de...

—¡Tú me has convertido en un hazmerreir! —replicó el señor Button con fiereza—. Que no te importe lo ridículo que te veas. Ponte la ropa o... o... o te daré de azotes.

Tragó con incomodidad al decir las últimas palabras, no obstante, sintiendo que era lo adecuado.

—Muy bien, padre —lo dijo con una grotesca simulación de respeto filial—, tú has vivido más tiempo que yo. Tú sabes más que yo. Lo que tú digas.

Como antes, el sonido de la palabra «padre» hizo que se sobresaltara violentamente.

—Y date prisa.

—Me estoy dando prisa, padre.

Cuando su hijo estuvo vestido, su padre lo miró con depresión. El disfraz constaba de calcetines de lunares, pantalones de color rosa, y una blusa con cinturón y un amplio cuello blanco. Sobre el último ondeaba la larga y blanquecina barba, que caía casi hasta la cintura. El efecto no era bueno.

—¡Espera!

El señor Button cogió unas tijeras quirúrgicas y con tres rápidos cortes amputó una larga sección de la barba. Pero incluso con esta mejora el conjunto se alejaba de la perfección. El matojo restante de la rala barba, los aguados ojos, los ancianos dientes, parecían extrañamente fuera de lugar con la alegría del disfraz. El señor Button, sin embargo, era terco. Alargó la mano.

—¡Ven conmigo! —dijo con severidad.

Su hijo le cogió la mano con confianza.

—¿Qué nombre me vas a poner, papá? —balbuceó mientras salían del nido—. ¿Sólo «bebé» durante un tiempo? ¿Hasta que se te ocurra un nombre mejor?

El señor Button gruñó.

—No lo sé —contestó con aspereza—. Creo que te llamaremos Matusalén.

## 3

Incluso después de que el nuevo miembro de la familia Button se hubiera cortado el pelo y se lo tiñera de un ralo negro poco natural, se afeitó el rostro hasta que brilló, y se vistió con ropas de niño pequeño hechas a medida por un estupefacto sastre, era imposible que Button ignorara el hecho de que su hijo era una pobre excusa como primer bebé de la familia. A pesar de su anciana joroba, Benjamin Button —pues fue este nombre el que le dieron en lugar del apropiado pero ingrato Matusalén— medía un metro setenta de altura. Su ropa no ocultaba ese hecho, ni tampoco el corte y teñido de sus cejas disfrazaba el hecho de que los ojos estaban descoloridos y aguados y cansados.

De hecho, la niñera que habían contratado de antemano abandonó la casa en estado de considerable indignación tras echar un sólo vistazo.

Pero el señor Button insistió en su inquebrantable propósito. Benjamin era un bebé y seguiría siendo un bebé. Al principio declaró que, si a Benjamin no le gustaba la leche caliente, podía pasar sin comer, pero finalmente lo convencieron para permitir que su hijo tomara pan con mantequilla, e incluso gachas de avena, llegando así a una especie de compromiso. Un día trajo a casa un sonajero y, dándoselo a Benjamin, insistió de forma tajante que debía «jugar con él», tras lo cual el anciano lo aceptó con expresión cansada y se le podía oír sacudiéndolo a intervalos regulares durante el día.

No cabía duda, sin embargo, de que el sonajero le aburría, y que encontraba otros divertimentos más reconfortantes cuando lo dejaban solo. Por ejemplo, el señor Button descubrió un día que, durante la semana anterior, había fumado más puros que nunca; dicho fenómeno fue explicado unos días más tarde cuando, al entrar en el cuarto del bebé inesperadamente, encontró la habitación llena de una débil neblina azulada y a Benjamin, con expresión culpable en el rostro, intentando esconder la colilla de un oscuro habano. Esto, por supuesto, exigía una severa azotaina, pero el señor Button descubrió que no se veía capaz de administrarla. Tan sólo advirtió a su hijo que fumar «impediría su crecimiento».

No obstante, él insistía en su actitud. Traía a la casa soldados de plomo, traía trenes de juguete, traía grandes y agradables animales hechos de algodón, y, para perfeccionar la ilusión que estaba creando —al menos para sí mismo— preguntaba con pasión al dependiente de la tienda de juguetes si «la pintura del pato rosa se desprendería si el bebé se lo metía en la boca». Pero a pesar de todos los esfuerzos de su padre, Benjamin se negaba a sentirse interesado. Bajaba por las escaleras de servicio y regresaba al cuarto del bebé con un volumen de la *Enciclopedia Británica,* el cual leería atentamente toda la tarde, mientras sus vacas de algodón y su arca de Noé yacían desatendidos en el suelo. Contra tal terquedad, los esfuerzos del señor Button no servían de nada.

La sensación creada en Baltimore fue, al principio, prodigiosa. No se puede determinar qué contratiempo le habría costado a los Button y a sus parientes socialmente porque el estallido de la Guerra Civil desvió la atención de la ciudad a otros asuntos. Varias personas que eran indefectiblemente educadas se devanaron los sesos en busca de cumplidos que ofrecer a los padres... y finalmente se les ocurrió la ingeniosa idea de declarar que el bebé se parecía a su abuelo, un hecho que, debido al normal estado de deterioro común a todos los septuagenarios, no podía negarse. El señor y la señora Roger Button no estaban complacidos, y el abuelo de Benjamin se sentía enormemente insultado.

Benjamin, una vez salió del hospital, se tomó la vida como le venía. Trajeron a varios niños pequeños para que lo vieran, y se pasó una tarde de articulaciones doloridas intentando sentir interés por las canicas, e incluso consiguió, aunque por accidente, romper una ventana de la cocina con una piedra lanzada con un tirachinas, una hazaña que deleitó en secreto a su padre.

A partir de ahí, Benjamin se las arregló para romper algo cada día, pero hacía esas cosas sólo porque era lo que se esperaba de él, y porque era de natural obediente.

Cuando el inicial antagonismo de su abuelo se desvaneció, Benjamin y ese caballero sentían mucho placer con la compañía del otro. Se sentaban durante horas, esos dos, tan alejados en edad y experiencia, y, como viejos compinches, discutían con incansable monotonía el lento devenir de los sucesos del día. Benjamin se sentía más cómodo en presencia de su abuelo que en la de sus padres; ellos siempre parecían estar algo asombrados con él y, a pesar de la autoridad dictatorial que ejercían sobre él, a menudo se dirigían a él como «señor».

Él estaba tan sorprendido como cualquier otro por la aparentemente avanzada edad de su mente y cuerpo al nacer. Leyó revistas médicas, pero no encontró ningún caso como el suyo que hubiera sido previamente registrado. Ante la insistencia de su padre, intentó honestamente jugar con los otros niños y con frecuencia se unía a ellos en los juegos más tranquilos; el fútbol lo sacudía demasiado y temía que, en caso de sufrir una fractura, sus ancianos huesos se negarían a soldarse.

Cuando cumplió cinco años lo enviaron a la guardería, donde se inició en el arte de pegar papel naranja sobre papel verde, de tejer mapas coloreados, y de fabricar eternos collares de cartón. Se sentía inclinado a quedarse dormido en mitad de esas tareas, una costumbre que irritaba y asustaba a partes iguales a su joven maestra. Para su alivio, ella se quejó ante sus padres y lo sacaron de la guardería. Los Roger Button les dijeron a sus amigos que sentían que era demasiado joven para ir a la guardería.

Para cuando cumplió doce años, sus padres se habían acostumbrado a él. De hecho, la fuerza de la costumbre es tan fuerte que ya no sentían que era diferente de cualquier otro niño, excepto cuando alguna curiosa anomalía les recordaba ese hecho. Pero un día, unas semanas después de su duodécimo cumpleaños, mientras se miraba en el espejo, Benjamin hizo, o creyó hacer, un extraordinario descubrimiento. ¿Lo engañaban sus ojos o su pelo había pasado, durante esa docena de años de su vida, de blanco a gris oscuro bajo su tinte? ¿La red de arrugas de su rostro se había vuelto menos pronunciada? ¿Se veía su piel más sana y más firme, incluso con un toque de rubicundo color invernal? No podía saberlo. Sabía que ya no se encorvaba y que su condición física había mejorado desde los primeros días de su vida.

—¿Es posible que...? —pensaba para sí o, más bien, apenas se atrevía a pensar.

Se dirigió a su padre.

—He crecido —anunció con determinación—. Quiero ponerme pantalones largos.

Su padre vaciló.

—Bueno —dijo al fin—. No lo sé. Catorce es la edad para ponerse pantalones largos... y tú sólo tienes doce años.

—Pero tendrás que admitir —protestó Benjamin—, que soy grande para mi edad.

Su padre lo miró con ilusoria especulación.

—Oh, no estoy tan seguro de eso —dijo—. Yo era tan grande como tú cuando tenía doce años.

Eso no era cierto. Todo formaba parte del acuerdo silencioso de Roger Button consigo mismo para creer en la normalidad de su hijo.

Finalmente llegaron a un compromiso. Benjamin continuaría tiñéndose el pelo. Intentaría con más ahínco jugar con niños de su misma edad. No llevaría gafas ni bastón en la calle. A cambio de esas concesiones, se le permitió llevar su primer traje de pantalón largo...

# 4

Pretendo decir poco de la vida de Benjamin Button desde los doce hasta los veintiún años de edad. Baste decir que fueron años de normal decrecimiento. Cuando Benjamin cumplió dieciocho años estaba tan erguido como un hombre de cincuenta; tenía más pelo y era gris oscuro; su paso era firme, su voz había perdido su entrecortado balbuceo y descendió hasta un saludable barítono. De modo que su padre lo envió a Connecticut para que hiciera el examen de entrada en la Universidad de Yale. Benjamin aprobó el examen y se convirtió en alumno del primer curso.

El tercer día tras su matriculación, recibió una notificación del señor Hart, el secretario de admisiones de la universidad, para que llamara a su oficina y planeara su horario. Benjamin, mirándose en el espejo, decidió que su pelo necesitaba una nueva aplicación de tinte castaño, pero una ansiosa inspección del cajón de su cómoda reveló que el bote de tinte no estaba allí. Entonces se acordó: lo había vaciado el día anterior y lo había tirado.

Tenía ante sí un dilema. Debía estar en la oficina de admisiones en cinco minutos. Parecía que no había otra solución y debía ir como estaba. Y lo hizo.

—Buenos días —dijo el secretario de admisiones con educación—. Ha venido a interesarse por su hijo.

—Bueno, de hecho, mi apellido es Button... —comenzó Benjamin, pero el señor Hart le interrumpió.

—Me alegro mucho de conocerle, señor Button. Estoy a la espera de que su hijo se presente en cualquier momento.

—¡Soy yo! —estalló Benjamin—. Yo soy el alumno de primero.

—¡Qué!

—Soy un alumno de primero.

—Debe de ser una broma.

—En absoluto.

El secretario de admisiones frunció el ceño y miró una tarjeta dispuesta frente a él.

—Pero si aquí dice que la edad del señor Benjamin Button es dieciocho.

—Esa es mi edad —afirmó Benjamin, quien se ruborizó ligeramente.

El secretario de admisiones lo miró con aire cansado.

—Estoy seguro, señor Button, de que usted no espera que me crea eso.

Benjamin sonrió cansado.

—Tengo dieciocho años —repitió.

El secretario de admisiones señaló la puerta con énfasis.

—Fuera —dijo—. Salga de la universidad y salga de la ciudad. Usted es un lunático peligroso.

—Tengo dieciocho años.

El señor Hart abrió la puerta.

—¡Qué ocurrencia! —gritó—. Un hombre de su edad intentando entrar aquí como un alumno de primer año. ¿Dice que tiene dieciocho años? Bueno, pues le doy dieciocho minutos para que abandone la ciudad.

Benjamin Button salió con dignidad del despacho, y media docena de universitarios, que esperaban en el vestíbulo, lo siguieron con miradas curiosas. Cuando se hubo alejado un poco, se giró, miró al enfurecido secretario de admisiones, que aún seguía de pie en el umbral de su despacho, y repitió con voz firme:

—Tengo dieciocho años.

Seguido por un coro de risitas nerviosas procedente del grupo de universitarios, Benjamin se marchó.

Pero no era su destino escapar tan fácilmente. En su melancólico paseo hacia la estación de tren descubrió que un grupo lo estaba siguiendo, luego una multitud, y finalmente una densa masa de universitarios. Se había corrido la voz de que un lunático había aprobado el examen de acceso a Yale y que intentó hacerse pasar por un joven de dieciocho años. Una excitación febril permeaba la universidad. Hombres salían corriendo de sus clases sin sombrero, el equipo de fútbol abandonó su entrenamiento y se unió a la turba, las esposas de los profesores, con sus sombreros ladeados y los polisones descolocados, corrían gritando tras la procesión, desde la cual surgía una continua sucesión de comentarios dirigidos a las tiernas sensibilidades de Benjamin Button.

—¡Debe de ser el judío errante!

—¡A su edad debería ir a una escuela preparatoria!

—¡Mirad al prodigio infantil!

—Se creía que esto era una residencia de ancianos.

—¡Vete a Harvard!

Benjamin aceleró el paso y pronto estuvo corriendo. ¡Les demostraría quién era! *Iría* a Harvard y entonces lamentarían todas esas burlas desconsideradas.

A salvo a bordo del tren que lo llevaría a Baltimore, sacó la cabeza por la ventanilla.

—¡Lo lamentaréis! —gritó.

—¡Ja, ja! —reían los universitarios—. ¡Ja, ja, ja!

Fue el mayor error que la Universidad de Yale haya cometido jamás...

## 5

En 1880, Benjamin Button tenía veinte años y marcó su cumpleaños yendo a trabajar para su padre en Roger Button y Compañía, Mayoristas de Ferretería. Fue ese mismo año cuando comenzó a «salir en sociedad», es decir, que su padre insistió en llevarlo a varios bailes de moda. Roger Button tenía ahora cincuenta años, y él y su hijo se llevaban cada vez mejor; de hecho, desde que Benjamin había dejado de teñirse el pelo (que seguía siendo canoso), parecían tener la misma edad y podrían pasar por hermanos.

Una noche de agosto subieron al faetón vestidos con sus trajes de gala y se dirigieron a un baile en la casa de campo de los Shevlin, situada a las afueras de Baltimore. Era una noche preciosa. La luna llena inundaba la carretera con el color sin brillo del platino, y flores tardías destilaban en el aire inmóvil aromas que eran como una risa baja e imperceptible. El campo, alfombrado de cañas rodeadas de brillante trigo, era tan translúcido como de día. Era casi imposible no verse afectado por la pura belleza del cielo... casi.

—Hay un gran futuro en el negocio de los textiles —iba diciendo Roger Button. No era un hombre espiritual; su sentido estético era rudimentario—. Los viejos como yo no pueden aprender trucos nuevos —observó con profundidad—. Sois vosotros, los jóvenes con energía y vitalidad, los que tenéis un gran futuro por delante.

Delante, en la carretera, las luces de la casa de campo de los Shevlin se hicieron visibles, y de inmediato oyeron un sonido susurrante que se deslizaba persistentemente hacia ellos; podría haber sido el elegante quejido de los violines o el crujido del trigo dorado bajo la luna.

Aparcaron detrás de una espléndida berlina, cuyos ocupantes estaban bajando frente a la puerta. Una dama salió, luego un caballero anciano, luego otra joven, hermosa como un pecado. Benjamin se sobresaltó; un cambio casi químico pareció disolver y recomponer todos los elementos de su cuerpo. Una rigidez recorrió su cuerpo, la sangre se agolpó en sus mejillas, en su frente, y sentía un constante golpeteo en sus oídos. Era el primer amor.

La muchacha era esbelta y frágil, con cabello que se veía ceniciento bajo la luna y del color de la miel bajo las chisporroteantes lámparas de gas del porche. Sobre los hombros llevaba una mantilla española del más suave amarillo, ribeteada de negro; sus pies eran relucientes botones en el dobladillo de su vestido con polisón.

Roger Button se inclinó hacia su hijo.

—Esa —dijo—, es la joven Hildegarde Moncrief, la hija del general Moncrief.

Benjamin asintió con frialdad.

—Es bonita —dijo con indiferencia. Pero cuando el chico negro se llevó el carruaje, añadió: —Papá, ¿podrías presentármela?

Se acercaron a un grupo, del cual la señorita Moncrief era el centro de atención. Educada según las antiguas tradiciones, realizó una profunda reverencia ante Benjamin. Sí, él podía bailar con ella. Él le dio las gracias y se alejó... se alejó trastabillando.

El intervalo hasta que le llegó el turno se le antojó interminable. Se quedó cerca de la pared, en silencio, inescrutable, observando con ojos asesinos cómo la sangre joven de Baltimore se arremolinaba alrededor de Hildegarde Moncrief con apasionada admiración en sus rostros. ¡Qué odioso le parecía a Benjamin! ¡Intolerablemente prometedor! Sus rizadas patillas castañas le provocaban una sensación equivalente a la indigestión.

Pero cuando le llegó la hora y él se dejó llevar con ella por la pista cambiante al ritmo de la música del más reciente vals de París, sus celos y ansiedades se derritieron como una capa de nieve. Cegado por su embeleso, sintió que la vida acababa de empezar.

—Usted y su hermano llegaron al mismo tiempo que nosotros, ¿verdad? —preguntó Hildegarde, mirándolo con ojos que eran como esmaltes azul brillante.

Benjamin vaciló. Si ella lo había tomado por el hermano de su padre, ¿no sería mejor sacarla de su error? Recordó su experiencia en Yale, de modo que decidió no hacerlo. Sería grosero contradecir a una dama; sería inmoral arruinar esta exquisita ocasión con la grotesca historia de su origen. Más tarde, quizás. De modo que asintió, sonrió, escuchó, fue feliz.

—Me gustan los hombres de su edad —le dijo Hildegarde—. Los jóvenes son tan idiotas. Me hablan de todo el champán que beben en la universidad y de todo el dinero que pierden jugando a los naipes. Los hombres de su edad saben cómo apreciar a las mujeres.

Benjamin se sintió al borde de una proposición; con gran esfuerzo se tragó el impulso.

—Es que usted se encuentra en la edad romántica —continuó ella—. Cincuenta. Veinticinco es demasiado de mundo; treinta es propenso a palidecer por el sobresfuerzo; cuarenta es la edad de las largas historias que se cuentan en lo que dura un puro; sesenta es... oh, sesenta está demasiado cerca de los setenta. Pero cincuenta es la edad apacible. Me encantan los cincuenta.

Los cincuenta le parecían a Benjamin una edad gloriosa. Ansiaba apasionadamente tener cincuenta años.

—Siempre he dicho —continuó Hildegarde—, que preferiría casarme con un hombre de cincuenta para que me cuide que con muchos de los hombres de treinta que quieren que los cuide *yo*.

Para Benjamin, el resto de la velada estuvo bañada en una neblina de color miel. Hildegarde le concedió dos bailes más, y descubrieron que estaban maravillosamente de acuerdo en todas las cuestiones del día. Ella iría de paseo con él el domingo siguiente y entonces discutirían todas esas cuestiones en más profundidad.

De camino a casa en el faetón justo antes del alba, cuando las primeras abejas zumbaban y la pálida luna brillaba sobre el frío rocío, Benjamin apenas percibió que su padre estaba hablando sobre la ferretería al por mayor.

—... ¿Y qué crees que se merece nuestra total atención después de los martillos y los clavos? —estaba diciendo el mayor de los Button.

—Amor —replicó Benjamin con aire ausente.

—¿Amolador? —exclamó Roger Button—. Pero si acabo de resolver la cuestión de las amoladoras.

Benjamin lo miró con ojos aturdidos justo cuando el cielo se iluminó de repente por el este y un oriol bostezó con un chirrido en los árboles que despertaban...

## 6

Cuando, seis meses más tarde, el compromiso de la señorita Hildegarde Moncrief con el señor Benjamin Button se hizo conocido (digo «se hizo conocido» porque el general Moncrief declaró que prefería atravesarse con su espada antes que anunciar el compromiso), la excitación de la sociedad de Baltimore alcanzó un clamor enfebrecido. La casi olvidada historia del nacimiento de Benjamin fue recordada y puesta a disposición de los vientos del escándalo de formas increíbles y picarescas. Se decía que Benjamin era en realidad el padre de Roger Button, que era su hermano que había estado en prisión durante cuarenta años, que era John Wilkes Booth disfrazado... y finalmente dijeron que tenía dos pequeños cuernos cónicos en la cabeza.

Los suplementos dominicales de los periódicos de Nueva York resaltaron el caso con fascinantes bocetos que mostraban la cabeza de Benjamin Button añadida a un pez, a una serpiente y, finalmente, a un cuerpo de sólido latón. Se hizo famoso, en el mundillo periodístico, como el Hombre Misterioso de Maryland. Pero la verdadera historia, como suele pasar a menudo, tuvo muy poca circulación.

Sin embargo, todos estaban de acuerdo con el general Moncrief en que era «inmoral» que una muchacha encantadora, que podría haberse casado con cualquier pretendiente de Baltimore, se lanzara a los brazos de un hombre que definitivamente tenía cincuenta años. En vano publicó el señor Roger Button el certificado de nacimiento de su hijo con letras grandes en el *Blaze* de Baltimore. Nadie lo creyó. Sólo había que mirar a Benjamin para verlo.

Por parte de las dos personas a las que más afectaba el asunto, no hubo vacilación. Tantas de las historias sobre su prometido eran falsas que Hildegarde se negaba tercamente a creer incluso la verdadera. En vano el general Moncrief le señaló la alta mortalidad entre los hombres de cincuenta... o al menos entre los hombres que aparentaban cincuenta; en vano le habló de la inestabilidad del negocio de la ferretería al por mayor. Hildegarde había elegido casarse con la madurez, y claro que se casó...

## 7

En una cosa en particular, al menos, se equivocaban los amigos de Hildegarde Moncrief. El negocio de la ferretería al por mayor prosperó de un modo increíble. En los quince años que transcurrieron desde el matrimonio de Benjamin Button en 1880 y la jubilación de su padre en 1895, la fortuna de la familia se duplicó... y eso fue debido en gran medida gracias al miembro más joven de la firma.

Huelga decir que Baltimore, con el tiempo, recibió a la pareja en su seno. Incluso el viejo general Moncrief se reconcilió con su yerno cuando Benjamin le dio el dinero para que publicara su *Historia de la Guerra Civil* en veinte volúmenes, que habían sido rechazados por nueve editoriales prominentes.

En el mismo Benjamin, quince años habían producido muchos cambios. Le parecía que la sangre fluía con nuevo vigor por sus venas. Comenzó a ser un placer levantarse por las mañanas, caminar con paso activo por la ajetreada y soleada calle, para trabajar sin descanso en sus cargamentos de martillos y clavos. Fue en 1890 cuando ejecutó su famoso golpe maestro empresarial: sacó a colación la sugerencia de que «todos los clavos usados para cerrar las cajas en las que los clavos eran enviados eran propiedad de quien recibía el envío», una propuesta que se convirtió en estatuto, que fue aprobado por el Presidente del Tribunal Supremo Fossile, y Roger Button y Compañía, Mayoristas de Ferretería, se ahorraba más de *seiscientos clavos al año*.

Además, Benjamin descubrió que cada vez se sentía más atraído por el lado alegre de la vida. Fue típico de su creciente entusiasmo por el placer que se convirtiera en el primer hombre en la ciudad de Baltimore en poseer y conducir un automóvil. Al encontrárselo por la calle, sus coetáneos se lo quedaban mirando con envidia como la imagen misma de la salud y la vitalidad.

—Parece rejuvenecer a cada año que pasa —comentaban. Y si el viejo Roger Button, que ahora tenía sesenta y cinco años, había fracasado al principio en darle una adecuada bienvenida a su hijo, por fin reparó su fallo al concederle a su hijo lo que pasaba por adulación.

Y aquí llegamos a un desagradable tema que será mejor tratar con la mayor rapidez posible. Sólo había una cosa que preocupaba a Benjamin Button: su mujer había dejado de atraerle.

En esa época, Hildegarde era una mujer de treinta y cinco años, con un hijo, Roscoe, de catorce años. En los albores de su matrimonio, Benjamin la había adorado. Pero conforme pasaban los años, su cabello color miel se había vuelto de un aburrido marrón, el azul esmalte de sus ojos adoptó el aspecto de la loza barata... Además, y lo más importante, se había acomodado demasiado en sus costumbres, demasiado plácida, demasiado contenta, demasiado anémica en su excitación, y demasiado sobria en sus gustos. Como novia, ella había sido quien «arrastraba» a Benjamin a bailes y cenas; ahora las condiciones se habían invertido. Ella salía en sociedad con él, pero sin entusiasmo, devorada ya por esa eterna inercia que se instala a vivir con nosotros un día y se queda con nosotros hasta el final.

El descontento de Benjamin crecía con fuerza. Con el estallido de la guerra hispanoamericana de 1898, su hogar le provocaba tan poco encanto que decidió unirse al ejército. Con la influencia de su empresa, obtuvo una comisión como capitán y demostró ser tan versátil en el trabajo que lo nombraron mayor, y finalmente teniente-coronel justo a tiempo de participar en el celebrado combate de la Loma de San Juan. Fue herido de levedad y recibió una medalla.

Benjamin se había vuelto tan aficionado a la actividad y la excitación de la vida en el ejército que lamentó renunciar a ella, pero su negocio requería de su atención, de modo que dimitió y volvió a casa. Una banda de música lo recibió en la estación y lo escoltó hasta su casa.

## 8

Hildegarde, ondeando una bandera de seda, lo recibió en el porche, e incluso cuando la besó sintió con el corazón encogido que esos tres años le habían pasado factura. Ahora era una mujer de cuarenta años, con una leve línea de pelo canoso en la cabeza. La visión lo deprimió.

Arriba en su habitación, vio su reflejo en el familiar espejo; se acercó más y examinó su propio rostro con ansiedad, comparándolo tras unos instantes con una fotografía de él mismo en uniforme tomada justo antes de la guerra.

—¡Cielo santo! —dijo en voz alta. El proceso continuaba. No había la menor duda; ahora tenía el aspecto de un hombre de treinta años. En vez de sentirse encantado, se sintió inquieto: se hacía más joven. Hasta la fecha había esperado que, una vez llegara a una edad corporal equivalente a su edad en años, el grotesco fenómeno que había marcado su nacimiento dejaría de funcionar. Se estremeció. Su destino le parecía horrible, increíble.

Cuando bajó, Hildegarde le estaba esperando. Ella parecía molesta y él se preguntó si ella habría descubierto al fin que algo iba mal. Fue haciendo un esfuerzo por aliviar la tensión entre ellos que él sacó el tema durante la cena de una forma delicada, o así lo consideró.

—Bueno —comentó ligeramente—, todos dicen que me veo más joven que nunca.

Hildegarde lo miró con desdén. Resopló.

—¿Crees que es algo de lo que presumir?

—No estoy presumiendo —afirmó incómodo. Ella volvió a resoplar.

—Qué ocurrencia —dijo—. Una pensaría que tendrías orgullo suficiente para pararlo —añadió tras una pausa.

—¿Cómo puedo hacerlo? —le preguntó.

—No voy a discutir contigo —replicó ella —. Pero hay una forma correcta de hacer las cosas, de igual modo que hay una forma incorrecta de hacerlas. Si se te ha metido en la cabeza ser diferente a los demás, supongo que no puedo detenerte, pero en realidad no creo que sea muy considerado.

—Pero, Hildegarde, no puedo evitarlo.

—Sí que puedes. Simplemente eres muy terco. Piensas que no quieres ser como los demás. Siempre has sido así y siempre lo serás. Pero sólo piensa en cómo sería si todo el mundo viese las cosas como tú... ¿Cómo sería el mundo?

Como ese era un argumento inane e irrefutable, Benjamin no contestó, y desde entonces se abrió un vasto abismo entre los dos. Él se preguntaba qué posible fascinación había ejercido ella sobre él alguna vez.

Para añadir al distanciamiento, él descubrió, conforme se acercaban al nuevo siglo, que su sed de regocijo se hacía más fuerte. Si había alguna fiesta de algún tipo en la ciudad de Baltimore, allí estaba él, bailando con la más bonita de las jóvenes casadas, charlando con las más populares de las debutantes, y encontrando su compañía encantadora, mientras su esposa, una viuda de malos presagios, se sentaba entre las carabinas, bien con altiva desaprobación, bien siguiéndolo con solemnes, atónitos y recriminatorios ojos.

—¡Mirad! —comentaba la gente—. ¡Qué lástima! Un joven de su edad atado a una mujer de cuarenta y cinco años. Él debe de ser veinte años más joven que su esposa.

Se les había olvidado —porque la gente olvida inevitablemente— que en 1880 sus mamás y sus papás también habían comentado sobre esta desparejada pareja.

La creciente infelicidad de Benjamin en su hogar se veía compensada por sus muchos nuevos intereses. Se aficionó al golf y tuvo mucho éxito. Se aficionó al baile: en 1906 era un experto en el *Boston* y en 1908 se le consideraba competente en el *maxine,* mientras que en 1909 su *castle walk* era la envidia de todo joven de la ciudad.

Sus actividades sociales, por supuesto, interferirían hasta cierto punto con su negocio, pero para entonces había trabajado duro en la ferretería al por mayor durante veinticinco años y sentía que pronto le pasaría el relevo a su hijo, Roscoe, que recientemente se había graduado en Harvard.

De hecho, él y su hijo eran a menudo confundidos por el otro. Esto complacía a Benjamin; pronto se le olvidó el insidioso temor que lo había sobrecogido al volver de la guerra hispanoamericana, y aprendió a sentir un placer inocente en su aspecto. Sólo había un inconveniente: odiaba aparecer en público con su esposa. Hildegarde casi tenía cincuenta años, y mirarla hacía que se sintiera absurdo...

## 9

Un día de septiembre de 1910 —unos años después de que Roger Button y Compañía, Mayoristas de Ferretería, hubiera sido traspasada al joven Roscoe Button— un hombre de, al parecer, unos veinte años, se inscribió como alumno de primer año en la Universidad de Harvard, en Cambridge. No cometió el error de anunciar que pronto cumpliría cincuenta años, ni tampoco mencionó el hecho de que su hijo se había graduado en esa misma institución diez años antes.

Fue admitido y casi de inmediato adquirió un lugar prominente en su clase, en parte porque parecía un poco mayor que el resto de los alumnos de primero, cuya edad media era dieciocho años.

Pero su éxito se debió en gran medida al hecho de que, en el partido de fútbol contra Yale, jugó de un modo brillante, con tanta premura y con tal rabia fría y cruel que marcó siete ensayos y catorce goles de campo para Harvard, y provocó que una totalidad de once hombres de Yale fueran sacados del campo, uno a uno, inconscientes. Fue el hombre más celebrado en la universidad.

Es extraño decir que en su tercer año apenas fue capaz de entrar en el equipo. Los entrenadores decían que había perdido peso, y a los más observadores entre ellos les parecía que no era tan alto como antes. No marcaba ensayos; de hecho, lo retuvieron en el equipo principalmente con la esperanza de que su enorme reputación sembrara el miedo y la desorganización en el equipo de Yale.

En su último año, no llegó a entrar en el equipo. Se había vuelto tan delgado y frágil que, un día, los de segundo lo confundieron con uno de primero, un incidente que lo humilló terriblemente. Llegó a ser conocido como un prodigio —un alumno de último año que no podía tener más de dieciséis años— y a menudo se asombraba por la experiencia de sus compañeros de clase. Sus estudios le resultaban más difíciles; sentía que eran demasiado avanzados. Había oído a sus compañeros hablar de San Midas, la famosa escuela preparatoria, en la cual muchos de ellos se habían preparado para la universidad, y decidió enrolarse en San Midas después de su graduación, donde la protegida vida entre chicos de su mismo tamaño le resultaría más agradable.

Tras su graduación en 1914, volvió a casa en Baltimore con su diploma de Harvard en el bolsillo. Hildegarde ahora residía en Italia, de modo que Benjamin se fue a vivir con su hijo Roscoe. Pero, aunque fue bienvenido de un modo general, era obvio que los sentimientos de Roscoe hacia él carecían de entusiasmo; incluso había una perceptible tendencia por parte de su hijo a pensar que Benjamin, mientras andaba con cara mustia por la casa con los cambios de humor propios de un adolescente, era poco menos que un estorbo. Roscoe estaba casado ahora y era una persona destacada en la vida de Baltimore, y no quería que saliera ningún escándalo en conexión con su familia.

Benjamin, que ya no era *persona grata* entre las debutantes y los universitarios más jóvenes, se encontró muy solo, a excepción de la compañía de tres o cuatro chicos de catorce años del vecindario. Su idea de ir al colegio San Midas volvió a ocurrírsele.

—Vamos a ver —le dijo a Roscoe un día—, te he dicho una y otra vez que quiero ir a la escuela preparatoria.

—Pues vete, entonces —respondió Roscoe con brusquedad. El tema le resultaba de mal gusto y deseaba evitar la discusión.

—No puedo ir solo —dijo Benjamin con impotencia—. Tú tienes que apuntarme y llevarme allí.

—No tengo tiempo —declaró Roscoe abruptamente. Sus ojos se entrecerraron y miró a su padre con inquietud—. De hecho —añadió—, más te vale no seguir con ese tema mucho más tiempo. Sería mejor que parases. Más te vale... más te vale... —hizo una pausa y su rostro se volvió escarlata mientras buscaba las palabras—, más te vale dar media vuelta y caminar en dirección contraria. Como broma, esto ya ha llegado demasiado lejos. Ya no es divertido. Tú... ¡compórtate!

Benjamin lo miró al borde de las lágrimas.

—Y otra cosa —continuó Roscoe—, cuando haya visitas en la casa, quiero que me llames «Tío»... no Roscoe, sino «tío». ¿Lo entiendes? Resulta absurdo que un niño de quince años me llame por mi nombre de pila. Tal vez fuera mejor que me llamases «tío» todo el tiempo, para que te vayas acostumbrando.

Con una dura mirada hacia su padre, Roscoe se dio media vuelta...

## 10

Al término de esta entrevista, Benjamin subió las escaleras de manera sombría y se miró en el espejo. Llevaba tres meses sin afeitarse, pero no pudo encontrar en su rostro nada más que una leve pelusilla que consideró innecesario eliminar. Cuando recién llegó de Harvard, Roscoe se había acercado a él con la proposición de que se pusiera gafas y que se pegara a las mejillas patillas de imitación, y le había parecido por un momento que la farsa de sus primeros años iba a repetirse. Pero las patillas le producían picor y lo avergonzaban. Sollozó y Roscoe había cedido de mala gana.

Benjamin abrió un libro de historias para niños, *The Boy Scouts in Bimini Bay,* y comenzó a leer. Pero se descubrió pensando incesantemente sobre la guerra. Los Estados Unidos se habían unido a la causa aliada durante el mes anterior y Benjamin quiso alistarse, pero claro, dieciséis era la edad mínima y él no aparentaba ser tan mayor. Su verdadera edad, que era cincuenta y siete, lo habría descalificado de todos modos.

Llamaron a su puerta y apareció el mayordomo con una carta que mostraba un gran escudo oficial en una esquina, y que iba dirigida al señor Benjamin Button. Benjamin la abrió ansioso y leyó el contenido con deleite. Le informaban de que muchos oficiales en la reserva que habían servido en la guerra hispanoamericana habían sido llamados a servir de nuevo con un rango mayor, y adjuntaban su nombramiento como general de brigada del ejército de los Estados Unidos con la orden de presentarse en el cuartel de inmediato.

Benjamin se levantó de un salto, temblando de entusiasmo. Esto era lo que había deseado. Cogió su gorra y, diez minutos más tarde, entró en una gran sastrería de la calle Charles y pidió con su incierta voz atiplada que le tomaran medidas para su uniforme.

—¿Quieres jugar a los soldados, hijo? —preguntó un dependiente con tono casual.

Benjamin se ruborizó.

—¡Oiga! ¡No le importa lo que yo quiera! —contestó con rabia—. Mi nombre es Button y vivo en Mt. Vernon Place, de modo que sabe que puedo pagarlo.

—Bueno —admitió el dependiente con vacilación—, si tú no puedes, supongo que tu padre lo hará.

Midieron a Benjamin y, una semana más tarde, su uniforme estaba completo. Tuvo dificultades para obtener la adecuada insignia de general porque el comerciante seguía insistiéndole a Benjamin que una bonita chapa de *boy scout* se vería igual de bien y sería mucho más divertida para jugar.

Sin decirle nada a Roscoe, salió de la casa una noche y se dirigió en tren al Campamento Mosby, en Carolina del Sur, donde iba a ponerse al mando de una brigada de infantería. Un sofocante día de abril se acercó a la entrada del campamento, pagó al taxi que lo había traído desde la estación, y se dirigió al centinela que hacía guardia.

—¡Haga que alguien se ocupe de mi equipaje! —le dijo enérgicamente.

El centinela lo miró con desaprobación.

—Dime —comentó—. ¿Adónde vas con los trapos del general, hijo?

Benjamin, veterano de la guerra hispanoamericana, se giró hacia él con fuego en los ojos, pero, claro, con una voz atiplada que aún no sonaba adulta.

—¡Cuádrese! —intentó bramar. Hizo una pausa para tomar aliento y entonces, de repente, vio que el centinela chocaba los talones y presentaba su fusil. Benjamin ocultó una sonrisa de gratificación, pero cuando miró a su alrededor su sonrisa se desvaneció. No era él quien había inspirado obediencia, sino un imponente coronel de artillería que se aproximaba a lomos de un caballo.

—¡Coronel! —llamó Benjamin con voz chillona.

El coronel se acercó, frenó el caballo y lo miró con frialdad con un brillo en los ojos.

—¿De quién eres hijo tú? —preguntó con amabilidad.

—¡Pronto le enseñaré de quién soy el puñetero hijo! —replicó Benjamin con voz feroz—. ¡Bájese del caballo!

El coronel estalló en carcajadas.

—Lo quieres, ¿eh, general?

—¡Tome! —gritó Benjamin con desesperación—. Lea esto —y le entregó su nombramiento al coronel.

El coronel lo leyó con ojos que se salían de las cuencas.

—¿De dónde has sacado esto? —exigió, deslizándose el documento en el bolsillo.

—¡Me lo envió el Gobierno, como pronto descubrirá!

—Ven conmigo —dijo el coronel con una mirada peculiar—. Iremos al cuartel general a hablarlo. Ven.

El coronel se giró y comenzó a guiar a su caballo en dirección al cuartel general. No había nada más que Benjamin pudiera hacer que seguirlo con tanta dignidad como le fuera posible... mientras le prometía una severa venganza.

Pero esta venganza no se materializó. Dos días más tarde, sin embargo, su hijo Roscoe se materializó desde Baltimore, acalorado y enfadado por el apresurado viaje, y escoltó al sollozante general, sin su uniforme, de vuelta a casa.

## 11

En 1920 nació el primer hijo de Roscoe Button. Durante las festividades, empero, nadie pensó que era «adecuado» mencionar que el pequeño y mugriento niño, de unos diez años de edad, que jugaba por la casa con soldaditos de plomo y un circo en miniatura, era el abuelo del recién nacido.

A nadie le disgustaba el pequeño cuyo rostro fresco y alegre se veía cruzado con una nota de tristeza, pero, para Roscoe Button, su presencia era una fuente de tormento. En el idioma de su generación, Roscoe no consideraba que el asunto fuera «eficiente». Le parecía que su padre, al negarse a aparentar sesenta años, no se había comportado como un «hombre hecho y derecho» —esa era la expresión favorita de Roscoe— sino de un modo extraño y perverso. De hecho, pensar en el asunto durante más de media hora lo dejaba al borde de la locura. Roscoe creía que los «buscavidas» debían mantenerse jóvenes, pero llevarlo hasta tales extremos era... era... era ineficaz. Y ahí estaba el límite de Roscoe.

Cinco años más tarde, el pequeño de Roscoe había crecido lo suficiente para jugar a juegos infantiles con el pequeño Benjamin bajo la supervisión de la misma niñera. Roscoe los llevó a ambos a la guardería el mismo día, y Benjamin descubrió que jugar con pequeñas tiras de papel de colores, hacer alfombras y cadenas y curiosos y hermosos diseños, era el juego más fascinante del mundo. Una vez se portó mal y tuvo que quedarse en el rincón —entonces lloró—, pero por lo general pasaba horas alegres en la alegre habitación, con la luz del sol entrando por las ventanas y la amable mano de la señorita Bailey posándose de vez en cuando sobre su enredado cabello.

El hijo de Roscoe pasó a primero de primaria al cabo de un año, pero Benjamin continuó en la guardería. Era muy feliz. A veces, cuando los otros nenes hablaban sobre lo que harían cuando crecieran, una sombra atravesaba su carita como si, de un modo tenue e infantil, se diera cuenta de que eran cosas que él nunca compartiría.

Los días pasaban en monótono contento. Volvió un tercer año a la guardería, pero ahora era demasiado pequeño para comprender para qué eran las brillantes tiras de papel. Lloraba porque los otros niños eran más grandes que él y le daban miedo. La maestra le hablaba pero, aunque intentaba entender, no entendía nada.

Lo sacaron de la guardería. Su niñera, Nana, con su almidonado vestido a cuadros, se convirtió en el centro de su diminuto mundo. Los días soleados paseaban por el parque; Nana señalaba un gran monstruo gris y decía «elefante», y Benjamin lo repetía, y mientras lo preparaba para irse a la cama esa noche, él le repetía una y otra vez: «elifante, elifante, elifante». A veces Nana dejaba que saltara sobre la cama, lo cual era divertido, porque si te sentabas del modo adecuado, rebotabas y volvías a ponerte de pie, y si decías «Ah» durante mucho rato mientras saltabas, obtenías un agradable efecto vocal entrecortado.

Le encantaba coger un bastón del perchero y golpear las sillas y las mesas con él, diciendo: «Pelea, pelea, pelea». Cuando había gente allí, las ancianas le chistaban, lo cual le interesaba, y las jóvenes intentaban darle besos, a lo cual se sometía con leve aburrimiento. Y cuando el largo día llegaba a su fin a las cinco en punto, subía las escaleras con Nana y allí lo alimentaba con una cuchara con gachas de avena y ricas comidas blandas.

No había recuerdos problemáticos durante su sueño infantil; no le sobrevenía ninguna señal de sus valientes días en la universidad, de los brillantes años en los que encandilaba los corazones de muchas muchachas. Sólo estaban las blancas y seguras paredes de su cuna y Nana y un hombre que venía a verlo a veces, y una gran pelota naranja que Nana le señalaba justo antes de su hora de dormir a la caída del crepúsculo y a la que llamaba «sol». Cuando el sol se iba, sus ojos tenían mucho sueño... y no había sueños, ningún sueño que lo atormentara.

El pasado: la salvaje carga a la cabeza de sus hombres en la Loma de San Juan; los primeros años de su matrimonio, cuando trabajaba hasta tarde las noches de verano en la ajetreada ciudad para la joven Hildegarde a la que amaba; los días previos a eso, cuando se sentaba fumando hasta tarde en la sombría vieja casa de los Button en la calle Monroe con su abuelo... Todo eso se había desvanecido de su mente como sueños insustanciales, como si nunca hubieran existido. No recordaba.

No recordaba claramente si la leche estaba caliente o fría en su última toma o cómo pasaban los días; sólo estaban su cuna y la familiar presencia de Nana. Y entonces no recordaba nada. Cuando tenía hambre, lloraba... eso era todo. A lo largo de tardes y noches, él respiraba y sobre él había suaves murmullos que apenas podía oír, y débilmente diferenciados olores, y luz y oscuridad.

Luego todo estaba oscuro, y su blanca cuna y los tenues rostros que se movían sobre él, y el cálido y dulce aroma de la leche, se desvanecieron para siempre de su mente.

# Tarquino de Cheapside

## 1

Pasos que corrían: ligeros zapatos de suela blanda fabricados con el curioso tejido curtido traído desde Ceilán marcando el paso; gruesas botas pesadas, dos pares, azul oscuro y dorado, reflejando la luz de la luna con contundentes brillos y manchas, siguiéndolos a tiro de piedra.

Zapatos Ligeros atraviesa un claro de luz de luna, luego entra a toda velocidad en un ciego laberinto de callejones y se convierte en tan sólo una intermitente refriega delante, en algún lugar de la envolvente oscuridad. Ahí entran Botas Pesadas, con cortas espadas sacudiéndose y largas plumas torcidas, recuperando el aliento para maldecir a Dios y a los oscuros callejones de Londres.

Zapatos Ligeros entra de un salto por una puerta en penumbra y se escabulle a través de un seto. Botas Pesadas entran de un salto por la puerta y atraviesan el seto... y allí, sorprendentemente, se encuentran con la guardia: dos piqueros de mirada asesina y feroces muecas, adquiridos en Holanda durante la contienda española.

Pero no hay grito de ayuda. El perseguido no cae jadeando a los pies de la guardia, aferrado a una bolsa de dinero, ni los perseguidores montan un griterío. Zapatos Ligeros pasa corriendo con una ráfaga de aire veloz. La guardia maldice y vacila, miran al fugitivo y entonces extienden sus picas sombríamente a través de la calle y esperan a Botas Pesadas. La oscuridad, como una gran mano, interrumpe la constante luz de la luna.

La mano se retira de la luna, cuya pálida caricia encuentra de nuevo aleros y dinteles, y la guardia, herida y tirada sobre el polvo. Calle arriba, una de las Botas Pesadas deja un negro rastro de manchas hasta que consigue vendarse, torpemente mientras corre, con fino encaje arrancado de su cuello.

No era un asunto concerniente a la guardia: Satanás andaba prófugo esa noche y Satanás parecía ser el que aparecía débilmente delante, pie sobre la puerta, rodilla sobre la valla. Además, el adversario estaba viajando obviamente cerca de su hogar o, al menos, en esa sección de Londres consagrada a sus más groseros deseos, ya que la calle se estrechaba como una carretera en un cuadro y las casas se curvaban más y más lejos, enclaustrándose en emboscadas naturales adecuadas para el asesinato y su histriónica hermana, la muerte repentina.

Bajando por largos y sinuosos callejones serpenteaban el perseguido y sus hostigadores, siempre entrando y saliendo de la luz de la luna en un perpetuo movimiento de la reina sobre un tablero de damas formado por destellos y manchas. Delante, la presa, ya sin su jubón de cuero y medio ciego por las gotas de sudor, había empezado a examinar el terreno a ambos lados con desesperación. Como resultado, de repente se detuvo y, volviendo sobre sus pasos un poco, se introdujo rápidamente en un callejón tan oscuro que parecía que el sol y la luna habían formado un eclipse allí desde que el último glaciar se deslizara rugiendo sobre la tierra. A unos doscientos metros más abajo, se detuvo y se metió en un nicho en la pared, donde se acurrucó y jadeó en silencio, un grotesco dios sin volumen ni silueta en la oscuridad.

Botas Pesadas, dos pares, se acercaron, más y más, pasaron de largo, se detuvieron a unos cincuenta metros más allá, y hablaron con susurros profundos y exiguos.

—Escuché el ruido de sus pasos. Se detuvieron.

—A unos veinte pasos.

—Se ha escondido.

—Permanezcamos juntos y cortémosle el paso.

La voz se desvaneció con el bajo crujido de una bota, pero Zapatos Ligeros no esperó a oír más: atravesó el callejón con tres zancadas, allí dio un gran salto, revoloteó por unos instantes encima del muro como un enorme pájaro, y desapareció, tragado de un bocado por la hambrienta noche.

*Leía al beber vino, leía en la cama,*
*leía en voz alta si le quedaba aliento,*
*todos sus pensamientos estaban con los muertos,*
*y así leyó hasta morir.*

Cualquier visitante al antiguo cementerio Jacobo I cerca de Peat's Hill puede recitar este fragmento de mala poesía, sin duda uno de los peores poemas de un isabelino, escrito sobre la tumba de Wessel Caxter.

Su muerte, dice el anticuario, ocurrió cuando tenía treinta y siete años, pero como su historia tiene que ver con la noche de una cierta persecución en la oscuridad, lo encontramos vivo aún, todavía leyendo. Sus ojos eran algo débiles, su estómago algo obvio; era un hombre de mala figura e indolente. ¡Oh, cielos! Pero una era es una era, y durante el reinado de Isabel, por la gracia de Lutero, reina de Inglaterra, ningún hombre podía evitar adoptar el espíritu del entusiasmo. Todas las buhardillas de Cheapside publicaba su propio *Magnum Folium* (o revista) con el nuevo verso libre; los Actores de Cheapside producían todo lo que se les ponía por delante siempre y cuando «se alejaran de esas obras reaccionarias de milagros», y la biblia inglesa había sufrido siete «muy extensas» revisiones en el mismo número de meses.

De modo que Wessel Caxter (que en su juventud había sido marino) era ahora lector de todo lo que caía en sus manos: leía manuscritos en santa amistad; cenaba con poetas malísimos; merodeaba cerca de las tiendas donde se imprimían los *Magna Folia,* y escuchaba tolerante mientras los jóvenes dramaturgos discutían y reñían entre ellos, y a espaldas de los demás hacían amargas y maliciosas acusaciones de plagio o de cualquier otra cosa que se les ocurriera.

Esta noche, tenía un libro, una obra que, aunque versificada en exceso, contenía, o eso pensaba, una sátira política bastante excelente. *La reina hada*, de Edmund Spenser, se encontraba frente a él bajo la trémula luz de la vela. Había terminado con esfuerzo un canto; estaba comenzando otro:

L<small>A LEYENDA DE</small> B<small>RITOMARTIS O DE LA</small> C<small>ASTIDAD</small>

*Recae sobre mí escribir sobre la Castidad.*
*La virtud más hermosa, muy por encima del resto...*

Un repentino rumor de pies en las escaleras, el oxidado ruido al abrir la delgada puerta, y un hombre que se lanza dentro de la habitación, un hombre sin jubón, jadeando, sollozando, al borde del colapso.

—¡Wessel —las palabras se le atragantaban—, ocúltame en algún lado, por amor a la Virgen!

Caxter se levantó, cerró el libro con cuidado, y le echó el cerrojo a la puerta con cierta preocupación.

—Me persiguen —exclamó Zapatos Ligeros—. Juro que hay dos espadas cortas intentando convertirme en carne picada y a punto de conseguirlo. ¡Me vieron saltar el muro trasero!

—Harían falta —dijo Wessel, que lo miraba con curiosidad—, varios batallones armados con trabucos y dos o tres escuadras para mantenerte más o menos a salvo de las venganzas del mundo.

Zapatos Ligeros sonrió con satisfacción. Sus sollozantes jadeos estaban dando paso a una respiración rápida y precisa; su aire perseguido se había desvanecido hasta ser una ironía levemente perturbada.

—No siento gran sorpresa —continuó Wessel.

—Eran dos simios sombríos.

—Lo que hace un total de tres.

—Sólo dos a menos que me ocultes. Hombre, hombre, date prisa, estarán en las escaleras en un instante.

Wessel cogió un desmantelado bastón herrado de un rincón y, levantándolo hacia el alto techo, destrabó una basta trampilla que se abría a la buhardilla de arriba.

—No hay escalera.

Colocó un banco bajo la trampilla, sobre el que se subió Zapatos Ligeros, se agachó, vaciló, volvió a agacharse, y entonces dio un increíble salto hacia arriba. Se sujetó al borde de la abertura y se balanceó adelante y atrás, por un momento, modificando su agarre; finalmente basculó hacia arriba y desapareció en la oscuridad. Se produjo una carrera, una migración de ratas, cuando la trampilla se cerró... Silencio.

Wessel regresó a su mesa de lectura, abrió el libro por la Leyenda de Britomartis o de la Castidad... y esperó. Casi un minuto más tarde se produjo un tumulto en las escaleras y un intolerable aporreo de su puerta. Wessel suspiró y, cogiendo la vela, se levantó.

—¿Quién vive?

—¡Abran la puerta!

—¿Quién vive?

Un doloroso golpe asustó a la frágil madera, que se astilló en los bordes. Wessel la abrió apenas diez centímetros y levantó la vela. Interpretaba el papel de ciudadano timorato y súper respetable que se veía lastimosamente perturbado.

—La madrugada es para descansar. ¿Es mucho pedirle a los pendencieros que...?

—¡Cállese, charlatán! ¿Ha visto a un tipo sudoroso?

Las sombras de dos caballeros caían como inmensas siluetas ondulantes sobre las estrechas escaleras; Wessel los examinó con más atención a la luz de la vela. Pues caballeros eran, vestidos apresuradamente, pero con fastuosidad; uno de ellos herido de gravedad en la mano, ambos irradiando una suerte de aversión furiosa. Descartaron la preparada incomprensión de Wessel, lo empujaron al interior de la habitación y, con sus espadas, se emplearon en pinchar con cuidado todos los sospechosos lugares oscuros de la habitación, extendiendo su búsqueda hasta el dormitorio de Wessel.

—¿Está escondido aquí? —exigió con fiereza el hombre herido.

—¿Quién está aquí?

—Cualquier hombre que no sea usted.

—Sólo otros dos, que yo sepa.

Por un segundo, Wessel temió que había sido demasiado irónico, maldita sea, pues los caballeros hicieron ademán de atravesarlo con sus espadas.

—Oí a un hombre en las escaleras —dijo con rapidez—, hace cinco minutos, sí, así fue. Ciertamente no subió hasta aquí.

Continuó explicando que estaba absorto en la lectura de *La reina hada* pero, por el momento al menos, sus visitantes, como los grandes santos, estaban anestesiados frente a la cultura.

—¿Qué delito se ha cometido? —preguntó Wessel.

—¡Violencia! —dijo el hombre con la mano herida. Wessel notó que su mirada estaba enloquecida—. Mi propia hermana. ¡Oh, por los clavos de Cristo, entréguenos a ese hombre!

Wessel hizo un gesto de dolor.

—¿Quién es el hombre?

—¡Quién sabe! Ni siquiera sabemos eso. ¿Qué es esa trampilla de ahí arriba? —añadió de repente.

—Está clavada. No ha sido usada en años.

Pensó en el palo en el rincón y se le revolvieron las tripas, pero la pura desesperación de los dos hombres atenuaba su astucia.

—Haría falta una escalera para cualquiera que no sea un volatinero —dijo el hombre herido sin energía.

Su compañero soltó una carcajada histérica.

—Un volatinero. Oh, un volatinero. Oh...

Wessel se los quedó mirando con asombro.

—Eso apela a mi más trágico sentido del humor —exclamó el hombre—, que nadie... oh, nadie... pueda llegar ahí arriba a menos que sea un volatinero.

El caballero de la mano herida chasqueó sus dedos sanos con impaciencia.

—Debemos ir a la puerta de al lado... y luego continuar...

Con impotencia, se marcharon como dos que caminan bajo un cielo oscuro y tormentoso.

Wessel cerró y echó el cerrojo a la puerta, y permaneció un momento junto a ella, con el ceño fruncido por la lástima.

Un «¡Ja!» en tono quedo hizo que levantara la mirada. Zapatos Ligeros ya había levantado la trampilla y estaba mirando la habitación. Su élfico rostro formaba una mueca de medio desdén, media diversión sardónica.

—Se quitan la cabeza al quitarse el casco —comentó en un susurro—, pero en cuanto a ti y a mí, Wessel, somos dos hombres astutos.

—Maldito seas —exclamó Wessel con vehemencia—. Te tenía por un canalla, pero cuando oigo incluso la mitad de una historia como esta, sé que eres un chucho asqueroso y me entran ganas de aplastarte el cerebro a palos.

Zapatos Ligeros se lo quedó mirando. Parpadeó varias veces.

—Sea como sea —respondió al fin—, encuentro que la dignidad es imposible en esta situación.

Y así dejó caer su cuerpo por la trampilla, se quedó colgando por un segundo, y cayó los dos metros hasta el suelo.

—Había una rata que estaba considerando mi oreja con aires de *gourmet* —continuó, limpiándose el polvo de las manos en sus calzas—. Le dije en el peculiar idioma de las ratas que yo era un veneno mortal, así que se marchó.

—¡Oigamos las lascivias de esta noche! —insistió el enfadado Wessel.

Zapatos Ligeros se llevó el pulgar a la nariz y sacudió los dedos con sorna en dirección a Wessel.

—¡Golfo! —musitó Wessel.

—¿Tienes papel? —exigió Zapatos Ligeros sin relevancia, y luego añadió groseramente—: ¿Sabes escribir?

—¿Por qué iba a darte papel?

—Querías oír los entretenimientos de esta noche. Y los oirás cuando me des pluma, tinta, una resma de papel, y una habitación para mí.

Wessel vaciló.

—¡Vete! —dijo al fin.

—Como quieras. Pero te habrás perdido una historia de lo más intrigante.

Wessel titubeó —era moldeable como el caramelo, ese hombre— y se dio por vencido. Zapatos Ligeros entró en la habitación adyacente con los envidiados materiales de escritura y cerró la puerta con precisión. Wessel gruñó y regresó a *La reina hada;* y así volvió a hacerse el silencio en la casa.

## 3

Las tres en punto se convirtieron en las cuatro. La habitación palideció, la oscuridad del exterior traía consigo humedad y frío, y Wessel, sujetando la cabeza entre sus manos, se inclinaba mucho sobre su mesa, recorriendo el patrón de caballeros y hadas y los horrorosos peligros de muchas muchachas. Había oficiales dragones riendo por la estrecha calle de allí fuera; cuando el adormilado chico del armero comenzó su trabajo a las cinco y media, el pesado tintineo de las planchas y los eslabones de acero resonaba como el eco de una procesión a caballo.

La niebla se desvaneció con los primeros rayos del alba, y la habitación adoptó un tono amarillo grisáceo a las seis, cuando Wessel se acercó de puntillas al armario de su dormitorio y abrió la puerta. Su invitado giró hacia él un rostro pálido como el pergamino en el que dos turbados ojos ardían como grandes letras rojas. Había acercado una silla al reclinatorio de Wessel, que estaba usando como escritorio, y sobre él había un increíble montón de páginas de escritura apretada. Con un largo suspiro, Wessel se retiró y volvió a su sirena, llamándose tonto por no reclamar su cama al amanecer.

El ruido de botas en el exterior, el graznido de las viejas brujas de desván en desván, el tenue murmullo de la mañana, lo enervaban y, dormitando, se derrumbó en su silla, su cerebro, sobrecargado con sonidos y colores, los cuales se esforzaban por tapar las imágenes que lo llenaban. En este inquieto sueño suyo, él era uno de los miles de cuerpos gimientes aplastados cerca del sol, un indefenso puente para Apolo, el de los poderosos ojos. El sueño lo destrozó, arañando su mente como un cuchillo de bordes irregulares. Cuando una mano caliente tocó su hombro, se despertó con un casi grito para descubrir la espesa niebla de la habitación y a su invitado, un fantasma gris del mismo material que la niebla, junto a él con una pila de papeles en su mano.

—Debería ser un cuento muy intrigante, creo, aunque necesita una revisión. ¿Puedo pedirte que lo guardes bajo llave y que, por amor de Dios, me dejes dormir?

No esperó a recibir respuesta, sino que le entregó la pila de papeles a Wessel y se derramó literalmente, como algo que cayera de una botella invertida de súbito, sobre un sofá del rincón, dormido, con respiración regular, pero con el ceño fruncido de un modo curioso y algo extraño.

Wessel bostezó con sueño y, mirando la primera página, garrapateada e incierta, comenzó a leer en tono quedo:

LA VIOLACIÓN DE LUCRECIA

*De la sitiada Ardea, apresuradamente,*
*impulsado por alas de un infame deseo,*
*abandona Tarquino su ejército romano...*

# ¡Oh, bruja pelirroja!

## 1

Merlin Grainger estaba empleado en la librería Moonlight Quill, y puede que nunca la hayan visitado ustedes, pero se encuentra justo al volver la esquina del Ritz-Carlton, en la Calle Cuarenta y Siete. La Moonlight Quill es, o más bien era, una tiendecita muy romántica, considerada radical y ciertamente oscura. Su interior estaba sembrado de pósteres rojos y naranja de intenciones exóticas arrebatadoras, e iluminado tanto por las brillantes encuadernaciones reflectantes de las ediciones especiales como por la gran lámpara achaparrada de satén carmesí que, encendida durante todo el día, oscilaba en lo alto. Era verdaderamente una librería apacible. Las palabras «Moonlight Quill» estaban grabadas sobre la puerta con una suerte de bordado sinuoso. Los escaparates siempre parecían llenos de algo que había pasado la censura literaria y le había quedado muy poco; volúmenes con cubiertas de color naranja oscuro que ofrecían sus títulos en pequeños recuadros de papel blanco. Y sobre todo eso estaba el olor a almizcle que el inteligente e inescrutable señor Moonlight Quill ordenaba que se rociara, un olor que era mitad tienda de curiosidades en el Londres de Dickens y mitad cafetería en las cálidas orillas del Bósforo.

Desde las nueve hasta las cinco y media, Merlin Grainger preguntaba a aburridas señoras de negro y a jóvenes con oscuras ojeras bajo sus ojos si «podía interesarles en este autor» o si estaban interesados en primeras ediciones. ¿Compraban novelas con árabes en la portada o libros que incluían los más recientes sonetos de Shakespeare tal y como les eran dictados psíquicamente a la señorita Sutton de Dakota del Sur? De hecho, su propio gusto se acercaba a esto último, pero, como empleado de Moonlight Quill, asumía durante la jornada laboral la actitud de un experto desilusionado.

Después de haber gateado sobre el despliegue del escaparate para bajar la persiana delantera a las cinco y media cada tarde, y de despedirse del misterioso señor Moonlight Quill y de la dependienta, la señorita McCracken, y de la taquígrafa, la señorita Masters, se iba a casa al encuentro de la chica, Caroline. Él no cenaba con Caroline. Es increíble que Caroline hubiera considerado comer sobre su escritorio con los botones del cuello peligrosamente cerca del requesón, y las puntas de su corbata Merlin rozando su vaso de leche... Él nunca le había pedido que comiera con él. Cenaba solo. Entró en la charcutería Braegdort en la Sexta Avenida y compró una caja de galletas saladas, un tubo de pasta de anchoas, y algunas naranjas, o bien un tarro pequeño de salchichas y algo de ensalada de patata y un refresco, y con todo eso en una bolsa de papel marrón se dirigía a su habitación en la Calle Cincuenta y Algo Oeste con la Cincuenta y Ocho, cenaba, y miraba a Caroline.

Caroline era una persona muy joven y alegre que posiblemente tenía diecinueve años y que vivía con una mujer más mayor. Era como un fantasma en el sentido de que ella nunca existía hasta la noche. Resurgía a la vida cuando las luces se encendían en su apartamento a eso de las seis, y desaparecía, como muy tarde, alrededor de la medianoche. Su apartamento era muy bonito, en un precioso edificio con fachada de piedra blanca, enfrente del lado sur de Central Park. La parte de atrás de su apartamento daba a la única ventana de la única habitación ocupada por el soltero señor Grainger.

La llamaba Caroline porque había una imagen que se parecía a ella en la contraportada de un libro con ese título en la librería Moonlight Quill.

Ahora Merlin Grainger era un hombre delgado de veinticinco años, con pelo oscuro y sin bigote ni barba ni nada por el estilo, pero Caroline era deslumbrante y luminosa, con una brillante mata de ondas pelirrojas que ocupaban el lugar de su cabello, y la clase de rasgos que te recuerdan a los besos, el tipo de rasgos que pensarías que pertenecían a tu primer amor, pero sabes que, al encontrarte una fotografía antigua, no era así. Normalmente iba vestida de rosa o azul, pero recientemente se ponía a veces un esbelto vestido negro que, era evidente, se trataba de su orgullo especial, ya que cada vez que se lo ponía se quedaba de pie mirando un cierto lugar en la pared, que Merlin pensó con toda seguridad que sería un espejo. Ella se sentaba normalmente en la silla que estaba cerca de la ventana, pero a veces honraba la *chaise longue* junto a la lámpara, y a menudo se reclinaba hacia atrás y fumaba un cigarrillo con posturas de sus manos y brazos que Merlin consideraba muy elegantes.

En otra ocasión ella se había acercado a la ventana y se había quedado allí, majestuosa, y miraba porque la luna había perdido su brillo y estaba goteando el fulgor más extraño y transformador sobre la zona entre los dos, transformando el motivo de basureros y cuerdas de tender en un vívido impresionismo de cubas plateadas y gigantescas telarañas. Merlin estaba sentado a plena vista, comiendo requesón con azúcar y leche, y alargó la mano con tanta rapidez para tirar del cordón de la persiana que derramó el requesón de su regazo al darle con la mano libre... y la leche estaba fría y el azúcar dejó manchas en sus pantalones, y tuvo la seguridad de que ella lo había visto después de todo.

A veces había visitas, hombres con trajes de gala que saludaban con una inclinación de cabeza, sombrero en mano y abrigo colgado del brazo, mientras hablaban con Caroline; luego volvían a inclinarse y la seguían lejos de la luz, obviamente para ir al teatro o a bailar. Otros jóvenes venían y se sentaban y fumaban cigarrillos, y parecían intentar contarle algo a Caroline mientras ella estaba sentada en la silla de perfil y los observaba con ansiosa intensidad o bien se situaba en la *chaise longue* junto a la lámpara, con aspecto muy encantador y juvenil e inescrutable.

Merlin disfrutaba de esas visitas. Algunos de esos hombres recibían su aprobación. Otros sólo se ganaban su renuente tolerancia; a un par de ellos los odiaba, especialmente al visitante más frecuente, un hombre de pelo negro y negra perilla y alma como boca de lobo, que a Merlin le resultaba vagamente familiar, pero a quien no era totalmente capaz de reconocer.

Ahora bien, toda la vida de Merlin no «estaba atada a este romance que se había inventado»; no era «la hora más feliz de sus días». Nunca llegaba a tiempo de rescatar a Caroline de sus «apuros», ni tampoco se casaría con ella. Una cosa más extraña que todo eso sucedió, y es esa cosa extraña lo que registraremos aquí en breve. Comenzó una tarde de octubre cuando ella entró rápidamente en la librería Moonlight Quill.

Era una tarde oscura, que amenazaba lluvia y el fin del mundo, y adoptaba ese gris particularmente sombrío al que sólo las tardes neoyorquinas se entregan. Una brisa recorría las calles con su canto, agitando periódicos descartados y trozos de cosas, y pequeñas luces salían de todas las ventanas; era tan desolador que no cabía más que sentir lástima por las cimas de los rascacielos perdidos allí arriba en el cielo verde oscuro y gris, y sentir que ahora, de seguro, la farsa terminaría, y en breve todos los edificios se derrumbarían como un castillo de naipes para quedar amontonados en un polvoriento y sardónico montón sobre todos los millones que presumían de entrar y salir de ellos.

Al menos esa era la suerte de ensoñaciones que yacían pesadas sobre el alma de Merlin Grainger mientras estaba junto al escaparate, devolviendo una docena de libros a su estantería después de la ciclónica visita de una dama con adornos de armiño. Miró por el escaparate colmado con los pensamientos más inquietantes —de las primeras novelas de H.G. Wells, del libro del Génesis, de cómo Thomas Edison había dicho que en treinta años no habría viviendas en la isla, sino sólo un vasto y turbulento bazar— y entonces dejó el último libro en su lugar, se giró... y Caroline entró tranquilamente en la tienda.

Iba vestida con un traje de paseo garboso pero convencional; él lo recordó cuando pensó en ello más tarde. Su falda era a cuadros, plisada como un acordeón; su chaqueta era de un suave pero enérgico color tostado; sus zapatos y polainas eran marrones y su sombrero, pequeño y elegante, la completaban como si fuera la tapa de una caja de caramelos muy cara y llena a rebosar.

Merlin, sobresaltado y sin aliento, avanzó nervioso hacia ella.

—Buenas tardes —dijo, y entonces se interrumpió. ¿Por qué? No lo sabía, sólo que se le ocurrió que algo muy portentoso estaba a punto de ocurrir en su vida, y que no necesitaría nada más que el silencio y la adecuada cantidad de atención expectante. Y en ese minuto antes de que la cosa comenzara a ocurrir, tuvo la sensación de un segundo sin aliento que colgaba suspendido en el tiempo: vio a través de la mampara de cristal que separaba el pequeño despacho la malévola y cónica cabeza de su jefe, el señor Moonlight Quill, inclinada sobre su correspondencia. Vio a las señoritas McCracken y Masters como dos manchas de pelo derramadas sobre pilas de papeles. Vio la lámpara carmesí del techo, y notó con un toque de placer lo realmente agradable y romántica que hacía que pareciera la tienda.

Entonces el asunto sucedió, o más bien empezó a suceder. Caroline cogió un libro de poesía que estaba sobre un montón, lo hojeó ausente con su esbelta mano blanca y, de repente, con un cómodo gesto, lo lanzó hacia el techo, donde desapareció dentro de la lámpara y se encajó allí, visible a través de la iluminada seda como un rectángulo oscuro y abultado. Eso la complació; rompió a reír de un modo joven y contagioso, con lo que Merlin se descubrió uniéndose a ella al poco.

—¡Se ha quedado arriba! —exclamaba con alegría—. Se ha quedado arriba, ¿verdad?

A ambos les parecía el súmmum de la absurdidad más brillante. Sus risas se mezclaron, llenaron la librería, y Merlin se alegró de descubrir que su voz era profunda y llena de brujería.

—Pruebe con otro —sugirió casi sin darse cuenta—. Pruebe con uno rojo.

Al oír eso la risa de Caroline se redobló y tuvo que apoyar las manos en el montón de libros para no perder el equilibrio.

—Pruebe con otro —consiguió articular entre espasmos de regocijo—. ¡Oh, cielos, pruebe con otro!

—Pruebe con dos.

—Sí, pruebe con dos. Oh, me ahogaré si no dejo de reírme. Allá va.

Adecuando sus acciones a sus palabras, ella cogió un libro rojo y lo lanzó con una suave hipérbola hacia el techo, donde se hundió dentro de la lámpara al lado del primero. Pasaron unos minutos antes de que ninguno de ellos pudiera hacer otra cosa que no fuera mecerse hacia delante y hacia atrás con incontenible regocijo; pero entonces, de mutuo acuerdo, retomaron el entretenimiento, esta vez al unísono. Merlin cogió un clásico francés grande y con encuadernación especial y lo lanzó hacia arriba. Aplaudiendo su propia pericia, tomó un *best-seller* con una mano y un libro sobre percebes con la otra, y esperó conteniendo el aliento a que ella hiciera su lanzamiento. Entonces el asunto se volvió rápido y frenético: a veces se alternaban y, al observarla, él descubrió lo ágil que ella era con cada movimiento; otras veces uno de los dos lanzaba una y otra vez, cogiendo el libro más cercano, lanzándolo, tan sólo deteniéndose para seguirlo con la mirada antes de coger el siguiente. Al cabo de tres minutos habían despejado un pequeño lugar sobre la mesa, y la lámpara de satén carmesí estaba tan rebosante de libros que estaba a punto de romperse.

—El baloncesto es un juego tonto —exclamó ella con desdén cuando un libro abandonó su mano—. Las muchachas en el instituto juegan con unos bombachos horribles.

—Es un juego idiota —concordó él.

Ella se detuvo en el acto de lanzar un libro y, de súbito, lo devolvió a su lugar sobre la mesa.

—Creo que ya tenemos sitio para sentarnos —dijo ella con gravedad.

Y lo tenían. Habían despejado un amplio espacio para dos. Con una leve sensación de nerviosismo, Merlin miró hacia la mampara de cristal del señor Moonlight Quill, pero las tres cabezas seguían inclinadas con seriedad sobre su trabajo, y era evidente que no habían visto lo que había acontecido en la tienda. De modo que, cuando Caroline apoyó las manos sobre la mesa y se impulsó para sentarse, Merlin la imitó con calma. Se sentaron uno junto a la otra mirándose muy seriamente.

—Tenía que verte —comenzó a decir ella con una expresión bastante patética en sus ojos marrones.

—Lo sé.

—Fue esa última vez —continuó ella con un cierto temblor en su voz, aunque intentaba mantenerla firme—. Estaba asustada. No me gusta que comas sobre tu cómoda. Me da miedo que vayas a... que te tragues un botón del cuello.

—Lo hice una vez... casi —confesó él de mala gana—, pero no es tan fácil, ¿sabes? Quiero decir que te puedes tragar la parte plana con facilidad, o la otra parte... pero claro, por separado, ya que para tragarte un botón del cuello completo tendrías que fabricarte una garganta a medida.

Se asombró a sí mismo con la gallarda propiedad de sus comentarios. Por primera vez en su vida, las palabras parecían correr hacia él chillando para que las usara, juntándose en cuidadosamente dispuestos pelotones y secciones, y presentándose ante él como puntillosos ayudantes de los párrafos.

—Eso es lo que me dio miedo —dijo ella—. Sabía que se necesitaba una garganta hecha especialmente a medida, y sabía, o al menos me sentía segura, de que tú no tenías una de esas.

Él asintió con franqueza.

—No la tengo. Cuesta dinero tener una... desgraciadamente, más dinero del que poseo.

No sintió vergüenza al decirlo —más bien sintió deleite al hacer tal admisión— pues sabía que nada que pudiera decir o hacer se escaparía a su comprensión, y mucho menos su pobreza y la imposibilidad práctica de escapar alguna vez de sus garras.

Caroline miró su reloj de pulsera y, con un pequeño grito, se bajó de la mesa y se puso de pie.

—Son más de las cinco —exclamó—. No me di cuenta. Tengo que estar en el Ritz a las cinco y media. Démonos prisa y hagamos esto. He hecho una apuesta.

Se pusieron a ello al unísono. Caroline comenzó la tarea cogiendo un libro sobre insectos y lanzándolo hasta que finalmente se estrelló contra la mampara de cristal que confinaba al señor Moonlight Quill. El propietario levantó la mirada con expresión furiosa, limpió varios trozos de cristal de su escritorio, y continuó con sus cartas. La señorita McCracken no dio señales de haber oído nada; sólo la señorita Masters se sobresaltó y soltó un grito asustado antes de volver a inclinarse sobre su tarea.

Pero nada de eso importaba para Merlin y Caroline. En una perfecta orgía de energía, lanzaban libro tras libro en todas direcciones hasta que a veces tres o cuatro estaban en el aire a la vez, golpeando las estanterías, rompiendo el cristal de los cuadros de las paredes, cayendo en dañados y rasgados montones al suelo. Fue una suerte que ningún cliente entrara, ya que de seguro no habrían vuelto jamás; el ruido era demasiado estruendoso, un ruido de golpes y roturas y rasgados, mezclados aquí y allí con el tintineo del cristal, la rápida respiración de los dos lanzadores, y los intermitentes estallidos de risa a los que ambos se rendían periódicamente.

A las cinco y media, Caroline lanzó un último libro contra la lámpara y le dio el empuje final a la carga que contenía. La debilitada seda se rasgó y dejó caer su carga con una amplia salpicadura de blanco y de colores sobre el ya abarrotado suelo. Entonces, con un suspiro de alivio, se giró hacia Merlin y le estrechó la mano.

—Adiós —dijo simplemente.

—¿Te vas?

Sabía que se iba. Su pregunta era tan sólo una distracción mientras la detenía y extraía durante otro instante esa cegadora esencia de luz que se desprendía de su presencia, para continuar con su enorme satisfacción por sus rasgos, que eran como besos y, pensaba, como los rasgos de una muchacha a la que había conocido allá por 1910. Durante unos segundos apretó la suavidad de su mano; entonces ella sonrió y la retiró y, antes de que él pudiera lanzarse a abrirle la puerta, ella ya lo había hecho y había salido al turbio y ominoso crepúsculo que apenas se cernía sobre la Calle Cuarenta y Siete.

Me gustaría contaros cómo Merlin, habiendo visto cómo considera la belleza la sabiduría de los años, se encaminó hacia la pequeña mampara del señor Moonlight Quill y renunció a su trabajo en ese preciso instante, para entonces salir a la calle habiéndose convertido en un hombre mucho más elegante, más noble, y considerablemente más irónico. Pero la verdad es mucho más ordinaria. Merlin Grainger se levantó y examinó el destrozo de la librería, los volúmenes arruinados, los restos de seda rasgada de la que fue una hermosa lámpara carmesí, las cristalinas salpicaduras de cristales rotos que yacían como polvo iridiscente sobre todo el interior... y entonces fue al rincón donde guardaban la escoba y comenzó a limpiar y a recoger y, tanto como fue capaz, a restaurar la tienda a su condición inicial. Descubrió que, aunque muy pocos libros estaban intactos, la mayoría había sufrido desperfectos de diversa consideración. Algunos no tenían portada, otros tenían las páginas rasgadas, otros sólo estaban ligeramente arañados, lo cual, como toda persona poco cuidadosa que intenta devolver un libro sabe, hace que el libro sea invendible y, por lo tanto, de segunda mano.

No obstante, para cuando dieron las seis, había reparado los daños en gran medida. Había devuelto los libros a sus lugares originales, había barrido el suelo, y había instalado bombillas nuevas en los enchufes de arriba. La lámpara roja estaba arruinada más allá de cualquier reparación, y Merlin pensó con inquietud que el dinero para reemplazarla podría tener que salir de su salario. A las seis, por lo tanto, habiendo hecho todo lo que le fue posible, gateó sobre el contenido del escaparate para bajar la persiana. Mientras retrocedía con delicadeza, vio al señor Moonlight Quill levantarse de su mesa, ponerse el abrigo y el sombrero, y salir a la tienda. Saludó misteriosamente con la cabeza a Merlin y se dirigió hacia la puerta. Con la mano sobre el picaporte, se detuvo, se giró, y con voz curiosamente compuesta de ferocidad e incertidumbre, dijo:

—Si esa chica vuelve por aquí, dile que se comporte.

Y entonces abrió la puerta, ahogando el sumiso «sí, señor» de Merlin con el rechinar de sus bisagras, y salió.

Merlin se quedó allí por un momento, decidiendo sabiamente no preocuparse por lo que, en el momento presente, sólo era un posible porvenir, y entonces se dirigió hacia la parte trasera de la tienda para invitar a la señorita Masters a cenar con él en el restaurante francés Pulpat, donde uno aún podía pedir vino tinto para cenar, a pesar del gran gobierno federal. La señorita Masters aceptó.

—El vino hace que me sienta alborotada —dijo ella.

Merlin se rio por dentro mientras la comparaba con Caroline, o más bien al no compararla. No había ni punto de comparación.

## 2

El señor Moonlight Quill, misterioso, exótico y oriental era, no obstante, en cuanto a su temperamento, un hombre resolutivo. Y fue con decisión que enfocó el problema de su destrozada tienda. A menos que pudiera hacer un desembolso igual al coste original de todo su inventario —un paso que, por ciertas razones privadas, no deseaba dar—, le resultaría imposible continuar con la actividad de la librería Moonlight Quill como antes. Sólo había una cosa que podía hacer. De inmediato transformó su establecimiento de librería con las últimas novedades a librería de segunda mano. Los libros dañados recibieron un descuento del veinticinco al cincuenta por ciento, el nombre sobre la puerta, cuyo bordado sinuoso había brillado con un fulgor tan insolente, fue atenuándose y adoptó el indescriptible tenue color de la pintura vieja, y, con su fuerte inclinación hacia lo ceremonioso, el propietario incluso llegó hasta el extremo de comprar dos solideos de chapucero fieltro rojo, uno para él y otro para su dependiente, Merlin Grainger. Además, dejó que su perilla creciera hasta parecerse a las plumas de la cola de un gorrión ancestral y sustituyó su antaño elegante traje de negocios por un traje de brillante alpaca que inspiraba reverencia.

De hecho, al cabo de un año después de la catastrófica visita de Caroline a la librería, lo único que conservaba algún parecido con la modernidad era la señorita Masters. La señorita McCracken había seguido los pasos del señor Moonlight Quill y se había convertido en una persona intolerablemente desaliñada.

También Merlin, por un sentimiento compuesto de lealtad y languidez, había dejado que su exterior se pareciera a un jardín desierto. Aceptó el solideo de fieltro rojo como un símbolo de su declive. Siempre se le había conocido como un joven «emprendedor», desde el día de su graduación del departamento de manualidades de un instituto de Nueva York, como un joven que habitualmente cepillaba su ropa, su pelo, sus dientes, e incluso sus cejas, y había aprendido el valor de colocar todos sus calcetines limpios punta con punta y talón con talón en un determinado cajón de su escritorio, y que sería conocido como el cajón de los calcetines.

Esas cosas, sentía, le habían hecho ganarse su lugar en el gran esplendor de la librería Moonlight Quill. Se debía a esas cosas que ya no estuviera fabricando «baúles útiles para guardar cosas», como le enseñaron con apasionante sentido práctico en el instituto, para venderlos a cualquiera que tuviera un uso para tales baúles... posiblemente enterradores. No obstante, cuando la progresiva Moonlight Quill se convirtió en la regresiva Moonlight Quill, él prefirió hundirse con ella, y así se acostumbró a dejar que sus trajes recogieran sin tocar las pelusas del aire y a lanzar sus calcetines sin discriminación alguna en el cajón de las camisas, en el cajón de la ropa interior, o incluso en ningún cajón. No era infrecuente en su nueva desatención dejar que mucha de su ropa limpia volviera directamente a la lavandería sin habérsela puesto, una excentricidad común de los solteros empobrecidos. Y esto a la vista de sus revistas favoritas, que en aquella época estaban bastante repletas de artículos de autores de éxito contra la espantosa desfachatez de los pobres condenados, como la compra de camisas de buen uso y apetitosos cortes de carne, y el hecho de que preferían las buenas inversiones en joyas personales a las respetables en cajas de ahorro al cuatro por ciento.

Era, de hecho, una extraña situación, y una situación muy deplorable para muchos hombres valiosos y temerosos de Dios. Por primera vez en la historia de la república, casi cualquier negro de Georgia podía cambiar un billete de un dólar. Pero como en esa época el centavo se acercaba rápidamente al poder adquisitivo del ubu chino y era sólo una cosa que recibías ocasionalmente tras pagar por un refresco, y que tan sólo podía usarse al recibir su peso correcto, quizás este fenómeno no fuera tan extraño como pudiera parecer al principio. Sin embargo, era una situación demasiado curiosa para que Merlin Grainger diera el paso que dio: el arriesgado y casi involuntario paso de pedirle matrimonio a la señorita Masters. Aún más extraño fue que ella aceptara.

Fue en Pulpat, un sábado por la noche, con una botella de $1.75 de agua diluida con *vin ordinaire* cuando la proposición sucedió.

—El vino hace que me sienta agitada. ¿A ti también te pasa? —parloteaba alegremente la señorita Masters.

—Sí —contestó Merlin con aire distraído.

Y entonces, tras una larga y significativa pausa, dijo:

—Señorita Masters... Olive... Si me escucharas, me gustaría decirte algo.

La agitación de la señorita Masters (que sabía lo que se avecinaba) aumentó hasta parecer estar en peligro de electrocutarse en breve con sus propias reacciones nerviosas. Pero su «sí, Merlin» brotó sin dar muestras de aleteo o perturbación interior. Merlin tragó un resto de aire que encontró en su boca.

—No tengo fortuna —dijo a la manera de quien hace un anuncio—. No tengo fortuna alguna.

Sus ojos se encontraron, se clavaron en los del otro, se volvieron anhelantes y soñadores y hermosos.

—Olive —le dijo—, te quiero.

—Yo también te quiero, Merlin —contestó llanamente—. ¿Pedimos otra botella de vino?

—Sí —exclamó él. Su corazón latía a gran velocidad—. ¿Quieres decir que...?

—Para beber por nuestro compromiso —interrumpió con valentía—. ¡Qué sea uno corto!

—¡No! —casi gritó al golpear la mesa con el puño, casi rabioso—. ¡Qué dure para siempre!

—¿Qué?

—Quiero decir... oh, ya veo lo que querías decir. Tienes razón. Que sea uno corto, —se rio y añadió—: Error mío.

Después de que el vino llegara, discutieron el asunto a conciencia.

—Tendremos que ocupar un apartamento pequeño al principio —dijo él—, y creo... sí, cielo santo, sé que hay uno pequeño en la casa en la que vivo, con un gran dormitorio y una especie de vestidor con cocina pequeña y derecho a usar el cuarto de baño que está en la misma planta.

Ella aplaudió de felicidad y él pensó en lo guapa que era en realidad, bueno, la parte superior de su rostro... desde el puente de su nariz hacia abajo eso no era tan cierto. Ella continuó hablando con entusiasmo.

—Y tan pronto como podamos permitírnoslo, nos mudaremos a un apartamento muy bonito, con ascensor y telefonista.

—Y después, a una casa en el campo... y un coche.

—No consigo imaginarme nada más divertido. ¿Y tú?

Merlin se quedó en silencio por unos instantes. Estaba pensando que tendría que renunciar a su habitación, la de la cuarta planta en la parte trasera. Pero le importaba muy poco ahora. Durante el último año y medio —de hecho, desde la misma fecha de la visita de Caroline a la Moonlight Quill— no había vuelto a verla. Durante una semana tras esa visita, sus luces no se encendieron; la oscuridad cubría la zona entre ambos edificios, parecía tantear a ciegas en su expectante ventana sin cortinas. Entonces las luces habían aparecido al fin y, en vez de Caroline y sus visitas, mostraron a una aburrida familia: un hombrecillo con bigote hirsuto y una mujer de abundante pecho que se pasaba las tardes golpeando sus caderas y reorganizando adornos. Tras dos días observándolos, Merlin bajó su persiana sin piedad.

No, Merlin no podía pensar en nada más divertido que prosperar en el mundo con Olive. Habría una casita en las afueras, una casita pintada de azul, sólo una categoría por debajo del tipo de casas que tienen estuco blanco y un tejado verde. En la hierba alrededor de la casita habría oxidadas palas de jardinería y un banco verde roto y un cochecito de bebés con capazo de mimbre que se inclinaría hacia la izquierda. Y alrededor de la hierba y del cochecito de bebés y de la casa misma, alrededor de todo su mundo, estarían los brazos de Olive, un poco más rechonchos, los brazos de su período neo-Oliviano en el que, al caminar, sus mejillas rebotarían arriba y abajo muy levemente por abusar de los masajes faciales. Podía oír su voz ahora, a dos cucharadas de distancia.

—Sabía que me ibas a pedir eso esta noche, Merlin. Podía ver...

Ella podía ver. Ah... De repente se preguntó cuánto podía ver. ¿Podía ver que la chica que había entrado con un grupo de tres hombres y se había sentado en la mesa de al lado era Caroline? ¿Eh? ¿Podía ver eso? ¿Podía ver que los hombres traían con ellos un licor mucho más potente que la tinta roja del Pulpat condensada tres veces?

Merlin miraba sin aliento, medio escuchando a través de un éter auditivo el bajo y suave monólogo de Olive, como una persistente abeja que succionara dulzura de su memorable hora. Merlin estaba escuchando el tintineo del hielo y la refinada risa de los cuatro ante alguna broma... y esa risa de Caroline que él conocía tan bien le conmovió, le elevó, ordenaba imperiosamente que su corazón se acercara a su mesa, lo cual hizo obedientemente. Podía verla con bastante claridad, y se le antojó que ella había cambiado en el último año y medio, aunque de un modo sutil. ¿Era la luz o sus mejillas estaban un poco más delgadas y sus ojos menos brillantes que antaño, pero más líquidos? Aun así, las sombras seguían siendo púrpura sobre su cabello pelirrojo; su boca presagiaba besos, como lo hacía el perfil que a veces aparecía entre sus ojos y una fila de libros, cuando caía el crepúsculo en la librería que ya no presidía una lámpara carmesí.

Y ella había estado bebiendo. El triple rubor en sus mejillas estaba compuesto de juventud y vino y elegante maquillaje... que él pudiera ver. Estaba divirtiendo mucho al joven sentado a su izquierda y al corpulento que se encontraba a su derecha, e incluso al anciano que tenía enfrente, pues este soltaba de vez en cuando las carcajadas de asombro y leve reproche de otra generación. Merlín captó la letra de una canción que ella entonaba de tanto en tanto...

> *Solo chasquea los dedos ante las preocupaciones,*
> *no te preocupes hasta que los problemas lleguen...*

La corpulenta persona llenó su vaso con ámbar helado. Un camarero, tras varios viajes a la mesa y muchas miradas desamparadas a Caroline, quien mantenía un alegre y fútil cuestionario en cuanto a la suculencia de este plato o aquel, consiguió obtener algo semejante a un pedido y se alejó con prisas...

Olive le estaba hablando a Merlin...

—Entonces, ¿cuándo? —le preguntó, su voz débilmente teñido de decepción. Él se dio cuenta de que no había respondido a ninguna de las preguntas que le había hecho.

—Oh, en algún momento.

—¿Es que... no te importa?

Una angustia bastante patética en su pregunta hizo que él la mirara de nuevo.

—Tan pronto como sea posible, querida —le contestó con sorprendente ternura—. Dentro de dos meses... en junio.

—¿Tan pronto?

Su encantadora emoción la dejó sin aliento.

—Oh, sí, creo que es mejor que elijamos junio. No sirve de nada esperar.

Olive comenzó a fingir que dos meses era en realidad muy poco tiempo para que ella hiciera los preparativos. ¡Qué chico más malo! ¡Y qué impaciente! Bueno, ella le enseñaría que no debía ir demasiado rápido con *ella*. De hecho, había sido tan repentino que ella no sabía exactamente si debería casarse con él en absoluto.

—Junio —repitió él con tono severo.

Olive suspiró y sonrió y bebió su café con el dedo meñique levantado sobre los demás al estilo más refinado. A Merlin se le ocurrió la peregrina idea de que le gustaría comprar cinco anillas y lanzarlas a ver si le tocaba un premio.

—¡Cielo santo! —exclamó en voz alta. Pronto le pondría anillos en uno de sus dedos.

Sus ojos pasaron bruscamente a la derecha. El cuarteto había empezado a alborotar tanto que el camarero jefe se había acercado a hablar con ellos. Caroline estaba discutiendo con este camarero jefe con voz alzada, una voz tan clara y juvenil que parecía como si todo el restaurante pudiera escucharla... todo el restaurante menos Olive Masters, ensimismada en su nuevo secreto.

—¿Qué tal? —estaba diciendo Caroline—. Es probable que sea el más guapo camarero jefe en cautividad. ¿Demasiado ruido? Qué desafortunado. Habrá que hacer algo al respecto. Gerald —se dirigió al hombre a su derecha—, el camarero jefe dice que hay demasiado ruido. Nos pide que paremos. ¿Qué le digo?

—¡Ssh! —protestó Gerald entre risas—. ¡Ssh! —y Merlin le oyó añadir en tono quedo—: Toda la burguesía se alzará. Aquí es donde los jefes de sección aprenden francés.

Caroline se sentó más erguida en repentina alerta.

—¿Dónde está el jefe de sección? —exclamó—. Muéstreme un jefe de sección.

Eso pareció divertir al grupo, pues todos ellos, Caroline incluida, estallaron en nuevas carcajadas. El camarero jefe, tras una última reprimenda concienzuda, aunque desalentada, adoptó una actitud de galo con sus hombros y se retiró hacia el fondo.

Pulpat, como todo el mundo sabe, ofrece la invariable respetabilidad del menú del día. No es un lugar alegre en el sentido convencional. Uno llega, bebe el vino tinto, habla tal vez un poco más y un poco más alto de lo normal bajo los bajos techos llenos de humo, y luego se va a casa. Cierra a las nueve y media, a cal y canto; se le paga al policía y se le da una botella extra de vino para su mujer, la chica del guardarropa le entrega sus propinas al cobrador, y entonces la oscuridad cubre las mesitas redondas hasta dejarlas fuera de la vista y de la vida. Pero había excitación preparada para Pulpat esa noche, y no era excitación de las pequeñas. Una chica con pelo pelirrojo con sombras púrpura se subió encima de su mesa y comenzó a bailar acto seguido.

—*Sacré nom de Dieu!* ¡Bájese de ahí! —gritó el camarero jefe—. ¡Paren la música!

Pero los músicos ya estaban tocando tan fuerte que podían fingir no haber oído su orden; habiendo sido jóvenes una vez, tocaron más fuerte y más alegremente que nunca, y Caroline bailaba con elegancia y vivacidad, su vaporoso vestido rosa caracoleando a su alrededor, sus ágiles brazos interpretando elegantes y débiles gestos entre el ahumado ambiente.

Un grupo de franceses en una mesa cercana prorrumpieron en gritos de aplauso, a los que se unieron otros grupos; en un momento la sala se llenó de aplausos y gritos; la mitad de los comensales estaba de pie, amontonados, y en la periferia el propietario, a quien habían llamado a toda prisa, estaba mostrando pruebas vocales evidentes de su deseo de ponerle fin a tal asunto con la mayor rapidez posible.

—¡... Merlin! —gritó Olive, despierta, excitada al fin—. ¡Es una muchacha tan infame! Salgamos de aquí... ¡Ahora!

El fascinado Merlin protestó débilmente diciendo que no habían pagado la cuenta.

—No pasa nada. Deja cinco dólares sobre la mesa. Odio a esa chica. No puedo *soportar* mirarla.

Ella estaba de pie ahora, tirando del brazo de Merlin.

Con impotencia, sin energía, y luego con lo que resultó ser completo rechazo, Merlin se puso en pie, siguió a Olive sin hablar mientras ella se abría paso entre el delirante clamor, que ahora se acercaba a su momento cumbre y amenazaba con dar paso a un salvaje y memorable motín. Sumiso, cogió su abrigo y subió a trompicones la media docena de peldaños hacia el húmedo aire de abril del exterior, sus oídos seguían zumbando con el sonido de pies ligeros sobre la mesa y de las risas que recorrían todo el mundo del café. En silencio, caminaron hacia la Quinta Avenida y la parada del autobús.

No fue hasta el día siguiente que ella le habló sobre la boda, de cómo había adelantado la fecha: era mucho mejor que se casaran el primero de mayo.


# 3

Y vaya si se casaron, de un modo algo aburrido, bajo el candelabro del piso en el que Olive vivía con su madre. Tras el matrimonio llegó la euforia y luego, gradualmente, aumentó el desencanto. La responsabilidad descendió sobre Merlin, la responsabilidad de hacer que sus treinta dólares semanales y los veinte dólares de su mujer fueran suficientes para mantenerlos respetablemente gordos y para ocultar con ropa decente las pruebas de que lo estaban.

Tras varias semanas de desastrosos y casi humillantes experimentos con restaurantes, se decidió que se unirían al gran ejército de los que se alimentan de la charcutería, de modo que volvió a adoptar su antiguo estilo de vida, y así se detenía cada noche en la charcutería Braegdort y compraba patatas en ensalada, jamón en lonchas, y a veces incluso tomates rellenos cuando sentía la llamada de la extravagancia.

Entonces caminaba fatigosamente hacia el hogar, entraba en el oscuro vestíbulo, y subía tres tramos de tambaleantes escaleras cubiertas con una antigua moqueta de diseño ya extinto. El pasillo tenía un olor ancestral: a las verduras de 1880, al abrillantador de muebles que estaba de moda cuando «Adán y Eva» Bryan compitió contra William McKinley, a cortinas con una pesada capa de polvo, a zapatos desgastados, y a pelusas de vestidos que ya hace mucho fueron convertidos en colchas de *patchwork*. Este olor lo perseguiría escaleras arriba, revivificado y recrudecido en cada descansillo por el aura de cocina contemporánea, y luego, cuando comenzaba a subir el siguiente tramo, disminuía hasta ser el hedor de la rutina muerta de generaciones difuntas. Finalmente llegaría a la puerta de su habitación, que se abriría con indecente voluntad y se cerraría casi con un resuello al oír su «¡Hola, cariño! Tengo una sorpresa para ti esta noche».

Olive, que siempre se iba a casa en el autobús para «tomar unas bocanadas de aire», estaría haciendo la cama y colgando cosas. A su llamada se le acercaría y le daría un rápido beso con ojos desorbitados, mientras él la sujetaba tieso como un palo, sus manos sobre sus dos brazos, como si ella fuera algo sin equilibrio y, una vez él soltara su agarre, fuera a caerse de espaldas al suelo. Este es el beso que llega con el segundo año de matrimonio, y sigue al beso del recién casado (que es bastante teatral en el mejor de los casos, dicen aquellos que saben de tales cosas, y probablemente copiado de las películas apasionadas).

Luego llegaba la cena, y después se iban a dar un paseo, dos manzanas más arriba y atravesando Central Park, o a veces a ver una película, lo cual les enseñaba pacientemente que ellos eran el tipo de personas para quienes la vida era ordenada, y que algo muy grande y valiente y hermoso les sucedería pronto si eran dóciles y obedientes ante sus legítimos superiores y se mantenían alejados del placer.

Así fueron sus días durante tres años. Luego llegó el cambio a sus vidas: Olive tuvo un bebé y, como resultado, Merlin tuvo un nuevo influjo de recursos materiales. A la tercera semana del confinamiento de Olive, tras una hora de nerviosos ensayos, entró en el despacho del señor Moonlight Quill y exigió un enorme aumento de salario.

—Llevo aquí diez años —dijo—, desde que tenía diecinueve años. Siempre he intentado hacer todo lo posible por el bien del negocio.

El señor Moonlight Quill dijo que se lo pensaría. A la mañana siguiente anunció, para gran placer de Merlin, que iba a hacer efectivo un proyecto que llevaba meditando desde hacía mucho tiempo: iba a retirarse del trabajo activo en la librería, limitándose a visitas periódicas, y dejaría a Merlin como encargado con un salario de cincuenta dólares a la semana y una décima parte de interés en el negocio. Cuando el anciano terminó de hablar, las mejillas de Merlin estaban arreboladas y sus ojos llenos de lágrimas. Cogió la mano de su jefe y se la estrechó violentamente, repitiendo sin parar:

—Es muy amable por su parte, señor. Es muy bondadoso. Es muy, muy bondadoso.

Y así, tras diez años de fiel trabajo en la tienda, había salido victorioso al fin. En retrospectiva, vio su propio progreso hacia esta colina de júbilo, no tanto como una década a veces sórdida y a veces gris, una década de fallido entusiasmo y fallidos sueños, años en los que la luz de la luna se había vuelto más sosa en el área entre los edificios y la juventud se había marchado del rostro de Olive, sino como una gloriosa y triunfante escalada sobre obstáculos que había superado decididamente con inconquistable fuerza de voluntad. El optimista autoengaño que lo había mantenido lejos de la tristeza ahora se veía con los ropajes dorados de la firme resolución. Media docena de veces había emprendido pasos para abandonar la Moonlight Quill y echar a volar, pero con pura pusilanimidad se había quedado. Aunque parezca extraño, ahora pensaba que esos fueron momentos en los que había ejercido una tremenda persistencia y se había «decidido» a luchar para quedarse donde estaba.

En cualquier caso, no le neguemos a Merlin su nueva y magnífica visión de sí mismo. Había llegado. A sus treinta años, había alcanzado un puesto de importancia. Salió de la tienda esa noche bastante radiante, invirtió cada penique que llevaba en el bolsillo en el más tremendo festín que la charcutería Braegdort ofrecía, y se tambaleó de vuelta a casa con las grandes noticias y cuatro gigantescas bolsas de papel. El hecho de que Olive se sentía demasiado enferma para comer, que él mismo había provocado que se sintiera indiscutiblemente indispuesto tras pelearse con cuatro tomates rellenos, y que la mayor parte de la comida se pondría mala rápidamente en una nevera sin hielo no consiguió estropearle la ocasión. Por primera vez desde la semana de su matrimonio, Merlin Grainger vivía bajo un cielo de tranquilidad sin nubes.

El pequeño fue bautizado como Arthur, y la vida se volvió digna, significativa y, finalmente, centrada. Merlin y Olive se resignaron a ocupar algo así como un lugar secundario en su propio cosmos, pero lo que perdieron en personalidad lo ganaron en una suerte de orgullo primordial. La casa de campo no llegó, pero un mes en una pensión de Asbury Park cada verano suplía esa carencia. Y durante las dos semanas de vacaciones de Merlin, esta excursión adoptó el aire de un paseo muy feliz, especialmente cuando, con el bebé dormido en una amplia sala que técnicamente se abría al mar, Merlin paseaba con Olive a lo largo del atestado paseo marítimo, chupando su puro e intentando tener aspecto de ganar veinte mil al año.

Con cierta alarma ante la ralentización de los días y la aceleración de los años, Merlin cumplió treinta y uno, treinta y dos... y entonces, casi con prisa, llegó a esa edad en la que, a pesar de todos sus esfuerzos, sólo puede reunir un simple puñado del precioso material que compone la juventud: cumplió treinta y cinco años. Y un día, en la Quinta Avenida, vio a Caroline.

Era domingo, una radiante y florida mañana de Pascua, y la avenida era un desfile de lirios y chaqués y alegres sombreros con los colores de abril. Las doce en punto. Las grandes iglesias estaban dejando salir a su gente: San Simón, Santa Hilda, la Iglesia de las Epístolas... Todas abrían sus puertas como anchas bocas hasta que la gente que se derramaba al exterior adoptaba la apariencia de una risa feliz cuando se reunían y paseaban y charlaban, o cuando sacudían blancos ramos para llamar a los chóferes que esperaban.

Delante de la Iglesia de las Epístolas estaban sus doce miembros de la junta parroquial, llevando a cabo la costumbre de larga tradición de entregar huevos de Pascua rellenos de maquillaje a las devotas debutantes de ese año. A su alrededor bailaban complacidos los dos mil milagrosamente criados hijos de los muy ricos, correctamente adorables y de pelo rizado, brillando como relucientes joyitas en los dedos de sus madres. ¿Habla el sentimentalista de los niños de los pobres? Ah, los hijos de los ricos, lavados, oliendo a dulce, con la complexión del campo y, por encima de todo, con suaves voces de interior.

El pequeño Arthur tenía cinco años, hijo de clase media. Mediocre, inadvertido, con una nariz que arruinaba para siempre lo que los griegos deseaban que sus facciones hubieran tenido, se agarraba con fuerza a la mano cálida y pegajosa de su madre y, con Merlin a su otro lado, se movía entre la multitud que se iba a casa. En la Calle Cincuenta y Tres, donde había dos iglesias, la congestión se volvió más sofocante, más abundante. Su progreso se vio necesariamente retardado hasta tal punto que incluso el pequeño Arthur no tuvo la menor dificultad para seguir el ritmo. Y luego sucedió que Merlin se percató de que un landó descapotable del carmesí más profundo, con hermosos adornos de níquel, se había deslizado despacio hasta el bordillo y se había detenido. En él se sentaba Caroline.

Iba vestida de negro, con un vestido entallado con adornos lavanda, floreado en la cintura con un ramillete de orquídeas. Merlin se sobresaltó y luego la miró temeroso. Por primera vez en los ocho años desde su matrimonio, se había encontrado de nuevo con la chica. Pero ya no era una chica. Su figura era esbelta como siempre... o quizás no tanto, ya que una cierta fanfarronería infantil, una especie de insolente adolescencia, había seguido el camino del primer florecimiento de sus mejillas. Pero era hermosa; había dignidad ahora y las encantadoras líneas de unos fortuitos veintinueve años. Se sentaba en el coche con tal perfecta propiedad y compostura que mirarla lo dejaba sin aliento.

De repente ella sonrió —la sonrisa de antaño, tan brillante como la misma Pascua y sus flores, más delicada que nunca— pero, de algún modo, sin el fulgor y la infinita promesa de esa primera sonrisa en la librería hacía ya nueve años. Era una sonrisa más dura, desilusionada y triste.

Pero era suficientemente suave y suficiente como sonrisa para hacer que una pareja de jóvenes con chaqués se acercase corriendo para retirar sus chisteras de sus húmedos cabellos iridiscentes; para atraerlos, ruborizados y haciendo reverencias, hasta el borde del landó, donde sus guantes color lavanda tocaban levemente los guantes grises de los muchachos. Y estos dos se vieron de inmediato acompañados de otro, y luego dos más, hasta que hubo una creciente multitud alrededor del landó. Merlin oiría a un joven junto a él decirle a su quizás favorecida acompañante:

—Si me disculpa un momento, hay alguien con quien tengo que hablar. Siga caminando. La alcanzaré.

Al cabo de tres minutos, cada centímetro del landó —delante, detrás, y a los lados— estaba ocupado por un hombre... un hombre que intentaba construir una frase suficientemente inteligente para encontrar su camino hacia Caroline en la corriente de la conversación. Por suerte para Merlin, una porción de la ropa del pequeño Arthur había elegido esa oportunidad para amenazar con el colapso, y Olive se lo había llevado corriendo contra un edificio para realizar una reparación improvisada, de modo que Merlin pudo observar, sin obstáculos, el salón instalado en la calle.

La multitud aumentó. Una fila se formó detrás de la primera, y dos más detrás de la segunda. En medio, una orquídea surgiendo de un ramo negro, Caroline se sentaba entronizada en su extinto coche, asintiendo y saludando y sonriendo con tal felicidad verdadera que, de repente, un nuevo relevo de caballeros dejó a sus esposas y consortes para dirigirse a zancadas hacia ella.

La multitud, ahora con el tamaño de una falange, comenzó a verse aumentada por los meros curiosos; hombres de todas las edades que era imposible que conocieran a Caroline daban empujones y se mezclaban dentro del círculo de creciente diámetro, hasta que la dama de lavanda fue el centro de un vasto auditorio improvisado.

A su alrededor sólo había rostros: bien afeitados, con patillas, viejos, jóvenes, eternos, y ahora, de vez en cuando, una mujer. La masa se estaba expandiendo rápidamente hasta el bordillo de enfrente y, como la iglesia de San Antonio, que estaba al volver la esquina, estaba dejando salir a sus feligreses, se desbordó hasta la acera y se apelotonó contra la verja de hierro de un millonario al otro lado de la calle. Los vehículos que circulaban por la avenida se veían impelidos a detenerse y, en un santiamén, estaban apilados en filas de tres, cinco, y seis en el borde del gentío. Autobuses, pesadas tortugas del tráfico, se zambulleron en el atasco, sus pasajeros abarrotaban los laterales de los techos en salvaje excitación y bajaban la mirada hacia el centro de la muchedumbre, que en ese momento apenas podía verse desde la periferia del gentío.

La multitud se había vuelto terrorífica. Ni el elegante público de un partido de fútbol entre Yale y Princeton, ni la sudorosa multitud en un partido de las series mundiales de béisbol, podía compararse con la panoplia que hablaba, miraba, reía, y tocaba el claxon por la dama del vestido negro y lavanda. Era estupendo; era terrible. A medio quilómetro más abajo de la manzana, un policía medio frenético llamó a la comisaría; en la misma esquina, un asustado civil rompió el cristal de una alarma antiincendios que hizo llegar su enloquecido himno a todos los camiones de bomberos de la ciudad; en un apartamento en uno de los altos edificios, una solterona histérica telefoneó por turnos a los agentes encargados de la imposición de la Ley Seca, a los diputados especiales encargados de evitar el Bolchevismo, y a la sala de maternidad del Hospital Bellevue.

El ruido aumentó. El primer camión de bomberos llegó, llenando el aire dominical de humo, haciendo sonar su mensaje metálico de latón por las altas y resonantes paredes. Ante la noción de que una terrible calamidad se había apoderado de la ciudad, dos excitados diáconos ordenaron que se celebraran misas especiales de inmediato y empezaron a tocar las grandes campanas de Santa Hilda y San Antonio, a las que se unió al punto las campanas celosas de San Simón y la Iglesia de las Epístolas. Los sonidos de la conmoción pudieron oírse incluso en lugares tan lejanos como el Hudson y el East River, y los ferris y remolcadores y transatlánticos hicieron sonar sus sirenas y sus silbatos, que se deslizaron con melancólica cadencia, ahora variada, ahora repetida, por toda la longitud diagonal de la ciudad, desde el Riverside Drive hasta las grises riberas del bajo East Side...

En el centro de su landó se sentaba la dama de negro y lavanda, charlando agradablemente con uno, luego con otro de esos pocos afortunados con chaqué que habían encontrado el modo de salvar la distancia en la primera oleada. Al cabo de un rato, ella miró a su alrededor y a su lado con expresión de creciente irritación.

Bostezó y le pidió al hombre más cerca de ella que si no podía ir a algún sitio a buscarle un vaso de agua. El hombre se disculpó con algo de embarazo. No podría haber movido ni una mano ni un pie. No podría haberse rascado su propia oreja...

Cuando el primer toque de las sirenas del río resonó en el aire, Olive abrochó el último imperdible en el pelele del pequeño Arthur y levantó la cabeza. Merlin la vio sobresaltarse, ponerse rígida despacio como el estuco que se seca, para luego soltar una exclamación de sorpresa y desaprobación.

—Esa mujer —exclamó de repente—. ¡Oh!

Ella lanzó una rápida mirada a Merlin que mezclaba reproche y dolor y, sin decir palabra, cogió al pequeño Arthur con una mano, cogió a su marido con la otra, y atravesó maravillosamente bien, con un medio galope sinuoso y a sacudidas, la multitud. De algún modo, la gente se apartaba ante ella; de algún modo ella consiguió seguir sujetando a su hijo y a su marido; de algún modo consiguió emerger dos manzanas más arriba, vapuleada y desaliñada, a un espacio abierto y, sin ralentizar su paso, se coló deprisa por una calle lateral. Entonces al fin, cuando el griterío se hubo calmado hasta ser un tenue y distante clamor, empezó a andar a paso normal y dejó al pequeño Arthur en el suelo.

—¡Y un domingo! ¿Es que no se ha puesto ya bastante en evidencia?

Ese fue su único comentario. Se lo dijo a Arthur, como pareció que dirigía sus comentarios a Arthur a lo largo del resto del día. Por alguna curiosa y esotérica razón, ella no miró a su marido ni una sola vez durante toda la retirada.

## 4

Los años entre los treinta y cinco y los sesenta y cinco giran delante de la mente pasiva como un inexplicable y confuso tiovivo. Cierto, es un tiovivo de caballos de mal paso y problemas para respirar, pintados primero en colores pasteles y luego en aburridos tonos grises y marrones, pero el tiovivo es vertiginoso de un modo sorprendente e intolerable, tal y como, estoy seguro de ello, nunca lo fueron las dinámicas montañas rusas de la juventud. Para la mayoría de hombres y mujeres, esos treinta años se ven absorbidos por una gradual retirada de la vida, un retiro al principio desde un frente con muchos refugios, aquella miríada de divertimentos y curiosidades de la juventud, hasta una línea con menos, cuando reducimos nuestras ambiciones a una sola ambición, nuestros placeres a un solo placer, nuestros amigos a unos pocos para los que somos un anestésico, para terminar al fin en una posición fuerte solitaria y desolada que no es fuerte, donde las balas ahora silban de un modo abominable, oídas a medias ahora mientras, a veces asustados y a veces cansados, nos sentamos a esperar la muerte.

Entonces, a sus cuarenta años, Merlin no era diferente a cuando tenía treinta y cinco: una panza más grande, un brillo gris cerca de sus orejas, una cierta falta de vivacidad en su caminar. Sus cuarenta y cinco años diferían de sus cuarenta por un margen similar, a menos que uno mencionase una ligera sordera en su oído izquierdo. Pero a los cincuenta y cinco el proceso se había convertido en un cambio químico de inmensa rapidez. Cada año se transformaba más en un «viejo» para su familia, casi senil, si le preguntaban a su esposa. Para entonces ya era el propietario de la librería. El misterioso señor Moonlight Quill, fallecido hacía cinco años y a quien no le había sobrevivido la esposa, le había cedido la tienda y todo su contenido, y allí se pasaba los días, completamente familiarizado con casi todos los títulos que el hombre había escrito a lo largo de tres mil años, un catálogo humano, un erudito en impresión y encuadernación, en folios y primeras ediciones, un preciso inventario de miles de autores a los que nunca había entendido y cuyas obras nunca había leído.

A los sesenta y cinco, chocheaba sin lugar a dudas. Había adoptado las melancólicas costumbres de los ancianos tan frecuentemente representados por el segundo anciano en las habituales comedias victorianas. Consumía gran cantidad de tiempo buscando sus gafas extraviadas. Fastidiaba a su mujer y ella lo fastidiaba a su vez. Contaba los mismos chistes tres o cuatro veces al año en la mesa familiar, y le daba a su hijo extrañas e imposibles directrices sobre cómo conducirse en la vida. Mental y materialmente, era tan diferente al Merlin Grainger de veinticinco años que parecía incongruente que llevaran el mismo nombre.

Seguía trabajando en la librería con la ayuda de un joven, al cual, por supuesto, consideraba muy vago, claro, y de una nueva joven, la señorita Gaffney. La señorita McCracken, anciana y nada venerable como él mismo, seguía llevando las cuentas. El joven Arthur se había ido a Wall Street a vender bonos, como parecía que todos los jóvenes de la época estaban haciendo. Eso, por supuesto, era como debía ser. Dejemos que el viejo Merlin absorba toda la magia que pueda de sus libros; el lugar del joven rey Arturo estaba en la contaduría.

Una tarde a las cuatro, cuando se había deslizado sin hacer ruido hasta la entrada de la tienda sobre sus zapatillas de suela blanda, llevado por una costumbre recién adquirida, de la que, para ser justos, se avergonzaba bastante, de espiar al joven dependiente, miró despreocupadamente por el escaparate delantero, esforzando su desvaída vista para ver la calle. Una limusina grande, portentosa, impresionante, se había acercado al bordillo, y el chófer, tras bajarse y mantener algún tipo de conversación con las personas en el interior del coche, se giró y avanzó de un modo desconcertado hacia la entrada de la Moonlight Quill. Abrió la puerta, entró y, mirando con incertidumbre al anciano del solideo, se dirigió a él con voz espesa y turbia, como si las palabras surgieran a través de una niebla.

—¿Vende... usted vende adiciones?

Merlin asintió.

—Los libros de aritmética están al fondo de la tienda.

El chófer se quitó la gorra y se rascó la cabeza rapada casi al cero.

—Oh, no. Esto que quiero es una historia de detectives, —señaló con el pulgar hacia la limusina—. Ella la vio en un periódico. Primera adición.

El interés de Merlin aumentó. Tenía ante sí la posibilidad de una gran venta.

—Oh, ediciones. Sí, hemos publicitado algunas primeras ediciones, pero no creo que haya ninguna historia de detectives. ¿Cuál es el título?

—Se me olvidó. Algo de un crimen.

—Algo de un crimen. Tengo... a ver, tengo *Los crímenes de los Borgia,* en piel marroquí, edición de Londres de 1769, bellamente...

—No —interrumpió el chófer—, esto va de un tipo que cometió un crimen. Ella ha visto en el periódico que usted lo tenía a la venta.

Rechazó varios posibles títulos con el aire de un experto.

—Silver Bones —anunció de repente tras una ligera pausa.

—¿Qué? —preguntó Merlin, sospechando que la rigidez de sus tendones se estaba empezando a comentar.

—Silver Bones. Ese era el tipo que cometió el crimen.

—¿Silver Bones?

—Silver Bones. Puede que sea indio.

Merlin se acarició sus peludas mejillas.

—Vaya, señor —continuó el posible comprador—, si quisiera ahorrarme una tremenda regañina, podría ponerse a pensar. La vieja se vuelve loca si las cosas no salen como ella quiere.

Pero las meditaciones de Merlin sobre el tema de Silver Bones fueron tan fútiles como su servicial búsqueda en las estanterías, y cinco minutos más tarde un chófer muy alicaído se dirigió de vuelta a su señora. Por el cristal, Merlin pudo ver las visibles señales de que se estaba produciendo un tremendo griterío en el interior de la limusina. El chófer hacía salvajes aspavientos de su inocencia, evidentemente inútiles, ya que cuando se dio la vuelta y subió al asiento del conductor, su expresión reflejaba no poco decaimiento.

Entonces la puerta de la limusina se abrió y dio paso a un pálido y esbelto joven de unos veinte años, vestido discretamente a la moda, con un delgado bastón. Entró en la tienda, pasó junto a Merlin, y procedió a sacar un cigarrillo y a encenderlo. Merlin se acercó a él.

—¿Hay algo que pueda hacer por usted, señor?

—Viejo amigo —dijo el joven fríamente—, hay varias cosas que puede hacer. En primer lugar, puede permitirme fumar mi cigarrillo aquí sin que me vea la anciana de la limusina, que resulta ser mi abuela. Su conocimiento sobre si fumo o no antes de mi mayoría de edad resulta ser una cuestión de cinco mil dólares para mí. En segundo lugar, podría buscar su primera edición de *El crimen de Sylvester Bonnard* que anunció en el *Times* del pasado domingo. Resulta que mi abuela quiere quitárselo de las manos.

¡Historia de detectives! ¡El crimen de alguien! ¡Silver Bones! Todo encajaba ahora. Con una débil risita despectiva, como para decir que eso le habría divertido si la vida lo hubiera acostumbrado a divertirse con algo, Merlin se tambaleó hacia la parte trasera de la tienda, donde guardaba sus tesoros, para coger esta reciente inversión que había comprado a un precio bastante barato en la venta de una gran colección.

Cuando regresó con el libro, el joven estaba fumando su cigarrillo y soltando grandes cantidades de humo con inmensa satisfacción.

—¡Dios mío! —dijo él—. Me mantiene muy cerca de ella todo el día haciendo recados idiotas, y así resulta que esta es mi primera calada en seis horas. Y digo yo, ¿a dónde va a llegar el mundo cuando una débil anciana en su época de comer papillas puede dictarle a un hombre cuáles deben de ser sus vicios personales? Resulta que no siento deseos de que me den tantos dictados. Veamos el libro.

Merlin se lo pasó con ternura y el joven, tras abrirlo con un descuido que hizo que al librero le diera un vuelco el corazón, pasó las páginas con su pulgar.

—No tiene ilustraciones, ¿eh? —comentó—. Bueno, viejo amigo, ¿cuánto cuesta? ¡Hable alto! Estamos dispuestos a darle un precio justo, aunque no sé por qué.

—Cien dólares —dijo Merlin al tiempo que fruncía el ceño.

El joven silbó sobresaltado.

—¡Vaya! Venga. No está tratando con alguien de las zonas rurales. Resulta que soy un hombre criado en la ciudad y mi abuela es una mujer criada en la ciudad, aunque admitiré que se necesitaría una apropiación fiscal especial para mantenerla en buen estado. Le daremos veinticinco dólares, y deje que le diga que eso es más que suficiente. Tenemos libros en el desván, en nuestro desván con mis antiguos juguetes, que fueron escritos antes de que naciera el viejo que escribió esto.

Merlin se puso rígido, expresando un rígido y meticuloso horror.

—¿Su abuela le dio veinticinco dólares para comprar este libro?

—No. Me dio cincuenta, pero espera que le lleve el cambio. Conozco a esa vieja.

—Dígale —dijo Merlin con dignidad—, que acaba de perderse una buena ganga.

—Le doy cuarenta —le instó el joven—. Vamos, sea razonable y no intente robarnos...

Merlin se había dado media vuelta con el preciado volumen bajo el brazo, y estaba a punto de devolverlo a su cajón especial en su despacho cuando hubo una repentina interrupción. Con insólita magnificencia, la puerta principal se abrió de golpe para admitir en el oscuro interior una regia aparición en seda negra y pieles que se acercó rápidamente a él. El cigarrillo saltó de los dedos del joven urbanita y profirió por lo bajo un inadvertido «¡Maldición!». Pero fue Merlin sobre quien la entrada pareció ejercer el más increíble e incongruente de los efectos, un efecto tan fuerte que el mayor tesoro de su tienda cayó de su mano y se unió al cigarrillo en el suelo. Delante de él estaba Caroline.

Era una anciana, una anciana muy bien conservada, inusualmente guapa, inusualmente erguida, pero una anciana, al fin y al cabo. Su cabello era de un hermoso y suave blanco, elaboradamente peinado y decorado; su rostro, ligeramente maquillado como una gran dama, mostraba redes de arrugas alrededor de sus ojos, con dos arrugas más profundas con forma de soportes que conectaban su nariz con las comisuras de su boca. Sus ojos se veían apagados, hostiles y llorosos.

Pero no cabía duda de que era Caroline: los rasgos de Caroline, aunque en decadencia; la figura de Caroline, aunque frágil y de movimientos rígidos; los manierismos de Caroline, indudablemente compuestos de una deliciosa insolencia y una envidiable seguridad en sí misma; y, principalmente, la voz de Caroline, quebrada y temblorosa, pero con una resonancia que aún podía y hacía que los chóferes quisieran conducir camiones de la lavandería y provocaba que los cigarrillos cayeran de entre los dedos de los nietos urbanitas.

Se irguió y sorbió. Sus ojos encontraron el cigarrillo en el suelo.

—¿Qué es eso? —exclamó. Las palabras no eran una pregunta, sino toda una letanía de sospechas, acusaciones, confirmación y decisión. Se entretuvo en el asunto apenas un instante—. ¡Ponte derecho! —le dijo a su nieto—. ¡Ponte derecho y saca esa nicotina de tus pulmones!

El joven la miraba con inquietud.

—¡Sopla! —le ordenó.

Él frunció los labios débilmente y sopló al aire.

—¡Sopla! —repitió ella, más imperiosamente que antes.

Él volvió a soplar, indefenso, ridículo.

—¿Te das cuenta —continuó enérgicamente—, de que has perdido cinco mil dólares en cinco minutos?

Por un momento, Merlin esperó que el joven cayera suplicante de rodillas, pero tal es la nobleza de la naturaleza humana y permaneció de pie, incluso volvió a soplar al aire, en parte por nerviosismo, en parte, sin lugar a dudas, con una vaga esperanza de volver a congraciarse con ella.

—¡Joven imbécil! —exclamó Caroline—. Una vez más, sólo una vez más y dejas la universidad para ponerte a trabajar.

Esta amenaza tuvo un efecto tan apabullante sobre el joven que palideció aún más de su palidez habitual. Pero Caroline no había terminado.

—¿Crees que no sé lo que tú y tus hermanos, sí, y tu estúpido padre también, pensáis de mí? Pues lo sé. Pensáis que estoy senil. Pensáis que soy blanda. ¡No lo soy! —Se golpeó con el puño como para demostrar que era una masa de músculo y tendones—. Y me quedará más cerebro cuando coloquéis mi féretro en el salón un día soleado que el que tú y el resto de tus hermanos recibió al nacer.

—Pero, abuela...

—Cállate. Tú, un niño delgado como un palo, que, si no fuera por mi dinero, habrías crecido para ser oficial de barbero en el Bronx. Déjame ver tus manos. ¡Ugh! Manos de barbero... Presumes de ser listo conmigo, que una vez tuve a tres condes y a un duque auténtico, por no mencionar media docena de títulos papales, persiguiéndome desde la ciudad de Roma hasta la ciudad de Nueva York —hizo una pausa, tomó aliento—. ¡Ponte derecho! ¡Sopla!

El joven sopló obediente. Al mismo tiempo, la puerta se abrió y un emocionado hombre de mediana edad que llevaba un abrigo y un sombrero ribeteado de pieles, y parecía, además, estar ribeteado con el mismo tipo de piel sobre su labio superior y su barbilla, entró corriendo en la tienda y se acercó a Caroline.

—Por fin la encuentro —exclamó—. He estado buscándola por toda la ciudad. Probé a llamar al teléfono de su casa y su secretario me dijo que pensaba que usted había ido a una librería llamada Moonlight...

Caroline se giró hacia él con irritación.

—¿Le pago por sus evocaciones? —dijo bruscamente—. ¿Es usted mi tutor o mi corredor de bolsa?

—Su corredor de bolsa —confesó el hombre ribeteado de pieles, algo desconcertado—. Perdone. He venido por lo de las acciones del fonógrafo. Puedo vender por ciento cinco.

—Entonces hágalo.

—Muy bien. Pensé que era mejor...

—Vaya a venderlas. Estoy hablando con mi nieto.

—Muy bien. Yo...

—Adiós.

—Adiós, señora.

El hombre ribeteado de pieles se inclinó ligeramente y, confundido, salió corriendo de la tienda.

—En cuanto a ti —dijo Caroline girándose hacia su nieto—, quédate donde estás y cierra la boca.

Ella se giró hacia Merlin e incluyó toda su figura en un examen no sin simpatía. Entonces sonrió y él se descubrió sonriendo también. En un instante, ambos habían soltado una seca, pero espontánea, risotada. Ella lo cogió del brazo y se lo llevó al otro lado de la tienda. Allí se detuvieron, se miraron, y dieron rienda suelta a otra larga ristra de risas seniles.

—Es la única manera —jadeó con una suerte de triunfante malignidad—. Lo único que nos mantiene felices a las viejas como yo es la sensación de poder manipular a los demás. Ser vieja y rica y tener parientes pobres es casi tan divertido como ser joven y hermosa y tener hermanas feas.

—Oh, sí —rio Merlin—. Lo sé. La envidio.

Ella asintió con un parpadeo.

—La última vez que estuve aquí, hace cuarenta años —dijo ella—, usted era un hombre joven con muchas ganas de pasarlo bien.

—Sí que lo era —confesó.

—Mi visita debió significar mucho para usted.

—Siempre lo ha hecho —exclamó—. Yo pensaba... yo solía creer al principio que usted era una persona real... humana, quiero decir.

Ella rio.

—Muchos hombres me han considerado inhumana.

—Pero ahora —continuó Merlin con excitación—, lo entiendo. La comprensión es algo que se nos permite a los viejos... y después nada importa demasiado. Veo ahora que una cierta noche, cuando usted bailó subida a una mesa, no era nada más que mi anhelo romántico por una mujer hermosa y perversa.

Sus ancianos ojos miraban muy lejos, su voz no era más que el eco de un sueño olvidado.

—¡Cómo bailé esa noche! Lo recuerdo.

—Usted me estaba incitando. Los brazos de Olive se estaban cerrando a mi alrededor y usted me aconsejaba que fuera libre y mantuviera mi medida de juventud e irresponsabilidad. Pero la advertencia llegó en el último momento. Llegó demasiado tarde.

—Usted es muy viejo —dijo inescrutable—. No me di cuenta.

—Tampoco he olvidado lo que me hizo cuando yo tenía treinta y cinco años. Usted me conmovió con aquel embotellamiento de tráfico. Fue un esfuerzo magnífico. ¡La belleza y el poder que irradiaba de usted! Se personificó incluso para mi mujer, y ella le temía. Durante semanas quise escabullirme de la casa al anochecer y olvidar lo pomposo de la vida con música y cócteles y una chica que me hiciera sentir joven. Pero entonces... ya no sabía cómo hacerlo.

—Y ahora usted es muy viejo.

Con una especie de asombro, ella dio un paso atrás y se alejó de él.

—¡Sí, abandóneme! —exclamó—. Usted también es vieja; el espíritu se marchita con la piel. ¿Ha venido aquí sólo para decirme algo que habría preferido olvidar, que ser viejo y pobre es quizás más miserable que ser vieja y rica, para recordarme que mi hijo me echa en cara su gris fracaso?

—Deme mi libro —ordenó ella con dureza—. ¡Deprisa, anciano!

Merlin la miró una vez más y entonces, con paciencia, obedeció. Cogió el libro y se lo tendió, sacudiendo la cabeza cuando ella le ofreció un billete.

—¿Para qué representar la farsa de pagarme? Una vez usted me obligó a destrozar este mismo establecimiento.

—Lo hice —dijo con rabia—, y me alegro. Quizás habría sido suficiente para arruinarme.

Ella le lanzó una mirada de medio desdén, media incomodidad mal escondida, y con una brusca palabra dirigida a su nieto urbanita se dirigió hacia la puerta.

Entonces se fue, fuera de su tienda, fuera de su vida. La puerta se cerró con un chasquido. Con un suspiro, él se giró y caminó desolado hacia la mampara de cristal que enclaustraba las cuentas amarillentas de muchos años, así como a la apacible y arrugada señorita McCracken.

Merlin miró su reseco rostro cubierto de arrugas con una extraña suerte de lástima. Ella, en cualquier caso, había tenido menos vida que él. Ningún espíritu rebelde y romántico asomó una espontánea mano, en sus momentos memorables, para darle a su vida brío y gloria.

Entonces la señorita McCracken levantó la cabeza y le habló.

—Sigue teniendo agallas, ¿eh?

Merlin se sobresaltó.

—¿Quién?

—La vieja Alicia Dare. Ahora es la señora de Thomas Allerdyce, por supuesto, y lleva siéndolo desde hace treinta años.

—¿Qué? No la entiendo.

Merlin se sentó de repente en su silla giratoria con los ojos bien abiertos.

—Pues claro, señor Grainger, no puede decirme que se ha olvidado de ella, cuando durante diez años fue el personaje más notorio de Nueva York. Una vez, cuando fue una de las partes demandadas en el caso del divorcio Throckmorton, atrajo tanta atención en la Quinta Avenida que se produjo un atasco de tráfico. ¿No lo leyó en los periódicos?

—Nunca acostumbré a leer el periódico.

Su anciano cerebro daba vueltas sin parar.

—Bueno, no creo que se le haya olvidado la vez que vino aquí y arruinó el negocio. Déjeme que le diga que estuve a punto de pedirle el finiquito al señor Moonlight Quill y marcharme.

—¿Quiere decir que... que la vio?

—¡Qué si la vi! Cómo no iba a hacerlo con todo el alboroto que montó. Sólo Dios sabe que al señor Moonlight Quill tampoco le hizo gracia, pero, por supuesto, no dijo nada. Estaba colado por ella y ella podía hacer con él lo que quisiera. En el momento en el que él se oponía a alguno de sus caprichos, ella amenazaba con contárselo a su esposa. Lo habría tenido bien merecido. ¡La idea de ese hombre enamorándose de una guapa vividora! Por supuesto, él nunca fue lo bastante rico para ella, aun cuando la tienda producía buenos beneficios por aquel entonces.

—Pero cuando yo la vi —tartamudeó Merlin—, es decir, cuando yo *creí* verla, ella vivía con su madre.

—¡Con su madre! ¡Qué ridiculez! —dijo la señorita McCracken con indignación—. Ella tenía a una mujer en su casa a la que llamaba «Tita», pero que no era más familia suya que yo. Oh, ella era mala... pero astuta. Justo después del caso del divorcio Throckmorton se casó con Thomas Allerdyce y se aseguró la vida para siempre.

—¿Quién era? —exclamó Merlin—. Cielo santo, ¿qué era? ¿Una bruja?

—Pues era Alicia Dare, la bailarina, claro. En esos días no podías coger un periódico sin ver su fotografía.

Merlín se sentó muy callado, con el cerebro repentinamente fatigado y tranquilo. Era ya un hombre viejo, tan viejo que le resultaba imposible soñar que había sido joven, tan viejo que el encanto del mundo había desaparecido, no en los rostros de los niños ni en las persistentes comodidades del calor y la vida, sino fuera del alcance de la vista y los sentimientos. Nunca volvería a sonreír ni a sumirse en un largo ensueño en el que las tardes de primavera dejaban oír los gritos de los niños en su ventana, hasta que poco a poco se convirtieron en los amigos de su infancia, que le animaban a salir a jugar antes de que cayera la última noche. Ya era demasiado viejo incluso para los recuerdos.

Aquella noche se sentó a cenar con su mujer y su hijo, que lo habían utilizado para sus ciegos propósitos. Olive dijo:

—No te quedes ahí sentado como un muerto. Di algo.

—Deja que siga callado —gruñó Arthur—. Si lo animas nos contará una historia que habremos oído cientos de veces.

Merlin subió en silencio a las nueve. Cuando estuvo en su habitación y cerró bien la puerta, se quedó junto a ella por un instante, con sus delgados miembros temblorosos. Ahora sabía que siempre había sido un tonto.

—¡Oh, bruja pelirroja!

Pero era demasiado tarde.

Había enfurecido a la Providencia al resistirse a demasiadas tentaciones.

No quedaba nada más que el cielo, donde se encontraría sólo con aquellos que, como él, habían desperdiciado su tiempo en la tierra.

# OBRAS MAESTRAS NO CLASIFICADAS

## Los posos de la felicidad

### 1

Si mirasen en los archivos de antiguas revistas de los primeros años del presente siglo, encontrarían, atrapada entre las historias de Richard Harding Davis y Frank Norris y otros que ya llevan muertos mucho tiempo, la obra de un tal Jeffrey Curtain: una novela o dos, y quizás tres o cuatro docenas de relatos. Podrían, si se sintieran interesados, seguirles la pista hasta, digamos, 1908, cuando desaparecieron de repente.

Cuando las hayan leído todas, se encontrarán bastante seguros de que ahí no van a encontrar obras maestras; había historias pasablemente divertidas, un poco anticuadas ahora, pero sin duda el tipo de relatos que entonces habrían servido de entretenimiento durante una aburrida media hora en la sala de espera del dentista. El hombre que las escribió tenía buena inteligencia, talento, era frívolo y probablemente joven. En las muestras de su obra pueden encontrar que no había nada para provocarles más que un leve interés en los caprichos de la vida: no contiene profundas risas interiores, ni sentido de la futilidad, ni pizca de tragedia.

Tras leerlas bostezarán y dejarán la publicación de vuelta en el archivo y, quizás, si se encontraran en la sala de lectura de alguna biblioteca, decidirían que, para variar, leerían un periódico de la época para ver si los japoneses habían tomado Port Arthur. Pero si, por casualidad, el periódico que hubieran escogido fuera el correcto y lo hubieran abierto en la página teatral, sus ojos se habrían detenido y, al menos por un minuto, se habrían olvidado de Port Arthur con tanta rapidez como se olvidaron de Château Thierry. Ya que, por esa afortunada casualidad, estarían mirando el retrato de una mujer exquisita.

Eran los tiempos de *Florodora* y los sextetos, de las cinturas de avispa y de las mangas globo, de faldas de *ballet* absolutas y casi con polisón, pero ahí, sin duda, disfrazada como estaría por la desacostumbrada rigidez y moda anticuada de su vestimenta, se encontraba la mariposa entre las mariposas. Ahí estaba la diversión del período: el suave vino de sus ojos, las canciones que alegraban corazones, los brindis y los ramos de flores, los bailes y las cenas. Allí estaba una Venus de los cabriolés, la chica Gibson en la plenitud de su vida más gloriosa. Allí estaba...

... allí estáis vosotros. Al mirar los nombres bajo la foto, descubrís a una tal Roxanne Milbank, que había sido corista y suplente en *The Daisy Chain,* pero quien, por motivo de una excelente interpretación cuando la estrella se encontraba indispuesta, había ganado el papel protagonista.

Miraréis de nuevo... y os preguntaréis por qué nunca habéis oído hablar de ella. ¿Por qué su nombre no permanece en canciones populares y chistes de vodevil y en las vitolas de los puros, y en la memoria de ese alegre tío anciano vuestro junto con Lillian Russell y Stella Mayhew y Anna Held? Roxanne Milbank... ¿Adónde había ido? ¿Qué oscura trampilla se había abierto de repente para tragársela? Su nombre no aparecía ciertamente en el último suplemento dominical, en la lista de las actrices casadas con nobles ingleses. No había duda de que estaba muerta —pobre joven hermosa— y había caído en el olvido.

Espero demasiado. Estoy haciendo que tropecéis con las historias de Jeffrey Curtain y con la fotografía de Roxanne Milbank. Sería increíble que encontrarais un periódico de seis meses más tarde, un solo artículo de cinco por diez centímetros, que informaba al público del matrimonio, muy discreto, de la señorita Roxanne Milbank, que había estado de gira con *The Daisy Chain*, con el señor Jeffrey Curtain, el popular escritor. «La señora Curtain —añadía sin emoción—, se retirará de los escenarios».

Era un matrimonio por amor. Él estaba suficientemente mimado para ser encantador; ella era lo bastante ingenua para ser irresistible. Como dos troncos flotantes, se habían encontrado en una colisión frontal, se habían enganchado, y habían seguido su camino juntos. Aunque Jeffrey Curtain hubiera continuado con sus escritos durante cuarenta años, no habría conseguido incluir en sus historias un giro más extraño que el que sufrió su propia vida. Si Roxanne Milbank hubiera interpretado tres docenas de papeles y hubiera llenado cinco mil teatros, nunca habría tenido un papel con más felicidad y más desesperación que la que el destino le tenía preparado a Roxanne Curtain.

Durante un año vivieron en hoteles, viajaron a California, a Alaska, a Florida, a Méjico, se amaron y discutieron con ternura, y se regodearon en las doradas muestras de su ingenio con su belleza. Eran jóvenes y profundamente apasionados. Lo exigían todo y luego volvían a ceder en todo en un éxtasis de orgullo y generosidad. Ella amaba los raudos tonos de su voz y sus frenéticos, aunque infundados, celos. Él amaba su oscuro fulgor, los blancos irises de sus ojos, el cálido y lustroso entusiasmo de su sonrisa.

—¿No te gusta? —exigiría él con excitación y timidez—. ¿No es maravillosa? ¿Has visto alguna vez...?

—Sí —le contestarían con una sonrisa—. Ella es una maravilla. Eres afortunado.

El año pasó. Se cansaron de los hoteles. Compraron una vieja casa y veinte acres cerca de la ciudad de Marlowe, a media hora de Chicago. Compraron un pequeño coche y se mudaron desordenadamente con una pionera alucinación que habría confundido a Balboa.

—¡Tu habitación estará aquí! —gritaban por turnos.

Y luego:

—¡Y mi habitación aquí!

—Y aquí el cuarto de los niños para cuando los tengamos.

—Y construiremos un porche para dormir... oh, el año que viene.

Se mudaron en abril. En julio, el mejor amigo de Jeffrey, Harry Cromwell, llegó para pasar una semana; lo recibieron al final del largo césped y le llevaron orgullosamente hacia la casa.

Harry también estaba casado. Su esposa había dado a luz a un bebé unos seis meses antes y seguía recuperándose en la casa de su madre en Nueva York. Roxanne había deducido por Jeffrey que la esposa de Harry no era tan atractiva como Harry; Jeffrey la había visto una vez y la había considerado... «superficial». Pero Harry llevaba casado casi dos años y, al parecer, era feliz, de modo que Jeffrey supuso que ella no estaba tan mal después de todo.

—Estoy haciendo panecillos[13] —parloteaba Roxanne con seriedad—. ¿Sabe tu esposa hacer panecillos? La cocinera me está enseñan-
do a hacerlos. Creo que toda mujer debería saber hacer panecillos. Suena tan absolutamente encantador. Una mujer que sepa hacer panecillos,
de seguro que no podrá...

—Tendrías que venir a vivir aquí —dijo Jeffrey—. Compra una
casa en el campo, como nosotros, para ti y Kitty.

—No conoces a Kitty. Ella odia el campo. Ella necesita sus teatros
y sus vodeviles.

—Tráela —repitió Jeffrey—. Tendremos una colonia. Ya hay una
multitud terriblemente amable aquí. ¡Tráela!

Ya estaban en los escalones del porche y Roxanne hizo un rápido
gesto hacia una estructura ruinosa a la derecha.

—El garaje —anunció—. También será el estudio de Jeffrey dentro
de un mes. Mientras tanto, la cena se sirve a las siete. Mientras esperamos, voy a hacer unos cócteles.

Los dos hombres subieron al segundo piso; es decir, subieron a medio camino, ya que en el primer descansillo Jeffrey dejó caer la maleta
de su invitado y, con una mezcla de petición y grito, exclamó:

—Por Dios bendito, Harry, ¿te gusta mi mujer?

—Subamos —respondió su invitado—, y cerraremos la puerta.

Media hora más tarde, mientras estaban sentados juntos en la biblioteca, Roxanne reapareció desde la cocina, portando una bandeja de
panecillos. Jeffrey y Harry se pusieron de pie.

—Son hermosos, querida —dijo el marido con intensidad.

—Exquisitos —murmuró Harry.

Roxanne se puso muy contenta.

—Prueba uno. No pude soportar tocarlos antes de que los vierais
todos y no puedo soportar llevármelos de vuelta hasta que descubra a
qué saben.

—Saben a maná, querida.

Al mismo tiempo, los dos hombres se llevaron el panecillo a los
labios y lo mordieron con vacilación. Al mismo tiempo intentaron cam-

---

[13] En el original, *biscuit*. La palabra *biscuit* no debe confundirse con la misma palabra
usada en un contexto británico. En el Reino Unido sería una galleta, pero en Estados Unidos es un
panecillo, muy típico del sur, parecido a un *scone* pero que se come, normalmente, con salsa de
carne o como acompañamiento de las comidas. (*N. de la T.*)

biar de tema. Pero Roxanne, sin dejarse engañar, soltó la bandeja y cogió un panecillo. Al cabo de un segundo, su comentario resonó con lúgubre finalidad.

—¡Están malísimos!

—La verdad...

—Vaya, no lo noté...

Roxanne rugió.

—¡Oh, soy una inútil! —gritó entre risas—. Devuélveme, Jeffrey. Soy un parásito, no tengo objetivo...

Jeffrey la rodeó con un brazo.

—Cariño, yo me comeré tus panecillos.

—Por lo menos son bonitos —insistió Roxanne.

—Son... son decorativos —sugirió Harry.

Jeffrey le tomó rápidamente la palabra.

—Esa es la palabra. Son decorativos, son obras maestras. Los usaremos.

Corrió hacia la cocina y regresó con un martillo y un puñado de clavos.

—¡Vaya si los usaremos, Roxanne! Haremos un friso con ellos.

—¡No! —gritó Roxanne—. Nuestra hermosa casa.

—No importa. Vamos a volver a empapelar la biblioteca en octubre. ¿No te acuerdas?

—Bueno...

¡Pum! El primer panecillo fue empalado en la pared, donde tembló por un momento como algo vivo.

¡Pum!

Cuando Roxanne regresó con una segunda ronda de cócteles, los panecillos formaban una fila perpendicular, los doce panecillos, como una colección de primitivas puntas de flecha.

—¡Roxanne! —exclamó Jeffrey—. ¡Eres una artista! ¿Cocinera? ¡Tonterías! ¡Tú ilustrarás mis libros!

Durante la cena, el crepúsculo dio paso al ocaso y más tarde a una oscuridad estrellada, llena y permeada con la frágil belleza del vestido blanco de Roxanne y su trémula y queda risa.

«Es como una niña pequeña —pensó Harry—. No es tan mayor como Kitty».

Las comparó a las dos. Kitty —nerviosa sin ser sensible, temperamental sin tener temperamento, una mujer que parecía parpadear y nunca iluminar— y Roxanne, que era tan joven como la noche primaveral y la resumía en su propia risa adolescente.

«Una buena pareja para Jeffrey —volvió a pensar—. Dos personas muy jóvenes, de las que siguen siendo muy jóvenes hasta que de repente se descubren viejos».

Harry pensaba esas cosas entre sus constantes pensamientos sobre Kitty. Kitty lo deprimía. Le parecía que ella se encontraba bien como para venir a Chicago y traer a su pequeño. Estaba pensando vagamente en Kitty cuando les deseó buenas noches a su amigo y a su esposa a los pies de la escalera.

—Tú eres nuestro primer invitado de verdad —le dijo Roxanne—. ¿No te sientes emocionado y orgulloso?

Cuando estuvo fuera de su vista al girar la esquina de la escalera, ella se giró hacia Jeffrey, quien estaba junto a ella con una mano posada sobre el final de la barandilla.

—¿Estás cansado, querido mío?

Jeffrey se frotó el centro de la frente con los dedos.

—Un poco. ¿Cómo lo has sabido?

—Oh, ¿cómo podría evitar conocerte?

—Es un dolor de cabeza —dijo a regañadientes—. Agudo. Me tomaré una aspirina.

Ella alargó la mano y apagó la luz, y, con su brazo sujetándola fuerte por la cintura, subieron juntos las escaleras.

## 2

La semana de Harry pasó. Condujeron por aletargados caminos, holgazanearon con alegre inanidad junto al lago o en el césped. Por la noche, Roxanne, sentada dentro, tocaba para ellos mientras las cenizas se volvían blanquecinas en los brillantes extremos de sus puros. Entonces llegó un telegrama de Kitty, en el que decía que quería que Harry fuera al este a recogerla, de modo que Roxanne y Jeffrey se quedaron solos en esa privacidad de la que nunca parecían cansarse.

«Estar solos» volvía a emocionarlos. Se paseaban por la casa, cada uno sintiendo íntimamente la presencia del otro; se sentaban en el mismo lado de la mesa como si estuvieran de luna de miel; estaban intensamente absortos, eran intensamente felices.

La ciudad de Marlowe, aunque era comparativamente un antiguo asentamiento, acababa de adquirir recientemente lo que podría llamarse una «sociedad». Cinco o seis años antes, alarmados ante el humeante crecimiento de Chicago, dos o tres parejas casadas, «gente de chalets», se habían mudado; sus amigos los habían seguido. Los Jeffrey Curtain encontraron un «grupo» ya formado y preparado para darles la bienvenida: un club de campo, salas de baile, y campos de golf bostezaban esperándolos, y había partidas de *bridge* y de póquer, y fiestas en las que bebían cerveza, y fiestas en las que no bebían nada de nada.

Una semana después de la partida de Harry, se encontraban en una partida de póquer. Había dos mesas, y una buena proporción de las jóvenes esposas estaban fumando y gritando sus apuestas, comportándose de un modo atrevidamente masculino para esa época.

Roxanne había dejado la partida temprano y se había entregado a la deambulación; se adentró en la despensa y encontró zumo de uva —la cerveza le daba dolor de cabeza— y luego pasó de mesa en mesa, mirando sus cartas por encima del hombro, vigilando a Jeffrey, y sintiéndose agradablemente serena y contenta. Jeffrey, con intensa concentración, estaba acumulando una pila de fichas de todos los colores, y Roxane supo por la profunda arruga entre sus ojos que estaba interesado. A ella le gustaba verlo interesado en las pequeñas cosas.

Se acercó en silencio y se sentó en el brazo de su silla.

Estuvo sentada allí cinco minutos, escuchando los agudos comentarios intermitentes de los hombres y la cháchara de las mujeres, que se alzaban de la mesa como suave humo... y aun así apenas las oía. Entonces, del modo más inocente, alargó la mano con la intención de colocarla sobre el hombro de Jeffrey... pero, al tocarlo, él se sobresaltó de repente, soltó un breve gruñido, y, lanzando el brazo hacia atrás con furia, le dio un golpe de refilón en el codo.

Hubo un grito ahogado general. Roxanne recuperó el equilibrio, soltó un gritito, y se puso rápidamente en pie. Había sido el susto más grande de su vida. Viniendo de Jeffrey, el corazón de la amabilidad, de la consideración, este... este instintivo gesto brutal.

El grito se convirtió en silencio. Una docena de ojos estaba clavada en Jeffrey, quien levantó la vista como si viera a Roxanne por primera vez. Una expresión de desconcierto se instaló en su rostro.

—Pero... Roxanne... —dijo con voz entrecortada.

Una rápida sospecha se introdujo en una docena de mentes, el rumor de un escándalo. ¿Podía ser que, entre bambalinas, en esta pareja, al parecer tan enamorada, acechara alguna curiosa antipatía? ¿Por qué si no se daría este golpe de fuego en un paraíso sin nubes?

—¡Jeffrey! —la voz de Roxanne sonaba suplicante. Sobresaltada y horrorizada, y aun así sabía que era un error. Ni una sola vez se le ocurrió culparlo o guardarle resentimiento. Su palabra era una temblorosa súplica—. Dímelo, Jeffrey —decía la voz—, cuéntaselo a Roxanne, a tu Roxanne.

—Pero, Roxanne —comenzó Jeffrey de nuevo. La expresión desconcertada cambió a una de dolor. Estaba claro que él estaba tan asustado como ella—. No pretendía hacer eso —continuó—. Me asustaste. Tú... Sentí como si alguien me estuviera atacando. Yo... cómo... ¡Qué idiota soy!

—¡Jeffrey! —de nuevo la palabra era una plegaria, incienso ofrecido a un dios superior a través de esta nueva e inescrutable oscuridad.

Ambos estaban de pie, estaban despidiéndose, vacilando, disculpándose, explicando. No hubo ningún intento de hacerlo pasar por algo sin importancia. Eso sería un sacrilegio. Dijeron que Jeffrey no se había estado sintiendo bien. Que se había vuelto nervioso. En el fondo de la mente de ambos estaba el horror inexplicable de aquel golpe, la maravilla de que hubiera habido por un instante algo entre ellos, la cólera de él y el miedo de ella, y ahora para ambos una pena, momentánea, sin duda, pero que había que superar de una vez, de una vez, mientras aún les quedara tiempo. ¿Era el agua rápida que se deslizaba bajo sus pies, el destello feroz de algún abismo desconocido?

En su coche, bajo la luna de cosecha, hablaron con la voz quebrada. Era sólo... incomprensible para él, decía Jeffrey. Había estado pensando en la partida de póquer, absorto, y sentir la mano sobre su hombro le había parecido un ataque. ¡Un ataque! Él se aferraba a esa palabra, la blandía como un escudo. Él había odiado que ella lo tocase. Con el impacto de su mano había desaparecido ese... nerviosismo. Eso era todo lo que él sabía.

Los ojos de ambos se llenaron de lágrimas y se susurraron su amor allí, bajo la amplia noche, mientras las serenas calles de Marlowe pasaban a toda velocidad. Más tarde, cuando se fueron a la cama, estaban bastante calmados. Jeffrey iba a tomarse una semana de asueto del trabajo: simplemente iba a repantingarse, a dormir, y a dar largos paseos hasta que ese nerviosismo lo abandonara. Cuando lo hubieron decidido, la seguridad cayó sobre Roxanne. Las almohadas bajo su cabeza se volvieron suaves y amistosas; la cama sobre la que estaban tumbados parecía ancha, y blanca, y robusta bajo la claridad que entraba por la ventana.

Cinco días más tarde, con los primeros fríos al caer el sol, Jeffrey cogió una silla de roble y la tiró contra su propia ventana delantera. Luego se tumbó en el sofá como un niño, sollozando patéticamente y pidiendo morir. Un coágulo de sangre del tamaño de una canica se había roto en su cerebro.

## 3

Existe una especie de pesadilla que aparece a veces cuando alguien no duerme durante un día o dos, una sensación que llega con extrema fatiga y un nuevo sol, en la que la calidad de la vida alrededor ha cambiado. Es una convicción completamente articulada de que, de algún modo, la existencia que uno vive entonces es una rama de la vida y está relacionada con la vida sólo como una película o un espejo: que la gente, y las calles, y las casas son sólo proyecciones de un pasado muy tenue y caótico. Fue en tal estado en el que Roxanne se encontró durante los primeros meses de la enfermedad de Jeffrey. Ella sólo dormía cuando estaba completamente agotada; despertaba bajo una nube. Las largas consultas con voces sobrias, el débil aura de medicina en los pasillos, el repentino caminar de puntillas en una casa que había reverberado con muchos pasos alegres, y, para más aflicción, el pálido rostro de Jeffrey entre las almohadas de la cama que habían compartido... Todas esas cosas la superaron y la volvieron permanentemente más vieja. Los médicos mantenían la esperanza, pero eso era todo. Un largo reposo, decían, y silencio. Tal responsabilidad cayó sobre Roxanne. Era ella quien pagaba las facturas, repasaba su cuenta bancaria, mantenía correspondencia con sus editores. Ella estaba en la cocina constantemente. Aprendió de la enfermera a preparar sus comidas y, tras el primer mes, tomó el mando completo de la habitación del enfermo. Tuvo que despedir a la enfermera por motivos económicos. Una de las dos chicas de color se marchó al mismo tiempo. Roxanne se estaba dando cuenta de que habían estado viviendo de relato en relato.

El visitante más frecuente era Harry Cromwell. Se había mostrado asombrado y deprimido por la noticia, y aunque su mujer ahora vivía con él en Chicago, encontraba el tiempo para visitarlos varias veces al mes. Roxanne recibía de buen grado su compasión; había cierta cualidad de sufrimiento en el hombre, cierto patetismo inherente que hacía que se sintiera cómoda cuando él estaba cerca. La naturaleza de Roxanne se había ahondado de súbito. A veces sentía que, con Jeffrey, también estaba perdiendo a sus hijos, esos hijos que ahora tanto necesitaba y debería haber tenido.

Fue seis meses después del colapso de Jeffrey y cuando la pesadilla se había descolorido, dejando no el viejo mundo, sino uno nuevo, más frío y más gris, que Roxanne fue a ver a la esposa de Harry. Encontrándose en Chicago con una hora de espera antes de la salida de su tren, decidió hacerle una visita de cortesía.

Cuando pasó por la puerta, tuvo la inmediata impresión de que el apartamento era muy parecido a algún sitio que había visto antes, y casi al instante recordó una panadería cercana de su infancia, una panadería llena de hileras e hileras de pasteles con cobertura rosa: era una cobertura rellena de rosa, rosa como la comida, rosa triunfante, vulgar y odiosa.

Y este apartamento era así. Era rosa. ¡Olía rosa!

La señora Cromwell, ataviada con una bata rosa y negra, abrió la puerta. Su pelo era amarillo, intensificado, Roxanne se imaginó que por un toque de peróxido en el agua de enjuagarse el pelo cada semana. Sus ojos eran de un tenue azul céreo; era guapa y se esforzaba demasiado por ser elegante. Su cordialidad era estridente e íntima, la hostilidad se fundía tan rápidamente con la hospitalidad que parecía que ambos se limitaban a la cara y la voz, sin tocar ni conmover el profundo núcleo de egoísmo que yacía debajo.

Pero para Roxanne esas cosas eran secundarias; sus ojos se vieron atrapados y sentían una extraña fascinación por la bata. Estaba vilmente sucia. Desde la parte más baja del dobladillo hasta diez centímetros más arriba, estaba totalmente sucia con el polvo azul del suelo; los siguientes diez centímetros eran grises, y luego adquiría su color natural, que era rosa. También estaba sucia en las mangas y en el cuello, y cuando la mujer se dio la vuelta para entrar en el salón, Roxanne tuvo la seguridad de que tenía el cuello sucio.

Comenzaron a hablar y, de repente, se inició un monólogo por su parte. La señora Cromwell se expresó con claridad sobre sus gustos y disgustos, su cabeza, su estómago, sus dientes, su apartamento, evitando con una especie de insolente meticulosidad cualquier referencia a Roxanne y a la vida, como si diera por sentado que Roxanne, tras recibir un golpe, prefería que la vida fuera cuidadosamente eludida.

Roxanne sonrió. ¡Esa bata! ¡Ese cuello!

Al cabo de cinco minutos, un niño entró en el salón, un niño sucio vestido con un sucio pelele rosa. Tenía la cara manchada, así que Roxanne quiso cogerlo en su regazo y limpiarle la nariz. Otras partes de la cabeza necesitaban atención y sus pequeños zapatos tenían agujeros en los dedos. ¡Era atroz!

—¡Qué pequeño tan precioso! —exclamó Roxanne con una radiante sonrisa—. Ven aquí conmigo.

La señora Cromwell miraba a su hijo con frialdad.

—Te ensuciará. ¡Mira esa cara! —ella ladeó la cabeza y lo examinó críticamente.

—¿No es precioso? —repitió Roxanne.

—Mira su pelele —dijo la señora Cromwell con el ceño fruncido.

—Necesita que lo cambien, ¿verdad, George?

George se la quedó mirando con curiosidad. En su mente, la palabra pelele connotaba una prenda externamente manchada, como la que llevaba.

—Intenté hacer que pareciera respetable esta mañana —se quejó la señora Cromwell como aquellos que han visto su paciencia estirada al límite— , y descubrí que no me quedaban más peleles, de modo que, en vez de hacerlo ir por ahí sin pelele, le volví a poner uno de esos... Y su cara...

—¿Cuántos peleles tiene? —La voz de Roxanne sonaba agradablemente curiosa. Igual podría haber estado preguntando cuántos abanicos de pluma tenían.

—Oh... —la señora Cromwell lo pensó con el ceño fruncido—. Creo que cinco. Son demasiados, lo sé.

—Puedes comprarlos a cincuenta centavos.

Los ojos de la señora Cromwell mostraron sorpresa... y la más leve superioridad. ¡El precio de los peleles!

—¿En serio? No tenía ni idea. Él debería de tener más que suficientes, pero no he tenido ocasión en toda la semana de enviar la ropa a la lavandería —y entonces descartó el tema como irrelevante—. Debo mostrarte unas cosas...

Se levantaron y Roxanne la siguió, pasando por la puerta abierta del cuarto de baño, cuyo suelo cubierto de prendas mostraba, de hecho, que llevaban un tiempo sin hacer la colada, hasta otra habitación que era, por así decirlo, la personificación del rosa. Era la habitación de la señora Cromwell.

Allí la anfitriona abrió la puerta de un armario y mostró ante los ojos de Roxanne una increíble colección de lencería.

Había docenas de vaporosas maravillas de encaje y seda, todas limpias, sin arrugar, al parecer sin tocar. En perchas junto a las prendas lenceras había tres vestidos de noche nuevos.

—Tengo algunas cosas hermosas —dijo la señora Cromwell—, pero no muchas oportunidades de lucirlas. A Harry no le importa si salimos o no —el rencor se coló en su voz—. Él se siente perfectamente contento permitiéndome hacer el papel de ama de cría y de ama de llaves todo el día, así como de amante esposa por la noche.

Roxanne volvió a sonreír.

—Tienes ropa muy bonita aquí.

—Sí. Deja que te enseñe...

—Muy bonita —repitió Roxanne, interrumpiéndola—, pero tengo que irme ya si quiero llegar a mi tren.

Sintió que las manos le temblaban. Quería ponerlas sobre esa mujer y sacudirla... sacudirla. Ella quería encerrarla en alguna parte y ponerla a fregar suelos.

—Muy bonita —repitió—, y sólo vine por un momento.

—Bueno, siento que Harry no esté aquí.

Se acercaron a la puerta de entrada.

—Y, oh —dijo Roxanne con esfuerzo; aun así, su voz seguía siendo gentil y sus labios sonreían—, creo que es en Argile donde creo que puedes comprar esos peleles. Adiós.

No fue hasta que llegó a la estación y compró su billete para Marlowe cuando Roxanne se dio cuenta de que eran los primeros cinco minutos en seis meses en los que su mente no había estado centrada en Jeffrey.

**4**

Una semana más tarde, Harry apareció en Marlowe, llegó inesperadamente a las cinco en punto y, tras subir por el camino, se dejó caer en una silla del porche en un estado total de agotamiento. La misma Roxanne había tenido un día ajetreado y estaba exhausta. Los médicos vendrían a las cinco y media en compañía de un célebre especialista en neurología de Nueva York. Se sentía excitada y terriblemente deprimida, pero los ojos de Harry la hicieron sentarse junto a él.

—¿Qué pasa?

—Nada, Roxanne —negó él—. Vine a ver cómo le iba a Jeffrey. No te preocupes por mí.

—Harry —insistió Roxanne—, algo te pasa.

—No es nada —repitió—. ¿Cómo está Jeff?

La ansiedad oscureció el rostro femenino.

—Está un poco peor, Harry. El doctor Jewett ha venido desde Nueva York. Pensaban que podría decirme algo definitivo. Va a intentar averiguar si esta parálisis tiene algo que ver con el coágulo de sangre original.

Harry se levantó.

—Oh, lo siento —dijo bruscamente—. No sabía que esperabas una consulta. No habría venido. Pensé que me mecería en tu porche durante una hora...

—Siéntate —le ordenó ella.

Harry vaciló.

—Siéntate, Harry, querido —su amabilidad se derramó ahora y lo envolvió—. Sé que te pasa algo. Estás más blanco que un fantasma. Voy a traerte una cerveza fría.

De golpe, se derrumbó en el sillón y se cubrió el rostro con las manos.

—No puedo hacerla feliz —dijo despacio—. Lo he intentado de todas las formas. Esta mañana tuvimos una discusión sobre el desayuno.

Yo había estado desayunando en el centro y... bueno, justo después de que yo me fuera a la oficina, ella dejó la casa y se fue al este, a casa de su madre, con George y una maleta llena de lencería de encaje.

—¡Harry!

—Y no sé...

La gravilla crujió y un coche apareció en el camino. Roxanne soltó un gritito.

—Es el doctor Jewett.

—Oh, me...

—Esperarás, ¿verdad? —le interrumpió abstraída. Él vio que su problema ya había muerto en la perturbada superficie de su mente.

Se produjo un embarazoso minuto de vagas presentaciones y luego Harry siguió al grupo al interior, donde los vio desaparecer escaleras arriba. Él fue a la biblioteca y se sentó en el gran sofá.

Durante una hora observó cómo el sol se acercaba sigilosamente por los estampados pliegues de las cortinas de cretona. En la profunda quietud, el zumbido de una avispa atrapada en el interior del panel de la ventana alcanzó las proporciones de un clamor. De vez en cuando, otro zumbido le llegaba desde arriba, parecido a varias avispas más grandes atrapadas en ventanas más grandes. Oyó tenues pisadas, el tintineo de botellas, el clamor del agua vertida.

¿Qué habían hecho Roxanne y él para que la vida les hubiera propinado esos catastróficos golpes? En el piso superior estaba teniendo lugar una investigación en vivo del alma de su amigo; él estaba sentado allí en una sala silenciosa, escuchando las quejas de una avispa, igual que cuando, de niño, una tía estricta lo había obligado a sentarse durante una hora en una silla a expiar su mal comportamiento. Pero ¿quién lo había puesto allí? ¿Qué feroz tía había bajado de los cielos para hacerle expiar...? ¿Para expiar qué?

En cuanto a Kitty, él sentía una gran desesperación. Ella le salía demasiado cara, y esa era la irremediable dificultad. De repente la odió. Quiso tirarla al suelo y darle patadas, decirle que era una embustera y una sanguijuela, que era sucia. Además, ella debía entregarle a su hijo.

Se levantó y comenzó a pasearse por la habitación. Al mismo tiempo oyó a alguien que empezó a recorrer el pasillo de arriba en el mismo preciso instante que él. Se descubrió preguntándose si caminarían a tiempo hasta que la persona llegara al final del pasillo.

Kitty se había ido con su madre. Que Dios la ayudara. ¡Vaya madre a la que acudir! Intentó imaginarse el encuentro: la esposa maltratada derrumbándose sobre el pecho de la madre. No pudo imaginarlo. Que Kitty fuera capaz de sentir una pena profunda era algo increíble. Poco a poco había llegado a pensar en ella como algo inaccesible y cruel. Ella se divorciaría, por supuesto, y al final se casaría de nuevo. Comenzó a considerarlo. ¿Con quién se casaría? Se rio con amargura y paró; una imagen parpadeaba frente a él: los brazos de Kitty rodeando a un hombre cuyo rostro no podía ver, los labios de Kitty presionados contra otros labios con lo que seguramente era pasión.

—¡Dios! —gritó fuerte—. ¡Dios! ¡Dios! ¡Dios!

Entonces las imágenes llegaron en rápida sucesión. La Kitty de esa mañana se desvaneció; la sucia bata se enrolló y desapareció; los mohínes, las rabietas, y las lágrimas se fueron. De nuevo ella era Kitty Carr, la Kitty Carr de pelo rubio y grandes ojos de bebé. Ah, ella lo había amado, ella lo había amado.

Al cabo de un rato percibió que algo iba mal, algo que no tenía nada que ver con Kitty o con Jeff, algo de un género diferente. Al final lo entendió de un modo increíble: tenía hambre. ¡Qué sencillo! Iría a la cocina en un rato y le pediría a la cocinera de color que le hiciera un bocadillo. Después volvería a la ciudad.

Se detuvo ante la pared, arrancó algo redondo y, toqueteándolo con aire ausente, se lo metió en la boca y lo saboreó como un bebé saborea un juguete brillante. Sus dientes se cerraron en torno al objeto... ¡Ah!

Ella había dejado esa maldita bata, esa sucia bata rosa. Pensó que podría haber tenido la decencia de llevársela con ella. Colgaría en la casa como el cadáver de su enfermiza alianza. Él intentaría tirarla, pero nunca sería capaz de animarse a moverla. Sería como Kitty, suave y maleable, aunque insensible. No se podía mover a Kitty, no se podía llegar a Kitty. No había nada a lo que llegar. Él lo entendía perfectamente, lo había entendido siempre.

Alargó la mano hacia la pared para coger otro panecillo y, con esfuerzo, lo arrancó con el clavo y todo. Retiró con cuidado el clavo del centro, preguntándose distraídamente si se habría comido el clavo con el primer panecillo. ¡Ridículo! Lo habría recordado; era un clavo enorme. Se palpó el estómago. Debía de tener mucha hambre. Consideró —recordó— que no había cenado el día anterior. Era el día libre de la chica y Kitty se había quedado tumbada en su habitación comiendo gotas de chocolate. Había dicho que se sentía «asfixiada» y que no podía soportar tenerlo cerca de ella. Él le había dado un baño a George y lo había acostado, y luego se tumbó en el sofá con la intención de descansar un minuto antes de hacerse su propia cena. Y ahí se había quedado dormido y se despertó a eso de las once, para descubrir que no había nada más en la nevera que una cucharada de ensalada de patata. Y eso se comió, junto con algunas gotas de chocolate que encontró en la cómoda de Kitty. Esta mañana él había desayunado con prisas en el centro antes de ir a la oficina. Pero a mediodía, al empezar a preocuparse por Kitty, decidió ir a casa y sacarla a almorzar. Después se había encontrado una nota sobre su almohada. El montón de lencería del armario había desaparecido... y ella había dejado instrucciones para que le enviara su baúl.

Pensó que él nunca se había sentido más hambriento.

A las cinco en punto, cuando la enfermera a domicilio bajó las escaleras de puntillas, él estaba sentado en el sofá, mirando la alfombra fijamente.

—¿Señor Cromwell?

—¿Sí?

—Oh, la señora Curtain no podrá verle para la cena. No se siente bien. Me encargó que le dijera que la cocinera le cocinará algo y que hay una habitación para invitados.

—¿Dice que se encuentra enferma?

—Está descansando en su habitación. La consulta acaba de terminar.

—¿Han... han decidido algo?

—Sí —dijo la enfermera en tono quedo—. El doctor Jewett dice que no hay esperanza. El señor Curtain puede vivir indefinidamente, pero nunca volverá a ver ni a moverse ni a pensar. Sólo respirará.

—¿Sólo respirar?

—Sí.

Por primera vez, la enfermera notó que, junto al escritorio, donde recordaba haber visto una hilera de una docena de objetos redondos que se había imaginado vagamente sería algún tipo exótico de decoración, sólo quedaba uno. Donde los otros habían estado, ahora sólo había una serie de pequeños agujeros dejados por los clavos.

Harry siguió su mirada aturdido y luego se puso en pie.

—Creo que no me quedaré. Creo que hay un tren.

Ella asintió. Harry cogió su sombrero.

—Adiós —dijo ella con amabilidad.

—Adiós —contestó él, como hablando consigo mismo y, evidentemente movido por alguna necesidad involuntaria, se detuvo de camino a la puerta y ella lo vio arrancar el último objeto de la pared y metérselo en el bolsillo.

Luego abrió la puerta mosquitera y, bajando los escalones del porche, desapareció de su vista.

## 5

Al cabo de un tiempo, la capa de limpia pintura blanca de la casa de Jeffrey Curtain llegó a un acuerdo definitivo con los soles de los muchos julios y demostró su buena fe volviéndose gris. Se desconchó; enormes escamas de vieja pintura muy frágil se doblaban como ancianos que practicaran una gimnasia grotesca y finalmente caían a una muerte mohosa sobre la crecida hierba de debajo. La pintura de los pilares frontales se volvió veteada; la bola blanca sobre el poste de la puerta a mano izquierda fue derribada; las verdes persianas se oscurecieron para luego perder toda pretensión de color.

Empezó a ser una casa que las personas susceptibles evitaban; una iglesia compró un solar en diagonal para hacer un cementerio y eso, combinado con «el lugar donde la señora Curtain permanece con ese cadáver viviente», fue suficiente para arrojar un aura espectral sobre ese vecindario de la carretera. No es que a ella la hubieran dejado sola. Hombres y mujeres iban a verla, se reunían con ella en el centro cuando iba a hacer la compra, la llevaban a casa en sus coches... y entraban por unos instantes para charlar y descansar, bajo el glamur que aún jugueteaba en su sonrisa. Pero los hombres que no la conocían ya no la seguían con miradas apreciativas por la calle; un diáfano velo había caído sobre su belleza, destruyendo su viveza, pero sin provocar arrugas ni grasa.

Ella se convirtió en todo un carácter en el pueblo. Se contaban ciertas historias sobre ella: de cómo cuando el campo se congeló un invierno, de modo que ningún carruaje ni automóvil podía transitar, ella aprendió a patinar para poder llegar rápido al colmado y a la farmacia y así no dejar a Jeffrey solo mucho tiempo. Se decía que cada noche, desde su parálisis, ella dormía en un pequeño catre junto a su cama y le daba la mano.

De Jeffrey Curtain se hablaba como si ya estuviera muerto. Conforme pasaban los años, aquellos que le habían conocido morían o se mudaban; no quedaba más que media docena del viejo grupo con el que habían tomado cócteles, llamaban a las esposas de cada uno por sus nombres de pila, y pensaban que Jeff era el tipo más ingenioso y de más talento que Marlowe había conocido nunca. Para el visitante ocasional, él no era más que la razón por la que la señora Curtain se excusaba a veces y se apresuraba a subir las escaleras; él era un gemido o un grito agudo que llegaba al silencioso salón en el aire cargado de una tarde de domingo.

Él no podía moverse; estaba completamente ciego, mudo y totalmente inconsciente. Todos los días yacía en la cama, a excepción de cuando lo sentaban en su silla de ruedas todas las mañanas mientras limpiaban su habitación. Su parálisis iba deslizándose despacio hacia su corazón. Al principio, durante el primer año, Roxanne había recibido a veces la más leve presión como respuesta a cuando le cogía de la mano; luego eso había desaparecido, cesó una noche y nunca regresó, y durante dos noches Roxanne yació con los ojos bien abiertos, mirando la oscuridad y preguntándose qué se había ido, qué fracción de su alma había huido, qué últimos granos de comprensión seguían llevando esos destrozados nervios al cerebro.

Después esa esperanza murió. Si no hubiera sido por sus incesantes cuidados, la última chispa se habría apagado mucho tiempo atrás. Cada mañana ella lo afeitaba y lo bañaba, lo pasaba con sus propias manos de la cama a la silla y de vuelta a la cama. Estaba en su habitación constantemente, llevando medicinas, enderezando una almohada, hablándole casi como se le puede hablar a un perro casi humano, sin esperanza de recibir respuesta o apreciación, pero con la leve persuasión de la costumbre, una oración cuando ya no queda fe.

No fueron pocas las personas, un celebrado neurólogo entre ellos, las que le dijeron sin contemplaciones que era inútil darle tantos cuidados, que si Jeffrey hubiera estado consciente habría deseado morir, que si su espíritu estuviera levitando en aires más amplios no aceptaría tal sacrificio por su parte, que sólo anhelaría que la prisión de su cuerpo le concediera la total liberación.

—Pero es que —respondía ella, sacudiendo la cabeza con suavidad—, cuando me casé con Jeffrey, lo hice... hasta que dejara de quererlo.

—Pero —le protestaban, de hecho—, usted no puede amar eso.

—Puedo amar lo que fue una vez. ¿Qué otra cosa me queda por hacer?

El especialista se encogió de hombros y se alejó para decir que la señora Curtain era una mujer impresionante y tan dulce como un ángel... pero añadía que era una terrible lástima.

—Debe de haber algún hombre, o una docena, que estén locos por cuidar de ella...

Y resulta que los había. Aquí y allá alguno empezaba a sentir esperanzas... y acababa en veneración. No había amor en la mujer excepto, cosa extraña, por la vida, por la gente en el mundo, desde el vagabundo al que le daba comida que ella apenas se podía permitir hasta el carnicero que le vendía un filete barato sobre el mostrador de la carne. La otra fase estaba sellada en algún lugar en esa momia sin expresión que yacía con el rostro vuelto hacia la luz, de forma tan mecánica como una brújula, y esperaba sin hablar a que la última oleada pasara por su corazón.

Después de once años, él murió en mitad de una noche de mayo, cuando el aroma de la celinda reposaba sobre el alfeizar de la ventana y una brisa arrastraba los chillidos de las ranas y las cigarras del exterior. Roxanne se despertó a las dos y se dio cuenta con un sobresalto de que, por fin, estaba sola en la casa.

## 6

Después, ella se sentó en su destartalado porche a lo largo de muchas tardes, mirando a través de los campos que ondulaban en un lento descenso hacia el pueblo verde y blanco. Se preguntaba qué haría con su vida. Tenía treinta y seis años, era guapa, fuerte y libre. Los años se habían comido el seguro de Jeffrey; a regañadientes se había desecho de varios acres a la derecha e izquierda de su casa, e incluso había puesto una pequeña hipoteca sobre la casa.

Con la muerte de su marido había llegado una gran inquietud física. Echaba de menos tener que cuidarlo por las mañanas, añoraba sus apresurados viajes al pueblo, y los breves y, por ello, acentuados encuentros vecinales en la carnicería y el colmado; echaba de menos cocinar para dos, la preparación de la delicada dieta líquida para él. Un día, consumida por la energía, salió y removió la tierra de todo el jardín, algo que no se había hecho en años.

Y ella estaba sola de noche en la habitación que había visto la gloria de su matrimonio y luego el dolor. Para encontrarse de nuevo con Jeff, ella volvía en espíritu a ese maravilloso año, ese intenso y apasionado ensimismamiento y compañerismo, en vez de mirar hacia el futuro a un problemático encuentro en el más allá. Ella despertaba a menudo para quedarse tumbada y desear esa presencia junto a ella, inanimada, pero respirando, siendo aún Jeff.

Una tarde, seis meses después de su muerte, ella estaba sentada en el porche con un vestido negro que alejaba la más leve sugerencia de corpulencia en su figura. Era el veranillo de san Miguel y todo lucía de un marrón dorado a su alrededor; un silencio roto por el suspiro de las hojas; hacia el oeste, el sol de las cuatro en punto dejaba caer vetas rojas y amarillas sobre un cielo en llamas. La mayoría de los pájaros se había ido; sólo quedaba un gorrión que se había construido un nido en la cornisa de un pilar, y seguía produciendo un intermitente gorjeo combinado con ocasionales revoloteos sobre su cabeza. Roxanne movió su silla hasta donde pudiera verlo y su mente dormitó perezosa en el seno de la tarde.

Harry Cromwell vendría desde Chicago para cenar con ella. Desde su divorcio, más de ocho años atrás, había sido un visitante frecuente. Habían mantenido lo que se convirtió en una tradición entre ellos: cuando él llegaba, iban a ver a Jeff; Harry se sentaba en el borde de la cama y, con voz cordial, le preguntaba:

—Bueno, Jeff, viejo amigo, ¿cómo te sientes hoy?

Roxanne, de pie a su lado, miraba a Jeff con intención, soñando que alguna sombra de reconocimiento de este antiguo amigo pasara por esa mente rota... pero la cabeza, pálida, tallada, sólo se movía despacio en su único gesto hacia la luz, como si algo detrás de los ojos ciegos estuviera buscando a tientas otra luz que hacía mucho que se había apagado.

Estas visitas se prolongaron durante ocho años. Por Pascua, Navidad, acción de gracias, y muchos domingos, Harry llegaba, le hacía su visita a Jeff, y luego hablaba durante mucho rato con Roxanne en el porche. Él le tenía devoción. No pretendía ocultarlo, ni intentaba profundizar en esta relación. Ella era su mejor amiga, tal y como la masa de carne sobre la cama había sido su mejor amigo. Ella era paz, ella era descanso, ella era el pasado. Sólo ella sabía de su propia tragedia.

Él había acudido al funeral, pero, desde entonces, la compañía para la que trabajaba le había enviado al este y sólo los viajes por trabajo lo habían traído a las inmediaciones de Chicago. Roxanne le había escrito que viniera cuando pudiera y, tras una noche en la ciudad, él había viajado en tren hacia allí.

Se estrecharon la mano y él la ayudó a juntar las dos mecedoras.

—¿Cómo está George?

—Está bien, Roxanne. Parece que le gusta el colegio.

—Por supuesto que enviarlo allí era lo único que se podía hacer.

—Por supuesto...

—¿Le echas mucho de menos, Harry?

—Sí, le echo de menos. Es un crío divertido...

Él hablaba mucho de George. Roxanne estaba interesada. Harry debía traerlo las próximas vacaciones. Ella sólo lo había visto una vez en su vida: un niño con un pelele sucio.

Lo dejó leyendo el periódico mientras ella preparaba la cena; esa noche tenía cuatro chuletas y algunas verduras tardías de su propio huerto. Lo cocinó todo y luego lo llamó; sentándose juntos, prosiguieron con su conversación sobre George.

—Si yo tuviera un hijo... —diría ella.

Después, una vez Harry le dio los pocos consejos que pudo sobre inversiones, caminaron por el jardín, deteniéndose aquí y allá para reconocer lo que antaño había sido un banco de cemento o donde había estado la pista de tenis...

—¿Te acuerdas...?

Entonces se lanzaron a una riada de reminiscencias: el día que habían tomado fotografías y Jeff había sido inmortalizado montando un ternero; y el boceto que Harry había hecho de Jeff y Roxanne, tirados sobre el césped con las cabezas casi tocándose. Iba a construirse una celosía cubierta que conectase el estudio-granero con la casa, para que

Jeff pudiera llegar allí los días lluviosos; habían empezado la celosía, pero no quedaba nada a excepción de una pieza triangular rota que seguía adherida a la casa y recordaba a un destartalado gallinero.

—¡Y esos julepes de menta!

—¡Y el cuaderno de Jeff! ¿Te acuerdas de cómo nos reíamos, Harry, cuando se lo sacábamos del bolsillo y leíamos en voz alta una página de su material? ¿Y lo frenético que se ponía?

—¡Como loco! Era como un niño en cuanto a sus escritos.

Ambos se quedaron en silencio por un momento y luego Harry dijo:

—Nosotros también íbamos a comprarnos una casa aquí. ¿Te acuerdas? Íbamos a comprar los veinte acres de al lado. ¡Y las fiestas que daríamos!

De nuevo se hizo una pausa, rota esta vez por una queda pregunta de Roxanne.

—¿Sabes algo de ella, Harry?

—Pues sí —admitió plácidamente—. Está en Seattle. Se ha vuelto a casar con un hombre llamado Horton, una especie de magnate de la madera. Creo que es mucho mayor que ella.

—¿Y se está comportando?

—Sí... A ver, según he oído. Ella lo tiene todo, ¿sabes? No tiene mucho más que hacer que vestirse para cenar con este tipo.

—Ya veo.

Él cambió de tema sin esfuerzo.

—¿Vas a quedarte la casa?

—Creo que sí —dijo al tiempo que asentía con la cabeza—. He vivido aquí mucho tiempo, Harry. Me resultaría terrible mudarme. Pensé en formarme como enfermera, pero claro, eso supondría marcharme. Acabo de decidirme por una pensión.

—¿Para vivir?

—No, para dirigirla. ¿Es muy raro que quiera ser la dueña de una pensión? Pues eso, que tendré a una negra y alojaré a unas ocho personas en verano y a dos o tres, si puedo conseguirlo, en invierno. Por supuesto, tendré que hacer que pinten la casa y la repasen por dentro.

Harry reflexionó.

—Roxanne, vaya... Claro que tú sabes qué es lo mejor que puedes hacer, pero me resulta chocante, Roxanne. Tú llegaste aquí como novia.

—Puede —dijo ella—. Y por eso no me importa quedarme aquí regentando una pensión.

—Recuerdo cierta tanda de panecillos.

—Oh, esos panecillos —exclamó ella—. Aun así, según lo que he oído sobre el modo en que los devoraste, no podían haber estado muy malos. Yo estaba tan deprimida ese día, pero de algún modo me eché a reír cuando la enfermera me contó lo de los panecillos.

—Noté que los doce agujeros de los clavos siguen en la pared de la biblioteca, donde Jeff los clavó.

—Sí.

Estaba oscureciendo mucho ahora y cierta frescura se instaló en el aire; una pequeña ráfaga de viento hizo caer una última lluvia de hojas. Roxanne se estremeció ligeramente.

—Será mejor que entremos.

Él miró su reloj.

—Es tarde. Tengo que marcharme. Parto hacia el este mañana.

—¿Debes hacerlo?

Remolonearon por un momento justo debajo de la escalera de entrada, mirando una luna que parecía llena de nieve y que se alejaba flotando en la distancia donde yacía el lago. El verano había acabado y ahora llegaba el veranillo de san Miguel. La hierba estaba fría y no había niebla ni rocío. Cuando él se marchara, ella entraría y encendería el gas y cerraría las persianas, y él bajaría el camino hacia el pueblo. Para ellos dos, la vida había llegado y se había ido con prisas, dejando lástima, pero no amargura; dejando dolor en vez de desilusión. Ya había suficiente luz de luna cuando se estrecharon la mano para ver la amabilidad acumulada en los ojos del otro.

# El señor Icky

LA PERSONIFICACIÓN DE LA EXCENTRICIDAD EN UN ACTO

La escena es el exterior de una casita de campo en West Isaacshire en una tarde desesperadamente bucólica de agosto. El señor Icky, singularmente ataviado con el traje de un campesino isabelino, está trasteando entre los trastos. Es un anciano, bien pasada la flor de su vida, ya no es joven. Por el hecho de que habla enfatizando las erres y que se ha puesto sin darse cuenta el abrigo del revés, podemos suponer que está por encima o por debajo de las superficialidades de la vida.

Cerca de él, sobre la hierba, está tumbado Peter, un niño pequeño. Peter, por supuesto, tiene la barbilla apoyada en la palma de su mano como las imágenes del joven sir Walter Raleigh. Tiene todo un conjunto de rasgos, incluyendo serios, sombríos, casi funerarios ojos grises, e irradia ese atractivo aire de alguien que nunca ha probado bocado. Este aire puede irradiarse mejor durante el placer posterior a una cena de ternera. Peter está mirando al señor Icky con fascinación.

Silencio... El canto de los pájaros.

PETER. A menudo por la noche me siento ante mi ventana y miro las estrellas. A veces pienso que son mis estrellas... *(Con gravedad).* Creo que yo seré una estrella algún día...

SEÑOR ICKY. *(Con picardía).* Sí, sí... sí...

PETER. Las conozco todas: Venus, Marte, Neptuno, Gloria Swanson.

SEÑOR ICKY. No reflexiono sobre astronomía... He estado pensando en Londres, muchachito. Y acordándome de mi hija, que se ha ido para ser mecanógrafa... *(Suspira).*

PETER. Me gustaba Ulsa, señor Icky. Era tan rechoncha, tan redonda, tan tetona.

SEÑOR ICKY. No valía el papel con el que se rellenaba, chico. *(Tropieza con un montón de trastos).*

PETER. ¿Cómo va su asma, señor Icky?

Señor Icky. ¡Peor, gracias a Dios! *(Con tristeza).* Tengo cien años... Me voy volviendo frágil.

Peter. Supongo que la vida ha sido bastante aburrida desde que renunció a provocar incendios.

Señor Icky. Sí... Sí... Mira, Peter, muchachito, cuando tenía cincuenta años me reformé... en prisión.

Peter. ¿Y después empeoró otra vez?

Señor Icky. Peor que eso. La semana antes de que mi condena terminara, insistieron en trasplantarme las glándulas de un joven prisionero sano al que iban a ejecutar.

Peter. ¿Y eso le renovó?

Señor Icky. ¡Renovarme! ¡Me metió dentro al diablo! Este joven criminal era evidente que se trataba de un ladrón de los suburbios y un cleptómano. ¿Qué es un poco de piromanía juguetona en comparación?

Peter. *(Asombrado).* ¡Qué espanto! La ciencia es una patraña.

Señor Icky. *(Suspirando).* Ahora estoy bastante hundido. No hay muchos que tengan que gastar dos pares de glándulas durante su vida. No aceptaría otro par ni por todos los espíritus animales de un asilo para huérfanos.

Peter. *(Reflexionando).* No se me ocurre que usted se opondría a que le dieran un bonito y agradable par de un clérigo.

Señor Icky. Los clérigos no tienen glándulas; tienen almas.

*(Se oye una bocina baja y sonora fuera de escena para indicar que un vehículo grande se ha detenido en las inmediaciones. Entonces un joven, bellamente ataviado con traje y sombrero de seda y charol, entra en escena. Es muy mundano. Su contraste con la espiritualidad de los otros dos es visible incluso desde la primera fila del palco. Se trata de Rodney Divine).*

Divine. Estoy buscando a Ulsa Icky.

*(El señor Icky se levanta y se queda tambaleante entre los trastos).*

Señor Icky. Mi hija está en Londres.

Divine. Ha abandonado Londres. Viene hacia aquí. La he seguido.

*(Mete la mano en el pequeño bolso de madreperla que cuelga a su costado en busca de un cigarrillo. Selecciona uno y, rascando una cerilla, la lleva hacia el cigarrillo. El cigarrillo se enciende al instante).*

DIVINE.    Esperaré.

*(Espera. Pasan varias horas. No hay más sonido que el ocasional ruido de los trastos cuando entrechocan entre sí. Varias canciones pueden introducirse aquí, o que Divine haga algún truco con cartas o un número de acrobacias, como se desee).*

DIVINE.    Esto es muy tranquilo.
SEÑOR ICKY.    Sí, muy tranquilo...

*(De repente aparece una chica vestida de un modo muy chabacano; es muy mundana. Se trata de Ulsa Icky. Ella posee uno de esos rostros sin forma peculiares de las primeras pinturas italianas).*

ULSA.    *(Con ronca voz mundana).* ¡Padre! ¡Aquí estoy! ¿Qué ha hecho Ulsa?
SEÑOR ICKY.    *(Con voz trémula).* Ulsa, pequeña Ulsa. *(Se abrazan el torso y él habla esperanzado).* ¿Has venido a ayudar con el arado?
ULSA.    *(Con hosquedad).* No, padre, arar es un engorro. Prefiero no hacerlo.

*(Aunque su acento es fuerte, el contenido de su discurso es dulce y claro).*

DIVINE.    *(En tono conciliador).* Mira, Ulsa, lleguemos a un entendimiento.

*(Él avanza hacia ella con la zancada grácil y firme que lo convirtió en capitán del equipo de caminatas en Cambridge).*

ULSA.    ¿Sigues diciendo que sería Jack?
SEÑOR ICKY.    ¿Qué quiere decir?
DIVINE.    *(Con amabilidad).* Cariño mío, claro que sería Jack. No podría ser Frank.
SEÑOR ICKY.    ¿Qué Frank?
ULSA.    ¡Sería Frank!

*(Aquí podemos introducir algún chiste subido de tono).*

Señor Icky.   *(Con picardía)*. No es bueno pelearse... no es bueno pelearse...

Divine.   *(Alargando la mano para acariciarle el brazo con un poderoso movimiento que le convirtió en remero del equipo de Oxford)*. Más te vale casarte conmigo.

Ulsa.   *(Con desdén)*. ¿Por qué? No me dejarían entrar en tu casa ni por la puerta de servicio.

Divine.   *(Enfadado)*. ¡No lo harían! No temas... entrarás por la entrada de las queridas.

Ulsa.   ¡Señor!

Divine.   *(Confundido)*. Discúlpame. ¿Sabes lo que quiero decir?

Señor Icky.   *(Errático hasta la saciedad)*. ¿Quiere casarse con mi pequeña Ulsa?

Divine.   Sí.

Señor Icky.   Su historial médico está limpio.

Divine.   Excelente. Tengo la mejor constitución del mundo...

Ulsa.   Y los peores parientes políticos.

Divine.   En Eton fui miembro de Pop[14]; en Rugby pertenecí a Near-beer[15]. Como hijo más joven, estaba destinado a convertirme en policía...

Señor Icky.   Omita eso... ¿Tiene dinero?

Divine.   A montones. Se puede esperar que Ulsa vaya al centro cada mañana... en dos Rolls Royce. También poseo un triciclo y un tanque reconvertido. Tengo butacas en la ópera...

Ulsa.   *(De malos modos)*. No puedo dormir como no sea en un palco. Y he oído que te echaron de tu club.

Señor Icky.   ¿Le echaron?

Divine.   *(Agachando la cabeza)*. Me expulsaron.

Ulsa.   ¿Por qué razón?

Divine.   *(De un modo casi inaudible)*. Escondí las pelotas de polo un día. Era una broma.

Señor Icky.   ¿Está usted bien de la cabeza?

---

[14]   Pop es el nombre coloquial que se usa para referirse a la Eton Society, la asociación de alumnos más antigua de Eton College. *(N. de la T.)*

[15]   Es el nombre que recibía una bebida parecida a la cerveza, pero que no contenía la cantidad de alcohol necesaria para que fuera prohibida durante la Ley Seca en Estados Unidos. *(N. de la T.)*

DIVINE. *(Tristemente).* Bastante bien. Después de todo, ¿qué es la genialidad? Simplemente la astucia de plantar cuando nadie mira y recoger cuando te observan todos.

SEÑOR ICKY. Tenga cuidado... No casaré a mi hija con un epigrama...

DIVINE. *(Con mayor tristeza).* Le aseguro que soy un simple cliché. A menudo desciendo al nivel de una idea innata.

ULSA. *(Aburrida).* Nada de lo que estás diciendo importa. No puedo casarme con un hombre que piensa que sería Jack. ¿Por qué iba Frank...?

DIVINE. *(Interrumpiendo).* ¡Tonterías!

ULSA. *(Con énfasis).* ¡Eres un idiota!

SEÑOR ICKY. ¡Basta, basta! No se debe juzgar... Caridad, hija mía. ¿Qué era eso que Nerón decía? «Malicia para nadie, caridad para todos...»

PETER. Eso no lo dijo Nerón. Lo dijo John Drinkwater.

SEÑOR ICKY. ¡Vamos! ¿Quién es ese Frank? ¿Quién es ese Jack?

DIVINE. *(Con tono taciturno).* Gotch.

ULSA. Dempsey.

DIVINE. Discutíamos sobre quien saldría vivo si fueran enemigos mortales y los encerraran juntos en una habitación. Yo dije que Jack Dempsey le daría...

ULSA. ¡Tonterías! Él no tendría...

DIVINE. *(Rápidamente).* Tú ganas.

ULSA. Entonces vuelvo a quererte.

SEÑOR ICKY. Entonces voy a perder a mi hijita...

ULSA. Todavía tienes una casa llena de hijos.

*(Charles, hermano de Ulsa, sale de la casita de campo. Va vestido como para ir al mar, con un rollo de cuerda colgado sobre su hombro y un ancla colgando del cuello).*

CHARLES. *(Sin verlos).* ¡Me voy al mar! ¡Me voy al mar! *(Su voz suena triunfante).*

SEÑOR ICKY. *(Triste).* Hace ya mucho que dejaste de mamar.

CHARLES. He estado leyendo a Conrad.

PETER. *(Soñador).* ¡Ah, Conrad! *Dos años al pie del mástil,* de Henry James.

CHARLES. ¿Qué?

PETER.    La versión de Walter Pater de *Robinson Crusoe*.

CHARLES.    *(A su padre)*. No puedo quedarme aquí y pudrirme contigo. Quiero vivir mi vida. Quiero cazar anguilas.

SEÑOR ICKY.    Estaré aquí... cuando vuelvas...

CHARLES.    *(Con desdén)*. Pero si los gusanos ya se están relamiendo cuando oyen tu nombre.

*(Nótese que algunos de los personajes llevan algún tiempo sin hablar. Mejorará la técnica si pudieran estar interpretando un animado tema con el saxofón).*

SEÑOR ICKY.    *(Triste)*. Estos valles, estas colinas, estas cosechadoras McCormick... no significan nada para mis hijos. Lo entiendo.

CHARLES.    *(Con más ternura)*. Entonces pensarás en mí con cariño, padre. Entender es perdonar.

SEÑOR ICKY.    No... no... Nunca perdonamos a aquellos a los que entendemos... Sólo podemos perdonar a aquellos que nos hacen daño sin motivo alguno...

CHARLES.    *(Impaciente)*. Estoy sumamente harto de tus palabras sobre la naturaleza humana. Y, de todos modos, odio pasar las horas aquí.

*(Varias docenas de los hijos del señor Icky salen tropezando de la casa, tropiezan sobre la hierba, y tropiezan con los trastos. Todos murmuran «Nos vamos de aquí» y «Te abandonamos»).*

SEÑOR ICKY.    *(Con el corazón roto)*. Todos me están abandonando. He sido demasiado bueno. Más vara y menos diversión. Oh, por las glándulas de Bismarck.

*(Suena un claxon fuera; es probable que sea el chófer de Divine, que espera impaciente a su señor).*

SEÑOR ICKY.    *(Triste)*. ¡No aman la tierra! ¡No le tienen fe a la Gran Tradición Patatera! *(Coge un puñado de tierra con pasión y se la frota por la calva. Le sale pelo)*. Oh, Wordsworth, Wordsworth, ¡qué ciertas eran tus palabras!

> *No tiene movimiento ahora, no tiene fuerza;*
> *ella no oye ni ve;*

*rodando en el curso diurno de la tierra,*
*con alguien en su Oldsmobile.*

*(Todos gruñen y gritan «Vida» y «Jazz» mientras se mueven*
*despacio hacia bastidores).*

CHARLES.   ¡Volver a la tierra, sí! ¡Llevo diez años intentando darle la espalda a la tierra!

OTRO HIJO.   Puede que los granjeros sean la espina dorsal del
país, pero ¿quién quiere ser una espina dorsal?

OTRO HIJO.   ¡No me importa quién planta la lechuga de mi país si
puedo comerme la ensalada!

TODOS.   ¡Vida! ¡Investigación psíquica! *¡Jazz!*

SEÑOR ICKY.   *(Luchando consigo mismo).* Debo ser un excéntri-
co. Eso es todo. No es la vida lo que cuenta, sino la excentricidad que
aportas...

TODOS.   Vamos a navegar por la Riviera. Tenemos entradas para
Piccadilly Circus. ¡Vida! *¡Jazz!*

SEÑOR ICKY.   Esperad. Dejadme que os lea un fragmento de la
biblia. Dejad que la abra al azar. Uno siempre encuentra algo que pesa
sobre la situación. *(Encuentra una biblia tirada sobre uno de los tras-*
*tos y, abriéndola al azar, comienza a leer).* «Ahab e Istemo y Anim,
Goson y Olon y Gilo, once ciudades y sus aldeas. Arab y Ruma y
Esaau...».

CHARLES.   *(Con crueldad).* Compra diez anillos más y vuélvelo
a intentar.

SEÑOR ICKY.   *(Lo intenta de nuevo).* «¡Qué hermosa sois, mi
amor, qué hermosa sois! Vuestros ojos son como los ojos de una pa-
loma, además de lo que se oculta dentro. Vuestro cabello es como
rebaños de cabras que suben desde el Monte Galaad...» ¡Hum! Qué
pasaje más grosero...

*(Sus hijos se ríen de él groseramente, gritando «¡Jazz!»*
*y «¡Todo en la vida es principalmente sugestión!»).*

SEÑOR ICKY.   *(Desanimado).* No funcionará hoy. *(Esperanzado).*
Tal vez esté húmeda. *(La toca).* Sí, está húmeda... Había agua en el
cacharro... No funcionará.

TODOS.   ¡Está húmeda! ¡No funcionará! *¡Jazz!*

UNO DE LOS HIJOS. Vamos, debemos coger el tren de las seis y media.

*(Aquí puede insertarse cualquier otra entrada).*

SEÑOR ICKY. Adiós...

*(Todos salen. El señor Icky se queda solo. Suspira y se encamina hacia los escalones de la casita, se tumba y cierra los ojos).*

El crepúsculo ha caído y la escena se ve inundada por una luz como nunca se vio en tierra firme o en el mar. No hay sonido a excepción de la esposa de un pastor que, en la distancia, toca un aria de la Décima Sinfonía de Beethoven con una armónica. Las grandes polillas blancas y grises revolotean y aterrizan sobre el anciano hasta que queda totalmente cubierto por ellas. Pero él no se mueve.

El telón sube y baja varias veces para indicar el paso de varios minutos. Puede obtenerse un buen efecto cómico si hacemos que el señor Icky se agarre al telón y suba y baje con él. También pueden introducirse en este punto luciérnagas o hadas colgadas de cables.

Entonces aparece Peter con expresión casi de imbécil dulzura en su rostro. Sujeta algo en la mano y, de vez en cuando, lo mira con un arrebato de éxtasis. Tras una lucha consigo mismo, lo deposita sobre el cuerpo del anciano y se retira en silencio.

Las polillas murmuran entre sí y luego huyen, súbitamente asustadas. Y conforme la noche avanza, algo sigue brillando allí, algo pequeño, blanco y redondo, exhalando un sutil perfume en la brisa de West Isaacshire. Es el regalo de amor de Peter: una bola de naftalina.

*(La obra puede terminar en este punto o puede continuar indefinidamente).*

# Jemima, la chica de la montaña

Esto no pretende ser «Literatura». Sólo es un cuento para gente de sangre caliente que quiere una historia y no sólo un montón de cosas «psicológicas» o un «análisis». ¡Y vaya si os va a encantar! Leedlo aquí, id a verlo al cine, reproducidlo en el fonógrafo, pasadlo por la máquina de coser.

## Algo salvaje

Era de noche en las montañas de Kentucky. Salvajes colinas se alzaban por todos lados. Rápidos arroyos de montaña fluían con rapidez montaña arriba y montaña abajo.

Jemima Tantrum estaba abajo en el arroyo, destilando wiski en el alambique de la familia.

Era una típica chica de las montañas.

Llevaba los pies descalzos. Sus manos, grandes y poderosas, colgaban por debajo de sus rodillas. Su rostro mostraba los estragos del trabajo. Aunque sólo tenía dieciséis años, llevaba más de doce años manteniendo a sus ancianos padres destilando wiski de montaña. De vez en cuando hacía una pausa en su tarea y, llenando un cucharón con el puro y tonificante líquido, se lo bebía de un trago... y entonces proseguía con su trabajo con renovado vigor.

Ella introducía el centeno en la cuba, lo trillaba con sus pies y, en veinte minutos, producía el producto final.

Un repentino grito hizo que se detuviera en mitad del acto de vaciar un cucharón y que levantara la vista.

—Hola —dijo una voz. Procedía de un hombre calzado con botas de caza que le llegaban al cuello y que acababa de aparecer—. ¿Puedes indicarme el camino hasta la cabaña de los Tantrum?

—¿Eres uno de los del asentamiento de allí abajo?

Ella señaló con el dedo al fondo de la colina, donde se encontraba Louisville. Ella nunca había estado allí, pero una vez, antes de ella nacer, su bisabuelo, el viejo Gore Tantrum, había ido a los asentamientos en compañía de dos policías y nunca había vuelto. De modo que los Tantrum, de generación en generación, habían aprendido a temer la civilización.

El hombre se sintió divertido. Rio con una ligera risa tintineante, la risa de alguien de Filadelfia. Algo en el tono de la risa emocionó a la muchacha. Se bebió otro cucharón de wiski.

—¿Dónde está el señor Tantrum, pequeña? —preguntó, no sin amabilidad.

Ella levantó un pie y apuntó con el dedo gordo hacia el bosque.

—Está en la cabaña detrás de esos pinos. El viejo Tantrum es mi papá.

El hombre de los asentamientos le dio las gracias y se alejó a zancadas. Era bastante vibrante con juventud y personalidad. Mientras caminaba, silbaba y cantaba y daba saltos y volteretas, respirando el aire fresco de las montañas.

El aire alrededor del alambique era como vino.

Jemima Tantrum lo observaba como en trance. Nadie como él había aparecido jamás en su vida.

Se sentó en la hierba y contó los dedos de sus pies. Contó once. Había aprendido aritmética en la escuela de la montaña.

UNA ENEMISTAD MONTARAZ

Diez años antes, una dama de los asentamientos había abierto una escuela en la montaña. Jemima no tenía dinero, pero ella había pagado la matrícula con wiski; llevaba un balde lleno al colegio todas las mañanas y lo dejaba sobre el escritorio de la señorita Lafarge. La señorita Lafarge había muerto de *delirium tremens* tras un año de enseñanza, y ahí se acabó la educación de Jemima.

Al otro lado de la tranquila corriente, otro alambique se alzaba. Era el de los Doldrum. Los Doldrum y los Tantrum nunca se hacían visitas. Se odiaban.

Cincuenta años antes, el viejo Jem Doldrum y el viejo Jem Tantrum habían discutido en la cabaña de los Tantrum por una partida de naipes. Jem Doldrum le había lanzado el rey de corazones a Jem Tantrum a la cara, y el viejo Tantrum, enfurecido, había golpeado al viejo Doldrum con el nueve de diamantes. Otros miembros de las familias Doldrum y Tantrum se unieron a la trifulca y pronto la pequeña cabaña se llenó de naipes voladores. Harstrum Doldrum, uno de los Doldrum más jóvenes, yacía tirado en el suelo, retorciéndose de agonía, con el as de corazones alojado en su garganta. Jem Tantrum, de pie en la puerta, lanzaba baraja tras baraja con el rostro iluminado por un endemoniado odio. La vieja Mappy Tantrum se subió a la mesa para rociar a los Doldrum con wiski caliente. El viejo Heck Doldrum, que finalmente se había quedado sin cartas, fue retrocediendo hasta salir de la cabaña, golpeando a diestro y siniestro con su bolsa de tabaco, y reuniendo a su alrededor al resto de su clan. Entonces montaron en sus cabestros y se marcharon a su casa galopando furiosamente.

Esa noche, el viejo Doldrum y sus hijos, jurando venganza, habían regresado, pusieron un reloj en la ventana de los Tantrum, clavaron un alfiler en el timbre de la puerta, y se batieron en retirada.

Una semana más tarde, los Tantrum pusieron aceite de hígado de bacalao en el alambique de los Doldrum, y así, año tras año, la enemistad había continuado, aniquilando primero a una familia, y después a la otra.

EL NACIMIENTO DEL AMOR

Todos los días, la pequeña Jemima trabajaba en el alambique en su lado del arroyo, y Boscoe Doldrum trabajaba en el alambique de su lado.

A veces, con automático odio heredado, los enemigos se lanzaban wiski el uno al otro, y Jemima volvía a casa oliendo como un menú francés.

Pero ahora Jemima estaba demasiado pensativa como para mirar al otro lado del arroyo.

¡Qué maravilloso había sido el extraño y de qué manera tan extraña iba vestido! A su inocente manera de ver las cosas, ella nunca había creído que hubiera asentamientos civilizados en absoluto, y había adjudicado la creencia en ellos como un rasgo de la credulidad de la gente de la montaña.

Se giró para subir a la cabaña y, al girarse, algo le golpeó en el cuello. Era una esponja, lanzada por Boscoe Doldrum... una esponja empapada en wiski de su alambique al otro lado del arroyo.

—Hola, Boscoe Doldrum —gritó con su profunda voz.

—¡Oye, Jemima Tantrum! ¡Qué te zurzan! —contestó él.

Ella continuó su camino hacia la cabaña.

El extraño estaba hablando con su padre. Habían descubierto oro en tierras de los Tantrum y el extraño, Edgar Edison, estaba intentando comprar la tierra por cuatro duros. Él estaba considerando cuántos duros ofrecer.

Ella se sentó sobre sus manos y lo miró.

Era maravilloso. Cuando hablaba, sus labios se movían.

Se sentó sobre la hornilla y lo observó.

De repente llegó un grito espeluznante. Los Tantrum corrieron hacia las ventanas.

Eran los Doldrum.

Habían dirigido a sus cabestros hacia los árboles y se habían escondido detrás de arbustos y flores, y pronto una perfecta ráfaga de piedras y ladrillos golpeó contra las ventanas, doblándolas hacia dentro.

—¡Padre! ¡Padre! —chilló Jemima.

Su padre bajó su tirachinas del estante de los tirachinas en la pared y pasó la mano amorosamente por la banda elástica. Se acercó a un resquicio. El viejo Mappy Tantrum se situó en la carbonera.

UNA BATALLA MONTAÑESA

El extraño estaba excitado al fin. Furioso por llegar hasta los Doldrum, intentó escapar de la casa trepando por la chimenea. Entonces pensó que podría haber una puerta bajo la cama, pero Jemima le dijo que no. Buscó puertas debajo de las camas y los sofás, pero cada vez Jemima tiraba de él y le decía que no había puertas. Furioso, golpeaba la puerta y le gritaba a los Doldrum. Ellos no le contestaban, sino que continuaban con su descarga de ladrillos y piedras contra la ventana. El viejo Pappy Tantrum sabía que, tan pronto como pudieran crear una abertura, se colarían dentro y la pelea terminaría.

Entonces el viejo Heck Doldrum, echando espuma por la boca y expectorando en el suelo a diestro y siniestro, lideró el ataque.

Los terroríficos tirachinas de Pappy Tantrum habían sido efectivos. Un tiro magistral había discapacitado a un Doldrum, y otro Doldrum, al que le disparaba casi incesantemente en el estómago, siguió luchando débilmente.

Cada vez se acercaban más a la casa.

—Debemos huir —le gritó el extraño a Jemima—. Yo me sacrificaré para que puedas irte.

—No —gritó Pappy Tantrum con el rostro sucio—. Quédate aquí y sigue luchando. Yo me llevaré a Jemima. Yo me llevaré a Mappy. Yo me llevaré a mí mismo.

El hombre de los asentamientos, pálido y temblando de cólera, se giró hacia Ham Tantrum, quien estaba en la puerta lanzando piedra tras piedra a los Doldrum que avanzaban.

—¿Cubrirás la retirada?

Pero Ham dijo que él también tenía a otros Tantrum a los que poner a salvo, pero que él se quedaría allí para ayudar al extraño a cubrir la retirada, si se le ocurría algún modo de hacerlo.

Pronto el humo comenzó a filtrarse por el suelo y el techo. Shem Doldrum se había aproximado y había acercado una cerilla al aliento del viejo Japhet Tantrum cuando se inclinó desde un resquicio, y las llamas alcohólicas estallaron por todos lados.

El wiski en la bañera se incendió. Las paredes comenzaron a derrumbarse.

Jemima y el hombre de los asentamientos se miraron.

—Jemima —susurró él.

—Extraño —contestó ella.

—Moriremos juntos —dijo él—. Si hubiéramos sobrevivido, te habría llevado conmigo a la ciudad para casarnos. Con tu habilidad para beber alcohol, tu éxito en sociedad habría estado asegurado.

Ella lo acarició perezosamente por un momento, contando los dedos de sus pies para sí. El humo se espesó. Su pierna izquierda estaba ardiendo.

Ella era una lámpara de alcohol humana.

Sus labios se encontraron en un largo beso y entonces una pared cayó sobre ellos y los eliminó.

«Somos uno».

Cuando los Doldrum irrumpieron en el anillo de fuego, los encontraron muertos donde habían caídos abrazados.

El viejo Jem Doldrum estaba conmovido.

Se quitó el sombrero.

Lo llenó de wiski y se lo bebió.

—Están muertos —dijo despacio—. Se deseaban. El ataque ha terminado ya. No debemos separarlos.

De modo que los lanzaron juntos al arroyo y las dos salpicaduras que crearon se fundieron en una sola.

# ÍNDICE